上海市徐汇区教育科学研究项目（编号：B2024-10）
上海市徐汇区董恒甫高级中学课程开发项目

红楼梦
整本书研读

曾刚 著

人民出版社

通靈寶石
絳珠仙草

目 录

序　001

第一讲　学习《红楼梦》的意义和方法　001

　　第一节　《红楼梦》的历史意义和现实价值　002
　　第二节　抓住纵横交错的情节主线　005
　　第三节　把握前五回的纲领作用　007
　　第四节　关注人物形象的塑造　009
　　第五节　品味日常生活细节的刻画　013
　　第六节　鉴赏诗意美、哲理性的语言　016
　　第七节　了解社会关系和习俗的丰富多彩　019

第二讲　《红楼梦》的线索、结构　022

　　第一节　网状主线的共识　023
　　第二节　把握整体结构　037
　　第三节　《红楼梦》的补遗　041
　　第四节　解读重点章节　046

第三讲　以神话传说来开篇　056

　　第一节　女娲补天的引子　058
　　第二节　"木石前盟"的演义　067

第三节　潇湘妃子的暗喻　075

第四讲　寓意丰富的取名　080

　　第一节　贾府五代人名的情节内涵　081

　　第二节　金陵十二钗的取名寓意　089

　　第三节　四春与其侍女芳名的关联　097

　　第四节　薛蟠与薛蝌的人如其名　101

第五讲　《红楼梦》中的宝黛钗人生　104

　　第一节　贾宝玉的正邪情悲　104

　　第二节　林黛玉的悲欢离合　109

　　第三节　薛宝钗的外冷内热　114

第六讲　家族与家长　119

　　第一节　四大家族的关系　120

　　第二节　宁荣二府　128

　　第三节　贾母、贾政与贾赦　135

第七讲　小人物的命运　144

　　第一节　身份各异的奴仆　144

　　第二节　半奴半主的妻妾　153

　　第三节　作为宗教中介的道士　158

　　第四节　久经世故的刘姥姥　160

　　第五节　市井人物醉金刚　164

第八讲　礼仪规范的传承　167

　　第一节　制度礼仪规范　168

第二节 家庭礼仪规范 176

第三节 生活礼仪规范 182

第九讲 饮食文化的探究 190

第一节 丰富的品种 191

第二节 精美的餐具 194

第三节 养生的食品 197

第四节 热闹的宴饮 202

第五节 森严的礼法 204

第十讲 节日习俗的描写 206

第一节 春节 207

第二节 元宵节 213

第三节 端午节 217

第四节 中秋节 221

第五节 其他节日与习俗 224

第十一讲 《红楼梦》中戏曲文化的作用 228

第一节 选材上的伏笔预示 229

第二节 人物上的明应暗合 234

第三节 情感上的启蒙觉醒 240

第十二讲 诗词曲赋的美学价值 248

第一节 文学性 249

第二节 哲理性 258

第三节 艺术性 266

第十三讲　楹联匾额的显言与隐喻　275

第一节　楹联的哲理性与实用性　276
第二节　匾额取名中的四季和五行　283
第三节　匾额与建筑布局　289

第十四讲　社会风貌和人文精神的展现　294

第一节　社会经济与城市发展的见证　294
第二节　社会风俗与礼仪的思考　299
第三节　人文精神的体现　303

第十五讲　未解之谜　311

第一节　《红楼梦》的成书年代之谜　312
第二节　曹雪芹的身世之谜　315
第三节　《红楼梦》后四十回的续写之谜　323
第四节　金陵十二钗的结局之谜　327

主要征引文献　331

后　记　336

序

曾刚老师大作《〈红楼梦〉整本书研读》即将出版，托师友嘱我作序。我与曾老师素昧平生，又想自己虽酷爱《红楼梦》，但允其量不过一"红楼票友"而已，原本不敢贸然应允；待拜读大作之后，一时颇有同声相应、同气相求之感，于是欣然从命。

据友人介绍，曾刚老师为人低调，学养深厚，研读《红楼梦》颇有心得，多年来立足课堂教学，指导学生研读《红楼梦》，受到学生普遍欢迎。如今，曾老师在以往讲稿的基础上充实内容，修改完善，最终端出这本《〈红楼梦〉整本书研读》。我相信，这对一线语文教师、对众多中学生而言都是大有益处的。

自教育部颁布《普通高中语文课程标准》以来，整本书阅读已成当前语文教学的热词。新课标要求整本书阅读教学必须依据语文学科特点和学生学习语文的规律，突出语文学科核心素养，注重语文实践，有利于学生以任务为导向，以学习项目为载体，整合学习情境、学习内容、学习方法和学习资源。为落实新课标精神，高中语文统编教材专设"《红楼梦》整本书阅读"单元。这对一线教师来说，既是挑战，又是机遇。正如顾之川先生所言：广大教师"要学习领会新课标对整本书阅读与研讨的精神，把握理念，明确要求；要了解教材对'整本书阅读与研讨''名著导读'的编写意图；要立足本校教学实际与学生实际，确定适合自己的教学策略"。

在此背景下，无论教师还是学生，都必须直面这一问题：如何开展《红楼梦》整本书阅读？我以为，必须认真思考如下两方面问题。

一是应该采取怎样的教学形态？笔者认为：对于《红楼梦》这部容量大、有深度的经典之作，必须采取不同于其他作品的教学形态。近年来出现的众多相关著作，大体上在这一方面用力较多。二是应该确定什么样的教学内容？《红楼梦》被誉为"中国文学中的太阳"，内容极为丰赡，知识浩如烟海，倘若不加以精选，必将使教学成为不可承受之重。如何解决这一矛盾？我以为必须遴选书中具有枢纽作用、能够充分体现作品特征的内容加以深度研读。

曾刚老师此书的主要贡献在于后者。在简要介绍《红楼梦》学习意义和学习方法之后，作者集中笔墨介绍了《红楼梦》一书的线索与结构，介绍《红楼梦》以神话开篇的匠心，在此基础上，以"人物"、"文化"为两翼展开全书。在"人物"板块，详细阐释了《红楼梦》主要人物、大人物与小人物的方方面面；在"文化"板块，则介绍了礼仪规范、饮食文化、节日习俗、戏曲文化、诗词曲赋与楹联匾额等极为丰富的内容，充分体现了《红楼梦》作为一部文化百科全书的特色。

"教什么"比"怎么教"更重要。正是在这个意义上，我认为本书具有其独特的价值与意义。

曾刚老师在《红楼梦》研究方面的努力之所以让我心有戚戚，还在于我本人也有类似的经历。我在很多场合中说过，我从1993年起，就开始为学生开设《红楼梦》导读课，我与学生一道读红楼，品红楼，评红楼，使学生扎扎实实地拥有一次亲近名著的机会。这个项目我持续了十年，先后为四届学生开设了《红楼梦》导读课。长年浸润于《红楼梦》，我对语文教学尤其是小说教学开始有了感觉。后来，进一步拓展开去，我提出了自己的素读教学主张，开启了整本书阅读教学的探索，也出版了几本关于整本书阅读教学的专著。我多次感叹《红楼梦》已成为我教学与教研的"据点"，《红楼梦》圆了我的语文梦。我深深地认识到：一个语文教师，如果希望在专业发展上有所成就，首先需建立一个学术据点，再不断加以开拓、深化。

由此看来，《红楼梦》已经成为曾老师与我共同的据点，在这个意义上，我们可以互称"同志"。

捧读曾刚老师的《〈红楼梦〉整本书研读》书稿，不由产生"如切如磋，如琢如磨"之乐，也自然生发出"嘤其鸣矣，求其友声"之叹，于是提笔写下以上文字。

是为序。

邓 彤

2024 年 10 月 16 日于沪上

第一讲
学习《红楼梦》的意义和方法

《红楼梦》成书于清朝乾隆年间。曹雪芹以贾、史、王、薛四人家族，道尽了昔日的荣华富贵，再现了封建社会的世态炎凉。正如书中所说的"满纸荒唐言，一把辛酸泪"，这道出了作家对红楼故事中痴情人物的痛惜与不解。又如"悲喜千般同幻渺，古今一梦尽荒唐"，人生中的人情冷暖、生活中的各种滋味，都会在书中一一得到体会。

同时，《红楼梦》也为我们提供了一种非常宝贵的、务虚的生命教育。从历史发展趋势来说，人类正在远离诗性，远离生命意义的终极追问，而生命态度里则趋向务实，缺乏务虚。当我们不再只觉得宝玉真多情、黛玉太矫情、宝钗贼精明、薛蟠是恶人时，那我们也能有一颗强大而柔软的心，体验生活的酸甜苦辣，洞悉人生的悲欢离合，却始终不改对生命的执著深情，从而借助这种力量找到自我价值。

阅读《红楼梦》全书，首先要了解小说展现的社会风貌和生活习俗。其次要把握线索结构，梳理主要情节，体会人物性格的多样性和复杂性。最后对书中大量的诗词曲赋、礼仪制度、节日习俗及饮食文化等进行赏析、传承和创新。如宝玉游园、元春省亲、黛玉葬花、海棠诗社等诗词大赏；《长生殿》《牡丹亭》《满床笏》等戏曲集成；甄家元宵灯会、秦可卿葬礼、贾母庆生、马道婆魇魔法等民俗探究；刘姥姥游大观园尝的茄鲞、宝玉挨打后的莲叶汤等饮食集锦，这样从不同角度来领略《红楼梦》中古典文化的博大精深。

第一节 《红楼梦》的历史意义和现实价值

一部伟大的小说，其影响深远、流传至今的价值，往往不仅仅体现在其文学方面，还在于它对人们心灵深处的观照，在于它对社会风貌与时代精神的体现，《红楼梦》就是这样一部兼具文学性和时代性的杰出作品。要了解《红楼梦》的内容和作者想要表达的深意，除了从文学之美中去感受之外，还需要以整体的眼光审视和解读《红楼梦》所带有的历史意义和现实价值。

一、《红楼梦》的历史意义

在中国文学传统中，"史"一直占据着重要的作用，小说也往往被人们看作历史的补充，"以史评文""以史立文"的传统一直延续至清朝，深刻影响了小说作家的创作理念和创作方式。《红楼梦》的历史意义不仅仅在于后人所猜测的各种"索隐"和政治隐喻，还在于其人物和故事中所反映的历史细节及闪烁着的思想方式。

具体来说，小说中的人物虽然是虚构的，但他们的形象是有着特定历史文化和时代精神的影响的。从文字当中，我们可以看到当时作者对于人性和思想的理解。以贾宝玉为例，他思想中的反叛精神和平等博爱的观念，正是和其时代对儒教反思并逐渐向追求禅道精神转型的反映。曹雪芹借贾雨村之口将贾宝玉与众多的古代历史人物放置于同一坐标系之中，将古人的各种性情加以分类，宝玉即是其中非好非恶类型的代表，这种气质秉性也是一个民族和地域精神风貌的表现。

《红楼梦》讲述的是一个清代权贵家族内部的故事,是对当时大家族日常生活完整的记录,具有很高的历史价值,同时也是《红楼梦》之所以吸引人的原因。这些权贵家族的生活一般不被世人所了解,对普通读者来说更加具有神秘感、吸引力。

《红楼梦》中出现的人物,无论是王侯将相,还是普通百姓,他们的生活一样在日复一日地吃饭睡觉、婚丧嫁娶中度过。各个阶层的各色人物往来纠葛,产生了各种关系和矛盾,共同为我们展现出了康乾盛世的一幅多彩画卷。《红楼梦》就是一部"微观史",它描绘的是日常生活的丰富内容,为我们讲述了一个个生动的人生故事,它们在不同的场景中发生,走向不同的结局,体现了文学和历史的完美融合。

世人常以"春秋笔法"赞扬《红楼梦》的文学水平,可见历史书写对于中国文学的影响。这种文学图景甚至影响到了几百年之后的南美文学,著名小说家博尔赫斯的名篇《小径分叉的花园》便受到《红楼梦》的叙事方式影响,它在时空中展开无限的可能性,但它又如此具体,如此生动。从以上种种意义上讲,《红楼梦》让读者看到了一幅历史性的社会生活图景。

二、《红楼梦》的现实价值

《红楼梦》是一部极具现实主义价值的伟大作品,作者以一种历史的眼光来直面人间,书中有许多借助宗教和神话人物讲出的道理,为人间指点迷津,其中《好了歌》就体现了全书的主旨:

> 世人都晓神仙好,惟有功名忘不了!古今将相在何方?荒冢一堆草没了。世人都晓神仙好,只有金银忘不了!终朝只恨聚无多,及到多时眼闭了。世人都晓神仙好,只有娇妻忘不了!君生日日说恩情,君死又随人去了。世人都晓神仙好,只

有儿孙忘不了！痴心父母古来多，孝顺儿孙谁见了？①

《好了歌》以"了"为主题，阐述着"一切皆空"的道理。在佛教思想中，人世间的红尘都是空的，而人之精神和灵魂是实在的。欲望迫使人们在人世间找寻各种世俗的追求，但到头来总是为情或为利所伤。要摆脱这一境遇，只能是摒弃世间的各种欲望和世俗的追求，明晰"四大皆空"的道理，这与道教追求"天人合一"的境界，通过潜心修炼，保持一种"知足"的生活大有不同。

其实，此两种态度都是回应生活世界的方式。但在现实生活中，曹雪芹也并未依此"遁入空门"并将《红楼梦》写成一本宗教小说，而是借助《好了歌》和全书的内容，作者更想带给读者的是一种中和处世的思想，是从容地对待功名利禄、情感等问题，积极地处理人与人之间的关系，这样下去，生活中无谓的烦恼会少很多，人生也会更加轻松美好。

当然，《红楼梦》中还有着丰富的人生哲学，"窥一斑而见全豹"，小说通过刻画不同的人物来反映深刻的社会现实。尤其是王熙凤这一具有警示意义的人物，作为一个精明的女子，她思想活络，才能出众，能够管理一个大家族。但她并没有一副善良的好心肠，利欲熏心，贪婪至极，手段歹毒，先后害死了贾瑞和尤三姐，最终落了个"机关算尽太聪明，反误了卿卿性命"的悲惨结局。

相比较而言，刘姥姥却是一个值得我们同情和喜爱的人物，她是一个乡下老妪，为着碎银几两而跑来求助于贾府，王熙凤依着往日两家的面子，仍然按礼数招待了一番。当贾府被抄家之后，她并没有和贾府"划清界限"，而是急忙去探视王熙凤，并受托了王熙凤的遗愿去寻找巧姐。刘姥姥是一个懂得感恩的人，虽然当时受到

---

① 本书凡引《红楼梦》原文，均出自中国艺术研究院红楼梦研究所校注本《红楼梦》，人民文学出版社 2008 年版。后不另注。

的帮助对贾府来说不值得一提，但她挺身而出，不怕受连累，将巧姐带回到自己家中安顿下来，可以说是涌泉相报了。

刘姥姥这样一个很特殊的人物，在贾府繁华和衰败时都有出现，以一个局外人的视角见证了贾府兴衰的过程。最重要的是，她那颗真正善良、纯洁的慈悲心，也正是《红楼梦》所告诉世人的处世道理，仍然值得今天的读者去体会和感悟。

第二节 抓住纵横交错的情节主线

《红楼梦》一书以贾、史、王、薛四大家族的兴盛衰败为背景，以宝黛爱情悲剧为主线，描绘出了一幅壮丽而凄美的封建贵族社会的生活图卷，广泛而深刻地反映了封建末世尖锐复杂的矛盾冲突。整部小说的叙事结构呈现为网络式，有三重悲剧、三条线索、三层空间。这些网状结构或隐或现地将全书编织起来，相互交织，共同展开叙述，下面略加说明。

首先，在三重悲剧中，尤以家族衰败悲剧最引人注目。小说是以贾、史、王、薛四大家族为背景，以宁、荣二府为中心来展开的，主要通过对贾府兴衰走向的描绘，展现了封建社会的腐朽和衰败，以及权力、财富和地位对人的异化。

贾府衰败的悲剧是由一系列独立而又互相关联的情节构成的。小说从第七十五回开始，便有关于贾府没落的描述了。文中贾母因见伺候添饭的仆人手里捧着一碗下人的米饭，尤氏吃的仍是白粳米饭，便问那仆人为什么盛这个饭来给尤奶奶。那仆人回应是因为今日家中添了一位姑娘，所以短了些。王夫人也忙着说是这一二年旱涝不定，田上的米都不能按数交，所以都生恐一时短了，买的不顺口。高级红米饭只做了三人的，因探春临时来就不够吃了，从这里可见此时贾家败落的景象。而再回想第四十回，贾母宴请刘姥姥时，凤姐为捉弄刘姥姥，请她吃的是一两银子一个的鸽子蛋，而当蛋掉到地上时，马上便被人收拾走，这也引得刘姥姥感慨道：一两银子也没听见响声就没了。从这今昔对比中，便可看出贾府走向没落的征兆。

其次，在三条线索中，虽然以事为线索最为明晰，但物的线索同样不可忽视。物有具体的实物也有抽象物，其中具体的物，除宝玉的通灵宝玉外，服饰的描写很值得称道。

小说中的人物由于阶层、性别不同，服饰也种类繁杂。大抵可分为四类。一是皇族人员的服饰，为王帽蟒袍。如第十五回中对北静王爷服饰的描写，头上戴着洁白簪缨银翅王帽，穿着江牙海水五爪坐龙白蟒袍，系着碧玉红鞓带，面如美玉，目似明星，真好秀丽人物。北静王爷的穿戴也代表了他尊贵的身份。二是官宦公子的服饰，为金冠绣服。如第七回中，宝玉是金冠绣服，骄婢侈童。从此描写，可以看出宝玉身上富家公子的奢华感。三是贵族小姐的服饰，为各具风格。如第八回中，对薛宝钗的服饰进行了具体描写，薛宝钗头上挽着漆黑油光的髻儿，蜜合色棉袄，玫瑰紫二色金银鼠比肩褂，葱黄绫棉裙，一色半新不旧，看去不觉奢华。从颜色来看是柔和的暖色，很符合宝钗端庄沉稳的性格特点。再看第四十九回对黛玉的描写，黛玉换上掐金挖云红香羊皮小靴，罩了一件大红羽纱面白狐狸里的鹤氅，束一条青金闪绿双环四合如意绦，头上罩了雪帽。从材料上有毛皮、羽纱等高级材料，也比较符合她官宦小姐的身份。四是平民姑娘的服饰，为简单寒酸。比如第二十六回中，袭人穿的是银红袄儿、青缎背心、白绫细折裙，可见其服饰大多样式简单，并无过多搭配，也与其身份地位相符合。

最后，在三层空间中，以现实世界最为影响深远。有贾雨村不念旧情乱判案，展示了《红楼梦》对于封建社会官场黑暗面的揭露和批判。由理想世界中的"木石前盟"变为现实世界中的"金玉良缘"，坚持理想的宝玉最终选择破红尘和悟出家，正体现了宝玉在小说中如同皓月在空，与封建时代的格格不入。

此外，在小说中描绘的无论是人物、情节还是环境，都是现实世界的典型化反映，如书中提到的"惠泉酒""火腿炖肘子"等美食为地道的江南菜，而书中大多数的人物活动却是在北方地域展开的，有大运河和吃饺子等北方地域特色，《红楼梦》中的北方文化和南方习俗互相交错，共建了一个涵盖量大、内容丰富的现实世界。

总起来说，作者将《红楼梦》中众多人物以及情节都组织在这个宏大的结构中，相互影响，层次分明。这网状结构就像用千条万条彩线织起来的一幅五光十色的巨锦，笼罩着一层真真假假的神秘面纱，展现了当时封建贵族的腐朽奢靡和普通百姓的渺小无助，也对封建制度的弊病和罪恶进行了抨击。

第三节 把握前五回的纲领作用

《红楼梦》前五回把整个小说的框架以及人物的命运都做好了伏笔。既有故事发生的背景，也有主要人物的出场；虽看似简单和谐，却是复杂矛盾的开始；虽描述了封建贵族奢靡的开始，还暗示着慢慢走向败落的结局。正如开篇僧道二仙对石头所说："那红尘中有却有些乐事，但不能永远依恃；况又有'美中不足，好事多魔'八个字紧相连属，瞬息间则又乐极悲生，人非物换，究竟是到头一梦，万境归空，倒不如不去的好。"这一句揭示了小说全篇的故事走向，每个人物都经历了各自的悲欢离合，却终为一场梦。

第一回，甄士隐梦幻识通灵　贾雨村风尘怀闺秀。这一回以甄士隐的家庭生活为背景，展现了封建社会中个人的命运与整个社会的紧密联系。主要写了两件事。第一件是引用两个神话传说，讲了

《石头记》的"石头"是女娲补天剩下的一块,这块灵石便是贾宝玉的前世,不仅点明了宝玉的身世为一块"顽石",也暗示着他顽劣不堪的天性;接着讲了宝黛二人木石前盟的神话故事。第二件主要讲甄士隐和贾雨村。贾雨村的出现不单单是引出故事,也是本书进入正题的涓涓细流;再说两人的寓意,贾雨村代表的是入世,而甄士隐则代表了出世,最终都结束了对于功名利禄的贪恋。开卷第一回,不仅通过描绘神话故事来引入鸿篇巨制,增加了神秘感,而且开篇以小人物开始,就像小溪渐渐汇入江河一般,逐渐进入大主题。

第二回,贾夫人仙逝扬州城 冷子兴演说荣国府。这一回主要介绍了贾宝玉的家族背景,以及封建家族的权力斗争和人际关系。文中重点是冷子兴的演说。这冷子兴是王夫人陪房周瑞家的女婿,名字寓意有"冷眼看人世间兴衰之意"。这回中,冷子兴像说书先生一样娓娓道来贾府各种人物关系及兴衰历程,是整个故事的中心,为后面的故事情节做铺垫,既体现了人间冷暖百态,也为后面人物逐个登场作提示。此外,通过冷子兴的讲解,读者也可以更加深刻地理解整部小说的主题和意义。

第三回,贾雨村夤缘复旧职 林黛玉抛父进京都。这一回以贾雨村的个人经历为线索,通过他的命运波折和感情纠葛,表现了封建社会中个人情感与理智之间的矛盾。主要写了三件事。其一,贾雨村为贾政谋官职。其二,林黛玉进贾府见贾母。黛玉进了荣国府,见了贾母,见了邢夫人、王夫人、李纨,并一众姐妹迎春、探春、惜春。最后王熙凤一出场,一片热闹景象。其三,便是宝黛初见似旧识。林黛玉瞧见宝玉,像在哪里见过的一般。宝玉见着黛玉,也直接来一句:"这个妹妹我曾见过的。"

第四回,薄命女偏逢薄命郎 葫芦僧乱判葫芦案。这一回揭示了封建社会中官场的黑暗和腐败,以及普通人的悲惨命运。小说讲述了贾雨村在审理薛蟠打死冯渊的案件时，因为涉及贾府的势力范围，所以胡乱判案的故事。在这个不公正的审判中，门子这个角色发挥了重要作用，他先是以"护官符"来说明四大家族的势力范围，又让贾雨村以薛家的钱财来补偿冯家的损失。故事最后，贾雨村虽审结了此案，但是他的不公正行为也为他后来的官场失意埋下了伏笔。

第五回，游幻境指迷十二钗　饮仙醪曲演红楼梦。这一回借贾宝玉梦游太虚幻境，获阅《金陵十二钗正册》《金陵十二钗副册》等判词，听《红楼梦》十二支曲子，警幻仙姑随后授其云雨之事，并将秦可卿许给宝玉等，交代了贾府中众女子的性格和命运，剧透了女儿们的悲惨结局，奠定了全书悲凉的基调。

前五回是全书的总纲。这五回为整个小说的剧情发展奠定了基础，先介绍故事发生的背景，再逐渐引出主要人物，并且对于结局的暗示也包含其中。这些回目相互之间既有独立性，又存在着紧密的内在联系，分别从不同的角度，为全书作了必要的交代和暗示，可以帮助我们更好地把握全书的内容。

第四节　关注人物形象的塑造

《红楼梦》小说艺术成就突出，其中人物形象的塑造最为精彩。据统计，书中有姓名的人物达到四百八十多位，众多人物形象鲜活，其中重要人物有几十位，毋庸置疑，贾宝玉、林黛玉、薛宝钗以及王熙凤等都是熠熠生辉的文学形象，他们成为中国文学史上独具特色的经典形象。对于人物形象的塑造，《红楼梦》采用的手法较为多样，除了使用个性化的语言、动作和心理活动的描写来刻画，还运用神话故事、经典意象和诗词等丰富人物的个性特征。

一、借用神话故事、玄幻空间等要素塑造人物形象

神话是艺术的土壤，神话因素也深深扎根于传统文学的创作之中。《红楼梦》开篇就以一个颇具玄幻意味的故事直接将读者拉入文学作品中，以"女娲补天"的神话为楔子，讲述了一块散落在人间的石头的故事。

作为整部书故事线索的石头，曹雪芹借神话之力赋予其神性，不仅将这块顽石从天而降带有的灵性写出，还给了它不凡的品性：这块石头化身为人间的贾宝玉，故事也就此正式展开。在人间走一遭，历尽了人间"悲欢离合，兴衰际遇"之事，最后又回到青埂峰下，将自己的故事写在身上。

在文学作品中，人物是需要艺术加工的，需要作者能够抽象出一种人物性格，尤其在作者想要展现出某种理念或深意时，这种人物性格的设计就尤为重要。就《红楼梦》来说，善恶并举的写法在小说中显得十分关键，正是这种饱满的人物刻画理念才使得《红楼梦》至今仍为人称道，并不过时。

然而，抽象人物的性格刻画并不易表达，往往需要借助一些技巧和方法，技巧和方式的迥异依赖于各种文化所属的思想传统。在西方，深厚的宗教传统使得作家在进行文学创作时喜欢取材于圣经故事等带有宗教意味的"故事核"，其中人物往往具有"神性"，这种"神性"贯彻着宗教思想和人们对上帝的想象，这种描写也易于被读者理解和接受。同理，在中国古代，神话故事和"天界"所带有的异于人间的他者性质给了创作者描写人物性格的凭依，奇石和宝玉就更容易脍炙人口，引起读者的兴趣。

此外，作者还创作了一段神话故事，即"木石前盟"的传说。以神瑛侍者和绛珠仙草的关系来影射贾宝玉和林黛玉的爱情故事，通过这段故事交代了两人的前世因缘，也为宝黛爱情最终的悲剧埋

下了伏笔，成为全书的一个重要线索和主题。

其实，在漫长的文学传统中，先民们将各种非人之物与人之性格相互对应比较，赋予万物以人的品性，用以理解世界，为我所用。玉石和花木，在中国传统文化中代表着不同的生命意向。

玉石质地坚硬，因其形象各异，常作淫玩观赏之用而被称作"顽石"。小说中的宝玉就同时带有着玉石的种种秉性，他顽愚、乖张，不满充斥着条条框框的封建礼教，与污浊的世界格格不入，而这正是人同时具有善恶两性的最佳比喻。再结合作者饱受了世态炎凉、看透了世事兴衰荣辱的人生经历，这是否也是曹雪芹对于人世间的一种态度？在一座必将倒塌的人厦前，他对腐朽没落的社会充满了批判的眼神，而这背后又不可避免地带有一丝悲剧的哀叹。

花木常被人看作柔软细腻、充满浪漫想象的事物。林黛玉即是花木性格的代表，书中多次暗示其和花神的对应关系，例如林黛玉与花神同一天生日，在她的生命历程中又常常出现"吟花""葬花"等相关意象。花木是脆弱的，一场干旱就能够将其彻底毁灭。黛玉在人世的生活便是如此，经历了父母双亡的悲苦和寄人篱下的酸楚。患得患失的爱情更是如此，尤其在传统的婚恋观下，包办婚姻制度让多少真情化作伤痛。这种种愁绪难以排解，所以，黛玉写下了葬花吟："花谢花飞花满天，红消香断有谁怜？游丝软系飘春榭，落絮轻沾扑绣帘。闺中女儿惜春暮，愁绪满怀无释处……"她多愁善感的性格正映衬了花木脆弱的特点，她常常流下的泪水又应和了其前世传说中为神瑛侍者欠下的灌溉之德。曹雪芹以花喻人，将世人熟知的意象渗透到人物形象的塑造之中，使其深入人心。

二、使用诗词对小说人物形象的塑造

小说中，作者创作了大量的诗词曲赋，这些作品不仅提供了文学上的审美价值，还起到了推进叙事的发展、表现人物的性格等作用。如第三十七回,探春发起海棠诗会,探春、宝钗、宝玉和黛玉四人共作了四首同题《咏白海棠》。因四人性格各异,处境各异,其诗也反映了人物各自的性格,我们看其中三位女性的诗作。

首先是发起人探春写的一首:

> 斜阳寒草带重门,苔翠盈铺雨后盆。玉是精神难比洁,雪为肌骨易销魂。芳心一点娇无力,倩影三更月有痕。莫谓缟仙能羽化,多情伴我咏黄昏。

咏海棠即是咏物。王国维先生将中国咏物的诗词传统分为"有我之境"和"无我之境"。在"无我之境"中,诗人与物之间是物与物之间不带任何感情的观照,以物写物。另一种则是"有我之境",人作为主体带着各种心境与感情注视客体之物,即"以我观物,故物我皆著我之色彩"[①]。以物和景表达自己的感情,表达人物的处境和命运,是较为巧妙的一种写人手法。

以诗观人,探春此诗并未堕入伤春悲秋的无病呻吟,而是有意境,有思想。全诗以海棠花自喻,写花之娇美的身姿,纵是海棠能羽化成仙,却不愿离去。该诗以"斜阳"开头,以"黄昏"结尾,说明探春是具有敏锐眼光的,曹雪芹以此暗示宏观的命运,她仿佛已经看到繁华背后将要衰亡的迹象。而"玉是精神难比洁,雪为肌骨易销魂"两句,说明探春是有着不屈品格的,她想有一番作为,却奈何人世无常,更何况整个家族都进入了一种无法挽回的衰亡命运,牵挂、悲伤、对自身欲求的展现都在这首诗中得到表达,让人感受到探春独一无二的性格魅力。

探春之后是薛宝钗的《咏白海棠》:

> 珍重芳姿昼掩门,自携手瓮灌苔盆。胭脂洗出秋阶影,冰雪招来露砌魂。淡极始知花更艳,愁多焉得玉无痕。欲偿白帝

---

① 王国维:《人间词话》,广西人民出版社2017年版,第4页。

凭清洁，不语婷婷日又昏。

这首诗将一个端庄、含蓄的大家闺秀品格写了出来，方正标准，切合宝钗的品性，表现了其对贾府的忠诚。

再谈黛玉作的诗，恰好与宝钗一诗相衬：

  半卷湘帘半掩门，碾冰为土玉为盆。偷来梨蕊三分白，借得梅花一缕魂。月窟仙人缝缟袂，秋闺怨女拭啼痕。娇羞默默同谁诉，倦倚西风夜已昏。

这首诗明显更加清奇瑰丽，李纨对钗黛二人的诗做了评价："若评风流别致，自是这首；若论含蓄浑厚，终让蘅稿。"这正是对二人性格最好的刻画。况且，向来有"钗黛合一"一说，认为林黛玉与薛宝钗是一人两面，分别代表两种性格，同时也代表着两种爱情，即"木石前盟"和"金玉良缘"。

第五节　品味日常生活细节的刻画

阅读《红楼梦》总是给人一种岁月绵长的感觉，原因在于它真实详尽地记录了贵族的日常生活细节，最大程度地还原了当时的社会场景，满足了大家对古人生活的想象与好奇。我们可以从《红楼梦》中的几个生活截面窥见一二。

一、小事件隐大信息

在《红楼梦》中描述了许多大大小小的事情。既有贾元春省亲等大事，还有很多发生在日常的小事，如薛姨妈派周瑞家的送宫花。这本是一件只需一笔带过的小事，但却几乎占了整整一回，写得极其详细。为什么呢？脂砚斋的批注这样说："他小说中一笔作两三笔者、一事启两事者均曾见之。岂有似'送花'一回间三带四攒花簇锦之文哉？"可见，这个小事件中"间三带四"，隐藏着很大的信息。

送宫花,暗示着薛家的发展。薛家是一个富可敌国的采办杂料的皇商,虽有钱却没权。薛姨妈一家之所以来到京城,主要是为了薛蟠避祸和宝钗选秀这两件大事,但奇怪的是:薛蟠之事早已被贾雨村乱判摆平,宝钗选秀之事却没结果,而薛姨妈一家还是一直住在贾家。这里我们可以推测,薛姨妈派人送宫花,这宫花原来应是为宝钗所准备,现在送与别人,表明宝钗选秀已经失败。此外,薛姨妈为何送宫花给凤姐和贾府姑娘们,正体现了薛姨妈的人情世故。薛家有钱无权,正好通过送宫花来借小物谋大利,又通过"金玉良缘"与贾家结下亲家,可以使薛家稳固贵族地位,这正是权力和金钱相结合的现实经济关系在观念上的反映。

送宫花,揭示着人物的性格。周瑞家的在送宫花时按照先"三春",次凤姐,后黛玉的顺序进行。送给"三春"时,三人对送来的宫花都不太在意,这也彰显出贾家的富贵,即便宫花样式再新颖,对于三人来说,都不是稀罕之物,自然也就没上心注意。送至王熙凤时,王熙凤遣人给秦可卿送去了两朵宫花,是怕薛姨妈不知道宁国府里秦可卿的重要性。这体现了王熙凤顾全大局、善解人意的机敏。最后送至林黛玉处,黛玉只是冷冷地说了两句话,一句是"还是单送我一人的,还是别的姑娘们都有呢",另一句是"我就知道,别人不挑剩下的也不给我",明显的话语尖酸刻薄,以至于周瑞家的"一声儿也不言语"。通过周瑞家的送宫花一事,深刻地揭示出"三春"的富家千金姿态,王熙凤的精明手段以及林黛玉的敏感个性。

送宫花,照应着人物的命运。看似不经意的叙述,却埋下了人物命运的伏笔。周瑞家的去向王夫人汇报工作,在梨香院门口遇到了"一个才留了头的小女孩儿"。随着故事的推进,这个小女孩的信息逐步显现:原来她叫香菱,就是第一回中甄士隐走失的女儿,就是第四回薛蟠惹上"人命官司"的英莲,她的模样像"蓉大奶奶的品格儿"。其实,这件事还伏应着另一个女孩儿惜春的命运。当周瑞家的给惜春送宫花时,惜春开玩笑说,赶明儿也剃了头作姑子去,可巧送了花来,如果剃了头,可把花儿戴在哪呢?这正与第五回"金陵十二钗正册"中她的判词相照应,暗示着她出家做尼姑的结局,她的一句戏言却成了自己命运的谶语。

二、小人物显大背景

《红楼梦》中花了大量的笔墨去写宝玉、黛玉、凤姐等主要角色,也留了不少笔墨写丫鬟、僧人甚至连姓名都没有、纯属走过场的"群演"小人物。这些小人物,看似不起眼,其实细细品起来,都大有深意,并非泛泛之笔。作者匠心独具地将故事的大背景、大冲突暗显在那些稍纵即逝的小人物身上。譬如第六十回至第六十一回中,有一位负责大观园角门的安保"小幺儿"。"小幺儿"是北京话,意思是小厮。虽然他在情节中没有姓名、出场时间短,但他油滑、厚黑的性格特点却展现得纤毫毕现,并牵连着两个大事件。

一是引出大观园的改革。柳家的从大观园外面进来,他不给开门,结果被柳家的痛骂一顿。他提出让柳家的"好歹偷些杏子出来赏我吃"。大观园里有的是杏子,摘一些只是举手之劳,为什么要说"偷"呢?原来探春临时主政后"兴利除弊"地改革,将园子里所有果树花草全部承包至个人,包括杏子在内的那些果树已成了"私人"的东西,而负责承包的婆子媳妇也十分恪尽职守、看护有加。是以"小幺儿"便只因一句偷杏而被啐骂。

二是体现荣国府的管理。"打酒买油"本是很平常的小事,一个小看门的有什么理由不给开门,问题是为什么非得"半夜三更打酒买油"?大观园里住着宝玉和一众姑娘们,日后可不可以随便打开角门?"小幺儿"特别强调了"日后",透露出以前可能是常有的事。这轻描淡写的一句话意味着婆子媳妇们经常在晚上斗酒赌牌,这便体现了那看上去规矩森严、风平浪静的荣国府实际上却内部管理十分混乱。

不仅如此,从"小幺儿"后面与柳嫂子的对话中,还说出了"单是你们有内牵,难道我们就没有内牵不成""什么事瞒了我们"这样的话,显示出这样一个微不足道的小人物却和给贾宝玉密告的丫鬟小鹊一样,牵出了贾家的"水"之深,体现了贾家其实就是一个错综复杂、深不见底的深邃江湖。

《红楼梦》书中,往往仅通过简简单单的小细节,就暗示了深厚的内涵,也不着痕迹地道出了人性灵魂深处的心理状态。品味这些日常生活细节的描写,可以以小见大、见微知著,深刻领会《红楼梦》这部经典的神奇魅力。

第六节　鉴赏诗意美、哲理性的语言

《红楼梦》在语言的使用上有着很高的成就,不仅仅是其书中使用的辞藻华丽,还在于它能够雅俗兼容,以此丰富人物形象,揭示出深刻的主题内涵。

一、语言中的诗意美

《红楼梦》是一部诗化了的小说,处处体现着中国文学的诗词传统,既写出了诗的语言,也在种种意象和名词中氤氲着诗情,包括人名、亭阁、别号、对联、物名等。

首先是诗化了的人名。《红楼梦》中出现了许多人物,中国文化向来重视名字的含义,在小说中,人物姓名的设计十分重要,《红楼梦》中的人物名字不仅构思巧妙,充满着汉语之美,还常常起到呼应情节、暗示命运的作用。

例如"史湘云"一名,其判词有"湘江水逝楚云飞"一句,结合着史湘云的命运轨迹和性格特征,她如飞鸟一般,自然随性,性格底色也像江水一般豪情万丈。又如薛宝钗这个名字也饱含深意,李商隐《残花》诗曰"宝钗何日不生尘",以此隐喻作者自身受到伤害与抛弃,这与宝钗最后的遭遇相似,对应着"金簪雪里埋"的判词。

其次是具有诗意的故事环境和意象。大观园里亭阁众多,处处体现着精心设计的意味,如潇湘馆、秋爽斋、紫菱洲、滴翠亭等,个个都有典故。就贾宝玉所住的"怡红院"来说,在第十七、十八回中,宝玉在贾政面前题写大观园各匾,走到"怡红院"前,见院中一边是许多芭蕉,一边是一株西府海棠。宝玉将芭蕉和海棠比作"红""绿"二字,兼顾两花起名为"红香绿玉"。最终由元春定夺时,改为"怡红快绿","怡红院"就取自此。大观园的各种题诗和题词,其语言之美与其院落的环境息息相关,充满了各种寓意。

最后是有许多讲究格律的对联。曹雪芹精通诗词格律,对联工整,往往是与该处所住的主人性格及其命运息息相关。类似于"假作真时真亦假,无为有处有还无""世事洞明皆学问,人情练达即文章"等句子,已经成为人们日常使用的俗语。

除了更偏于具象化的人物与环境外,《红楼梦》为我们展示的人物命运和故事情节,同样具有一种诗意美学。尤其是两位主角贾宝玉和林黛玉的命运,作者通过两人感情的经历,向读者传达出一种深沉的悲剧美。贾宝玉曾为祭奠晴雯而写出一篇感情真挚、全书中最长的诗词《芙蓉女儿诔》,黛玉也曾写过名篇《葬花吟》,都是艺术价值极高的文字。在这些感情充沛的诗词和兴叹中,我们不仅能感受到人物因个人遭遇而发出的愁绪和哀叹,在美学意义上,更是作者在面对生命的基本问题,面对人之生存的追问,人物的命运本身便能给读者诗意的审美体验。

二、语言中的哲理性

"说起根由虽近荒唐，细按则深有趣味"，《红楼梦》体察人生，反思历史，可以说是一部充满哲理意味的小说，我们可以从语言上品味其中所蕴含的哲理。

"天下没有不散的筵席"，这句俗语道出《红楼梦》所传达的第一个道理。从历史上看，在封建专制背景下，中国政治呈现出"分久必合，合久必分"的规律，因封建专制而走投无路的人们起身反抗，最终坐上皇帝的宝座，但经过繁华的洗礼，终究"富不过三代"，最终走向灭亡。富贵家族同样如此，在钟鸣鼎食的外表下，常常暗藏将要倾塌的危机。曹雪芹曾亲身经历过这样的兴替，他将这种"筵席必散"的故事重新写出，并模糊了时空背景，以一种更加抽象的方式将该道理讲述出来。这种规律不仅仅存在于王朝和大家族中，也存在于普通个体身上，是人生将要经历的世事无常和沧桑变化的真实写照。

《红楼梦》中曾有一句流传较广的名句："一损俱损，一荣俱荣。"这句充满理性思维的话语，道出了书中所展示的"系统思维"。在大家族中，人们之间的命运往往是相互联系并且相互影响的。各势力间的利益相互嵌套，大家族之间相互联姻，组成一个庞大的利益集团，并由此继续扩张自己的势力版图。在现实生活中，何尝不是如此？一个大家族是这样，整个社会的运转不也是如此吗？

现代科学就是一门关于"系统"的学问，医学、物理学、生物学、社会学诸多学科，都向我们揭示着这样一个道理：牵一发而动全身。人们只有互相尊重，不陷害他人，才能保护好自己。当然，也只有在有效地联系他人、互相取暖的情况下，才能在更复杂的社会环境中保存自身。哪怕就个人而言，对待自己的身体也需要注意各部分之间的有机互动。所以，这样的哲理具有很强的社会价值。

还有很多词语也深含哲理。比如中国文化讲"否极泰来"，意思是逆境达到极点，就会向顺境转化，坏运到了头好运就来了。第十三回中，秦可卿死后给王熙凤托梦道："……常言'月满则亏，水满则溢'；又道是'登高必跌重'。如今我们家赫赫扬扬，已将百载，一日倘或乐极悲生，若应了那句'树倒猢狲散'的俗语，岂不虚称了一世的诗书旧族了！"秦可卿还嘱咐说，在祖坟周围广置田产房舍，再将家塾也设于此，万一犯罪抄家，这祭祀产业是不能入官的，子孙回家读书务农，也有个退路，祭祀祖宗也可永继。这一段点明了贾府的最终结局，也正好应了古训"月满则亏、水满则溢、日中则昃"的哲学思想，体现着曹雪芹运用语言的高超艺术。

第七节　了解社会关系和习俗的丰富多彩

作为中国古代封建社会的百科全书，《红楼梦》深入描绘了当时中国社会的风貌与关系，不仅有庞大的家族故事，还有许多详细的风俗描写，为我们描绘了一幅古代社会的写实画卷，对我们了解当时的社会关系与社会习俗有巨大的参考价值。

一、社会关系的展现

《红楼梦》是明清时期整个社会面貌的见证，也是当时社会整个精神文化的缩影，其中最突出的特点便是人物形象的塑造。

人物是文学作品的血肉，文学离不开对人物的描写，在个人的描写之上，社会关系又构成了故事的基础，进而组成整部文学作品。《红楼梦》塑造了数百个各异的人物形象，根据不同身份和故事的设定，人物间产生了亲情、爱情、友情等多重关系。在贾府中，最重要的人物是贾母，她是维持整个大家族的支撑点，让各家能够在一起和谐共处，提升了整个大家族共同抵御风险的能力。贾宝玉是《红楼梦》的中心人物，他生在钟鸣鼎食之家，是贾府寄予厚望的传承人，小说以艺术的手法刻画了他家庭叛逆者的形象，还有其"正邪共存"的性格特点。

在刻画人物之外，《红楼梦》也写了一个家族的故事。对于这部书的现实性来说，书中将所描写的家庭问题和社会情况有机地结合起来，赋予家庭矛盾以深刻的社会矛盾的逻辑。贾府中的种种矛盾，包括宝玉、黛玉、宝钗等诸多人物的各种情感的冲突，在一定意义上，就是当时社会矛盾的反映，荣国府中发生的故事就是当时社会的缩影。这个大家族，正像它所对照的清王朝一样，固然表面上还维持着奢华的场面，但问题已从各处不断显露出来，这样的思路正是全书以盛写衰的创作特点。

二、社会习俗的融合

从宋朝起，中国的经济中心开始转移到了南方地区，明清时期，江南地区就出现了许多学者所称的"资本主义萌芽"，商业经济得到了极大的发展，其孕育的江南文化也对其他地区产生了较大的影响。虽然《红楼梦》的描写中带有浓厚的江南文化特色，但我们仍要看到在当时中国所展现出的南北文化的融合，尤其是北方统治者所带来的社会习俗文化。

《红楼梦》中不仅有江南文化的柔弱与清雅，还有北方文化的粗犷与大气，呈现出多方面的差异性。来自满洲的清朝统治者们以八旗军队征战四方，许多北方的习俗与文化也随着军队的足迹传播到中国的其他地区，让南方的民俗文化也融入了北方的风格。

同时，作为连结南北经济的纽带，大运河之上的贸易往来也加速了南北文化融合的脚步。商人在南北之间往返，文人也在这条大动脉上进京参加科举，大量的人员往返为两地互相带来对方的文化风格。从政治上看，康熙、乾隆两位皇帝多次南巡也为南北方民俗的融合发展起到了较大的推动作用。最具代表性的是江南地区的曲艺、建筑与饮食文化等，因为皇族的爱好而被带到京城，并不断渗透到北方普通老百姓的生活之中。譬如：在婚俗描写中，"冲喜"在今天的民间仍可以看到，同时"仪婚""坐床撒帐"等"金陵旧俗"，也在书中有巨细靡遗的描写。而在称谓之中，我们可以看到满族的影响，例如"老祖宗"的称谓，这与汉族称"爷爷""奶奶"不同，是满族对年龄较大、辈分较高的长辈的特有称呼。

此外，在满族的家庭中，女性具有较高的地位，不缠足是满族相对于汉族习俗的一个差异，这也与大观园中自由自在的女性生活产生了对应。还有女人主事也带有深刻的满族文化特色，从贾母到王熙凤，书中操持家中事务的多是女性。当然，这种文化前提仍带有较重的男尊女卑特色。还有，重内亲也是满族文化的重要习俗，在小说中也有所体现，例如薛家和史家的亲戚住进贾府，薛宝钗、史湘云就属于这种情况。

观照这一时期的社会习俗特征，其文化构成是极为复杂的，带有明清时期的历史特殊性，《红楼梦》对这一时期的社会关系和社会习俗进行了写实且带有艺术性的展示，为今天的读者认识当时的社会提供了很好的资料。

总之，《红楼梦》作为中国古典文学的经典之作，它不仅是一部文学作品，更是一部文化瑰宝，它在结构、人物塑造、语言等方面都具有很高的艺术价值。通过阅读《红楼梦》，见微知著，探赜索隐，我们可以更加深入地了解中国传统文化的内涵和特点，提高自己的文学素养，汲取人生智慧，来应对生活中的挑战和困难，从而更好地传承和发扬中华文化。

第二讲
《红楼梦》的线索、结构

　　线索是一部文学作品的经脉，用于引导读者深入故事，解开谜团，理解人物动机和情节发展。线索之中，又以主线最为重要，它是文学作品的主脉，围绕着主要人物的目标、冲突和成长展开。它是故事的中心思想和焦点，推动着故事的发展，贯穿整个作品。

　　结构是一部文学作品的骨架，是作者用来组织情节、描写人物和展现主题的框架。在文学作品中，结构起着至关重要的作用，它决定了故事的发展方式、节奏以及读者的阅读体验。优秀的结构能够使得故事情节有机地衔接在一起，形成完整的故事线索，并巧妙地安排情节的起伏扭转，让读者产生连续的情感共鸣。

　　情节是一部文学作品的血肉，是故事中一系列事件和行动的发展和演变，简言之，情节即故事的内容和剧情。它通常围绕着主人公或主要角色的目标、冲突和发展展开，跟随主要角色的际遇和成长，推动着故事向前发展。

　　在文学作品中，主线、结构和情节三者密不可分。一个合理的结构能够支持情节的展开，让故事有条不紊地推进，丰富有趣的情节则为结构提供了充实的内容，主线又将前二者串联起来，推动故事发展。正如经脉、骨架和血肉共同构成了一个有机的生命体一样，主线、结构和情节相辅相成，共同构筑了一部完整的文学作品。

《红楼梦》正是这样一部结构稳健、情节生动的作品。在作者精心构筑的"红楼"中，结构如此楼的横梁立柱，赋予了故事逻辑和条理，让情节有序地展开，确保整部作品的完整性和连贯性；情节如楼内的家私陈设，赋予了故事生动的内容、引人入胜的冲突和转折；纵横交织的主线又如同楼中点起的冉冉熏香，引领着读者一步步踏入这座瑰丽的文学之楼。三者有机结合，相得益彰，使得其成为一部经久不衰的名作。

第一节　网状主线的共识

试想：二百多年前的某夜，曹雪芹独酌沽酒，暗自嗟叹。这是个被后世誉为"康乾盛世"的时代，天下富庶，教化洽隆，然而这位悼红轩主人，回望半生竟难以说出半个喜字，只觉"曾历一番梦幻"。倚仗皇恩宠眷、祖上勤俭，他也曾锦衣纨绔、饫甘餍肥，不料世事无常，华筵终散，荒唐梦醒时，已然潦倒至茅椽蓬牖，穷困至瓦灶绳床。思量到此，不觉已涕泪阑干，尤其忆起少时身边的闺阁女子，个个聪明伶俐，才情并茂，甚至行止见识皆出于自己之上，如今大厦已倾，却不知她们又流落何处？

或是为怀念锦衣玉食之往日生活，或是为纪念亲密无猜之众多闺秀，或是为伤时骂世以揭天下荒淫，或是自叙家族兴衰以警醒世人，悲喜如幻……曹雪芹托女娲补天之故，借通灵宝玉之说，将真事隐去，用假语村言，披阅十载，增删五次，纂成目录，分出章回，最终让这部不朽巨著《红楼梦》得以问世。它既真情似诗经楚辞，又华美赛骈文汉赋，既壮丽比盛唐绝句，又凄清若晚宋伶曲；人物形象塑造饱满、气韵生动；情节走向草蛇灰线、伏脉千里；其中更是展现了明清时期的社会百态，不乏民俗、礼仪、节日、饮食、戏曲、宗教信仰等多个方面的文化与知识，展现了我国封建社会末期百姓生活的生动图谱。

《红楼梦》第一回中,作者满怀着渴望直抒胸臆,却又以唯恐世俗不解的苦闷心情向所有读者发问:"满纸荒唐言,一把辛酸泪。都云作者痴,谁解其中味?"

二百多年来,无数人尝试对"其中味"作出解答,但因其故事庞杂,研究者们首先都将其破璞见玉的功力倾注在"《红楼梦》的主线是什么?"这一问题上,对此,我们便也先从此处说起。

一、单一主线的提出

一派学者主张《红楼梦》故事可以单条主线、多条副线涵盖之。其中较多学者认为宝黛或宝黛钗的爱情故事是贯穿全书的主要线索,或者说是联络千头万绪的一条主线。前有何其芳、李希凡、蓝翎、舒芜等先生,后有何永康、邓遂夫、梅节与马力等学者。

与爱情说针锋相对的是家族衰亡史说。刘世德、邓绍基认为《红楼梦》的情节是作者用荣宁二府之兴衰这条基本线索串联起来的;洪广思在《阶级斗争的形象历史——评〈红楼梦〉》中更是批评了以爱情悲剧为主线的观点,认为作者以大家族的兴衰作为主线,展示了封建社会错综复杂的阶级斗争,有深刻和典型的意义。

还有张锦池力主贾宝玉的叛逆道路为《红楼梦》的主线。认为围绕宝玉性格的形成与发展而展开的叛逆与反叛逆的斗争构成全书的线索,并在屡遭抨击的情况下依然多次重申了该观点(1979、1992),其甚至认为《红楼梦》"谱写了一曲令人热耳酸心的青春的悲歌,从而完成了对封建宗法制度的总批判,在中国小说史上第一次发出了'救救青年'的呼喊"。

二、双重主线的探究

主张《红楼梦》有双重主线的,是指主张宝黛爱情线索和贾府盛衰线索。这双重主线是众多人物和驳杂事件有机组织、交错发展、彼此制约而构成一个巨大的艺术结构，两大主脉几乎不辨庄蝶地交织在一起，相辅相成而又并行不悖，以至贯穿始终。他们对《红楼梦》的叙事结构作出"诗意写实主义"的思考，认为具有纲领性质的前五回内容中，黛玉进贾府和宝玉梦游太虚幻境的情节，分别拉开了人间现实与天上神话两条故事线的序幕，故而两个世界的并置与交织构成了《红楼梦》的主框，神话是现实的前缘，现实是神话的后续。

三、网状主线的共识

小说的主线编排，是为小说的叙事内容服务的。选择什么样的编排方式，受制于小说的内容。事实上，在《红楼梦》的第六回，作者就曾直言创作这样一部鸿篇巨制在编排时的困境："按荣府中一宅人合算起来，人口虽不多，从上至下也有三四百丁，虽事不多，一天也有一二十件，竟如乱麻一般，并无个头绪可作纲领。"哪怕从我们实际的阅读体验来看，令人合卷难忘、大可立传著书的人物也多达数十位。本来，现实生活就是一个百面贯通、交相连结的复杂连续体，面对如此一部体大思精、结构缜密的《红楼梦》，倘若仅用简单线性的分析模式来考量，不免会显得捉襟见肘，是以网状主线说正逐渐成为共识。

早在20世纪50年代，李希凡、蓝翎就在爱情主线和衰亡副线说的基础上指出了《红楼梦》"网状"结构的特征，但此论和者甚寡。直到80年代张春树才重新提起网状结构说，他指出贾府败落之过程决定了《红楼梦》主线形式，不是沿着单一事件的线索照直写下来，而是许多事件同时涌上笔端，表现在其描写一个事件的纵向过程中又横加穿插许多其他事件。后又有多位学者发表了类似的观点，并作出了各自的思考与补充。总体而言，作为"各种主线说"的推进,"网状主线说"是一种更高级的形态,表现出完整性和整体性等特点,从而为多数人所接受,它表达了人们探索《红楼梦》结构之独创性与合理性的意图,反映了数代红学家不懈的理论探寻。下面对于《红楼梦》整体主线的具体分析,便较多参考此种观点。

(一)网状主线之纲:三重悲剧

纲是提网的总绳。《红楼梦》网状结构之纲是由三重悲剧构成的,分别是家族衰败悲剧、宝黛钗爱情悲剧与众女儿人生悲剧。

1. 家族衰败悲剧

家族衰败悲剧,即《红楼梦》中贾、史、王、薛四大望族的兴衰故事。无论是否读过《红楼梦》,总该对第四回中这四大家族的俗谚口碑有所耳闻:

> 贾不假,白玉为堂金作马。阿房宫,三百里,住不下金陵一个史。东海缺少白玉床,龙王来请金陵王。丰年好大雪(薛),珍珠如土金如铁。

四句俗谚虽有夸张成分,但这正道出了四大家族最初的盛况,他们皆安富尊荣,人丁兴旺,实乃"花柳繁华地,温柔富贵乡"的"诗礼簪缨之族"。

贾府的第一代是宁国公和荣国公,二公皆是开国功臣,官居超品,可是贾家承袭着先祖靠军功挣得的爵位,在仕途上再无更多建树。具体来看,到贾家第三代,即宝玉等人的父辈,宁国府的贾敷年幼而夭,贾敬虽考得进士,但一心求仙问道,无心入世;荣国府这边,贾赦承爵在朝为官,却荒淫昏聩,贾政养了一门清客,终日只读书下棋,无所事事。到第四代,即宝玉这一代,更是几乎无人有正经官职,不事仕事,亦不事家事。面对如此困境,荣国府知道自己渐渐远离朝政中心,是以让元春入宫,元春倒是很有出息,从女史慢慢升为皇妃。这本是贾府的"起死回骸",可惜府内众人实在不成器,在外作奸犯科,留下祸根,在内疏于管理,勾心斗角,正如第二回中冷子兴所言,贾府早已是"百足之虫,死而不僵",虽基础雄厚,但早已矛盾重重,颓势尽显。

史家本来只有一个爵位,即湘云的二叔忠靖侯史鼎,湘云一开始也是和他们一家一起生活,后因史鼎犯错被夺了爵位,湘云遂投靠三叔史鼐,史鼐因有功被特许承袭爵位,可惜被外派,史家的经济状况便也每况愈下。

王家为都太尉统制县伯王公之后,后又有王熙凤之父袭县伯爵位,王子腾初任京营节度使,后升迁为九省统制和九省都检点。王家在朝中地位不断上升,虽其先祖不及贾家显赫,但实为《红楼梦》故事中最为欣欣向荣的一家,某种程度上,甚至可以说王家才是贾家真正的保护伞。八十回毕,作者并未明确指出王家之衰败,但因贾家被抄,早已结下多重姻亲的王家势必也会受到牵连。

薛家为紫薇舍人薛公之后,但到薛蟠父亲这一代时就已经转变为皇商了,在朝中无权无势。薛父亡故后,接管的薛蟠滥情奢侈,好赌好色,只知挥霍钱财,游山玩水,虽仰赖着先祖之旧情分,在户部挂一个虚职支领钱粮,然各省中所有的买卖承局、总管伙计都趁时拐骗,京都几处生意亦渐消耗,后来自己亦锒铛入狱,这自是衰败之局。

2. 宝黛钗爱情悲剧

宝黛钗三人的爱情悲剧大抵是《红楼梦》中最为明显的主线,以至不甚了解此书者,常认为《红楼梦》只讲了这么一桩事,视之为众多乏善可陈的言情闲书之一,实则大谬。

宝黛钗三人的爱情其实带有一定的玄幻色彩。二玉这边,林黛玉前世乃是一株生在西方灵河岸边的绛珠仙草,因为得了神瑛侍者日以甘露灌溉才久延岁月,后来神瑛侍者下凡历劫,投胎贾府取名宝玉，绛珠仙草得知后也下得凡尘托生为黛玉，以一生的泪水报答前世的灌溉之恩。二宝这边，贾宝玉落草时衔下来的那块通灵宝玉上刻有"莫失莫忘，仙寿永昌"八字，薛宝钗随身佩戴的金锁上刻着"不离不弃，芳龄永继"八字，两者音韵、意义上竟都可互相对仗。是以，三人的爱情故事常被拆为两组进行对比与讨论，一边是二玉构成的"木石前盟"，一边是二宝构成的"金玉良缘"。

宝黛二人的前一世的因缘注定了这一世宿命般的爱情。两人初次见面时便神奇地"倒像在那里见过一般"，从此开始了青梅竹马、两小无猜、亦亲亦爱的关系。但两人真正的感情纠葛则要从宝钗登场拉开序幕，在亲密的二人之间，宝钗的横插一脚使黛玉感受到了前所未有的危机，或许最初还是小孩子之间孰亲孰远的小矛盾，但随着年龄的增长、进入大观园生活以及婚配事件的临近，过家家似的小矛盾开始向争风吃醋、相互试探的暗地较量演变。文中有多次写到黛玉"醋性大发"的场面，如第二十回中，在贾母处，黛玉得知宝玉是从宝钗家中过来，冷笑道"我说呢，亏在那里绊住，不然早就飞了来了"。又如著名的"黛玉葬花"情节，正是由于前一日黛玉求见宝玉不得，却听见宝钗与宝玉在屋内说笑，心中郁恨交结，又睹花伤春。黛玉饱含身世之悲，心胸相对狭窄，颇多猜忌，但或许哪怕没有"木石前盟"的宿命，宝玉也会赞赏黛玉的一点，是她同宝玉一样无法适应封建贵族的清规戒律和礼教束缚，而具有自由进步的爱情观。可惜的是，在那不能自由恋爱的旧社会中，如此性格必然不为常理世俗所容，哪怕宝哥哥与林妹妹的心越来越近，距离也必然是越来越远的。

其实在《红楼梦》一书设定的背景中，宝钗无疑更能符合大家族乃至每个男性的择偶标准，哪怕数百年后的今天我们读之，也常常觉得宝钗远比黛玉稳重而讨喜，更适合宝玉。或许她也曾想过无忧无虑地追求单纯美好的爱恋，但由于哥哥薛蟠不孝且无能，她必须完全生活在理智之中，是按照封建淑女的全套规范自觉行动，以肩负无比沉重的家庭责任，是以她处处用封建的行为规范约束宝玉，对宝玉经常说"仕途经济"一类的"混帐话"，尽管她这一做法，非常符合贾府这一封建大家庭的理念，能得府内众人之心，但却无疑失去了宝玉之心。在贾府众人设计的"调包计"下，宝玉最终被迫与宝钗完婚，宝钗当上了"宝二奶奶"，而黛玉则因此泪尽心枯、忧郁而死。

如此看来，似是"金玉良缘"战胜了"木石前盟"，但宝玉婚后却变得疯癫异常，即便考得功名，最终还是出家去了，独留宝钗枯守空闺。事实上，人们之所以称其为爱情悲剧，正是因为没有任何一方是赢家，三人皆可惜，三人皆可怜，三人都被"吃人"的社会所吞噬，在家族兴衰的洪流中牺牲。

3. 众女儿人生悲剧

按第一回中"作者自云"所言，作书之一大目的是为"使闺阁昭传"，而闺阁中的女儿们，自然不止钗黛二位，还有史湘云、秦可卿、晴雯、袭人等至少十五位（以《金陵十二钗》三册中明确出现的人物合计）。作者在描写她们时所耗费的笔墨或许不如主角人物多，但作者在塑造她们时倾注的心血却一点不比主角人物少，是以众女儿人生悲剧为《红楼梦》的第三条主线。

说到众女儿的人生悲剧，就不得不谈到《红楼梦》独特的判词系统。第五回中，宝玉因不胜酒力睡下，不料竟梦游了"太虚幻境"，幻境中，警幻仙姑向其展示了《金陵十二钗》正册、副册及又副册，册中内容便是判词，并警幻仙姑命舞女向梦中宝玉表演的《红楼梦十二支》曲词，皆乃众女儿命运之谶。可见，《红楼梦》中众女儿的命运早在第五回中就已注定，且基本上都为悲剧。如任劳任怨、尽忠职守，哪怕被宝玉踹了一脚也丝毫不恼的丫鬟袭人，判词为"枉自温柔和顺，空云似桂如兰。堪羡优伶有福，谁知公子无缘",其结局在贾府败落后被遣散,嫁给了伶人蒋玉菡,再也与宝玉无缘。又如泼辣时敢于反抗宝玉撕扇作乐、细心时不惜拖着病体为宝玉补裘的丫鬟晴雯,判词为"霁月难逢,彩云易散。心比天高,身为下贱。风流灵巧招人怨。寿夭多因毁谤生,多情公子空牵念",其后来被人诬陷勾引宝玉,成为了家族内权力争斗的牺牲品,被逐出贾府后病死。还如湘云的"湘江水逝楚云飞"、妙玉的"可怜金玉质,终陷淖泥中"、巧姐的"势败休云贵,家亡莫论亲"等,都恰如其命运。大观园中的众女儿,是当日"普天之下所有女子"的"行止见识"和命运遭际的艺术提炼和形象概括。

虽然作者按她们在实际生活中的主仆地位,不得已作出了正册、副册与又副册的划分,但在曲词和全书描写中,作者对她们统统以"情性"或人性的美丑及其遭遇作为唯一的共同的尺度来赞美之、同情之,而不管其小姐奴婢、等级贵贱,这一点,在中国古典小说中是史无前例的。对她们的悲剧结局,作者是深深同情的,并把它们归咎于"家道"和"天道"的崩塌。作者怀着"怀金悼玉"的悲痛,"花容月貌为谁妍"的惋惜和"生于末世运偏消"的清醒认识,唱出一支悲悼众女儿的安魂曲。

(二)网状主线之线:三类线索

"线"即线索,是织网的主要材料。《红楼梦》的线索较为复杂,也就是说这张"网"不是由一根线织成的,而是由许多条线纵横交错编织在一起的。脂砚斋批语中曾借"一树千枝,一源万派,无意随手,伏脉千里"的比喻,形象地道出了《红楼梦》结构线索的特征。这里的"一树"和"一源"同指小说之网的纲领,"千枝"和"万派"则应指纲绳所提领的各条线索。若以《红楼梦》中最为主要的三重悲剧为纲,那么纲绳所提,便是书中其他的风流冤家、悲欢离合,它们或经或纬地纵横穿插于故事中间,虽不甚起眼,但也对情节的推动有着重要的作用。

在《红楼梦》千头万绪的线索中，大体可划分为人、事、物三类。

首先看人物线索。宝黛钗三人的爱情故事，我们已在前文中提升到《红楼梦》网状主线之纲中去了，其余作为重要线索的有熙凤理家、元迎探惜、甄贾冷刘的故事。下面且对这些人物在小说中的线索作用予以简要分析。

熙凤理家。王熙凤仅从她初登场时"未见其人，先闻其声"的"凤辣子"架势，就令读者印象深刻。作为小说主线之纲下面最重要的一条人物线索，纲领中的三条悲剧都与她密切相关。一来，在家族悲剧中，王熙凤是荣国府的实际管理者，如第三回中，她对初来贾府的黛玉说道："想要什么吃的、什么玩的，只管告诉我；丫头老婆们不好了，也只管告诉我。"可见她虽说是"协理"，实际上操办着一切大小事务，那么贾府的由盛转衰，作为当家奶奶她要负直接责任。二来，在爱情悲剧中，她对宝黛关系的冷嘲热讽透露着不止一次的关注与撮合，但从宝黛钗三人的关系来看，这种撮合何尝不是"木石前盟"与"金玉良缘"二者矛盾的一种加剧呢？若按程高本后四十回所续的内容，她更是直接导演了钗嫁黛死的惨剧。三来，在人生悲剧中，这位"男人万不及一"的女人与"天下无能第一"的宝玉形成阴阳互逆，小说多处以"辣"和"酸"字来安排与凤姐相关的回目，也揭示了封建末世女强人的"辛酸"，正如她的判词"机关算尽太聪明，反算了卿卿性命"。

元迎探惜。贾府"四春"虽不是贯穿始末的人物，许多时候存在感甚至不及部分丫鬟，但这四位千金小姐也从各自的侧面反映了这个封建大家庭的矛盾，照应了家族盛衰的悲剧。元春是家族利益的牺牲品，自幼被送到"那见不得人的去处"，虽加封皇妃，看似光宗耀祖，实则还不如平常人家，竟不能享天伦之乐，父母弟兄叩拜在跟前，竟只敢以"娘娘"相称，反映出封建家长的希望和儿女自身的幸福之间的矛盾。迎春柔弱，不慎"误嫁中山狼"，最终"金闺花柳质，一载赴黄粱"。在婚姻问题上，贾赦和贾政对孙绍祖的看法不一，反映出大家庭里两房兄弟之间的矛盾，迎春听从贾赦而招致的不幸，也揭示出父女之间的矛盾。探春颇有才干，但理家的风波也深刻地表现了封建家庭特有的正庶之间的矛盾。惜春，"避嫌隙杜绝宁国府"，生动地反映出大家族中姑嫂之间的矛盾。面对元春，贾政的无情是可敬的；面对迎春，贾赦的无情是可恶的；面对赵姨娘，为掩饰自己的自卑，探春的无情令人感叹她的出身；面对尤氏，为证明自己的清白，惜春的无情令人反思她的家境。贾府四春，或强、或懦，或深入宫墙、或遁入空门，最终都难逃"春景不长"的悲剧命运，"惜春长怕花开早"这句辛词，似乎可以视为作者塑造四位千金时创作心理的写照。

甄贾冷刘。贯穿全书的有贾雨村和刘姥姥，冷子兴出现在开头，甄士隐出现在首尾，但这四人对于小说的结构都起到了重要作用，堪称不可或缺的线索人物。甄士隐，贾雨村二人之名讳即为全书书眼"真事隐，假语存"之谐音，笼罩全书的主题思想，二人在情节上亦是全书故事之引。甄士隐是隐居的乡宦，当地的望族，妻子封氏情性贤淑，深明礼仪，女儿英莲（后更名香菱）粉妆玉琢，乖觉可喜。其生活本富足安宁，却不幸遇到天灾人祸，先是爱女失踪心智大乱，后又被一场大火烧光家产，寄居岳父家遭世道白眼，又被贾雨村趁火打劫，最后看破红尘，随吟诵着《好了歌》的疯道人而去。在整部小说中，为香菱、贾雨村、冷子兴等多个人物与事件作伏。贾雨村生在家道败落的官宦之家，在甄士隐资助下进京考得进士，升为知府，不久又因贪污徇私被革职，受聘到林如海家当老师。后靠攀关系好容易官复原职，但为官不正，乱判了一起"葫芦案"，最终"因嫌纱帽小，致使锁枷扛"。在整部小说中，为林家、薛家的多个人物与事件作引。冷子兴出现在第二回，主要情节仅仅是与贾雨村在村野小店的一番谈话，但正是从这番谈话中，他扼要地介绍了贾家的家世、现状和书里重要人物的关系，让贾家众人在读者眼前整体亮相。刘姥姥是王家曾连了宗的远亲，故事中三进贾府，其中两次是出自原作者的手笔。第一次为求救助，奉承周瑞家的，奉承王熙凤，受了二十两银子；第二次为回馈恩情，带了些新鲜的瓜果蔬菜，让府上姑娘吃个"野意儿"，并与贾母等一众人游览了大观园；续书中刘姥姥听闻贾府蒙难，第三次来到贾家，并解救出已被卖到青楼的巧姐儿，虽不见得是作者原意，倒也符合巧姐儿"偶因济刘氏，巧得遇恩人"的判词。现如今，我们常用"刘姥姥进大观园"嘲讽他人没见过世面，可正是这位没见过世面的乡野老妪，却善良淳朴、知恩图报，让我们得以将其与贾府上的公子小姐做个对照，更让我们得以从一个局外人的身份，见证了贾家从尚余一脉到回光返照，再到家破人亡的过程，更增添了家族悲剧之凄凉。

  这几个陪衬人物与小说主题的紧密联系，主要是从纲领中以贾府为代表的家族悲剧来考察。这个家族是一片温柔富贵之乡，充满了恩情和关爱。贾府的恩情和关爱直接反映在贾雨村和刘姥姥身上，间接作用于甄士隐。通过贾雨村，表现了贾府的施恩，但他恩将仇报，走完了读书人的穷通怪圈。通过刘姥姥，表现了贾府的舍财，贾家惜老怜贫，而刘姥姥又反过来成为贾府盛衰的见证。至于甄士隐，他本人虽未走进贾府就离开尘世，但却难了尘缘，女儿香菱接续了他的红楼一梦。小说通过香菱，表现了贾府的垂爱，她成为意淫的载体，承载着小说男女主人公怜香惜玉的关爱——宝玉给她换裙的体贴，黛玉教她学诗的关怀。相反，贾雨村的忘恩负义、薛蟠的胡作非为、夏金桂的盗跖性情，都通过她反衬出与"意淫"

理想不同的物欲横流的世界。

至于事件线索和物件线索，由于事件和事物本身的感性较强，线索作用比较容易把握。大的事件如可卿出丧、元春省亲、探春理家、抄检大观园，或丧或喜、或治或乱，成为表现家族盛衰的重要线索。而小说中起线索作用的物件更多了，既有具体的实物，也有抽象物。具体的物件如：宝玉出生便衔着的通灵宝玉、宝钗的金锁、史湘云的麒麟、尤三姐自刎所用的"定情信物"鸳鸯剑、宝玉与蒋玉菡互赠的汗巾子、致使抄检大观园的绣春囊等。而最有代表性的抽象物线索就是诗词曲赋，小说中多次写到诗社、题咏和联句等创作活动，尤其是第三十七回以降，其中的人物角色特别是青年人物的重要活动内容与行动线索，都与其紧密相关，不可等闲视之，如他们先结海棠社，又赛菊花诗，吃螃蟹要吟诗，秋风秋雨之夕也要吟诗。这些诗词曲赋抒写了人物的才情，渲染了悲剧主题，也为小说增添了艺术上的美感。

此外，有的物件带有具体和抽象两层意义，如宝玉送给黛玉的旧帕子，从"横也丝来竖也丝"的谐音双关，到黛玉的题帕诗，可以说内涵在不断丰富，含有具体和抽象、物质和精神双重意义。

（三）网状主线之立体层面：三层空间

《红楼梦》网状结构在立体层面上由三层空间构成，最上层为神话世界，中层为大观园世界，最下层为大观园外的现实世界。

神话世界是"空"的世界，包含有三个神话故事：石头神话、还泪神话、太虚幻境神话。石头神话是对传统的女娲补天神话的继承与改造，讲述了女娲补天时剩下一块无材补天的石头，坠落在青埂峰被遗弃，一僧一道路过，将其变作通灵宝玉，于红尘世界中历经繁华，最后回到青埂峰下，将所经历写成石头记，这便是全书故事之"来源"。还泪神话、太虚幻境神话则是出于曹雪芹自己的"杜撰",分别讲述了宝黛二人"木石前盟"的故事,以及司管着大观园众女儿命运乃至天下所有痴情男女之命运的神仙洞府。无论是继承改造还是独立创造,都表现出曹雪芹自觉的神话意识以及运用神话进行艺术创造的匠心。

神话世界主要出现在前五回以及结尾部分,笼罩了小说的开篇与结尾,也是小说主要人物的出发点和归宿之地。在神话故事的叙述特点上,作者有意为故事蒙上一层神秘面纱,仿佛神龙见首不见尾,如石头幻化成玉、绛珠仙草的故事、太虚幻境的虚无缥缈。在描写神话人物时,曹雪芹依照神话的特点将人物异化,像警幻仙姑有如藐姑射山之神人般的冰清玉洁、洛神般的美丽无比。一僧一道在神话世界为茫茫大士、渺渺真人,"生得骨格不凡,丰神迥异",在现实世界则变为癞头和尚、跛足道人,不以真面目示人,暗示了神话世界与现实世界的区别。

当然,神话世界主要属于小说的哲学层面,用幻笔暗喻了小说的题旨,蕴含了复杂而深刻的思想,形成了整部小说的神话原型结构。

大观园世界是"情"的世界,亦是曹雪芹发挥创造性想象而为主人公贾宝玉与众女儿建造的理想国。大观园是《红楼梦》的叙事中心,仅就前八十回看,从第十七回大观园落成到第八十回,精彩的故事大都发生在这个纯净的女儿国中,有炽烈的爱情、绵密的亲情,更有纯真的友情、馥郁的诗情与清隽的雅情。曹雪芹显然很偏爱大观园,他对大观园的描写从环境烘托、人物塑造到故事叙述,都采用了诗化的笔法,使这一理想国充满了诗情画意,达到了中国古代叙事文学情景交融的极致。大观园世界从兴起到毁灭,便也象征着作者理想的破灭。

大观园的高墙之外是一个物欲横流的"末世",这是一个"色"的世界,是涵盖量最大、内容最丰富的现实世界。这一世界混杂着酸甜苦辣，历经生老病死。无论描绘的是人物、情节，还是环境，都是现实世界的典型化的反映，在对这一世界的描绘中，表现出曹雪芹对现实社会的观察、体验、认识、反省与思考，以及对现实的批判，对人生的悲观。

　　三层空间既独立又统一。《红楼梦》第一回中，曾提到"因空见色，由色生情，传情入色，自色悟空"，这便点明了三层空间的关系。大观园的众女儿来自太虚幻境，自身保有天地最清明之灵慧和才气，或因一时偶发的念想，生出了色欲之心。因有了色欲，缘起缘灭，情情相生，不可断绝，即所谓"由色生情"。此色虽不指欲望，但确实有贪念在，便是执着于外界的"相"，到头来，大观园世界的种种美好与纯真，终还是受到现实世界的左右，情因色起，又安能不"传情入色"？当看破这一点，便有了解脱的必要，而解脱之法又有种种，如金钏儿投井自沉、尤三姐含泪自刎、晴雯蒙冤亡故、惜春出家为尼、黛玉泪尽心枯、宝钗独守空房、湘云流落风尘。凡此种种，面临的就是"灵"的消散和现实生命的结束，此即"自色悟空"。

　　放在《红楼梦》全书这张繁密的主线之网中，不难发现三条纲领各有主要贯穿的空间，上层的神话世界以众女儿人生悲剧为主线，中层的大观园世界以宝黛钗三人的爱情悲剧为主线，下层的现实世界以贾府为代表的家族衰败悲剧为主线。不同的主线独自包含着不同的主要人物和主要事件，但它们又彼此牵系成不同的人物圈和事件群。三个空间层次的人物圈和事件群，虽然具有相对的独立性和固定性，但又相互贯通相联，由此统一为一个立体整体，形成了纵横交织、彼此相连的一张大网。而"因空见色，由色生情，传情入色，自色悟空"的主题，又在一个内在贯通又相对固定的时空统一体中演绎。这就是《红楼梦》全书凝成的网状主线。

第二节　把握整体结构

《红楼梦》整体讲的是什么？似乎难以用一两句话说清。第一回中，作者借空空道人之口评曰："其中只不过几个异样女子，或情或痴，或小才微善，亦无班姑蔡女之德能。我纵抄去，恐世人不爱看呢。"这显然是作者的一种自谦，《红楼梦》描写了一个百年望族盛极而衰的变迁历程，以此为背景，展开贵族子弟贾宝玉和一大群年轻女子的人生悲剧，这精彩绝伦的红楼世界，岂堪"几个异样女子"一言可蔽？晚清红学家解盦居士曾云，此书"立意高超，取材宏富""玄之又玄，无上妙品，不可思议"①，又如《戚蓼生序本石头记》的序中提到，此书"注彼而写此，目送而手挥，似谲而正，似则而淫，如春秋之有微词，史家之多曲笔"，读之"如捉水月，只挹清辉；如雨天花，但闻香气"②，这都多少体现了此书内容之纷繁、结构之宏伟、旨意之深隽。

根据《红楼梦》故事的走向，我们将《红楼梦》的整体结构拆分为"红楼全貌""风云初起""繁华假象""渐趋衰败"以及"悲悯结局"五大段落，这五大段落基本按照时间顺序，描绘了《红楼梦》同时进行的三大悲剧主线。如此一来，我们便可以清晰地梳理出《红楼梦》故事的几个阶段，见证世家望族日趋衰败、族中儿女渐堕不幸、宝黛钗爱情悲剧逐步发展的过程，从宏观层面对《红楼梦》的整体结构有一个整体把握。

一、红楼全貌

第一回至第五回极为重要，是不可不读的。正如好的电影开

---

① 一粟编：《红楼梦资料汇编》，中华书局1964年版，第184页。
② 俞平伯：《脂砚斋红楼梦辑评》，古典文学出版社1957年版，第31—32页。

场总会有几个"定场镜头",以迅速交代故事发生的时空背景,设定全片的氛围与基调,《红楼梦》的前五章正是起到这样的作用。尤其是第一回中,不但讲述了奇石"无材补天"、绛珠仙草为神瑛侍者还泪这两个神话故事,也从贾雨村、甄士隐二人的经历拉开了现实故事的序幕,虽然贾宝玉、林黛玉等脍炙人口的角色尚未出场,但作者却借由许多其他人物之口,道出了自己对小说创作的主张。第二回中"冷子兴演说荣国府"的桥段如前文所述,在结构安排上十分重要,它就像电影中的画外音旁白一般,对庞大而复杂的贾府做了大致的描绘,让读者在"进入"贾府之前,先对贾府有总体的了解。第三回中,作者浓墨重彩地让宝玉、黛玉、迎春、探春、惜春、凤姐等重要人物悉数出场。到第四回,作者笔锋一转,写薛家故事,除了让宝钗、薛蟠、薛姨妈等人物出场外,更是用"乱判葫芦案"一事千里伏线贾府日后被抄家。第五回中,宝玉梦中神游太虚幻境,警幻仙姑向其展示《金陵十二钗》正册、副册及又副册,册中每一人物各对应有一首优美的诗词,是为"判词",又各附一画一曲,皆乃《红楼梦》中众女儿命运之谶。

二、风云初起

第六回至第十八回可合为一个段落,当中又以第六回、第十三回、第十四回、第十六回至第十八回的内容为重要情节。第六回中,重要线索人物刘姥姥出场,因家中窘迫来向贾府"打秋风",成功得到了王熙凤的救助,为其日后第二次、第三次来到贾府答谢报恩作伏。第十三回、第十四回中,宁国府贾蓉之妻秦可卿因久病不愈死去,因其素日温柔贤淑,深得贾府上下之意,故在贾珍等人的主持下,为其操办了极其奢华的风光大葬,光做法事的僧道便有数百位,出殡时的队伍"压地银山一般从北而至"、"一带摆三四里远",更有北静王前来路祭。第十六回至第十八回中,早年进宫的元春"才选凤藻宫",并加封贤德妃,贾府上下无不欢喜,并为接驾元春回家省亲而新盖了一处"省亲别墅",此即后来的大观园,园内亭台楼阁多为宝玉拟匾作联。

这一段落中,刘姥姥一进荣国府、秦可卿之死与元春省亲三个故事各从不同角度描写了贾府之富贵,如救济刘姥姥时"拔一根寒毛也比穷人的腰粗",又如为区区一个孙媳妇举办极尽奢华的葬礼,而元春封妃又让贾府晋升为皇亲国戚,实乃"鲜花著锦,烈火烹油"之盛。然而或许更为重要的是,作者却也穿插了许多小情节预兆着贾府的败亡:如贾瑞垂涎嫂子凤姐的美貌,被凤姐设局调戏害死;又如书中似有暗示秦可卿无故罹病,与贾府中"爬灰(乱伦、通奸)"的风气有关。极盛之下,竟是"淫流涌动",日后大厦倾倒,便也可见非一时之弊病也。

三、兴盛假象

第十九回至第五十四回可合为一个段落,当中又以第二十三回(宝黛共读西厢、黛玉初次葬花)、第三十一回(晴雯撕扇)、第三十二回至第三十三回(金钏投井、宝玉挨打、黛玉题帕)、第三十七回(海棠结社)、第三十九回至第四十二回(刘姥姥游大观园)、第四十五回(钗黛"互剖金兰语")、第四十六回(鸳鸯抗婚)、第四十八回(香菱学诗)、第五十二回(晴雯补裘)的内容为重要情节。这一段落中,众女儿及宝玉遵元春之谕悉数搬入大观园中,开启了理想国一般的生活,更让读者通过刘姥姥的眼睛见证了这个贵族的天堂。作者在这一段落中集中安排了宝钗黛三人的爱情故事,如宝玉借《西厢记》中词句向黛玉表白,黛玉也借书中词句嗔怪宝玉;又如黛玉因听见宝钗和宝玉在房内说笑,晴雯又不给开门,气得回去哭了一夜,次日郁愤交加,将残花掩埋,怜花亦是伤己；还如宝玉挨打后，黛玉前来探望，后宝玉命袭人送了黛玉两块旧帕，颇有定情之意。

此外，作者还在这一段中着重描写了诸多主要人物的性格，黛玉之多愁善感、宝钗之端庄大方自不必谈，更有不堪冤枉的"烈婢"金钏投井自尽；勇敢真挚的晴雯既敢于撕扇，又敢于承接全城织布匠人都不敢接的补裘任务，且补得毫无痕迹，可谓"风流灵巧"；不屈不从的鸳鸯断发抗婚；天真可爱的香菱苦心学诗……这每一个人物都令人印象深刻。

但在这总体一片温柔富贵的大观园中，却也暗含着勾心斗角，前有宝玉之庶弟贾环使坏烫伤宝玉，后有贾环之母赵姨娘请人做法令宝玉、凤姐中邪，宝玉挨打也和贾环的诬告脱不了干系……这大大小小的"灾难"终将累积起来，打破贾府兴盛的假象。

四、渐趋衰败

第五十五回至第七十八回可合为一段落，当中又以第五十六回（探春理家）、第五十七回（紫鹃试玉）、第六十二回（湘云醉卧）、第六十三回（怡红夜宴）、第六十九回（尤二姐吞金自杀）、第七十四回（抄检大观园）、第七十七回至第七十八回（晴雯之死）的内容为重要情节。从这一段落开始，读者已可以清晰地感受到贾府已经走上无可挽救的衰败之路。凤姐病倒后，探春因机敏又颇有男子气概而接替凤姐理家，但因其本是庶出，古时嫡庶分明，故处处行动不便，屡遇困境，虽"兴利除宿弊"，究竟是大弊难除、大利难兴，仅此便可看出贾府上下之混乱与迂腐。虽宝玉与众女儿仍天真无邪地谈笑欢乐、怡红夜宴、重建桃花诗社等，但这大抵也是贾府仅存的一丝光明了。而悲剧一个又一个接踵而至，尤三姐自刎余悲未散，凤姐又大施权术与计谋，逼得贾琏偷娶的尤二姐吞金自杀，抄检大观园更是应了探春所言："可知这样大族人家，若从外头杀来，一时是杀不死的。这是古人曾说的'百足之虫，死而不僵。'必须先从家里自杀自灭起来，才能一败涂地。"此时的贾府上下矛盾重重，确实已是开始"自杀自灭"了，后晴雯又蒙冤被驱逐，随后故去，宝玉纵有满腔悲愤，亦无计可施。主子们勾心斗角，奴婢们蒙受灾难，贾府上下充满了各种错综复杂的抵牾，百年望族，已临崩溃之堤。

五、悲悯结局

第七十九回至第一百二十回为最后一段落。由于后四十回非曹雪芹原著，在文学艺术的造诣、主题思想的高度等方面皆不如前八十回，故整段落之重要程度亦不如前四段落。这一段落中主要讲了四个方面的事：一是第九十七回（宝玉宝钗完婚），二是第九十八回（黛玉之死），三是第一百〇五回等（贾府被抄家），四是第一百一十九回等（宝玉科举后出家）。文中宝玉最终被安排与宝钗完婚，害得黛玉泪尽心枯而死，宝玉亦痴病复发，这一部分算是续书中较为有感染力的一小段，但成亲时竟是用"调包计"来瞒骗宝玉，始终写得不太高明。贾府东窗事发被"锦衣军查抄宁国府"，老爷们世职被革，太太小姐们被卖，这或许也大抵符合曹公原意设定的家族悲剧，但后来竟又"复世职政老沐天恩""沐皇恩贾家延世泽"，实为荒唐。其他众人物的结局也较为潦草。总的来说，这一段落需要读者带着批判的眼光来阅读。

第三节 《红楼梦》的补遗

张爱玲曾在《红楼梦魇》中写道："有人说过'三大恨事'是'一恨鲥鱼多刺，二恨海棠无香'，第三件不记得了，也许因为我下意识的觉得应当是'三恨《红楼梦》未完'"①。鲥鱼细嫩鲜美，却刺多如毛，吃起来让人心急如焚；海棠"偷来梨蕊三分白，借得梅花一缕魂"，既可妩媚，亦可高洁，可纵使把鼻子贴到花瓣上，也难嗅见一丝幽香。然这二恨加起来，恐怕犹不如这第三恨之万一。谁能想到，这部二百多年来令无数人为之倾倒，被誉为中国古典章回小说之巅峰，甚至仅此一书便可发展出一门学问的惊世名篇，竟是一部未完之作。如人民文学出版社《红楼梦》的前言中提到的，如今主流的观点认为：《红楼梦》原名《石头记》，在1754年脂砚斋重评《石头记》中已经有了"十年辛苦不寻常"和"批阅十载，增删五次"的说法，据此推断，大约在1744年前后，曹雪芹即以饱蘸着生命的血泪，开始创作《红楼梦》。但直到他"泪尽而逝"时，也未能完成全篇，仅以并不完整的八十回传世。至于八十回后的内容，虽脂砚斋在批语中多次暗示他似乎"知道后面的剧情"，意即曹公或已大抵写完，但究竟至今未曾面世。当下最为通行的、人民文学出版社出版的《红楼梦》之后四十回，乃无名氏所续，下面将简要介绍之。

一、程高本系统

谈及补遗，就不得不先介绍程高本系统。程高本系统亦称为"《红楼梦》百二十回印本系统"，因由程伟元、高鹗二人补遗、整理并出版而得名。事实上，经由胡适先生考证，虽通称为"程高本"，其后四十回的补遗部分实为高鹗一人所作。高鹗，字兰墅，别号红楼外史，1795年中进士，做过内阁中书等官。他续补《红楼梦》是在1791年以前，后四十回可能根据原作者残存的某些片段，追踪原书情节，使全书首尾完成。

---

① 张爱玲：《红楼梦魇》，北京十月文艺出版社2007年版，第7页。

程高本系统下最为主要的版本为"程甲本"与"程乙本"。"程甲本"出版于1791年，是整个程高本系统的祖本，系苏州萃文书屋木活字排印，封面题《绣像红楼梦》，扉页题《新镌全部绣像红楼梦》，下署"萃文书屋"，卷首有程伟元、高鹗的序。回首及书口均题《红楼梦》，一百二十回，二十四册。有总目，不分卷。双边，乌丝栏。每版共二十行，行二十四字。绣像并图赞二十四幅。

"程乙本"出版于1792年，是在"程甲本"的基础上修订的。"程乙本"与"程甲本"的版式插图等完全一样，但文字上有两万多字的差异，且多出一篇由程伟元和高鹗联合署名的引言，引言中提到文字有所差异的原因是"因急欲公诸同好，故初印时不及细校，间有纰缪"。

在"程甲本"出版后的百余年间，它一直是《红楼梦》的主流版本，且被认为更为接近《红楼梦》古本（脂评本）。而较之更为通俗化，可读性更高的"程乙本"，在清代影响一直不大，至民国时期经由胡适先生提倡方成为一时主流。如今人民文学出版社《红楼梦》前八十回为脂评本，后四十回为"程甲本"。

二、程高本补遗的过与功

程高甲、乙二本在后四十回补遗的整体剧情走向上差异不大，故下文通称为"程高本"。总体而言，自"程高本"诞生之日起，对其批评与谩骂就不绝于世，主要集中在以下一些方面。

（一）文风变动较大有失红楼风韵

早有学者指出，程高本后四十回内容与前文文风相去甚远。近年来，现代语言学的发展得以让我们通过词汇计量等方法，分析与对比某些类型的词汇在文中的使用情况。有越来越多的证据表明，程高本后四十回在时间副词、程度副词、三音词、成语、差比句式等多种类型的词汇或语法结构的使用上与前八十回差异较大，这不仅进一步证明了后四十回与前文并非同一作者所著，也用较为客观科学的方法说明了前后文风大有不同。更有学者指出，程高本整体在方言词使用方面采取了"去南趋北"措施，一定程度上淡化了《红楼梦》的吴语色彩而增加了京语色彩，有损《红楼梦》原文的韵味和内涵。

（二）人物设定崩塌剧情脱枝失节

张爱玲曾说"小时候看《红楼梦》看到八十回后，一个个人物都语言无味，面目可憎起来"①，这种令读者感到人物角色"都像变了个人一般"的穿帮气息在后四十回屡屡出现，最为读者与学者所津津乐道。俞平伯先生曾在《红楼梦辨》中罗列了 20 条后四十回中最为显著的毛病，几乎都是在讨论这个方面的问题。如在后四十回中，宝玉修举业，中了第七名举人，但他向来最恨读圣贤书，曾大骂在官场上高谈阔论的人是"禄蠹"，自己又怎会去学着做"禄蠹"？又如黛玉在第八十二回中赞美八股文章，称"虽不大懂，也觉得好，不可一概抹倒"，并认为考取功名是清贵的事情，宝玉听后"只在鼻子眼里笑了一声"，这里黛玉的言论不正是宝玉最为讨厌的"混帐话"么？宝黛素来亲密，黛玉如何会说这样的话与他听，宝玉又如何会以轻蔑的冷笑回应最亲爱的林妹妹？还如宝钗以手段笼络宝玉之心，始成夫妇之好，可宝钗一向端凝，在前文中一直以大家闺秀的形象示人，如何嫁了人后便成了一个庸俗的妇人，竟设计献媚争宠？曹雪芹原意要使闺阁昭传，但如此写法，岂不污蔑了闺阁？更不用谈贾政仍袭荣府世职，贾珍仍袭宁府世职，贾赦也遇赦而归，"忽喇喇似大厦倾"的贾府竟起死回生，甚至后辈"兰桂

---

① 张爱玲：《红楼梦魇》，北京十月文艺出版社 2007 年版，第 7 页。

齐芳"……贯穿着红楼梦的三大悲剧,到程高本末尾均被淡化了。

(三)篡改原作主题削弱批判力量

如上文提到,程高本后四十回中的贾府非但没有败落,反大有中兴之势,殊不类"落了片白茫茫大地真干净"者也,这就给《红楼梦》这部大悲剧加上了一个不伦不类的喜剧性尾巴。不乏一些学者认为,高鹗的补遗没有按照作者的原意进行,篡改了作为全书主题之一的反封建反儒教思想,严重损害了《红楼梦》揭露与批判旧世界的思想力量。正如学者段启明指出:"雪芹清醒地预见到他所处的社会他所隶属的阶级必将走向灭亡,而高鹗却幻想着、追求着那个社会还将'延世泽'。这个深刻的差异就是后40回无论思想性还是艺术性上都远逊于雪芹前80回的根本原因。"①

(四)继承逻辑美学功绩不可磨灭

尽管程高本后四十回的续书有不少不如人意之处,但原作强大严密的诗意逻辑和美学趋势,还是被高鹗不同程度地继承了下来。1921年,胡适先生在《红楼梦考证》的结尾部分这样说:"但我们平心而论,高鹗补的四十回,虽然比不上前八十回,也确然有不可埋没的好处。他写司棋之死,写鸳鸯之死,写妙玉的遭劫,写凤姐的死,写袭人的嫁,都是很有精采的小品文字。最可注意的是这些人都写作悲剧的下场。还有那最重要的'木石前盟'一件公案,高鹗居然忍心害理的教黛玉病死,教宝玉出家,作一个大悲剧的结束,打破中国小说的团圆迷信。这一点悲剧的眼光,不能不令人佩服。我们试看高鹗以后,那许多《续红楼梦》和《补红楼梦》的人,那一人不是想把黛玉、晴雯都从棺材里扶出来,重新配给宝玉?

---

① 段启明:《〈红楼梦〉艺术论》,北京师范学院出版社1990年版,第153页。

那一个不是想做一部'团圆'的《红楼梦》的？我们这样退一步想，就不能不佩服高鹗的补本了。我们不但佩服，还应该感谢他，因为他这部悲剧的补本，靠着那个'鼓担'的神话，居然打倒了后来无数的团圆《红楼梦》，居然替中国文学保存了一部有悲剧下场的小说！"①

尤其若从二百多年来《红楼梦》的传播史和接受史来观照，仍然可以证明它是比其他任何续书都更具有特点和更好的差强人意的补逸。长期以来，人们以为后四十回与前八十回是一个整体，这与后四十回中多数人物命运同开篇意图大体一致，以及内在矛盾冲突发展的本身逻辑、情节展开的必然情势等基本前后相符有关。这便是程高本补逸不可磨灭的功绩。

第四节 解读重点章节

《明斋主人总评》中评价《红楼梦》"书中无一正笔，无一呆笔，无一复笔，无一闲笔，皆在旁面、反面、前面、后面渲染出来"②，可见此书之字字珠玑，精彩至极。在如此精彩纷呈的红楼世界中，又有一些极其经典的故事片段，或极尽描写人物的形象与性格，或千里伏线情节的发展与转折，值得人们单拎出来反复咀嚼与回味，可谓是重点章节。这里列举几个精彩片段：黛玉进贾府、葫芦僧乱判葫芦案、元春省亲、海棠诗社与香菱学诗。

一、黛玉进贾府

林黛玉进贾府发生在第三回。黛玉因母亲过世，父亲林如海又

---

① 胡适著，叶君主编：《胡适文选·假设与求证》，北方文艺出版社 2013 年版，第 69 页。

② [清] 曹雪芹：《增评补图石头记》第 1 册，中国书店 1988 年版，第 1 页。

年事已高，且家中没有姊妹兄弟，茕茕孑立，形影相吊。于是林如海应贾母之邀，将黛玉送入贾府，在外祖母处与表兄妹们玩耍与成长。这天，黛玉才到了荣国府，见到贾母还未来得及拜见，贾母便一把将其搂入怀中，心肝儿肉叫着大哭起来，在场的其他女眷也都知道黛玉丧母，又体弱多病，无不掩面涕泣。众人对黛玉一阵嘘寒问暖后，一声"我来迟了"从后院传来，"凤辣子"王熙凤华丽登场，先是喜盈盈地夸赞黛玉生得标致，霎时又转喜为悲，以帕拭泪，心疼黛玉小小年纪就失去至亲，翻书般的变脸，演技了得。之后黛玉又被领着拜见了一些亲眷，贾母传饭，便到了黛玉与宝玉初次相见的场面。黛玉早就听闻贾府内有一公子衔玉而诞，顽劣异常，无人敢管，才又听得王夫人嘱咐"（宝玉）嘴里一时甜言蜜语，一时有天无日，一时又疯疯傻傻，只休信他"。可以说，在黛玉心里，根据他人风评所建构的宝玉形象应该是相当差的。可当黛玉真正见到宝玉时，却依然难挡"好生奇怪，倒像在那里见过一般"的好感；宝玉初见林妹妹，也道"这个妹妹，我曾见过的"，并送黛玉"颦颦"二字为表字。二人分明是初次相见，却都觉得是旧时相识，如前文所述，正乃"木石前盟"前世纠葛的体现。得知黛玉这个神仙似的妹妹并没有通灵宝玉，宝玉登时发起痴狂病来，摘下自己的玉朝地上砸去，在贾母的安慰下才平复下来。随后贾母为黛玉安排了住处，林黛玉进贾府的故事便告一段落。

林黛玉进贾府的故事之所以能够成为重点章节，是因为其对全书的情节推动至少有以下四个方面的意义。

其一，为瞻览贾府实况。第二回中，作者通过冷子兴的演说为读者勾勒出了贾府上下的概览，而在这一回中，作者又以黛玉之眼充当了读者之眼，带领读者亲登贾府，瞻览贾府奢华的生活环境与森严的等级礼法。黛玉本来已算是大户千金，但来到贾府，仍觉得处处不同，正房大院雕梁画栋，穿堂游廊曲径通幽；室外有山石树木，室内有名家墨宝；吃饭时座次分明，喝茶时步骤繁多……真乃讲究至极的深宅大院。

其二，为引出各色人物。林黛玉进贾府，与府内众多女眷初次相见，也意味着这些角色在书中正式登场。贾母的慈爱、迎春的温和、探春的精干、惜春的柔弱皆在她们与黛玉相见时不同形态的心疼与怜悯中体现出来。更有那"未见其人，先闻其声"的凤姐，她一出场，满屋便只有她一个人说话。她或笑，或哭，或安慰黛玉，或吩咐婆子，或顺承贾母，彰显自己的魅力的同时，又无所不至地迎合众人。每句话、每个动作都圆滑巧妙、恰到好处，简直是一个技艺精湛的艺术家在表演。

其三，为刻画黛玉形象。黛玉作为全书的主角之一，在她初进贾府时，对她的形象已有了初步的刻画，引用原文中的语句，即"黛玉年貌虽小，其举止言谈不俗，身体面庞虽怯弱不胜，却有一段自然的风流态度"。黛玉多愁善感，心思缜密，来到生地，又是这样一户大家，便告诫自己步步留心，时时在意，唯恐被人耻笑，因而言谈不俗；但自幼体弱多病，故而怯弱不胜。

其四，为伏笔宝黛爱情。黛玉一直以为宝玉是一个"惫懒人物，懵懂顽童"，不料见面时大吃一惊，宝玉不但是个"面若中秋之月，色如春晓之花，鬓若刀裁，眉如墨画，面如桃瓣，目若秋波"的美男子，更让其心生熟悉之感，仿佛有前世之缘。宝玉也毫不掩饰对这位妹妹的喜爱，走到她身边，给她送字，得知黛玉没有通灵宝玉，气得把自己的玉摔了……这些情节都为以后宝玉、黛玉之间的时亲时疏、欲亲反疏的爱情纠葛埋下伏笔。

二、葫芦僧乱判葫芦案

葫芦僧乱判葫芦案的故事发生在全书第四回。贾雨村得了贾政提携，到南京应天府就职，才下马，便遇到一件棘手的人命官司。本地两户人家的公子因抢夺一婢女而大打出手，其中势大的一方将对方打死后逃之夭夭，死者家里的老管家告了一年的状也无人做主，如今见到新官上任，便抱着最后的希望再次来告。贾雨村闻后大怒，立刻要发签缉拿凶手，一旁的门子却使眼色、咳嗽暗示他不要发签，贾雨村意识到另有隐情，便中止发签，暂时退堂。来到私室，门子亮明身份，正是当年葫芦庙里的小沙弥，因葫芦庙失火后无处可去，便还俗充了门子。门子向贾雨村介绍了本省的"护官符"，上面记载的是当地贾、史、王、薛四大家族的俗谚口碑并官爵房次，这些望族在当地呼风唤雨，极有权势，且通婚密切，万万不可触动，否则性命难保，而方才他之所以阻止贾雨村发签，正是因为这杀人凶手乃四大家族之薛家的公子，不宜轻易捉拿。贾雨村听后觉得有理，自己本也是靠贾家提携才坐到现在的位置，如今还未及去谢恩，岂敢触动与贾家关系颇密的薛家？于是次日再升堂时，便依门子的提议，作势发签拿人，又请仙设乩，最终还是徇情枉法，令薛家赔给死者许多烧埋银子，草草了结此案。

这一案乍看断得没什么问题，贾雨村在"葫芦僧"的协助下，做出了既不伤大族体面，又能使百姓信服，且含冤许久的原告亦无话可说的判决，各方都相安无事。但细想来，薛蟠豪夺婢女在先，又肆意打死他人，却能凭借家族势力依旧逍遥快活，实在是有失公允的。正如曹雪芹在回目名就给这一案定了性，这是一桩"乱判"的"葫芦案"。作者在即将展开《红楼梦》的主体故事之前，特别点出四个望族名宦之家，并展现了他们足以左右公堂办案的权势与豪富，正是为了告诉我们这部作品绝不仅仅是谈情的。杀人须偿命（或至少应受刑），证据俱齐全，本是再明白不过的一桩案件，却状告一年无果，最终还是被从轻判处——小小一个故事，不过小几千字的体量，却已然描绘了当时动荡的政治风云，揭示了当时错综复杂的阶级矛盾，写出了封建社会末期的形象历史。后续的故事中，如此官官相护、草菅人命的血案不胜枚举，皆与那张"护官符"上的四大家族有关。

三、元春省亲

元春省亲这一故事，在全书中占到三回之多，即第十六回、第十七回与第十八回。时逢贾政生辰，贾府上下设宴庆贺，好不热闹，忽闻宫中传旨，宣贾政觐见，众人皆惶惶不定，却原来是早年进宫的贾元春晋封为凤藻宫尚书，加封贤德妃，贾府一片欢腾，言笑鼎沸不绝。不仅如此，皇上还恩准元春回家省亲，以尽骨肉私情，贾府得知后更是欢喜非常，决定专门盖一座园林以承接省亲大典。将近一年时间后，园内工程俱已告竣，只差各处匾额尚未命名，贾政带宝玉和一群清客来到园中，暂拟了"有凤来仪""蓼汀花溆""红香绿玉"等匾额，作者也借由题匾的过程，将园林的规模、方位、建筑布局、山水特色等，作了全面的介绍和重点的描绘。转眼间正月十五已到，省亲大典的正戏开场，贾府内外并省亲别墅处处张灯结彩，烟火灿烂，贾妃驾到，在游园的同时改题了"大观园""怡红院""潇湘馆"等牌匾，又同众多亲人相见问候，只可惜贾母本是元春祖母，却必须行国礼跪拜，元春欲行家礼，却被众人连连阻止。出嫁的女儿回娘家探亲，本应是大喜之事，只因"一入宫门深似海"，骨肉至亲间，也只剩下呜咽对泣。后元春又与众姐妹并宝玉题诗作乐，看了几出戏，执事太监一声"请驾回銮"，元春省亲结束。

借由元春省亲这一故事，作者巧妙地带出大观园这一重点场所，大观园是宝玉与书中众女儿的乌托邦，是《红楼梦》全书大部分精彩故事发生的所在地。在未来的故事中，作者将重要的人物置于大观园这样一个理想的环境中，他不只设计了大观园的建筑、景点，而且写出了大观园的四季交替、晨昏朝暮、日午月夜、阴晴雨雪，大观园与作者笔下的每一位人物都密不可分，充满着喜怒哀乐。

同时，省亲场面的描写也体现着封建时代宫廷制度的森严与残酷。元春自幼便进了那"见不得人的去处"，得皇恩眷顾，却"田舍之家，虽齑盐布帛，终能聚天伦之乐；今虽富贵已极，然骨肉各方，终无意趣"！祖母见了竟要叩拜，父亲见了只能说些君臣之语，连亲弟弟宝玉都成了无谕不敢擅见的"外男"……虽然表面上是喜事，处处却只闻得一片涕泣，这哪里是省亲，不过是一场昭示孝道与皇恩的盛大演出。

四、海棠诗社

海棠诗社的故事发生在第三十七回。省亲次年之初秋，宝玉在大观园中无所事事，甚觉无聊。一天，探春来信提议建一个大观园诗社，宝玉素来喜诗，自然拍手称赞，即刻起身前往探春的居所秋爽斋来，同宝钗、黛玉、迎春、惜春汇合。众人说笑间，李纨也来了，她自荐为掌门，众人无异议。黛玉提议，既起诗社，大家便都是诗翁，须舍弃姊妹叔嫂的称呼，各自起个别号方才不俗。一番思考讨论过后，每人都有了雅称。黛玉为"潇湘妃子"，宝玉为"怡红公子"，李纨称"稻香老农"，探春是"蕉下客"，宝钗是"蘅芜君"，迎春和惜春不愿作诗，二人分别叫作"菱洲"和"藕榭"。适值贾芸送来海棠花两盆，李纨和宝钗便提议立即开展第一次作诗活动，题为"咏白海棠"。一炷香后，众人皆得了佳句。探春咏出了"斜阳寒草带重门，苔翠盈铺雨后盆"的白海棠，雨后新晴黄昏中，海棠正"多情伴我"；宝钗咏出了"胭脂洗出秋阶影，冰雪招来露砌魂"的白海棠，端庄矜持，稳重平和；宝玉咏出了"晓风不散愁千点，宿雨还添泪一痕"的白海棠，愁苦万分；最后黛玉一挥而就，咏出"偷来梨蕊三分白,借得梅花一缕魂"的白海棠,巧妙别致,风韵高绝。众人散去后,宝玉忽然想起忘记请史湘云入诗社,次日便同众人赶忙去请,湘云到后,现场补作了两首《咏白海棠》,众人皆称赞。湘云又自荐做下一次的东道,晚上,宝钗与湘云商定拟好十二个不限韵的题目,方才熄灯安寝。

诗如其人,故在众姐妹不同风格的《咏白海棠》中,我们亦可以窥见不同的志趣与性格:如"偷来梨蕊三分白,借得梅花一缕魂"一句中,"偷、借"二字正符合黛玉冷落依人的孤寒身世,梅、梨的高洁幽雅也正映衬了黛玉清高、洁白的品质;又如宝钗的"珍重芳姿昼掩门,自携手瓮灌苔盆"一语双关,因"珍重芳姿"而致白昼掩门,既写其珍惜白海棠,又写其珍重自我,体现了宝钗的稳重端凝;而探春精明强干、敢作敢为,她的诗句"莫谓缟仙能羽化,多情伴我咏黄昏"便也透露着一种巾帼不让须眉的豪迈,毫无闺怨之气。

如果大观园是荣国府这个豪门贵府风光旖旎的后花园,海棠诗社就是这个浪漫的花园里最具青春气息的组成部分。我们得以见识到古时公子小姐极富文化气息的娱乐活动,众人齐聚,赏花赏雪,作诗联句,好不风雅,好不快活!但如此风雅至极的诗社活动,其实依然有许多细节体现着大族人家内部的权力争斗与封建社会中的阶级矛盾。如起诗社的倡议是探春发起的,说是为了尽一时之偶兴,但何尝又不是探春锻炼组织能力的一种手段?或许,探春想要冲破庶女身份的限制,努力让荣国府的长辈看清她管家的能力,但年纪尚小,又未出阁,总不能真管起家来,于是筹办管理一个"非正式组织"便是最好的选择了。可惜这诗社的社长却被李纨当了去,李纨未收到探春的邀请,却依然闻讯赶来,自荐掌门,或许是为了提醒几位小姑子自己才是序齿最大的那个,是园内众姑娘的监护人,又或是想借着控场掌权,捞些在诗社活动资金等方面的好处也未可知。贾府是一个名利场，铜臭的气息或许早已侵入府内的方方面面，连这最高雅的海棠诗社也不例外。

五、香菱学诗

香菱学诗的故事发生在第四十八回。薛蟠被柳湘莲暴打后无脸见人，便决意出远门做点生意，作为薛蟠侍妾的香菱得以有了自由活动的空间，于是应宝钗之邀，入大观园居住。香菱早就有学诗之意，只是从前伺候薛蟠，难得空闲，如今进了大观园，第一件事便是要求宝钗教其作诗。宝钗未给出明确答复，但香菱学诗心切，便到潇湘馆欲拜黛玉为师，黛玉见香菱确有学诗之志，便也应允了教授之责。黛玉先提纲挈领地指授作诗的形式与结构要求，即"不过是起承转合，当中承转是两副对子，平声对仄声，虚的对实的，实的对虚的，若是果有了奇句，连平仄虚实不对都使得的"。又为其列出了学诗的"必读清单"，先读王摩诘，后读杜工部、李青莲，最后再读魏晋古诗，并要求香菱细品诗中内涵。香菱将黛玉画红圈选的王维的五言律诗一一苦读后，对诗歌的鉴赏力大有提高，黛玉见其已基本领悟了诗歌的艺术规律，便以"月"为题，让香菱尝试创作。香菱的第一首诗构思狭隘呆板，句句不离月亮本体，虽然辞藻华美，却难有深隽的韵味，落了俗套。黛玉鼓励她不要被缚住，放开胆子去作。香菱冥思苦想，终于得了第二首诗，黛玉看过，实大有进步，可惜又过于穿凿了，一旁的宝钗也指出香菱这第二首诗与其说是吟月，倒不如说是吟月色更为合适，有些跑题了。香菱虽有些扫兴，但也不气馁，开始"挖心搜胆，耳不旁听，目不别视"地创作第三首诗。这段时间的大观园内，人们时常能见到一位妙龄女子，或在池边树下坐着，或在假山石上出神。探春唤她"你闲闲罢"。她怔怔答道"'闲'字是十五删的，你错了韵了"。香菱从早到晚满心作诗，直到五更天才朦胧睡去，天亮之际，忽于梦中得了八句:"精华欲掩料应难,影自娟娟魄自寒。一片砧敲千里白,半轮鸡唱五更残。绿蓑江上秋闻笛,红袖楼头夜倚栏。博得嫦娥应借问,缘何不使永团圆!"众人看了都说好,而且新巧有意趣。香菱苦心学诗,终于有所收获。

香菱的命运极其悲惨,自幼被拐卖,连自己本姓为何、父母是谁、家乡在哪都一概不知。在被薛蟠买走之前,一直生活在社会的最底层,被拐子打骂了六七年之久。被薛蟠买走后,不过做一个小妾,日日被拳脚相加,悲惨的生活并未得到一丝改善。底层生活的艰辛,总是能够消磨掉人对生命的激情,但香菱的骨子里却始终对生命的价值有一种崇高的信仰。她一心想学诗,得了机会进入大观园生活,第一件事便是找人教她作诗,学诗的过程中,为觅得佳句殚精竭虑、茶饭不思,又能虚心接受黛玉的批评,获得进步。作者或许想借此告诫世人,即便是身处阴暗之地,也不要忘记抬头仰望星空,不要放弃对美的追寻。同时作者也愤慨,香菱有如此超群智慧与才能,却被不公正的社会所埋没,最后被贪夫妒妇残害致死,香菱学诗这一故事,是作者为这位薄命女子奉献上的一曲赞歌。

香菱学诗这一故事不仅刻画了呆憨可爱、勤敏好学的香菱,也进一步丰满了黛玉的人物形象。香菱最初来找黛玉拜师,黛玉欣然同意的同时,便指出"有了奇句,连平仄虚实不对都使得的",真正的好诗是审美理想的外在显现,如果词义与内涵已然引人入胜,还去刻意迎合格律的外在框架,反倒被束缚住了。这是黛玉作诗的主旨,何尝又不是黛玉做人的主旨?她从不在意外在的功名利禄、戒律清规,而是追求更为崇高的生命价值,正如她对宝玉的爱意,也从来不是看重他是名门公子,而是欣赏宝玉那蔑视世俗、追求自由的反抗态度。

《红楼梦》作为一部经典的中国文学巨著，其中精彩的故事片段远远不止上述五个。但这五个重点章节有的展现了角色的情感纠葛和社交生活，有的揭露了封建社会权谋与真相的斗争，有的则展现了女性的自我追求与社会压力的碰撞……它们都可以作为一个小的观察口，让我们得以窥见那个时代的复杂与悲哀，体会作者的辛酸与血泪。

第三讲
以神话传说来开篇

现代人对神话时常有些偏见，认为这种文学形式是先民们在对世界充满疑惑时产生的一种不成熟思想。神话给人留下了情节离奇或粗暴野蛮的印象，但只要我们用心观照，就会发现它也是在一定生产力水平下的产物，也有自身融洽的逻辑。我们不妨看看《辞海》对神话的解释："反映古代人们对世界起源、自然现象及社会生活的原始理解，并通过超自然的形象和幻想的形式来表现的故事和传说。它并非现实生活的科学反映，而是由于古代生产力的水平很低，人们不能科学地解释世界起源、自然现象和社会生活的矛盾、变化，借助幼稚的想象和幻想，把自然力拟人化的产物。神话往往表现了古代人民对自然力的斗争和对理想的追求。"[1] 基于这一定义，我们基本可以概括神话的以下四个特征：古老的（很有可能是史前时期流传下来的）、集体的产物（彼时还没有单个人的概念，脱离群体去想象一个个人是无比困难的）、虚构的和表达抗争与理想的。在我们还没有开始接受学校教育的时候，我们可能就从母亲的口中熟知了一些神话故事，比如盘古开天辟地、后羿射日和神农尝百草等。

除了古代中国的神话，西方的神话传说一样引人入胜，尤其是

---

[1] 夏征农主编：《辞海（文学分册）》，上海辞书出版社1988年版，第20页。

古希腊的一些神话故事，比如普罗米修斯盗取火种、潘多拉魔盒与斯芬克斯之谜等。虽然中西方神话传说有前述的一些共性，但通过对比，我们还是能发现某些有趣的不同之处。举例来说，宙斯喜欢一夫多妻制，而赫拉忠诚于一夫一妻制，因此她总是嫉妒每一位与宙斯有暧昧关系的女性，并且想方设法地迫害她们。宙斯知晓赫拉的脾气，于是把自己心爱的伊娥变成一只母牛，以此想来躲避赫拉的监视，但赫拉还是识破了宙斯的计谋，并派出了牛虻来叮咬伊娥，迫使其离开希腊。拿这一神话故事与任意一则中国神话对比，我们就会发现显而易见的一处不同，即希腊神话中的神是有爱欲、会嫉妒的，而中国神话中的神仙是不能有情感的，其主要表现为一种神性而不是人性。另一处不同就更有意思了，那就是神话主角变形逻辑的倒置，即希腊神话故事中的神总是会变成动物，就和上面的伊娥变成母牛一样，而中国神话却总是把无生命的物质或有生命的非人动植物变成神。中国台湾学者欧丽娟将这两种变形逻辑分别概括为离心型变形逻辑和向心型变形逻辑，她的概括很有道理。

其实，神话在某种程度上是对人类生命的挽歌，它虽然不会说话，但却无时不在倾诉。海德格尔曾就神话的重要意义做出一番阐释。在他看来，神话凝结着人类历史的发端，而开端比一切后来的东西都要伟大。由此看来，我们应该试着从历史进步论的思维藩篱中稍加解放出来，尝试认可历史开端处神话思维所拥有的巨大的文化力量。

《红楼梦》的作者曹雪芹为了免于牵扯时事，便借女娲补天这一则神话做小说的引子，且说女娲炼石补天时剩有一块灵性已通的石头，这块石头已经锻造，却被留在青埂峰下，日夜流涕。又虚拟了一则神话，说西方灵河岸边三生石畔，有石头化成的神瑛侍者，用甘露灌养仙草，仙草得以幻化成仙子，仙子无以为报，便想着随神瑛侍者下凡，以泪感恩。神话的援引除了开篇的两则外，也可在后续的"太虚幻境""一僧一道"以及"潇湘妃子"中看到。

第一节 女娲补天的引子

一、"补天弃石"与"士不遇"的文学传统

你道此书从何而来？说起根由虽近荒唐，细按则深有趣味。

原来女娲氏炼石补天之时，于大荒山无稽崖炼成高经十二丈、方经二十四丈顽石三万六千五百零一块。娲皇氏只用了三万六千五百块，只单单剩了一块未用，便弃在此山青埂峰下。谁知此石自经煅炼之后，灵性已通，因见众石俱得补天，独自己无材不堪入选，遂自怨自叹，日夜悲号惭愧。

此段文字五次提及数目词，都蕴含着极为深刻的文化意味，十二既是先秦人民眼中的天之大数，又可指代一年之十二个月，一日之十二个时辰，在《红楼梦》中尤指十二金钗。女娲所用的三万六千五百颗补天石是三百六十五的一百倍，一百是古人眼中家族与人寿所能达至的极限，这暗示了贾宝玉所处的时期已经是其家族的末年，《红楼梦》所谱写的就是这几个大家族的末世挽歌。

《红楼梦》以"女娲补天"这则家喻户晓的神话开篇，是有着特殊意味的。《说文解字》卷十二云："娲，古之神圣女，化万物者也。"[①]女娲的贡献有二：一是抟土造人，二是炼石补天。"女娲补天"的神话最早见于《淮南子·览冥训》："往古之时，四极废，九

---

① [汉]许慎撰，[宋]徐铉等校：《说文解字》，上海古籍出版社 2007 年版，第 620 页。

州裂，天不兼覆，地不周载，火爁焱而不灭，水浩洋而不息，猛兽食颛民，鸷鸟攫老弱。于是女娲炼五色石以补苍天，断鳌足以立四极，杀黑龙以济冀州，积芦灰以止淫水。苍天补，四极正，淫水涸，冀州平，狡虫死，颛民生……"①《列子》卷五云："然则天地亦物也。物有不足，故昔者女娲氏炼五色石以补其阙，断鳌之足以立四极。其后共工氏与颛顼争为帝，怒而触不周之山，折天柱，绝地维，故天倾西北，日月辰星就焉；地不满东南，故百川水潦归焉。"②

"女娲补天"与"共工怒触不周山"原本是两个独立的神话故事，可是由于娲皇补天的前提是天上突然出现一个巨大的窟窿，这是一个没来由的祸事，所以为了使逻辑顺承，东汉时期的王充才将两个故事联系起来。这不免使人联想到顾颉刚对民间传说孟姜女故事的考订，杞梁之妻故事的意涵经由朝代的变迁一再增补和改动。所以不论是神话还是民间传说，它们都不是封闭的容器，只等着人们一点儿也不装饰地代代传递，实际上它们是需要被现时现刻的人们加以改造并利用的。

曹雪芹也对"女娲补天"的神话进行了创造性改造，加入了女娲炼石补天后剩下的一块顽石悲叹自己无材补天。弃石是"女娲补天"神话的新元素，这并不是曹雪芹独具匠心的创造。事实上，女娲补天救世这一情节设计一旦投射到以儒家思想为主导的传统中国社会，就与古代知识分子志在天下的人生大任发生互喻。多少感怀不遇的士人大将自身的遭遇比作见弃于人间的补天彩石，又倾注在诗词歌赋上。自唐代以来，诗人们喜欢将大自然里的怪石或是由其加工制成的作品想象成女娲所剩的补天彩石，来感伤自己士不遇的

---

① ［汉］刘安等著，陈广忠译注：《淮南子译注》，吉林文史出版社 1990 年版，第 289—290 页。

② ［晋］张湛注：《列子》，上海书店 1986 年版，第 52 页。

遭遇。如李白《窜夜郎于乌江留别宗十六璟》中云："斩鳌翼娲皇，炼石补天维。"①杜甫《九日寄岑参》："安得诛云师？畴能补天漏？"②姚合这位中唐时期的苦吟诗人我们可能不太熟悉，但是他所作的《天竺寺殿前立石》实际上开借弃石比拟自身坎坷宦途的先河，诗中言："补天残片女娲抛，扑落禅门压地坳。霹雳划深龙旧攫，屈槃痕浅虎新抓。苔黏月眼风挑剔，尘结云头雨磕敲。秋至莫言长矹立，春来自有薜萝交。"③这首七言律诗开篇即借女娲弃石来抒发己身的郁闷之情。姚合的仕途颇为不顺，他虽然是名门之后，但是直到38岁才进士及第，在此之前他不知道落过多少次榜，写下《下第》一诗表达自己多次落榜、无颜见父老乡亲的羞愧之情。中第后两年，也就是40岁时才终于得官，姚合领的是个名叫"主簿"的官职，是个清闲的活儿，因此他一有空闲就写诗抒怀。诗中的补天弃石最终扑落禅门，这与《红楼梦》中一僧一道度化石头的情节相似。

以弃石感伤自身不顺的仕宦道路，这类诗词发端于唐，更在宋代得到了进一步发展。杨杰《辟雍砚上胡先生》："娲皇锻炼补天石，天完馀石人间掷。掷向淮山山下溪，千古万古无人识。昼出白云笼九州，夜吐长虹冲太极。去年腊月溪水枯，色夺江头数峰碧。野夫采得琢为砚，一画中规外方直。方直端平象地形，形壅水流流若璧。拟法辟雍天子学，不比泮宫一隅塞。幸偶先生掌辟雍，持以献诚安敢惜。欲伐东山五大夫，受爵非材炼为墨。欲乞湘妃血泪竽，刮削除斑供简策。欲就退之借毛颖，同与先生记心画。先生记之何所先，推赜圣贤诠六籍。四时七政有未平，愿述阴阳修律历。夷蛮戎狄有未宾，愿摅雄略操军檄。辟雍之水流不穷，先生之材无

---

① [清]彭定求等编：《全唐诗》，中华书局1960年版，第1784页。
② [清]彭定求等编：《全唐诗》，中华书局1960年版，第2259页。
③ [清]彭定求等编：《全唐诗》，中华书局1960年版，第5677页。

不通。愿携此砚飞九穹，圆润化笔扶天工。"①杨杰和姚合一样都以弃石开篇，可巧《红楼梦》也是以弃石做开头的楔子，看来曹雪芹不仅继承了士不遇之弃石的书写传统，还延续了开篇这一位置。北宋名家欧阳修曾在40岁时左迁至滁州，他在琅琊山下一条自西向东流去的溪水，也就是菱溪边上发现一块大石头，他不禁赞美这块石头坚守的品质，其《菱溪大石》："皆云女娲初锻炼，融结一气凝精纯；仰视苍苍补其缺，染此绀碧莹且温。"②其中"凝精纯"便是借已通灵性的石头自比，来抒发自己因刚直而被贬谪的郁闷心情，《红楼梦》中书写一块无材补天的石头大抵就源于这种文化观念的影响。

其实，曹雪芹也是一个文人，他出身于世家大族，据传曹家虽然没落，但是家中收藏的古书并未被抄走，因此曹雪芹才能够依傍着这些收藏，浸淫其中，方能继承弃石与士不遇互喻的文学传统。虚构性的小说如果想表达这一层意思，须得再构拟出一个和石头有着相同遭遇的人物出来，而女性形象的塑造便是曹雪芹别具一格的手段。英莲是《红楼梦》中第一个人间女性角色，就好像一块弃石，逢着元宵节，便一遭被掳，从贵女变成贱女，她的失踪更是间接引发了甄家的衰亡。小说前半部主要以宝黛钗的爱情为线索，后半部又主要言贾家的衰落。再者，《红楼梦》不是传统意义上才子佳人式的爱情描写，而是各色人物皆被赋予一种"文化人格"，这显露了曹雪芹的历史大关怀。曹雪芹所编造的"有命无运"，是极为哀怨的表达，命得之十大，非人力所能改变，运，时也，势也，乃人生于此世间之环境、世道也。《红楼梦》奇就奇在将不遇情结，从男人身上转移到了女儿家身上。庶出的贾探春不就是一个有着经营

---

① [宋]杨杰撰，曹小云校笺：《无为集校笺》，黄山书社2014年版，第63页。
② [宋]欧阳修著，施培毅选注：《欧阳修诗选》，安徽人民出版社1982年版，第101页。

智慧的大女子吗？可女儿身阻止她到外面去施展一身才华，即便早已洞见家族危机，却无能为力，难怪小说中频频感叹女子的命运："好知运败金无彩，堪叹时乖玉无光""凡鸟偏从末世来，都知爱慕此生才""才自精明志自高，生于末世运偏消"。这足以见得，不遇不只是男子的不幸，更是女子的深重的遭遇。"士不遇"的转移式书写将"被弃"等同于"不遇"，将知识分子、士大夫这样个别群体的遭遇拓展到了女性世界中去。

二、"补天弃石"与古老的弃子神话

补天彩石被抛弃其实和人类早期的生存状况有一定的关系，在遥远的母系氏族社会，人是只知其母，不知其父的。《诗经·大雅·生民》记载了周始祖后稷诞生的传说："厥初生民，时维姜嫄。生民如何？克禋克祀，以弗无子。履帝武敏歆，攸介攸止。载震载夙，载生载育，时维后稷。诞弥厥月，先生如达。不坼不副，无菑无害，以赫厥灵，上帝不宁。不康禋祀，居然生子。诞寘之隘巷，牛羊腓字之。诞寘之平林，会伐平林。诞寘之寒冰，鸟覆翼之。鸟乃去矣，后稷呱矣。实覃实訏，厥声载路。诞实匍匐，克岐克嶷，以就口食。"[①] 后稷所在的年代应该是一个母系社会与父系社会交替的时期，后稷无父，这在母系社会本是常态，可为什么姜嫄会因为羞愧抛弃他呢，这是因当时已经是父系社会的发端时期了，一个没有父亲的孩子是不被社会认可的。后稷出生后被母亲接连抛弃了三次，他先后被牛羊、伐木人以及野鸟救了下来。后稷出生后被弃的经历实际上是先民早期生存境况的写照。然而，后稷并未向命运低头，他种植谷物，祭祀神祇，以稼穑奠定了中华民族发祥的文化基因密码。《红楼梦》中通灵之石的被弃如同后稷的被弃，已经锻造

---

① 朱一清注评：《诗经》，黄山书社1997年版，第166页。

的石头却没有机会去补天，这是剥夺了石头存在的意义。然而，通灵宝石就像后稷一样，并没有自我放逐，反而从青埂峰下出发，下世历劫，用红尘中的一段儿女痴情演绎发端于生命源头的真情。弃石虽无补天之材，不能完成补天的大业，但却有济世的德行，承担了以人类本真情感拯救世道的文化担当。

三、顽石与美玉：对立的文学意象

……俄见一僧一道远远而来……坐于石边高谈快论。先是说些云山雾海神仙玄幻之事，后便说到红尘中荣华富贵。此石听了，不觉打动凡心，也想要到人间去享一享这荣华富贵……

这石凡心已炽，那里听得进这话去，乃复苦求再四。二仙知不可强制，乃叹道："此亦静极思动，无中生有之数也。既如此，我们便携你去受享受享，只是到不得意时，切莫后悔。"……那僧便念咒书符，大展幻术，将一块大石登时变成一块鲜明莹洁的美玉，且又缩成扇坠大小的可佩可拿。

此段文字讲的是贾宝玉的前身补天弃石在一僧一道的帮助下转变为有灵性且受人喜爱的美玉这一过程，其中顽石化美玉的情节引入了顽石与美玉这一对立而又相互补充的事物。

中国人自古爱玉，认为玉是取天地之精华而生成的，有了它，就可以轻松地获得神灵的护佑。人们相信美玉除了有驱邪避难的功用，还能够护人长生不死，普遍认可美玉的诸多特质，如珍贵、无瑕等。但美玉从单纯的物体逐渐演变为文人、士大夫口中的才德之美是有一个过程的，将美玉与人的高贵品格相连多亏了卞和献玉这一故事。卞和在荆山下偶然采到一块未经打磨的玉石，他想将这块玉石献给自己的国君楚厉王，楚厉王请专业人士辨别这块玉石的真伪，可惜相玉的工匠并没有瞧出这块玉石身上的奥妙，卞和便以欺君之罪被砍掉了左脚,还被赶出楚地。多年后,楚武王继位,卞和不死心,又前去献玉,工匠仍然将他的宝玉视作顽石,他被砍掉了右足。到了文王继位时,卞和虽有心献玉,但他的身体条件已经不允许他奔赴国都了,他抱着玉在楚山下啼哭不已,文王听说了,便派人前去问询,卞和说自己并不是为失去的双脚而哭,而是为君王错失美玉误为顽石而痛哭,文王听了这话,派人重新打磨辨认这块玉石,才知还真是块莹润无瑕的美玉,由于此玉为卞和所献,所以称为和氏璧。也就是在这个故事中,美玉便与德才兼备的治国之才画上了等号,玉石因为未被细心打磨,所以痛失应有的珍重,就好像千里马未被伯乐发现而深感惋惜。和氏璧后来几易人手,在众多诸侯王的争夺下不翼而飞,这时的和氏璧已经不单单是美玉一块了,而是变成了王权的象征,历朝历代的统治者都想将其据为己有,以宣示自身统治的合法性。

　　帝王如此,民众一样重视玉的才德之美。我们知道,儒家对君子的最高期待是内圣而外王的境界,成为修身齐家治国平天下的栋梁之才,德才兼备是分内之事。《说文解字》载:"玉,石之美。有五德:润泽以温,仁之方也;䚡理自外,可以知中,义之方也;其声舒扬,专以远闻,智之方也;不桡而折,勇之方也;锐廉而不技,洁之方也。"[①] 玉这"仁、义、智、勇、洁"五种美德虽出自玉自身的物理特性,但恰好与儒家五常"仁、义、礼、智、信"息息相关。玉本是个物件,但在与儒家思想所宣扬的价值准则对话的过程中,逐渐与君子德行挂钩。《礼记·聘义》记载了孔子与其学生子贡的对话,子贡猜测人们看重美玉胜过石头,是因为美玉稀有而石头随处可见,孔子不认可这一解释,说:"夫昔者君子比德于玉

---

① [汉]许慎撰,[宋]徐铉等校:《说文解字》,上海古籍出版社2007年版,第8页。

焉：温润而泽，仁也。缜密以栗，知也。廉而不刿，义也。垂之如队，礼也。叩之，其声清越以长，其终诎然，乐也。瑕不掩瑜，瑜不掩瑕，忠也。孚尹旁达，信也。气如白虹，天也。精神见于山川，地也。圭璋特达，德也。"①孔子认为美玉与石头之间，美玉之所以更受人重视，不在于多寡，而在于玉自身蕴藏的美好德行。自从将玉德与君子德行相关联，文人志士便以随身佩玉为一雅好，并在其后逐渐演变为社会公认的准则，成为士大夫的身份标识，难怪《礼记·玉藻》中有言："古之君子必佩玉……君子无故，玉不离身。"②

正是出于玉有诸多美好的象征，所以古人喜欢在各种文学作品中借玉来表达自身的感情。王昌龄《芙蓉楼送辛渐》："寒雨连江夜入吴，平明送客楚山孤。洛阳亲友如相问，一片冰心在玉壶。"③又如李商隐《锦瑟》："锦瑟无端五十弦，一弦一柱思华年。庄生晓梦迷蝴蝶，望帝春心托杜鹃。沧海月明珠有泪，蓝田日暖玉生烟。此情可待成追忆，只是当时已惘然。"④再如温庭筠《更漏子·玉炉香》："玉炉香，红蜡泪，偏照画堂秋思。眉翠薄，鬓云残，夜长衾枕寒。梧桐树，三更雨，不道离情正苦。一叶叶，一声声，空阶滴到明。"⑤除诗词以外，漫长的历史长河中还形成了许多与玉相关的成语、俗语，如"玉不琢不成器""宁为玉碎，不为瓦全""握瑾怀

---

① ［明］王夫之著，杨坚总修订：《礼记章句》，岳麓书社 2011 年版，第 1555 页。
② ［明］王夫之著，杨坚总修订：《礼记章句》，岳麓书社 2011 年版，第 755—758 页。
③ 萧涤非等撰：《唐诗鉴赏辞典》，上海辞书出版社 1983 年版，第 131—132 页。
④ 萧涤非等撰：《唐诗鉴赏辞典》，上海辞书出版社 1983 年版，第 1126—1128 页。
⑤ ［唐］温庭筠撰，刘学锴校注：《温庭筠全集校注》，中华书局 2007 年版，第 965 页。

瑜"以及"亭亭玉立"等。

在美玉的含义逐渐饱满的同时，顽石作为其对立面也逐渐延伸出其特有的内涵。美玉虽浑然天成，但也需能工巧匠的打磨，不然就只是一块顽石罢了。美玉源自顽石却胜于顽石，二者相生相对。美玉无瑕而顽石粗劣，所以人们不免会赋予美玉好的品质，顽石就只能承担恶名，这一日常生活中形成的美丑观实际上影响了《红楼梦》中顽石化作宝玉的情节设置。玉石相传就是女娲补天余下的，玉早在源起时就已经是经过锻造的石头，它被人化且社会化了。而顽石则不同，它生长于天地之间，没有白皙通透的光泽，灰突突的，谁也不会为它驻足。可就是因为顽石成长于乡野间，所以更有质朴粗犷的气息，它不会委身讨好，只孤傲地坚守自身。口含美玉而生的贾宝玉，在成长的过程中几度摔玉，正是在对抗现有的社会准则，贾宝玉既是假玉，那便是坚韧的顽石一块。

当然，美玉顽石这一对反差极大的事物经常被纳入文本书写，其中"玉石"一同出现的时候，则基本都是借"玉石俱焚"来表示不论贤愚、好坏一同遭祸之意。古代文人对"玉石"组合产生兴趣，首先并且也是最主要的，是因为二者对立的文化意蕴。顽石、美玉就像坏人与好人、丑与美一样，被施加了价值判断，一个世俗平庸，一个高洁无瑕。无人不知的三顾茅庐的故事中也能证明这一点，诸葛亮面对第三次来访的刘备时就以顽石自比："将军奈何舍美玉而就顽石？"所以，我们说《红楼梦》开篇的顽石化玉情节，根植于历史悠久的顽石与美玉文化，曹雪芹的创新之处在于将原本人们口中的评价性文字，转化为一个完整自洽的神话故事，其间"顽石"称号的沿用和"无用"性质的界定就是最好的例证。

第二节 "木石前盟"的演义

一、"木石前盟"与"金玉良缘"

"……只因西方灵河岸上三生石畔，有绛珠草一株，时有赤瑕宫神瑛侍者，日以甘露灌溉，这绛珠草始得久延岁月。……只因尚未酬报灌溉之德，故其五内便郁结着一段缠绵不尽之意。恰近日这神瑛侍者凡心偶炽，乘此昌明太平朝世，意欲下凡造历幻缘，已在警幻仙子案前挂了号。警幻亦曾问及，灌溉之情未偿，趁此倒可了结的。那绛珠仙子道：'他是甘露之惠，我并无此水可还。他既下世为人，我也去下世为人，但把我一生所有的眼泪还他，也偿还得过他了。'……"

黛玉本是仙草化作的仙子，神瑛侍者这位石头化作的男神对绛珠仙子有灌溉之恩，绛珠仙子感念不忘，因此便想将前世的甘露之惠，用泪水在人世间偿报掉。小说中人间黛玉的泪水只为宝玉而流，这本就是绛珠仙子下凡投胎的缘起。

我们都认可《红楼梦》的核心线索是宝玉与黛玉的爱情悲剧，即"木石前盟"。这其实是作者曹雪芹为了宝玉和黛玉的现世姻缘所虚设的前世姻缘。"木"的所指相当明晰，指的是林黛玉的前身"绛珠仙子"未得甘露灌溉之恩时的"绛珠草"。对于"石"的指向，人们一般倾向于理解为顽石与神瑛侍者合二为一。神瑛侍者是居于赤瑕宫灵虚真人的侍从，灵虚真人原本就是看管石头的，神瑛中"瑛"字本就是石头的意思，我们合理猜测，神瑛侍者在化为男身之前，应该是一块石头。所以，按照物化仙、仙化人的顺序来推断宝黛二人的前世今生，即：有灵性的石头——神瑛侍者——贾宝玉，绛珠仙草——绛珠仙子——林黛玉。这里，我们会发现一个有趣的事实，即中国神话中人与物的变形逻辑大都是从物变成人，认为人是比物更高级、更先进的存在，这反映了一种人类中心主义思想。而相较庄子的齐物论思想有所不同,庄子在梦中分不清自己是人还是蝴蝶,这种人与物平等的思想则是少有的。反观西方的神话世界,我们以海神波塞冬和其妹德墨忒尔的故事为例,德墨忒尔变成一匹牝马,藏身在马群之中,但是波塞冬也变成了一匹牡马,强暴了德墨忒尔变成的那只牝马。我们可以看到,欧洲神话往往强调从人变成物,而中国神话则强调从物变成人,这便是前文所提及的一个可以称之为离心型的变形逻辑,另一个则可以称之为向心型的变形逻辑。

"木石前盟"对爱情的书写是前所未有的,它不因前世的姻缘使得这一世缘分变得好像命中注定、信誓旦旦一般。实际上宝黛的爱情经历了很多曲折,这些曲折很多时候不只是外部的故意刁难,其实也是二人的磨合。黛玉孤苦伶仃,无父无母,是一个极度缺乏安全感的女孩儿,她只能用眼泪吸引他人的注意。却偏偏是宝玉最受不了黛玉落泪,见着她总得哄着。可宝玉多情,身边女孩儿众多,前脚向黛玉发了誓,后脚又看痴了宝钗的柔荑。因而,"木石前盟"是真实的,爱情的发生并没有不明就里的地方。黛玉是贾母之女贾敏的独生女儿,这点和英莲一样,母亲过世,父亲林如海身体也不大好,黛玉只得千里上京去投奔贾母。贾母见了她,怎能不感伤早逝的女儿,所以尽管黛玉是外孙女,贾母却一点不吝啬地疼爱她。所以,"自在荣府以来,贾母万般怜爱,寝食起居一如宝玉,迎春探春惜春三个亲孙女倒且靠后。便是宝玉和黛玉二人之亲密友爱处,亦自较别个不同,日则同行同坐,夜则同息同止,真是言和意顺,略无参商"。

日常生活中长时间近距离的接触,是宝黛爱情得以滋生的沃土,不接触不亲近,哪里来的真情?黛玉在与宝玉相见前早就听闻过宝玉的诸多事迹,总以为宝玉是个纨绔子弟,并不把他放在心上。就算是与宝玉初见,自己无玉的话引得宝玉摔了玉,黛玉行事谨慎,惹出这样的祸事,更是心里难受。敢问此处黛玉能中意宝玉吗?可一众姐姐妹妹时常伴在贾母身侧,一日一日的接触使得这两位少男少女逐渐心意相通。宝玉看似众星捧月,但真正了解他的人却寥寥无几,贾政从来不正视宝玉的才华,王夫人只管清肃他身边的小丫鬟,同龄人中颇有才华的宝钗和湘云也总劝他投身于经济世俗之道。可真正理解他的唯有黛玉,"林妹妹不说这样混帐话,若说这话,我也和他生分了"。黛玉听了宝玉这番话,真个是悲喜交加,她知道自己与宝玉惺惺相惜,也明白他们的爱情不会被世俗认可。可以说,宝黛爱情深刻地诠释了知己之爱的内涵。

"木石前盟"也不是一开始就没有希望,王熙凤这样精明的人曾经打趣宝黛二人的婚事,这完全是因为贾母本就有这个意思。可怜黛玉父母亡故,加之自己来人间本就是还泪而亡的使命,又怎能在贾府飘摇之际如愿嫁给宝玉,他们的爱情没有现实的社会支持,是不会成功的。而宝钗的成功在于不仅门第与宝玉匹配,经营着自家的生意,而且知晓世俗社会里的门门道道。

梦境世界对"木石前盟"这段姻缘有特别的作用。第一回以甄士隐的一个梦引出绛珠仙草这则神话,绛珠仙草是木身、草身,神瑛侍者是石身,可见,"木石姻缘"早在此处便埋下了。"木石前盟"是在第五回正式露面的,宝玉于秦可卿房间昏睡过去,神游太虚幻境,听闻《终身误》一曲云:"都道是金玉良姻,俺只念木石前盟。"此时宝钗也随母薛姨妈入了贾府,她身上戴着把金锁,薛姨妈说是只能以金配之。第三十二回,林黛玉内心所叹:你既为我之知己,自然我亦可为你之知己矣;既你我为知己,则又何必有金玉之论哉;既有金玉之论,亦该你我有之,则又何必来一宝钗哉!第三十六回"绣鸳鸯梦兆绛芸轩",宝玉在梦中喊骂说:"和尚道士的话如何信得?什么是金玉姻缘,我偏说是木石姻缘!"宝玉此时深陷"木石前盟"与"金玉良缘"的角逐中,他在梦中呼喊出的话语,实际上反映了他内心的抵抗,也表达了对"木石前盟"的潜意识认同。第一百一十六回,贾宝玉再入太虚幻境,知晓"木石前盟"是命中注定无果的姻缘,便放下了心中遗憾,决心遁入佛门。

此外,"宝玉"的名字不同于其同辈的贾琏、贾珍等人,取的是带"玉"的二字名,这个字才能彰显宝玉在贾家如珍似玉的地位。曹公从不轻易与人物以"玉"字为名,小说中名字带"玉"的仅宝玉、甄宝玉、蒋玉菡、黛玉、妙玉和红玉(小红)。林黛玉名中有"玉",却并不是含玉而生,贾母对她千疼万爱,但贾母身边的孙子孙女又岂止她一个。黛玉见到依在薛姨妈身侧的宝钗,不禁伤感,宝钗虽然没有父亲,但到底有母亲哥哥在身旁,薛家本有家产宅子,住在贾府只为亲戚之情,可自己却是一无所有来投奔的,日常生活的开支总要由贾母担负,少不得看下人的眼色。紫鹃明白黛玉的处境,为其说话:"有老太太一日还好,若没了老太太,也只是凭人去欺负了。"黛玉失去父母这最重要的依靠,便没有男性家长能为其做主婚事,即便是贾母也操心不到。迎春即便自小养在贾母身边,可她的婚事也还是由贾赦做主,贾赦为了抵账,便将迎春嫁给了暴虐无情的中山狼孙绍祖,贾母此时即便是有心也无力,迎春的婚事足以使我们明白父权的不可违抗。黛玉没有强势的父权做依靠,身边人紫鹃也只能替她干着急,紫鹃编了个黛玉回扬州的谎来试探宝玉,虽教宝玉明了真心,但宝玉一个做不了自己主的孩子又能做什么呢?可怜黛玉空自伤心流泪,到最后连泪都流不出来,也就报答了前世的恩惠。

二、木石奇缘中的木石崇拜

人们对石头的崇拜是人类在万物有灵论时代最早的自然崇拜之一。石头在那时非常落后的生产力水平下,不仅满足了人们的生产生活需求,在此基础上人们还把它作为信仰的对象来崇拜。在人类社会早期，人们将石头作为主要的劳动工具，它被应用于狩猎、采集、建筑和取火等诸多场景中。由石头制成的石器还成为了划分人类社会发展阶段的标志物。比如旧石器时代，对石头的信仰建立于其实用价值，但同时又远远超越了它的实用价值。石头和人一样，都是自然界的产物，可人生死有命，人类生命的长度在石头的面前太过短暂，因此远古时代的人类生出对石头的崇拜心理一点也不奇怪。女娲以五色石补天反映了石头既能保护生者又能保护死者，其中包含着人类对于永恒生命的渴望。

  对石头的崇拜也可在中国的民间信仰中窥见。泰山石敢当的风俗起源于山东地区，泰山为五岳之首，人们认为泰山上的石头可以抵御一切妖邪，使家庭逢凶化吉，所以家家户户都会立一块刻有"泰山石敢当"的石碑于门前，为的是能够镇宅驱邪。还有，《羌戈大战》中记载了羌族同胞的白石崇拜。羌族人认为他们的祖先原本在水草丰饶的西北草原幸福地生活着，可是战火迫使他们远离故园，羌族人四散逃跑，其中的一个支系来到了川青交界，准备在这里定居下来，这侵犯了这里的原住民戈基人的利益，戈基人便追杀他们，羌族人原本处于劣势，可在西逃路上有三块白石化作了三座雪山，帮助他们逃脱了戈基人的追杀，从此羌族人便过上了稳定的生活，并将白石看作他们的祖先，每家每户都会在家中供奉白石。

  除了如上所述的保护功能，石头还象征着生殖与繁衍。先民在某种意义上视人类的先祖为石头，认为石头是可以生人的。《西游记》中的孙悟空就是由石头孕育而生的石猴。另一则石生人的神话是一个我们熟悉的神话的附属故事。大禹所处的时代水灾泛滥，为了治水，禹和东夷强大的涂山氏联姻，娶了涂山氏的女儿女娇，做了涂山氏的赘婿，"夫从妇居"。大禹心系治水工程，在与女娇结婚后的第四天便匆匆离开妻子去治水，奈何洪水总是泛滥，大禹治水心切，不得不宵衣旰食，即便是三过家门也不入。女娇日思夜想着丈夫，也顾不得世俗规矩，便前去寻找丈夫，谁知她看到大禹化作了黑熊，一时间惊吓不已，变成了石头，大禹向这块妻子变成的石头索要孩子，石头裂开，禹的儿子启诞生了。

木崇拜与石崇拜是一样的，它们都是自然界的产物，又都对人类产生过深远的影响。先民相信木与石都是有灵性的，他们渴望自己的生命也能够像木石那样坚硬，这体现了人类对自身有限生命的一种超越。木崇拜是植物崇拜，和石头崇拜一样发端于自然崇拜。植株树木在人们的生产生活中发挥了巨大的作用，有食用价值、建筑价值以及医疗价值，有时甚至还有装饰方面的价值。草木的一些物理特性在人们使用的过程中逐渐被熟悉，人们在此基础上认为草木有其自身独特的品格，"野火烧不尽，春风吹又生"①，说的就是草生命力旺盛顽强的品性。

木崇拜中较具代表性的应该是树崇拜，树崇拜的例子可以说是俯拾皆是。若要问问今天的八旬老人他的祖先来自哪里，他多半会回答山西大槐树下。元末明初，朝代更迭造成的战乱使多少人被迫离开故土，成为了无家可归的流民。这些人听闻山西繁荣稳定，是经济富庶之地，便在皇帝的支持下展开了移民。那时山西南边的洪洞县人口最为稠密，县上有一座广济寺，朝廷将这个寺庙设为官方的移民办理机构，需要移民的人都得到这里来等待分配。寺院正中有一棵汉槐，树干极为粗壮且枝繁叶茂，前来移民的人都在它巨大的荫蔽下纳凉，等到他们要离去的时候，都会对着这棵槐树落下泪来。还有1986年四川省广汉市三星堆遗址出土了八棵青铜神树，其中修复完成的一号神树有396厘米的高度，分别由圆形底座、根须、树枝、枝桠、小鸟、花蕾以及果实构成，青铜神树就好像勾连天地的云梯，反映了古蜀国人民天人合一的宇宙观与世界观。古蜀

---

① 朱金城、朱易安：《白居易诗集导读》，巴蜀书社1988年版，第42页。

人认为他们所处的成都平原是"天地之中",也就是大地的中心,这棵青铜神树起到了连接天地的作用。

树崇拜的身影不仅存在于中国人的古老记忆中,事实上,风靡全球的电影《阿凡达》中就有一棵生命树,树的种子飘浮在空中,它们是有灵性的,女主角奈蒂利就是因为种子停留在了杰克身上,从而相信并接纳了杰克到纳美人的族群中来。后来潘多拉星球遭到人类的侵袭,纳美人也是首先来到圣树下聆听祖先的声音,以此寻找族群生存下的机会。

"木石前盟","木"指的是林黛玉的前身"绛珠仙草"。在中国传统文学的语境中,往往是草木并举的,如"人非草木,孰能无情"。第二十八回林黛玉道:"我没这么大福禁受,比不得宝姑娘什么金什么玉的,我们不过是草木之人。"第三回宝玉道:"《古今人物通考》上说:'西方有石名黛,可代画眉之墨。'况这林妹妹眉间若蹙,用取这两个字,岂不两妙!"探春笑道:"只恐又是你的杜撰。"黛玉姓林,是"木"的意思,"黛玉"指的又是如墨一般的石头,取的是木石并生的意思,可以说,宝玉的杜撰真是无理而妙!

所以,无论是石崇拜还是木崇拜,崇拜首先都起源于它们的功能,人们进而在此基础上与这些物产生了心理上、社会上的联结,相信它们可以达成人们的诸多心愿。

三、女性崇拜或是女性歧视的体现

《红楼梦》用女娲补天做素材为小说开篇,与女娲相关的另一则我们熟悉的神话是女娲造人,如果说盘古开天辟地是为创始祖先,而女娲比拟自身的模样用泥土捏造了人类,可以说是人类的祖先。

女娲和西方神话传说中的男性创世者不同,女娲是用土和了水,以捏泥人的方式创造了人类,而不是两性结合的方式。先民们不是不知道生育的规律，可为什么他们还是在创世神话中抛弃了男性？这是因为先民所处的社会中女人和土地是最重要的两种资源。《山海经》载有"女子国"，女子通过沐浴受孕的故事。《异域志》记载东南海中有一处"女人国"，这里的女子只要吹着风站立，就能怀孕。《西游记》也运用了"女儿国"这一神话主题，"女儿国"里的女人就不需要男人，只要喝一种奇特的水就能够受孕，我们忘不了猪八戒误喝后怀孕的滑稽样子。

　　《红楼梦》中元妃便为一众女儿提供了一处清净的处所，女孩们在里面吟诗作对，好不清爽，大观园中的女儿们暂时摆脱了男性权威，得以尽情施展文辞才气，就连香菱这五岁便被拐卖的女孩儿都能学诗。可是大观园怎么能阻挡得住外部世界的污浊呢？黛玉不愿将收集来的落花送入流水，却只愿将其埋在泥土中去，是因为流水是通向外界的。女性的闺阁良友贾宝玉道："女儿是水作的骨肉，男人是泥作的骨肉。我见了女儿，我便清爽；见了男子，便觉浊臭逼人。"这似乎形成了一个女性至上的神话世界。然学者欧丽娟在反复阅读宝玉的这句话时，发现其中的一个巨大的不对等，"女儿"对应"男子"，乍读是没有问题的，可问题是为什么不是"女人"对应"男子"？第五十九回春燕曾转述宝玉的话："女孩儿未出嫁，是颗无价之宝珠；出了嫁，不知怎么就变出许多的不好的毛病来，虽是颗珠子，却没有光彩宝色，是颗死珠了；再老了，更变的不是珠子，竟是鱼眼睛了。"可见，在宝玉的心中，能够与男人相提并论的只是没出嫁的少女，而少女经常是未经世事的、懵懂的，且尚未具备社会身份的，男人为什么只珍视什么都不懂的少女呢？这实则是男权社会男性借以压制女性的一种工具。

　　绛珠仙草的神话一样暗含着这种女性歧视，"这绛珠草始得久延岁月。后来既受天地精华，复得雨露滋养，遂得脱却草胎木质，得换人形，仅修成个女体"。我们晓得"仅"这个字眼的意思，也就明白了女儿是一种缺憾。这种形容也能在书中对甄士隐女儿甄英莲与林黛玉的介绍中看到。且回到仙草的神话，一般说来，神仙无论大小，都是长生不死的，而曹雪芹笔下的这株仙草，只是因为神瑛侍者的甘露才"始得久延岁月"，也就是说如果没有男性神仙神瑛侍者的帮助，仙草是不可能有无限的寿命的。并且仙草成为仙子后，要追随神瑛去到人间给他还泪，显然仙草是受助者，而神瑛是施助者，这与人间社会成为重相，男性一向是以给予者的面目出现，是强者，而女性总是接受者，是弱者。宝玉的女性崇拜思想说到底可能只是少女崇拜而已，而这一观念背后，其实深深藏着对女性的压迫与歧视。

第三节　潇湘妃子的暗喻

《红楼梦》中对神话传说的引据并不少，开篇的"女娲补天"与"木石前盟"，无疑有提纲挈领的作用。然而，我们也不能忽视小说中其他神话传说的价值。譬如对潇湘妃子这一形象的引用，因为它不仅实际上呼应了绛珠仙子的还泪之说，还构成了林黛玉身份上多重意义的重相。《红楼梦》第三十七回探春又向众人道："当日娥皇女英洒泪在竹上成斑，故今斑竹又名湘妃竹。如今他住的是潇湘馆，他又爱哭，将来他想林姐夫，那些竹子也是要变成斑竹的。以后都叫他作'潇湘妃子'就完了。"大家听说，都拍手叫妙。林黛玉低了头方不言语。黛玉之所以别号"潇湘妃子"，是因为她住在竹林环绕的潇湘馆，她本人也爱哭。

提及斑竹，还有两个我们熟知的神话附属人物——娥皇、女英，她们是尧的女儿，嫁给了经过重重考验、得到四岳推荐的舜。娥皇、女英最早是以尧之二女的身份出现的，《山海经》卷五载："又东南一百二十里，曰洞庭之山，其上多黄金，其下多银铁，其木多柤、梨、橘、櫾，其草多菱、蘪芜、芍药、芎藭。帝之二女居之，是常游于江渊。澧沅之风，交潇湘之渊，是在九江之间，出入必以飘风暴雨。是多怪神，状如人而载蛇，左右手操蛇。多怪鸟。"① 到了刘向所编的《列女传》，则明确地将二女称为舜的两位妃子，并且区分了她们的长次与姓名。《列女传》载："有虞二妃者，帝尧之二女也。长娥皇，次女英。"② 娥皇、女英的妻妾地位之分，来源于唐韩愈《黄陵庙碑》："尧之长女娥皇为舜正妃，故曰君。其二女女英自宜降曰夫人也。"③ 娥皇、女英帮助舜战胜舜邪恶的家人，她们树立了贤良的形象，也被归纳出妻妾之分，可见这两位神话人物其实一直被儒家伦理所装扮。

当然，儒家思想对娥皇、女英身世的最大改变，在于二人殉节的故事。娥皇、女英的离世原本与舜的崩死无关，《水经注·湘水》记载的是娥皇、女英随舜出征，偶然溺死于湘江，她们显然不是因为舜的死亡而自杀。后来，两女殉节情节的增设，使这一神话故事变得顺理成章且因果分明，湘妃被推行为烈女的典范，反映了封建社会儒家思想对女性的压迫。娥皇、女英的故事经过了历朝历代的改编，逐渐成为我们熟悉的娥皇、女英追舜追不到，只寻到了舜的坟墓，在舜的坟前哭泣，眼泪洒到了竹子上，成了斑竹，这就是"湘妃竹"的来源。这个故事是否令我们想起绛珠仙草幻化为绛珠仙子的过程？仙草与竹子都是植物，仙草上滴上了血泪才成为绛珠仙草，竹子上洒满了娥皇、女英的泪水才变成斑竹。

《史记·五帝本纪》记载，舜"践帝位三十九年，南巡狩，崩

---

① 滕昕、刘美伶译注：《山海经》，四川人民出版社2019年版，第198页。
② [清]王照圆撰，虞思徵点校：《列女传补注》，华东师范大学出版社2012年版，第1页。
③ [唐]韩愈著，刘真伦、岳珍校注：《韩愈文集汇校笺注》，中华书局2010年版，第2317页。

于苍梧之野。葬于江南九疑，是为零陵"①。尧舜禹禅让的故事从某种意义上来讲，代表着中国古代最崇高的政治理想，人们都希望既有贤德又有能力的人能够掌握大权，也期待权力的更迭能够和平地完成。然而，由舜至禹，权力的接替真的是以禅让的形式发生的吗？舜在位的某年前往南方巡视，并且死在了苍梧，我们知道，其实一直到唐代，南方其实都是人烟稀少且不发达的。古代人的寿命能有60岁就算得上高龄了，舜怎会在极其年迈的时候前往南方？这种行为显然是要承担极大风险的。所以，认为舜是因为权力斗争失败而被流放到南方是一种合理的猜测。李白《远别离》就合理地表达了这种猜测："远别离，古有皇英之二女，乃在洞庭之南，潇湘之浦。海水直下万里深，谁人不言此离苦？日惨惨兮云冥冥，猩猩啼烟兮鬼啸雨，我纵言之将何补？皇穹窃恐不照余之忠诚，雷凭凭兮欲吼怒。尧舜当之亦禅禹。君失臣兮龙为鱼，权归臣兮鼠变虎。或云：尧幽囚，舜野死。九疑联绵皆相似，重瞳孤坟竟何是？帝子泣兮绿云间，随风波兮去无还。恸哭兮远望，见苍梧之深山。苍梧山崩湘水绝，竹上之泪乃可灭。"② 这首诗明确地将女子的眼泪与死亡结合在了一起，眼泪成为女人的生命线，眼泪与生命合二为一，曹雪芹使用的"潇湘妃子"的神话其实是李白《远别离》所加工过的，泪尽而亡也就解释了林黛玉的命运。第四十九回宝玉忙劝道："你又自寻烦恼了。你瞧瞧，今年比旧年越发瘦了，你还不保养。每天好好的，你必是自寻烦恼，哭一会子，才算完了这一天的事。"黛玉拭泪道："近来我只觉心酸，眼泪却像比旧年少了些的。心里只管酸痛，眼泪却不多。"结合绛珠仙子下凡的故事，仙草为了报答灌溉之恩，仙子才下凡还泪，黛玉发觉自己的眼泪变少了，

---

① [汉] 司马迁著，易行、孙嘉镇校订：《史记》，线装书局2006年版，第4页。
② [清] 彭定求等编：《全唐诗》，中华书局1960年版，第356页。

也就预示着她在凡间的寿命逐渐走向终点。

《红楼梦》中的神话传说有着丰富的内涵，"女娲补天"寄托了曹雪芹"士不遇"的感伤，延续了弃子这一主题的神话传统，贯彻了美玉与顽石云泥之别的印象。"木石前盟"传达了先民木石崇拜中蕴含的对美好生活的期盼，折射出作者自身都未必意识到的女性歧视观念。"潇湘妃子"与"绛珠仙草"遥相照应，共同诉说了林黛玉的身世情缘。这么看来，引据神话不仅使小说蒙上一层奇幻的色彩，令人神往不已，更是借神话简明而又蕴藏强大力量的语言，为小说主体部分的展开提供了缘起与结局。

进一步来讲，神话传说的引据实际上帮助曹雪芹从神界与人间两个空间分别创造了宝玉与黛玉的四重身份，这其实是他善用重相的写作手法。贾宝玉的前身是大荒山无稽崖下一块不堪补天大任的弃石，也是仙界赤瑕宫的神瑛侍者，宝玉在人间也是既有贾宝玉也有甄宝玉。《红楼梦》第二回，贾雨村提及钦差金陵省体仁院总裁甄家道："去岁我在金陵，也曾有人荐我到甄府处馆。我进去看其光景，谁知他家那等显贵，却是个富而好礼之家。倒是个难得之馆。但这一个学生，虽是启蒙，却比一个举业的还劳神。说起来更可笑，他说：'必得两个女儿伴着我读书，我方能认得字，心里也明白；不然我自己心里糊涂。'又常对跟他的小厮们说'这女儿两个字，极尊贵、极清净的……'"甄宝玉的此番言论，竟与贾宝玉的"女儿是水作的骨肉，男子是泥作的骨肉"如出一辙。

与宝玉一样，黛玉也有前世与今生的四重相，绛珠仙草与斑竹同为有斑点的植物，由血泪或眼泪浇灌而成，都是女性的化身，情感、泪水与死亡紧紧交织在一起。黛玉在人世间的重相是甄英莲（香菱），她们二人都是书香世家里的独女，由于家中没有儿子，父母的爱就一股脑地全倾注在她们身上。然而，二人都有命无运，甄英莲从小便被拐子拐走做了富贵人家的妾室，黛玉则接连失去母亲与父亲，只在祖母家贾府寄身。可见，曹雪芹用眼泪、血珠、甘露，串联起了绛珠仙子、娥皇女英、甄英莲和林黛玉相似的命运，神话故事与人世间的故事相互穿插与照应。

其实，神话传说的引据还关乎全文的结构。小说第一回空空道人见《石头记》："因毫不干涉时世，方从头至尾抄录回来，问世传奇。……因空见色，由色生情，传情入色，自色悟空，遂易名为情僧，改《石头记》为《情僧录》。"著名学者詹丹认为，《红楼梦》中事实上就存在着色、情、空这三个概念，"一僧一道"和"太虚幻境"的神话对应着"空"这一层面，与宝黛相关的三则神话则与"情"这一层面相连，刘姥姥则以"色"观照社会。所以，《红楼梦》中引入神话传说，不仅有提纲挈领的作用，更是与撑起全文结构的色、情、空三个概念相关联。

第四讲
寓意丰富的取名

泱泱华夏,上下五千年。我国有着悠久的姓名文化,最早起源于远古时期母系氏族社会。由于男子要外出捕猎,经常漂泊不定,而女子从事采集和生产,往往定居一方,在这种社会背景下所出生的子女,往往只知其母而不知其父,后代也都随其母姓。这一点,从女娲被人们尊为人类始祖可见一斑。远古姓氏也一般为女字旁,比如黄帝姓姬、炎帝姓姜,还有嬴、姚等姓氏。

随着社会进步,母系社会逐渐被父系社会所替代,姓氏的传统习俗也发生了改变,逐渐转变成子随父姓。而随着人类的不断繁衍以及族群的不断扩大,为了资源的有效开采与分配,族群便又划分为若干支,并不断寻找确定属于自己的领地。长此以往,生活在同一片区域的人都是相同祖先的后代,并通过"氏"这个称号,来与其他族群有所区分。此后,从周朝开始,起名规则被纳入礼法,并形成制度。

读《红楼梦》会发现,其中的人物取名大致有三种方法。其一,从形上讲,主要通过"系列取名法"。《红楼梦》中的人物多按照亲缘关系和辈分,成双成对、成套成串地取名。其二,从音上讲,主要通过谐音取名法。如贾府的四位小姐从表面上是按照出生日期与春天的关联,而取名为元春、迎春、探春和惜春,但是她们的名字又取自谐音"原应叹息",正暗示着她们的命运以及不幸遭遇。其三，从义上讲，主要是寓意取名法。其意义有正反之分，而红楼梦中则主要是反其意而喻之。在第六十八回中，凤姐在知道贾琏偷娶了尤二姐之后，派去了一个心腹丫头，叫作"善姐"，名为"善"，但其人不善，这个便是反意之名。

第一节　贾府五代人名的情节内涵

《红楼梦》中的人物名字，都深具内涵，无一处闲笔。在第二回中，从贾雨村与冷子兴的交谈，可以大致了解贾府的历史。

> 于兴叹道："止说的是这两门呢。待我告诉你：当日宁国公与荣国公是一母同胞弟兄两个。宁公居长，生了四个儿子。宁公死后，贾代化袭了官，也养了两个儿子：长名贾敷，至八九岁上便死了，只剩了次子贾敬袭了官，如今一味好道，只爱烧丹炼汞，余者一概不在心上。幸而早年留下一子，名唤贾珍，因他父亲一心想作神仙，把官倒让他袭了。……再说荣府你听，方才所说异事，就出在这里。自荣公死后，长子贾代善袭了官，娶的也是金陵世勋史侯家的小姐为妻，生了两个儿子：长子贾赦，次子贾政。"

这里可以看出，贾府五代是根据人名的偏旁命名，可以分为"水"、"代"、"文"、"玉"以及"草"字辈，这字辈的偏旁也暗示着贾府的兴衰荣辱。

一、第一代："水"字辈，宁国公贾演和荣国公贾源

贾府第一代是"水"字辈，代表源头，开创贾氏一族。在第五十三回中，荣宁两府在除夕举行祭祀活动，共介绍了三幅匾额和三副对联。其一，匾额为"贾氏宗祠"，对联为"肝脑涂地，兆姓赖保育之恩；功名贯天，百代仰蒸尝之盛"，意思是宁荣二公对皇

帝忠心耿耿，天下百姓也都依赖着他们保护养育的恩德，贾氏祖先功名满天下，千秋万代都仰慕其祭祀的壮盛。其二，匾额为"星辉辅弼"，对联为"勋业有光昭日月，功名无间及儿孙"，意思为宁荣二公的功勋使日月增光，其赫赫美名永不间断，惠及子孙。其三，匾额为"慎终追远"，对联为"已后儿孙承福德，至今黎庶念荣宁"，意思是贾氏后世子孙都蒙受着祖先的福泽恩德，天下百姓也至今怀念着宁荣二公。

此处的宁荣二公即贾演和贾源，是一母同胞，其父亲是金陵贾家的一支。贾演是老大，贾源是老二。兄弟二人，文武双全、骁勇善战，为了皇家出生入死。在战场上，幸得老仆焦大把主子背了出来，才开创了宁荣两府的地位，奠定了贾家世族繁荣昌盛的根基。关于焦大与宁国府的关系，从第七回中尤氏的话便可以看出，焦大是宁国府绝对的功臣，也曾经是绝对地忠于主子。

尤氏叹道："……只因他从小儿跟着太爷们出过三四回兵，从死人堆里把太爷背了出来，得了命；自己挨着饿，却偷了东西来给主子吃；两日没得水，得了半碗水给主子喝，他自己喝马溺。……"

而皇帝之所以将贾演封为"宁国公"，贾源封为"荣国公"，暗指这两人与国家的安宁繁荣关系密切。除此之外，贾演和贾源两人的名字，按照谐音取名法，便是"渊源"的意思。其二人名中又以"水"为偏旁，水是生命之源，有滋养之意，按照寓意取名法，寓意"起源"。水无源则死，这也与他们个人的命运浮沉有所关系，暗示着贾家起势的源头，贾演和贾源经过战场上九死一生，得皇帝宠信而起家，开创了贾家世勋的地位，做了二府的国公。

二、第二代："代"字辈，贾代化、贾代善、贾代儒

贾府第二代是"代"字辈，有更迭之意，子承父业，寄托了两

代国公对后代的期许,希望贾家以武起家后,能够在后一代教化子孙,重视礼仪。其中"代"是目标以及期望,"化"、"善"、"儒"则是方法。

"代"字辈中,贾代化是宁府的继承人,同时担任族长。贾代善是荣府的继承人,贾代化与贾代善之名,也寓意着春风化雨、积善教化。而贾代儒虽说是代字辈的太爷,却是一个关系较远的同宗,他虽无爵位可继承,但也被赋予了教化子孙的重任,主要负责族中子孙的教育。

在第三十三回中,贾政打宝玉,听闻金钏跳井,问道:

"好端端的,谁去跳井?我家从无这样事情,自祖宗以来,皆是宽柔以待下人。——大约我近年于家务疏懒,自然执事人操克夺之权,致使弄出这暴殄轻生的祸患。若外人知道,祖宗颜面何在!"

从贾政的话可知,两代国公的教育观念影响之深远。再看第三回,林如海也曾评价贾政:

"若论舍亲,与尊兄犹系同谱,乃荣公之孙:大内兄现袭一等将军,名赦,字恩侯;二内兄名政,字存周,现任工部员外郎,其为人谦恭厚道,大有祖父遗风,非膏粱轻薄仕宦之流,故弟方致书烦托。否则不但有污尊兄之清操,即弟亦不屑为矣。"

贾政之祖父,便是贾源。从林如海的话"其为人谦恭厚道,大有祖父遗风",也可看出宁荣二公对子孙教育的重视。

三、第三代:"文"字辈,贾敷、贾敬、贾赦、贾政、贾敏

贾府第三代,天下变成了文治,家族也到了转型期。"文"字辈恰恰表明了贾家人弃武从文以避免皇帝猜忌的想法。但贾家世袭

爵位逐渐轻微，以求从文重振祖业，这一代便成了贾家逆袭的转折点。

贾敷是贾代化的长子，即贾家长房嫡长子。贾敷的"敷"有"敷衍"之意。在第二回中，冷子兴提到宁国府的嫡长孙贾敷八九岁就夭折，则由贾代化的次子贾敬来继承家业：

> "……宁公死后，贾代化袭了官，也养了两个儿子：长名贾敷，至八九岁上便死了，只剩了次子贾敬袭了官……幸而早年留下一子，名唤贾珍，因他父亲一心想作神仙，把官倒让他袭了。……"

贾敬是贾代化的次子，也是贾珍、贾惜春之父。贾敬的"敬"字去除文字旁就是"苟"字，有"苟且"之意，暗示了此代有下行趋势。

贾赦是贾代善的长子，贾政、贾敏的长兄，还是邢夫人的丈夫，贾琏、贾琮、迎春的父亲。贾赦是荣国公的嫡长孙，继承爵位也顺理成章。但"赦"字有皇恩赦免之意，暗示了当年贾赦闯祸，本来应该失去继承人的资格，但是由于皇帝顾及旧臣，便使他重新具有继承权，承袭了世袭一等爵。在第二回中，冷子兴说：

> "……自荣公死后，长子贾代善袭了官，娶的也是金陵世勋史侯家的小姐为妻，生了两个儿子：长子贾赦，次子贾政。如今代善早已去世，太夫人尚在，长子贾赦袭着官；次子贾政，自幼酷喜读书，祖、父最疼，原欲以科甲出身的，不料代善临终时遗本一上，皇上因恤先臣，即时令长子袭官外，问还有几子，立刻引见，遂额外赐了这政老爹一个主事之衔，令其入部习学，如今现已升了员外郎了。……"

贾政是贾代善的次子，荣国府的二老爷，贾宝玉的父亲。按照谐音取名法，贾政之名通常被理解为"假政"或"假正经"，主要是指贾政在儒家道德行为规范方面，过于恪守三纲且要求严苛。但是贾政并非"假正经",而是有光宗耀祖之志。其一,贾家子孙繁多,爵位只有两个。当初宁荣二公办学供没有爵位的子孙上学读书,也是想让家族子弟科举入仕。贾家在弃武从文道路上最坚持的人便是贾政,贾政虽然才能平平,被皇帝赐予主事一职,几十年只晋升至工部员外郎,但是在族中子弟都无心科举入仕的情况下,唯有贾政有坚持光宗耀祖的志向。其二,在第三十三回,贾政打了宝玉后,与母亲有一段对话。

……贾政听这话不像,忙跪下含泪说道:"为儿的教训儿子,也为的是光宗耀祖。母亲这话,我做儿的如何禁得起?"贾母听说,便啐了一口,说道:"我说一句话,你就禁不起,你那样下死手的板子,难道宝玉就禁得起了?你说教训儿子是光宗耀祖,当初你父亲怎么教训你来!"说着,不觉就滚下泪来。

光宗耀祖,这是贾政的一生心结,令贾政着魔一般孜孜以求。但也正是因为这四个字,贾政醉心名利,彻底令贾家万劫不复。

贾敏是荣国公贾代善的嫡女,嫁给了探花郎林如海,生下了女儿林黛玉。其"敏"字不仅有聪慧和敏捷之意,"敏"又通"悯"。贾敏之死影响深远,因为贾敏不死,林黛玉也不会进京,更不至于在经历贾府盛衰变化和感情波澜后早夭。贾敏的"敏"暗示了贾府以及林黛玉结局的悲剧性,也预示着木石姻缘无果而终的结局。

四、第四代:"玉"字辈,贾珍、贾琏、贾琮、贾珠、贾宝玉、贾环

贾府第四代都是玉字旁,有享乐之意。所谓"金玉其外,败絮其中",如果说第三代还不敢骄奢过度,那到了第四代,便是明目张胆地侈靡无度了。

贾珍是贾敬之子，世袭三品爵威烈将军。贾珍穷奢极欲，在前八十回中描写了两次盛大场面，便是可卿去世以及元春省亲。有关秦可卿的葬礼，作者便从第十三回一直描写到第十五回，场面十分浩大。其中，从秦可卿用的棺木，到为贾蓉花重金捐官，再到元春省亲，从这三个细节，便可以看出"盛极必衰"。正是贾府过度的奢华，才成为贾府逐渐衰败的催化剂。

贾赦有二子，贾琏和贾琮。贾琏是荣国公世袭一等爵贾赦的嫡长子。"琏"字，喻"瑚琏"，大致有两层意义：其一，"琏"字代表传承链接，是他嫡长孙的标志；其二，"琏"通"莲"也通"怜"，暗示着王熙凤、尤二姐、巧姐与贾琏一样的"可怜"命运。玉字辈的贾琏，早已没有贾府先辈励精图治的品质，同贾珍等一样，是一个精神空虚、嗜色如命的浪荡公子。

他的妻子王熙凤，是一个精明能干、权力欲望很强的女人。小妾平儿，聪慧干练，心地善良，又很能处世应变。在第六十五回中，贾琏在贾蓉的纵容下偷娶了尤二姐，并将自己所有体己都给了尤二姐，又将王熙凤平日为人行事全部告诉尤二姐，说道："人人都说我们那夜叉婆齐整，如今我看来，给你拾鞋也不要。"但这很快就被凤姐发觉，她等贾琏出门在外，将尤二姐请进贾府迫害致死，但贾琏对这一切竟一无所知，完全被凤姐的伪善所欺骗，这正表现了他的愚笨。

贾琮的"琮"意味着宗器。贾琮年纪不大，也就八九岁的样子，书中唯一一次正面描写是在第二十四回：

> 邢夫人拉他（宝玉）上炕坐了，方问别人好，又命人倒茶来。一钟茶未吃完，只见那贾琮来问宝玉好。邢夫人道："那里找活猴儿去！你那奶妈子死绝了，也不收拾收拾你，弄的黑眉乌嘴的，那里像大家子念书的孩子！"

贾政有长子贾珠，二子贾宝玉，三子贾环。贾珠，掌中珠，是宝物的意思。贾珠第一次出场，是在第二回冷子兴对贾雨村说：

"……这政老爹的夫人王氏，头胎生的公子，名唤贾珠，十四岁进学，不到二十岁就娶了妻生了子，一病死了。……"

日夜苦读，"熬死了"。再看第三十三回：

王夫人抱着宝玉，只见他面白气弱，底下穿着一条绿纱小衣皆是血渍，禁不住解下汗巾看，由臀至胫，或青或紫，或整或破，竟无一点好处，不觉失声大哭起来，"苦命的儿吓！"因哭出"苦命儿"来，忽又想起贾珠来，便叫着贾珠哭道："若有你活着，便死一百个我也不管了。"此时里面的人闻得王夫人出来，那李宫裁王熙凤与迎春姊妹早已出来了。王夫人哭着贾珠的名字，别人还可，惟有宫裁禁不住也放声哭了。贾政听了，那泪珠更似滚瓜一般滚了下来。

贾珠本是家族的最后希望，也是一个代表，意味着贾家从勋族转为仕族的转型之路已然失败，他一死，贾家就失去了平稳过渡的可能。

贾宝玉，是贾政和王夫人之子，因衔通灵宝玉而诞，又系贾府玉字辈嫡孙，故名贾宝玉，贾府通称宝二爷。但贾宝玉是小名，黛玉一进贾府时，就交代了"在家时亦曾听见母亲常说，这位哥哥比我大一岁，小名就唤宝玉"，贾宝玉的名字，按谐音法又通"假宝玉"，不是真玉，而是一块具有反叛精神的"真顽石"。此外，宝玉的名字，有宝钗的"宝"和黛玉的"玉"，有两层意思：其一，暗示着相互牵连的亲戚关系；其二，暗含着纠结不清的感情关系。宝玉钟情于黛玉，却最终与宝钗成婚。在第六十六回，从兴儿"只爱在丫头群里闹。再者也没刚柔，有时见了我们，喜欢时没上没下，大家乱顽一阵；不喜欢各自走了，他也不理人。我们坐着卧着，见了他也不理，他也不责备"的话中，便可以看出宝玉性情率真，真诚善良。

贾环为贾宝玉同父异母的弟弟，其母为赵姨娘。而贾环的"环"字，谐音"坏"，寓意他的心术不正、诡计多端。在第二十回中：

> 贾环急了，伸手便抓起骰子来，然后就拿钱，说是个六点。莺儿便说："分明是个么！"宝钗见贾环急了，便瞅莺儿说道："越大越没规矩，难道爷们还赖你？还不放下钱来呢！"莺儿满心委曲，见宝钗说，不敢则声，只得放下钱来……

贾环不仅与丫头莺儿撒泼耍赖，还因忌恨贾宝玉，故意掀翻烛台，烫伤宝玉。此外，还在金钏跳井后，诬陷宝玉，使宝玉遭受毒打。

五、第五代："草"字辈，贾蓉、贾蔷、贾兰

草，是无可庇护的群体。在第五辈，贾府的富贵荣华早已被前几代啃尽，"草"字辈也空担着富贵公子的虚名。

贾蓉是宁国府贾珍之子，从贾敬到贾珍再到他，三代单传。其生母早已亡故，尤氏是他的继母。蓉也通"容"，有能容忍之意，虽身为嫡系，但处处受贾珍的管制。在金钱上，也没有支配权，否则不会在第十二回中，跟贾蔷一起逼着贾瑞写下五十两的欠契。

贾蔷自幼父母双亡，是宁国府的正派玄孙。贾蔷名字中的"蔷"，其一，有"强"之意，即贾蔷与贾府其他只知道吃喝玩乐的子弟相比，稍微"强"点；其二，有"蔷薇花"之意，贾宝玉正是从龄官和贾蔷的爱情中感悟到了爱情。

贾兰是贾珠之子，荣国府的嫡系。兰，是蘭的简化。其一，兰可香气萦门，寓意传承兴家，代表贾府长辈对晚辈的期许；其二，兰又有"兰摧玉折"之意，兰便指贾兰，玉便指贾珠，贾兰之名也是为哀悼其父亲贾珠英年早逝。

第二节 金陵十二钗的取名寓意

金陵十二钗是《红楼梦》中的经典女性群像。在第五回中，贾宝玉梦游太虚幻境，讲明了"金陵十二钗"的册子是将金陵地区上、中、下三等女子编成正、副、又副三册。其中的"金陵十二钗正册"便是十二位出色女子的命运页册，包括林黛玉、薛宝钗、贾元春、贾探春、史湘云、妙玉、贾迎春、贾惜春、王熙凤、巧姐、李纨、秦可卿。

一、黛钗二人取名寓意

林黛玉是贾母的外孙女，林如海与贾敏的女儿，字颦颦。因其母亲很早去世，外祖母又怜其孤独，所以接来荣国府抚养。她自幼体弱多病，却生性聪慧，因为从小跟随先生读书识字，所以又精通诗词，所作之诗文笔与意趣俱佳，故有才女之称。但又因为从小便寄人篱下，造就了林黛玉乖僻敏感的性格。林黛玉的名字也暗喻了她的悲惨一生。且先看第一回，僧人笑道：

> "……只因西方灵河岸上三生石畔，有绛珠草一株，时有赤瑕宫神瑛侍者，日以甘露灌溉，这绛珠草始得久延岁月。后来既受天地精华，复得雨露滋养，遂得脱却草胎木质，得换人形，仅修成个女体，终日游于离恨天外，饥则食蜜青果为膳，渴则饮灌愁海水为汤。……"

曹雪芹将林黛玉比喻成绛珠仙草，交代了林黛玉前一世的身份，是草胎木质，下世降生来报答"神瑛侍者"贾宝玉的浇灌之恩。

再看第二十八回，当宝玉问她"我的东西叫你拣，你怎么不拣？"时，她说："我没这么大福禁受，比不得宝姑娘，什么金什么玉的，我们不过是草木之人！"所谓草木之人，从她的名字上也可以看出。"林"本身就是草木，而远山深绿则为黛，"黛"是夏天的颜色，"玉"与贾宝玉的玉字相同。"黛玉"又可理解为待玉，黛玉的一生便唯宝玉是待，非宝玉不嫁也。

在第五回中，宝玉看到"金陵十二钗正册""头一页上便画着两株枯木，木上悬着一围玉带；又有一堆雪，雪下一股金簪"。

> 也有四句言词，道是：可叹停机德，堪怜咏絮才。玉带林中挂，金簪雪里埋。

其中的"玉带"便明确指出是黛玉。图画上，玉带把枯木围起来，正暗示着林黛玉的最后病入膏肓的生存状态。其中玉带是权力的象征，"玉带林中挂"也暗指黛玉的悲惨结局，贾宝玉因无奈迎娶薛宝钗，林黛玉在对贾宝玉的思念中泪尽而逝。

薛宝钗，父亲早亡，有一兄薛蟠。她容貌美丽，博学多知且恪守封建妇德，是封建社会中一位典型的淑女。判词中的"金簪雪里埋"，也暗示着薛宝钗的悲惨命运与结局。"钗"是妇女插于头顶之饰物，而以"宝"冠之，意指德才力压群芳，是女性中的卓越者。而"宝"与"金"两字的内涵相通，所以判词中的"金簪"便指宝钗，由"钗"变"簪"，也正暗示了宝钗、宝玉日后分离的结局。此外，宝钗的"钗"又同"拆"，暗示着是薛宝钗拆散了宝玉和黛玉的姻缘。

二、四春取名寓意

贾府四春为贾元春、贾迎春、贾探春、贾惜春，都在金陵十二钗正册中。在第二回中对这"四春"有详尽介绍。

> 子兴道："……政老爹的长女，名元春，现因贤孝才德，选入宫作女史去了。二小姐乃赦老爹之妾所出，名迎春；三小姐乃政老爹之庶出，名探春；四小姐乃宁府珍爷之胞妹，名唤惜春。因史老夫人极爱孙女，都跟在祖母这边一处读书，听得

个个不错。"

子兴道:"……只因现今大小姐是正月初一日所生,故名元春,馀者方从了'春'字。……"

而脂砚斋在她们的名字下,又分别注上了"原也""应也""叹也""息也",连起来便是"原应叹息"。

贾元春为贾政与王夫人所出,是贾宝玉的姐姐,因出生于正月初一而名为元春。元春在十几岁时便被选进宫,在宫中主要充任女史,后来又被封为凤藻宫尚书,还加封贤德妃。宝玉在看"金陵十二钗正册"时,"只见画着一张弓,弓上挂着香橼"。

也有一首歌词云:二十年来辨是非,榴花开处照宫闱。三春争及初春景,虎兕相逢大梦归。

画中的"橼"谐音"元",便指元春。"弓橼"谐音"宫苑",又谐音"宫怨",指元春的宫苑生活。在第十八回中有以下描写:

贾妃满眼垂泪,方彼此上前厮见,一手挽贾母,一手挽王夫人,三个人满心里皆有许多话,只是俱说不出,只管呜咽对泣。邢夫人、李纨、王熙凤、迎、探、惜三姊妹等,俱在旁围绕,垂泪无言。

半日,贾妃方忍悲强笑,安慰贾母、王夫人道:"当日既送我到那不得见人的去处,好容易今日回家娘儿们一会,不说说笑笑,反倒哭起来。一会子我去了,又不知多早晚才来!"说到这句,不禁又哽咽起来。

元春几次哽咽难言,伤心不已,从头哭到尾,犹如生离死别。甚至哭诉如今虽富贵已极,可骨肉分离,终无意趣。"二十年来辨是非"指元春在宫廷生活中明白了很多人情世故,也厌倦了宫廷生活。"榴花开处照宫闱"中石榴寓意多子,也暗示着她的悲剧之一,石榴花开时艳红似火,暗喻元春封妃,贾府荣耀盛极一时,但是石榴花开得晚,对应了元春封妃对末世的贾府是雪上加霜,操办元妃省亲使得经济亏空。"三春争及初春景"中的"争及初春景"指贾府另外三春进入婚嫁年龄时段，也应该能像元春一样为家族增光添彩，结果却是事与愿违。"虎兕相逢大梦归"中虎和兕都是猛兽，暗示着"伴君如伴虎"，元春在宫廷中，恰似黄粱一梦。

贾迎春是贾府的二小姐，为荣国府贾赦之妾所生。贾迎春的"迎"是指迎接春天，预示"春"未到，也暗指她是最不得关照的女儿。在第七十三回里，迎春的乳母先因聚赌而被贾母处罚，后又擅自将迎春的首饰拿去典当，因此迎春的丫环绣桔建议迎春应该追究此事，而迎春的回复却是"罢，罢，罢，省些事吧。宁可没有了，又何必生事"。绣桔却与乳母争吵了起来，随后迎春大丫头司棋也带病加入争吵，但是迎春却仿佛事不关己，只因见劝止不住，便"自拿了一本《太上感应篇》来看"，可见迎春品行懦弱，最后也因此被贾赦嫁到孙家，而被孙绍祖虐待至死。

贾探春，是荣国府贾政与妾室赵姨娘所生的女儿，是贾宝玉同父异母的妹妹，贾府通称为三姑娘。探春与迎春相反，名字中有一个"探"字，表示主动出击探寻，寓意探春是一个充满开拓精神的人。且先看第三十七回：

> 探春道："只是原系我起的意，我须得先作个东道主人，方不负我这兴。"李纨道："既这样说，明日你就先开一社如何？"探春道："明日不如今日，此刻就很好。你就出题，菱洲限韵，藕榭监场。"

写的是贾探春下帖邀请贾宝玉和众姐妹到秋爽斋，又恰巧贾芸送了宝玉两坛白海棠，遂成立了大观园第一个诗社——海棠诗社。当场做东开了第一社，做《咏白海棠》诗。再看第五十六回，由于凤姐生病，所以理家职权暂时交给了探春，探春在此期间努力开源节流，并大刀阔斧地进行经济改革，力图挽救贾府的经济危机。还有，在其他小姐丫头们一起去赖大家做客时，唯独探春发现了赖家花园经营上的特别之处。此外,在第六十三回里,探春花签上为"瑶池仙品"以及"日边红杏倚云栽",这也暗示着贾探春日后成为王妃远嫁的结局。

贾惜春是贾珍的妹妹,宁国府大小姐,是贾家四春中年纪最小的一位。惜春之"惜"并非正面的"惋惜"之意,而有"吝惜"之意。即对于春既不迎也不探,对于春一无所惜,反倒弃之如敝屣,是对整个春天的否定。在第七十四回抄检大观园中,她冷酷无情地不救自己的丫鬟:"二嫂子,你要打他,好歹带他出去打罢,我听不惯的。""或打,或杀,或卖,我一概不管。"甚至在尤氏劝解时说道:"古人说得好'善恶生死,父子不能有所勖助',何况你我二人之间。我只知道保得住我就够了,不管你们。从此以后,你们有事别累我。"惜春就像一棵还未发芽就被扭曲了成长空间的秧苗,早早地成熟又早早地畸变,束缚自己是她安全的外壳,活得十分克制,所以才有了古佛青灯陪伴的结局。

三、史湘云取名寓意

史湘云是四大家族中史家的小姐,因自幼父母双亡,便由其叔叔婶婶抚养长大。她也是贾母的内侄孙女,贾府内通称她为史大姑娘。史湘云名中有个"云"字,说明其性格向往自由,正如悠悠白云一般开阔。虽然她从小命运坎坷,父母双亡,寄人篱下,但她个性豁达,率性天真。在第六十二回,最能看到史湘云率性自在的本性:

> 都走来看时,果见湘云卧于山石僻处一个石凳子上,业经香梦沉酣,四面芍药花飞了一身,满头脸衣襟上皆是红香散乱,手中的扇子在地下,也半被落花埋了,一群蜂蝶闹穰穰的围着他,又用鲛帕包了一包芍药花瓣枕着。众人看了,又是爱,又是笑,忙上来推唤挽扶。湘云口内犹作睡语说酒令,唧

唧嘟嘟说：

> 泉香而酒冽，玉碗盛来琥珀光，直饮到梅梢月上，醉扶归，却为宜会亲友。

此情节描述了史湘云以花瓣为枕，山石为床，蜂蝶之音为乐，可见她少女之情调。如此场景，将史湘云女子柔俏之美展现得很到位，非一般莺莺燕燕的世俗佳人可比拟。

四、妙玉取名寓意

妙玉是金陵十二钗中唯一跟贾府并无亲戚关系的女子。她是姑苏人氏，是仕宦人家的小姐，却父母双亡，体弱多病，自幼便出家为尼。妙玉的名字，也有"庙"中之玉的意思，暗含了她的出家人身份。且看第十七回中，林之孝家的介绍了妙玉带发修行的身世：

> "……外有一个带发修行的，本是苏州人氏，祖上也是读书仕宦之家。因生了这位姑娘自小多病，买了许多替身儿皆不中用，足的这位姑娘亲自入了空门，方才好了，所以带发修行，今年才十八岁，法名妙玉。如今父母俱已亡故，身边只有两个老嬷嬷、一个小丫头服侍。……现在西门外牟尼院住着。……"

此外，在前八十回中，从"品茶""乞红梅"和"叩芳辰"三个情节中，可见妙玉是一位高洁孤傲的人。"可怜金玉质，终陷淖泥中"，暗示着妙玉虽外貌极美，博学多才，却最终被强盗劫持后落入风尘、深陷污泥的悲惨结局。

五、王熙凤取名寓意

王熙凤是贾琏的妻子，王夫人的内侄女，贾府通称她为凤姐或琏二奶奶。书中第一次对王熙凤的描写，是在第二回中，冷子兴道：

> "……谁知自娶了他令夫人之后，倒上下无一人不称颂他

夫人的,琏爷倒退了一射之地;说模样又极标致,言谈又爽利,心机又极深细,竟是个男人万不及一的。"

从这一描写中不仅可以看出王熙凤长相漂亮,还在料理家务上是一把好手。从名字上来看,王熙凤的"凤"在繁体字中为"鳳",可以拆解为"凡鸟",也对应着王熙凤的判词:

凡鸟偏从末世来,都知爱慕此生才。一从二令三人木,哭向金陵事更哀。

其中的"凡鸟偏从末世来"指的便是王熙凤虽然能力强,八面玲珑,但却生于末世,暗示着其悲惨命运。"一从二令三人木"便是丈夫贾琏对凤姐的态度变化。新婚后先"从",对她百依百顺;"二令"合起来是"冷"字,也就是说贾琏开始对她逐渐冷淡;"三人木"以拆字法也就是"休"字,暗示着她最后被休弃的命运。

六、巧姐取名寓意

巧姐是贾琏与王熙凤的女儿,在金陵十二钗中年纪最小,辈分最小。作为贾琏与王熙凤的女儿,荣国府第五代唯一的女儿,王熙凤特别疼爱巧姐。在第二十一回,巧姐得了痘疹:

凤姐听了,登时忙将起来:一面打扫房屋供奉痘疹娘娘,一面传与家人忌煎炒等物,一面命平儿打点铺盖衣服与贾琏隔房,一面又拿大红尺头与奶子丫头亲近人等裁衣。外面又打扫净室,款留两个医生,轮流斟酌诊脉下药,十二日不放家去。

如此详细地描述凤姐之忙碌,正表现了王熙凤的拳拳爱女之心,对这唯一的女儿是视若珍宝,呵护有加。而巧姐的名字则是由刘姥姥取的,在第四十二回中:

凤姐儿道:"这也有理。我想起来,他还没个名字,你就给他起个名字。一则借借你的寿;二则你们是庄家人,不怕你恼,到底贫苦些,你贫苦人起个名字,只怕压的住他。"

此外，巧姐的"巧"也与刘姥姥有关。正如判词中的"巧得遇恩人"，便指巧姐虽因贾府败落而遭难，但幸得刘姥姥搭救，才逃出了火坑。

七、李纨取名寓意

李纨是金陵名宦之女，其父曾任国子监祭酒，她是荣国府长孙贾珠之妻。虽贾珠夭亡，李纨青春丧偶，但幸存一子，名曰贾兰。李纨作为封建时代的寡妇，她严格恪守儒家礼教对她的束缚。在第四十九回中：

> 只见众姊妹都在那边，都是一色大红猩猩毡与羽毛缎斗篷，独李纨穿一件青哆罗呢对襟褂子……

可见李纨对自己的衣着要求非常严格，因为自知身为寡妇，所以服装颜色不曾鲜艳。从李纨的判词，便可以看出李纨的名字寓意以及其悲惨结局：

> 桃李春风结子完，到头谁似一盆兰。如冰水好空相妒，枉与他人作笑谈。

"桃李春风结子完"中的"李"和"完"指李纨，暗示着李纨的青春就像桃李花一样，该结果实时却凋谢了。"枉与他人作笑谈"意思是李纨一生奉行"三从四德"，在贾家落败之后，贾兰考取功名，李纨被封为诰命，但就在受封之时，却身着蟒袍，头戴华冠，气血攻心而死，最终也只落得"槁木死灰"，成为封建礼教的殉葬品，白白地给别人当作笑料来谈论。

八、秦可卿取名寓意

秦可卿是贾蓉之妻。她身世可怜，从小被秦业抱养，家境贫寒，长大后嫁入贾家。"秦"谐音"情"，其判词"情天情海幻情身"便暗示着秦可卿的来历，即情天情海幻化为秦可卿之身躯。秦可卿是被营缮郎秦业从养生堂抱养的，在第八回中，有所描述：

> 他父亲秦业现任营缮郎，年近七十，夫人早亡。因当年无儿女，便向养生堂抱了一个儿子并一个女儿。

且看秦可卿的长相。在第八回中描写道：

> 长大时，生的形容袅娜，性格风流。

再看秦可卿的为人。在第十三回中，她死后，众人评价她道：

> 那长一辈的想他素日孝顺，平一辈的想他素日和睦亲密，下一辈的想他素日慈爱，以及家中仆从老小想他素日怜贫惜贱、慈老爱幼之恩，莫不悲嚎痛哭者。

这评价也可以看出秦可卿是个善良的人，精通人情世故，平时待人接物都是极好的。在第十回至第十三回中，详细描写了秦可卿由于患上了某种罕见的病，即使在用药调理后也依然未见好转，最终才因此病逝。但是在贾宝玉梦游太虚幻境看到"金陵十二钗正册"时，关于秦可卿的画是"又画着高楼大厦，有一美人悬梁自缢"，这也暗示着秦可卿的结局，应当是上吊而死，而非病死。

第三节 四春与其侍女芳名的关联

贾家四钗之丫鬟取名为琴棋书画。分别为抱琴、司棋、侍书、入画，而琴棋书画则是四位小姐各自爱好的强项。

一、元春与侍女抱琴

元春丫鬟抱琴，其名字与元春的关联有三处：其一便是暗示元春的特长，元春擅琴；其二，"琴"字上面是两个王，下面是一个今，也暗示元春封妃一事；其三，抱琴，谐音"暴寝"，即暴毙之意，暗示元春最终结局。在第十八回中，仅出场一次，便能看出抱琴是一位身份特殊的丫头：

又有贾妃原带进宫去的丫鬟抱琴等上来叩见，贾母等连忙扶起，命人别室款待。

可见抱琴在侍女中的地位最高。抱琴作为元春的贴身丫鬟，自然与元春的生死荣辱密切相关。虽在元妃省亲时，抱琴小小地风光了一把，但是元春在热闹的省亲之夜，却不止一次潸然泪下，话语悲凉。元春尚且如此，抱琴自幼随元春入宫，更是无法选择自己的命运。在第十八回中贾元春结局是被皇帝赐死，那个时候，无人提及抱琴的去向，推测来看，抱琴或与主子有相同的命运，或甚至死得更早。

二、迎春与侍女司棋

迎春丫鬟司棋，其名字也有三层意思。其一，司棋，谐音"死棋"。暗示着迎春的人生就像是一盘死棋。贾赦将迎春许给孙绍祖，宝玉便情不自禁，信口吟成一歌："池塘一夜秋风冷，吹散芰荷红玉影。蓼花菱叶不胜愁，重露繁霜压纤梗。不闻永昼敲棋声，燕泥点点污棋枰。古人惜别怜朋友，况我今当手足情！"可见她不管如何挣扎，都无路可逃。其二，棋盘棋子多为木制，暗示迎春生性懦弱的性格，所以被称为"二木头"。其三，代表了迎春的特长，即下棋。宝玉曾作诗怀念："不闻永昼敲棋声，燕泥点点污棋枰。"可知迎春擅棋。

虽然迎春懦弱，但司棋却能替自己立威，而立威的由头，就是一碗不起眼的蒸鸡蛋。司棋也由此被周瑞家的称为"副小姐"。在第六十一回中：

柳家的忙道："……连前儿三姑娘和宝姑娘偶然商议了要吃个油盐炒枸杞芽儿来，现打发个姐儿拿着五百钱来给我……赶着我送回钱去，到底不收，说赏我打酒吃，又说：'如今厨房在里头，保不住屋里的人不去叨登，一盐一酱，那不是钱买的？你不给又不好，给了你又没的赔。……'这就是明白体下的姑娘，我们心里只替他念佛。……"

司棋借一碗鸡蛋羹，大闹小厨房，树立自己的威信。事后柳家的虽气得"摔碗丢盘"，却不得不"蒸了一碗鸡蛋令人送去"，司棋大获全胜。虽在别人看来，这是一个胆大妄为、仗势欺人的女孩，但是从此情节也可看出司棋敢于超越阶级，面对歧视，勇于伸张正义，是她有勇气的一个表现。

三、探春与侍女侍书

探春有两个丫鬟，一个是侍书，一个是翠墨。"书墨"便是为了体现探春的才能。侍书的名字与探春的关联有两处：其一谐音"势输"，暗指探春虽然有才，但却是庶出，输在了势上；其二侍书，代表着探春的爱好。在刘姥姥参观探春房间时，这样描述："案上磊着各种名人法帖，并数十方宝砚，各色笔筒，笔海内插的笔如树林一般"。可见探春擅长书法。

此外，探春对丫鬟管理极为严格，曾说：

"我原比众人歹毒，凡丫头所有的东西我都知道，都在我这里间收着，一针一线他们也没的收藏。"

可见做探春的丫鬟，要求极高。而侍书则是探春身边最得力的丫头，第七十四回写道：

那王善保家的讨了个没意思，在窗外只说："罢了，罢了，这也是头一遭挨打。我明儿回了太太，仍回老娘家去罢。这个老命还要他做什么！"探春喝命丫鬟道："你们没听他说的这话，还等我和他对嘴去不成。"侍书等听说，便出去说道："你果然回老娘家去，倒是我们的造化了。只怕舍不得去。"

作为丫鬟的侍书，听到老婆子的抱怨，却敢于言辞犀利地予以回击，可见她是个勇敢厉害、伶俐聪明、忠心护主的丫鬟。正如凤姐笑道:"好丫头,真是有其主必有其仆。"这既是赞叹侍书敢于怒怼,也是夸赞探春强将手下无弱兵。

四、惜春与侍女入画

入画的名字与惜春的关系有两处,其一,暗示了惜春擅长绘画。在第四十回中:

> 贾母听说,便指着惜春笑道:"你瞧我这个小孙女儿,他就会画。等明儿叫他画一张如何?"刘姥姥听了,喜的忙跑过来,拉着惜春说道:"我的姑娘,你这么大年纪儿,又这么个好模样,还有这个能干,别是神仙托生的罢。"

贾母让惜春画大观园,也可见惜春的绘画水平。其二,入画,谐音"入化",暗示着惜春在贾府败落前出家入定坐化的结局,也映照了她判词里的"可怜绣户侯门女,独卧青灯古佛旁"。

惜春是四春中年龄最小的,因此惜春的丫鬟入画不仅要稳重得力,还要时刻照顾惜春。在周瑞家的送宫花一回,收宫花的是入画。惜春画画要请宝玉帮忙,是入画亲自去请。再有贾母去清虚观打醮,也是入画、彩屏亲身跟随。

尤氏说惜春是个"口冷心冷心狠意狠"的人。在第七十四回抄检大观园中,入画因为替哥哥私藏财物而被查出,惜春却不顾主仆情分道:

> "你们管教不严,反骂丫头。这些姊妹,独我的丫头这样没脸,我如何去见人。昨儿我立逼着凤姐姐带了他去,他只不肯。我想,他原是那边的人,凤姐姐不带他去,也原有理。我今日正要送过去,嫂子来的恰好,快带了他去。或打,或杀,或卖,我一概不管。"

> 入画听说,又跪下哭求,说:"再不敢了。只求姑娘看从小儿的情常,好歹生死在一处罢。"

可见惜春从小养在荣国府，经历了寄人篱下的不甘，也经历了荣国府的兴衰荣辱，小小年纪却这般无情，最后落了个出家为尼。

第四节　薛蟠与薛蝌的人如其名

《红楼梦》中有贾、史、王、薛四大家族，其中的薛家是最早预见到衰败之象的。薛家的嫡系只有薛蟠、薛宝钗、薛蝌、薛宝琴两房四个后代。虽然这一代并不昌盛，且男丁只有薛蟠与薛蝌。但是薛家早早弃官从商，转型成功，还十分重视培养子孙的实干能力。

一、薛蟠，化龙不成终成虫

薛蟠是金陵四大家族薛家的继承人，薛姨妈之子，薛宝钗之兄。书中介绍薛蟠时，这样描述："这薛公子学名薛蟠，字表文起"。此薛蟠的"蟠"，暗示着他是一条盘伏的龙，会慢慢奋起。而字文起，是典型的薛家腐朽末世"尸身上生出来的蛆虫"。如在第四回中，对薛蟠进行了描写：

> 只是如今这薛公子幼年丧父，寡母又怜他是个独根孤种，未免溺爱纵容，遂至老大无成；且家中有百万之富，现领着内帑钱粮，采办杂料。
>
> 这薛公子学名薛蟠，字表文起，今年方十有五岁，性情奢侈，言语傲慢。虽也上过学，不过略识几字，终日惟有斗鸡走马，游山玩水而已。虽是皇商，一应经济世事，全然不知，不过赖祖父之旧情分，户部挂虚名，支领钱粮，其馀事体，自有伙计老家人等措办。

原文说他性情奢侈，言语傲慢，不过略识几字，一应经济世事，全然不知，这样的继承人自然难当大任。此外，薛蟠做了很多纨绔之事，绰号呆霸王。如一出场便背了一条人命，并且整个的人物形象是有些呆傻的。在第三十四回中，薛蟠骂道：

> "谁这样赃派我？我把那囚攮的牙敲了才罢！分明是为打了宝玉，没的献勤儿，拿我来作幌子。难道宝玉是天王？他父亲打他一顿，一家子定要闹几天。……既拉上，我也不怕，越性进去把宝玉打死了，我替他偿了命，大家干净。"一面嚷，一面抓起一根门闩来就跑。

但在被柳湘莲打了一顿后，心中便开始反省：

> "……况且我长了这么大，文又不文，武又不武，虽说做买卖，究竟戥子算盘从没拿过，地土风俗远近道路又不知道，不如也打点几个本钱，和张德辉逛一年来。……"

此外，自从薛蟠进京后，虽然变得更坏但是也开始学会做生意。在第十三回，薛蟠在秦可卿的葬礼上，成功卖给贾珍一块积压许多年的棺材板：

> 可巧薛蟠来吊问，因见贾珍寻好板，便说道："我们木店里有一副板，叫作什么樯木，出在潢海铁网山上，作了棺材，万年不坏。这还是当年先父带来，原系义忠亲王老千岁要的，因他坏了事，就不曾拿去。现在还封在店内，也没有人出价敢买。你若要，就抬来使罢。"贾珍听了，喜之不禁，即命人抬来。

而贾珍一眼便相中了这块樯木板，向薛蟠问价。薛蟠这样回答："拿一千两银子来，只怕也没处买去。什么价不价，赏他们几两工银就是了"。而薛蟠的这般大方，正符合他呆霸王的性格。

二、薛蝌，始为虫终化金蟾

薛蝌是薛姨妈的侄儿，薛宝琴的亲哥哥，以及薛蟠和薛宝钗的堂弟。薛蝌的"蝌"字，有蝌蚪之意。其一，薛家尊崇的是"金蟾"，寓意可以聚财。薛蝌之名典出古老的民间故事"刘海戏金蟾",这也暗示着薛蝌才是经商聚财、可以继承薛家家业的继承人。其二,青蛙是民间生殖崇拜的图腾,代表多子,从呱呱坠地这个词语和人类始祖名叫女娲,与"蛙"同音也可以看出。此外,蛙水陆两栖,代表适应能力强。

虽然书中对他的描述不多,但仅从第四十九回中的一句话"倒像是宝姐姐的同胞弟兄似的",便可把薛蝌特性讲明白,薛蝌的各方面都和宝钗很接近。因此,宝钗吸引了邢岫烟,而邢岫烟又成了薛蝌的妻子,这三人因为有着相同的品性,所以才能相互吸引。

薛蟠虽然是薛宝钗的哥哥,但是宝钗相较于哥哥更懂事,撑起整个家。而薛蝌与薛蟠相比,更有责任。"不先定了他妹妹的事,也断不敢先娶亲",体现出了一个男儿对其妹妹的担当。

此外,在第九十回中,薛蟠在外出办事期间,因打死了饭店的伙计而被关押。关键时刻,正是薛蝌挺身而出,通过上下打点,来为薛蟠疏通关系。不仅如此,他还给薛姨妈提建议道:

"大哥哥这几年在外头相与的都是些什么人,连一个正经的也没有,来一起子,都是些狐群狗党。我看他们那里是不放心,不过将来探探消息儿罢咧。这两天都被我干出去了。以后吩咐了门上,不许传进这种人来。"

薛蝌的这一番建议更是让薛姨妈赞不绝口道:

"……你虽是我侄儿,我看你还比你哥哥明白些,我这后辈子全靠你了。……"

由此可见薛蝌是个有担当的好男儿。所以薛家两兄弟的命运注定不同,薛蟠化龙不成却成了"虫",薛蝌注定是"蛤蟆",却化虫为金蟾,是温润公子。

第五讲
《红楼梦》中的宝黛钗人生

《红楼梦》中宝黛钗为一体，演绎下的"木石前盟"和"金玉良缘"的悲剧历程，是整部小说的故事基础。不仅牢牢抓住读者视线，更激发了无数青年男女对美好爱情的无限遐想。但若是把《红楼梦》定性为一本讲述宝黛钗之间三角恋关系的小说，则未免会有些偏颇。因为该书所刻画的是中国封建社会各阶层人民的生活全貌，上至朝廷官员，下到贩夫走卒，均有所涉猎。因此，《红楼梦》可以说是描绘中国封建社会人生百态的浮世绘，而宝黛钗三人则为这部作品增添了一抹亮色。

全书中与贾宝玉密切相关的两人主要是林黛玉和薛宝钗。其中贾宝玉与林黛玉的缘分早在三生石畔灵河旁就已定下，这样彼此相爱的仙缘爱情虽是动人的，但却注定是个悲剧。而贾宝玉与薛宝钗，在那样的封建社会里，两人的命运是不能由自己做主的，他们的婚姻是由四大家族的兴衰来决定的，也注定是一个悲剧。倘若我们细细读来，也可以发现造成他们爱情纠葛的核心原因，是因为这三个人有完全不同的性格。

第一节　贾宝玉的正邪情悲

贾宝玉是贾政之子，林黛玉的表哥，贾府通称其为宝二爷。前世乃是赤瑕宫神瑛侍者,今生是京城中家世赫赫的贾府嫡孙。他出身不凡,又聪明灵秀,是贾府寄予重望的子孙。

在第二回中,描述了冷子兴与贾雨村的二人闲聊,讲起那衔玉而生的贾宝玉,由于宝玉抓周时只抓了些"脂粉钗环",贾政便大怒,认为贾宝玉"将来酒色之徒耳"。但贾雨村却长篇大论地讲述了有关"天地生人"的种种道理,贾雨村说,天下除了有仁人君子、大凶大恶和普通人三种人之外,还有一种非正也非邪,即"正邪两赋"之人,并认为这种人"若生于公侯富贵之家,则为情痴情种",这正点明那贾宝玉是"正邪两赋"的典型代表。

一、贾宝玉的正

贾宝玉的正,指的是他追求平等自由,无视封建传统的尊卑等级,对女孩温柔体贴,心存怜惜。在他心里,人没有阶级地位之分,只有真假与善恶之分。他十分憎恶世俗男性,对于其父亲,也敬而远之。这是因为他从小与一群奶娘丫鬟相处,而这些丫鬟都以真诚之心对待他,并且那些丫鬟们自由不羁的品行使他潜移默化,她们的一些不幸经历也启发着他。他十分亲近并怜惜处于较低地位的女性以及与他品性相近的地位卑贱的人物。

比如在第四十四回中,一次凤姐吃醋,没有分辨竟打了平儿一巴掌。宝玉得知后,心生不忍,先是替王熙凤给平儿道歉,又提醒平儿换下脏衣服,说道:"可惜这新衣裳也沾了,这里有你花妹妹的衣裳,何不换了下来,拿些烧酒喷了熨一熨。把头也另梳一梳。"还说道:"姐姐还该擦上些脂粉,不然倒像是和凤姐姐赌气了似的。"

他还教平儿化妆,还给她戴花,平儿依言妆饰后,果然美艳异常。随后,宝玉又将盆中的并蒂秋蕙剪了下来,给平儿簪在鬓上。在那之后,又因为想到平儿并无父母、孤身一人还要伺候贾琏夫妇，便又突然伤感，顿时潸然泪下。

通过种种小事不难看出，贾宝玉是一个非常善良的人。面对这些丫头和身份地位比自己低的人，宝玉从没有以此来作为评判别人的标准，他更在意的是那些愿意付出真情实意的人，尊重那些有灵魂有思想的人，尤其是在封建社会被忽略的女性。宝玉在她们身上看到了更多高贵的品格，这些美好在他眼中也远比那些乌烟瘴气的官人老爷珍贵许多，因此他才会对每一个这样命运不公的女子心生悲悯，这也恰恰体现了贾宝玉的正。

此外，宝玉的正还体现在他有一颗善良之心。如第四十一回中，贾母带刘姥姥到了妙玉的栊翠庵，刘姥姥用了妙玉的成窑盖盅喝茶，妙玉嫌刘姥姥脏，要把盖盅扔掉。宝玉却说让妙玉把盖盅送给刘姥姥可以换点钱花，也算是帮了这个刘姥姥。

还有一次香菱被小丫鬟推进水里，弄脏了红裙子。香菱急得直哭，宝玉便上前说，袭人有跟这个一样的红裙子，正好袭人的妈去世了，袭人要戴孝正穿不着，让香菱暂且穿，这些小事便能看出贾宝玉的善良。

二、贾宝玉的邪

贾宝玉的邪，在贾雨村看来，便是"乖僻邪谬"，意指宝玉古怪孤僻，不喜亲近。

贾宝玉十分抗拒封建家族为他安排的传统人生道路。对于读书来说，贾宝玉虽曾被送去家塾学习四书五经，但他十分厌恶家塾腐朽败坏的风气，对于封建教育也十分抵触。他不仅将读书之人视为"禄蠹"，而且也十分厌恶封建士子口中的功名利禄。当湘云劝说他学那"仕途经济的学问"时，宝玉却认为古人的"文死谏，武死战"是沽名钓誉。

此外，他视女子高于一切。贾宝玉作为一个男孩子，却十分喜欢在内帏厮混。他还有很多怪癖，如爱穿红衣服、爱吃女孩子脸上的胭脂和爱闻女孩子身上的香等。正如在第二回中，冷子兴转述贾宝玉的话："女儿是水作的骨肉，男人是泥作的骨肉。我见了女儿，我便清爽；见了男子，便觉浊臭逼人。"这实质上是贾宝玉对贵族阶级的厌恶。贾宝玉只希望能在大观园中与女子一起过斗草簪花、自由自在的日子。

相较于对男子的态度，宝玉更喜爱女孩儿。可他骨子里也是有等级制度的，是不可能完全尊重女性的。如在第三十回中，贾宝玉在怡红院怒踢了袭人一脚。而等那袭人"嗳哟"了一声后，宝玉非但不住手还骂道："下流东西们！我素日担待你们得了意，一点儿也不怕，越发拿我取笑儿了。"而这袭人晚间洗澡，便发现肋骨上有碗大一块瘀青，半夜里又只觉得嗓子里又腥又甜，便咳嗽了一口痰，竟发现是一口鲜血在地。由此可见宝玉的那一脚，虽未必是安心想踢她，可也是一肚子没好气下真真往死里踢的。

从此处可以看出，在贾宝玉眼中，自己是主子，丫鬟只是奴仆，是有等级秩序之分的。纵观全书，贾宝玉还做过很多相似的事，比如贾宝玉因调戏金钏，而导致金钏被王夫人撵走。但是宝玉作为始作俑者，非但没有承担自己的责任，为金钏求情，却只想赶紧溜走，在园子内闲逛，这些都体现着贾宝玉的邪。

三、贾宝玉的情

宝玉本是女娲补天时剩的一块顽石，后来化为神瑛侍者。因其用神水浇灌了一株濒临枯萎的绛珠草，后此草化身为"娇花照水、弱柳扶风"的林黛玉，以泪还水，报滴水之恩。可惜天意弄人，有情人终难成眷属，林黛玉泪尽而亡。

其中，宝玉对黛玉最痴情处，莫过于第五十七回。宝玉仅听了一个"林"字，便闹起来，说："了不得了，林家的人接他们来了，快打出去罢!"贾母听了,便忙说:"打出去罢。"又忙安慰贾宝玉道:"那不是林家的人。林家的人都死绝了,没人来接他的,你只放心罢。"这时,宝玉却突然哭道:"凭他是谁,除了林妹妹,都不许姓林的!"宝玉对黛玉之痴情,此回便达到极致。此外,在林黛玉死后,贾宝玉遁入空门,这样的痴情,不仅体现了宝玉对黛玉誓言"你死了,我做和尚"的践行,也正是作者对于爱情以及生命等美好事物的追求与赞扬。

其实,宝玉除了对黛玉在爱情上用情至深至真,他对秦钟的友情也不同寻常。在第七回中,秦钟首次出现,从对秦钟的外貌描写"较宝玉略瘦些,眉清目秀,粉面朱唇,身材俊俏,举止风流,似在宝玉之上,只是怯怯羞羞,有女儿之态",便可以看出秦钟的俊美,非一般人可与之相比。就连贾宝玉见了秦钟,也忍不住感慨道自己与秦钟相比,简直成了泥猪癞狗。需要强调的是,一向离经叛道、将追求仕途经济的人视为国贼禄蠹的他,因为秦钟去上学,竟也能走进学堂,只为了能与秦钟朝夕相处,通过这也可看出秦钟在贾宝玉心中的地位,以及他们二人的情谊。

此外,秦钟在贾府上学期间,因日日跟贾宝玉在一起,便渐渐地被贾宝玉的"国贼禄蠹"思想同化。秦钟也跟贾宝玉一般不再好好读书,看不起那些追求功名利禄的人,只跟着宝玉一起做他们口中的"高雅之士",但是秦钟在临死前却劝说宝玉道:"……以前你我见识自为高过世人,我今日才知自误了。以后还该立志功名,以荣耀显达为是。"从他发自肺腑的遗言中,也可见秦钟无疑把宝玉当作了自己最要好的朋友。

四、贾宝玉的悲

在《红楼梦》中,宝玉由一个富贵至极的翩翩公子,到最后穷困落魄,看破红尘,不知所之。由繁华到败落,经历了人间大喜大悲，大起大落。书中贾宝玉在黛玉死后悲痛欲绝，再加上贾府被抄家，家破人亡，最后出家为僧。正如他的前世神瑛侍者一般，也为和尚。而贾宝玉的结局影射的正是甄士隐的结局，宝玉失去林黛玉正如甄士隐失去香菱，宝玉抛下妻子薛宝钗正如甄士隐抛下香菱的母亲，这二人最终也都被和尚道人点化出家。

作者正是通过贾宝玉的结局，用最极端的方式向我们演绎《好了歌》中由"好"到"了"的人生真相，也很完美地契合了"乱哄哄，你方唱罢我登场"的主题。贾府一代不如一代，也正揭示出封建贵族必然瓦解的悲剧命运。作为全书的男主人公，贾宝玉的悲剧命运无疑具有典型意义。作为社会新思潮代表，既与封建腐朽势力化身的大家庭格格不入，同时由于无法找到自己理想的社会道路，他便只能把自己的精力转移到爱情生活上来。而贾宝玉的爱情悲剧也是社会悲剧的一个缩影，即便是其所向往的爱情，也因所处的封建背景及前世因缘，而注定是个悲剧。

第二节　林黛玉的悲欢离合

林黛玉是林如海与贾敏的女儿，母亲是贾母的小女儿。自其母亲贾敏去世，林黛玉便进京受到贾母的关爱。但不久林黛玉的父亲便病故，她只得长住在贾府内，但正是在这同处过程中，黛玉逐渐与宝玉相知相爱。虽然林黛玉拥有清丽的容貌，从小聪明清秀，且拥有迷人的诗人气质，但她生性孤傲，天真率直，由于寄人篱下，林黛玉是一个性格复杂、敏感多情的女子。

一、林黛玉的悲

林黛玉自小在书香熏陶下长大，是一个"腹有诗书气自华"的才女，唯一不足之处就是她的体质太弱。若要此生平安，不谈遁入空门，不闻喜怒哀乐，只谈闺阁将养，也少不了人参养荣丸大补特补。常说贵族的女儿难养，所以有"千金小姐"之称。

黛玉的一生，用"悲剧"二字来形容最为恰当。她一出场即是悲剧形象，母亲早逝，拜别父亲，寄宿外祖，一路哭哭啼啼，哀哀怨怨，进入荣府的第一个晚上，便因宝玉摔玉而泪湿手绢。而造成这悲剧的原因之一，便是她的敏感性格。黛玉从小便被迫孤身一人，所以她在贾府时时会有寄人篱下之感，自然对别人的评价也会十分看重，一旦别人对其稍微怠慢一点，她便会觉得那是因为自己一人投靠贾府而被看不起。

譬如第七回中，因为周瑞家的送宫花，最后才送到林黛玉那里，她便起疑心说道："不是别人挑剩下的也不会给我。"她认为自己在这个家属于外来的亲戚，无依无靠，所以人家才会最后给她。此外，林黛玉自尊心还很强，在去贾府之前，她是在父母的宠爱中长大的，而到了贾家，便成了一个无依无靠的女子，这对于林黛玉来说是十分在乎的。因此书中很多处，都能看出林黛玉经常冷言冷语的言谈，这也是她为了维护自尊心所进行的伪装。

如果说性格是造成林黛玉悲剧的内因，那么外因便是其所处的社会背景。她所在的时代是清朝康乾时期，那时的思想十分保守，青年男女之间的婚姻也通常是父母之命、媒妁之言，林黛玉的悲之最，便是她的爱情之悲，所以她和贾宝玉的自由恋爱是与整个封建礼教背道而驰的。宝黛二人既有前世因缘，又有今生的两小无猜，相见恨晚，但是在这命中注定及封建背景下，这二人的爱情注定以悲剧告终，所以在宝玉的大婚之夜，林黛玉还尽了眼泪，完成了这一世的使命。林黛玉终是为了爱情香消玉殒。她孤寂寂来，冷清清走，这是黛玉出场离场的方式，十几载留在人世受苦，也只为陪伴宝玉历劫，心到情到，愿君平安顺遂，恐怕最纯粹的爱情，也就是这般了。

二、林黛玉的欢

细细品读《红楼梦》，会发现林黛玉在书中的形象为饱读诗书、才华横溢。虽然以悲伤居多，但其中也不乏许多欢乐的时光，这在她的幽默中有所体现。在第二十回中，率性纯真的湘云看见黛玉与宝玉在一处，便笑着叫道"爱哥哥，林姐姐"。这黛玉一听，便打趣湘云道："偏是咬舌子爱说话，连个'二'哥哥也叫不出来，只是'爱'哥哥'爱'哥哥的。回来赶围棋儿，又该你闹'幺爱三四五'了。"这一句"爱哥哥"便可以看出林黛玉的思维敏捷，其言辞中也是诙谐中带有些许风趣。

还有，刘姥姥二进大观园那一回，也是一个经典片段。刘姥姥讲了一个小姑娘抽柴火的故事，宝玉听得极有兴致。当宝玉说："……请老太太赏雪岂不好？咱们雪下吟诗，也更有趣了。"此时，林黛玉忙笑道："咱们雪下吟诗？依我说，还不如弄一捆柴火，雪下抽柴，还更有趣儿呢。"这一句话，便结合了刘姥姥讲的故事，引得大家都笑了，可见林黛玉的幽默功底。

再说，宝黛两小无猜，与宝玉在一起的黛玉更有许多快乐时光。第十九回中，宝玉因担心黛玉刚吃完饭躺下会消化不良，怕她睡出病来，就故意在旁边搭话。宝玉闻到黛玉身上有股幽香，黛玉故意冷笑道："……便是得了奇香，也没有亲哥哥亲兄弟弄了花儿、朵儿、霜儿、雪儿替我炮制。我有的是那些俗香罢了。"气得宝玉"将两只手呵了两口，便伸手向黛玉膈肢窝内两肋下乱挠"。……黛玉忙笑道："好哥哥，我可不敢了。"宝玉又笑道："饶便饶你，只把袖子我闻一闻。"说着，便拉了袖子笼在面上，闻个不住。这时候的她有贾母的疼爱，有宝玉陪伴，无疑是最快乐的一段时光了。

同样还有第四十五回中，宝钗与黛玉交心后，表示退出三角纠缠，黛玉一扫愁郁，对即将到来的爱情和婚姻充满了期待。宝钗刚一走,宝玉就夜访潇湘馆,他一面说,一面摘了笠,脱了蓑衣,忙一手举起灯来,一手遮住灯光,向黛玉脸上照了一照,觑着眼细瞧了一瞧,笑道:"今儿气色好了些。"这时候的黛玉呢?"羞的脸飞红,便伏在桌上嗽个不住。"可见,这时候的黛玉满是甜蜜和幸福。

三、林黛玉的离

林黛玉的出场便是离别,这正暗示着她的悲剧命运。如在林黛玉初次登场那一回,她的父亲林如海言:"汝父年将半百,再无续室之意;且汝多病,年又极小,上无亲母教养,下无姊妹兄弟扶持,今依傍外祖母及舅氏姊妹去,正好减我顾盼之忧,何反云不往?"仅这一句话,便道出了林黛玉当时的离别处境。

母亲贾敏病逝,是为一离别,父亲年老体弱,无力抚养黛玉,将其送走,则为二离别。林黛玉小小年纪便要投奔亲戚,仰人鼻息。正应了林黛玉命不由人,不得不面对生离死别。

第九十七回,林黛玉泪竭焚稿,她先将手中的绢子扔进火中,又将那诗稿拿起来撂在了火上,可见她的悲痛。次日,就是那离别之日,黛玉身边也冷清孤寂,贾府中日常关切问候的人都不过来。昔日怜惜林黛玉的外祖母,也不在身边。黛玉死时,只有贴身丫鬟紫鹃和探春、李纨在一旁,即便她离开人世,其他人一时也难以知晓。这和园外那十分热闹的婚房中,贾宝玉正与薛宝钗行成婚大礼,形成了鲜明对比。

这最后一次的离别,不再是别人离她而去,而是她将离开别人。但也正是这一次的离别最让她悲痛,宝玉将和宝钗成婚的消息,无疑加速了她的死亡。

黛玉以离别为开场,又以离别为退场。这样的首尾呼应,饱含了多少辛酸与无奈。而这样的离别不仅反映出当时社会的封建腐朽,容不下自由开放的灵魂,也印证着她的悲剧命运。

四、林黛玉的合

虽说"天下没有不散的筵席",但是散终究是以团聚为前提,无聚则无散,分分合合是相辅相成的。林黛玉与外祖母等的相聚,对于林黛玉来说也是利大于弊。

其一,物质生活方面。林黛玉祖上为世袭的列侯,其父也凭自身的真才实干考上了探花。因此林黛玉自小便生活在书香门第中,又因为是独生女儿,备受父母疼爱,但是在其母亲去世后,便只能投靠贾府。此外,林家与贾府相比,家庭虽较为富裕,但远不可与其相提并论。因为贾府不仅祖辈都在朝廷有官职,享受着朝廷俸禄,而且凭借地租和众多庄子收租,也都过着富贵奢华的生活。因此林黛玉投奔到贾府,在物质方面是更上一层楼,这对于林黛玉的成长也有更大帮助。

其二,精神方面。林黛玉幼年丧母,她的悲痛不言而喻,而且黛玉在闺阁中,通常有母亲做伴,母亲也可以教导黛玉礼仪规矩,增添乐趣,但是当母亲离世后,这一切便又成为空谈,即便有其父亲,也无法弥补黛玉心中的缺憾。而到了贾府,不仅有贾母对黛玉宠爱有加,还有舅母等在旁对其指导,这在一定程度上弥补了林黛玉没有母亲陪伴的感情缺失,并且在贾府姐妹众多,可以在一起玩耍,便也增添了些生活乐趣。

此外,林黛玉与贾宝玉,从小便形影不离。他俩在精神上也是相通的,两人的深厚情谊正是在你来我往中逐渐形成的,从友情过渡到爱情也只是时间问题。对于封建礼教他们都具有反抗精神,对于仕途也是持相同意见,所以林黛玉与贾宝玉的相处才会那么自然。小说中林黛玉在临死之前还呼唤着贾宝玉,可见贾宝玉在林黛玉的生命中十分重要。

第三节　薛宝钗的外冷内热

薛宝钗，虽是皇商巨族出身，但从小父亲走得早，和母亲以及兄弟薛蟠相依为命，所以薛宝钗异常懂事早慧，对封建礼教的观念近乎完美地内化，努力使自己成为贤人。

在《红楼梦》中，林黛玉最为感性，她游离于世俗之外，只管诗意地活着。而薛宝钗则最为理性，她努力于"做人"而非"作诗"，相对于黛玉来说是现实地活着。薛宝钗的理性虽使她在大观园中展现了自身的大家仪态，但也给她笼上了"无情"的色彩。但是这个无情，并非指她虚伪，而是指她自内而外形成的独特的君子人格。

一、薛宝钗的冷

薛宝钗生自钟鸣鼎食的薛家，自小便颇具大家闺秀之风范，举止娴雅，罕言寡语，就连她的住所都如雪洞一般，一色玩器全无，俨然是一个沉稳端庄的冷美人。她不仅外表冷艳，性格更是无情，"一问摇头三不知，事不关己不张口"。

如宝钗的"柳絮词"，正是她内心的声音：

白玉堂前春解舞，东风卷得均匀。蜂团蝶阵乱纷纷。几曾随逝水，岂必委芳尘。　　万缕千丝终不改，任他随聚随分。
韶华休笑本无根，好风凭借力，送我上青云！

宝钗认为自己就是一团无根的柳絮，但不甘心随逝水、委芳尘，只要借力就能飞得更高更远，所以宝钗身上有强烈的使命感和责任感。她并不是一个无忧无虑的富家小姐，她有自己的规划和原则。因此，她罕言寡语，安分随时，有时甚至是委屈自己去讨好他人，也造就了她性格中的无情。

第三十二回中，薛宝钗听说金钏跳井后，到了王夫人处，只见四周鸦雀无声，只有王夫人在屋内坐着垂泪。这王夫人是撵走金钏的当事人，她也应最清楚金钏为何投井自尽，然而王夫人开口便是"你可知道一桩奇事"，仅此一句，便将自己与金钏之死切割开来，仿佛自己也不知道怎么回事似的。而薛宝钗在此之前就已听见有老婆子说过"太太屋里的金钏，前儿不知为什么撵她出去"，以宝钗的聪慧程度，必然能猜出王夫人与金钏之死有直接关系，但当时，薛宝钗却突然一改口风，否认了自己早已知道"金钏跳井"的实情，改口说不是赌气跳井，多半是井前贪玩，失脚掉下去的。

之后，她又主动送自己的两套新衣服给金钏入殓，并表示丝毫不介意。王夫人从这件事上则对宝钗刮目相看，认定了宝丫头比林妹妹更懂事更大方。面对金钏的死，宝钗没有表现出丝毫的悲悯，还顺便卖个人情。也就在这件事后，她逐渐获得了王夫人的信任，并有了后面的协理荣国府插手管理的事务。

此外，在第六十七回中，薛姨妈对宝钗说许定给柳湘莲的三姑娘自刎了，这柳湘莲也不知去哪里了。宝钗听了，却毫不在意，说这是他们的前生命定，并让薛姨妈也别再为其伤感，应与薛蟠商议酬谢伙计们。这薛宝钗听了尤三姐自裁、哥哥的救命恩人柳湘莲出家的消息后，像什么都没发生过一样，只道一句"天有不测风云，人有旦夕祸福"，与其阿呆兄哭成个泪人、薛姨妈哀叹惋惜的反应对比，可看出宝钗之冷漠。

总之，在薛宝钗那里，生命本身并不是一个从繁华走向消逝的过程，而是一场从虚空走向虚空的苍茫之旅。宝钗的"冷"更像是一种哲学意义上的"冷"，它指的是一个具有悲剧意识的大绝望者，参透命运机锋后对现实人生所持的一种冷眼旁观的态度。

二、薛宝钗的热

在薛宝钗的语言行事中，处处可见其守"本分"遵"礼节"的思想意识。她活在这个俗世里,遵循主流的理念,但同时又清醒理智,谨守分寸,不逾界限。同时,她也有着异于其他女子的眼界与格局,从不为小事所困,这是她深刻的自我认知和其对自身生命价值的理解与追求。

因此,正如第六十三回,薛宝钗所抽花名签上的一句诗"任是无情也动人"所言,讲的便是如若牡丹花能变化为人,通晓人的心意,便一定是一个倾国倾城的美人,指的便是薛宝钗虽不解人意,但也是艳冠群芳。我们看薛宝钗的出场介绍:

> 头上挽着漆黑油光的髻儿,蜜合色棉袄,玫瑰紫二色金银鼠比肩褂,葱黄绫棉裙,一色半新不旧,看去不觉奢华。唇不点而红,眉不画而翠,脸若银盆,眼如水杏。罕言寡语,人谓藏愚;安分随时,自云守拙。

她唇不点而红,眉不画而翠,脸如银盆,眼如水杏。第一次宝玉看到宝钗的肌肤胜雪都看呆了,连红麝串都忘了接,可见她端庄冷艳的美貌。在大观园里,在薛姨妈面前,她也有小儿女的玩心意态,撒娇笑闹,扑蝶游鱼。

如果说美人动人,那有才华的美人便是蕙质兰心了。宝钗的诗才也是数一数二的,她借诗自诩"贞静",海棠诗社中一句"珍重芳姿昼掩门",道尽了她的矜持与端庄,贞静与本分,赢得了诗社才人们的拍手称绝。正如在元妃省亲之夜,贾宝玉想不出那有关芭蕉诗的典故,薛宝钗便随口道来,说把"绿玉"的"玉"改作"蜡"即可,并道出这"绿蜡"的出处为唐朝韩翃咏芭蕉诗头一句"冷烛无烟绿蜡干",宝玉听了便笑着连连称赞她是一字师。

但若说她无情,却只看到了表面,她看淡了世俗之事,是一种世事练达的冷静,她并非是没有感情,而是不轻易留情。她也曾保护邢岫烟免受身边恶奴的多方刁难,保住薛蝌媳妇,化矛盾于无形中。而且宝钗确实是一个非常大度宽容的人,她对黛玉之辈的体贴、关怀，可谓真心真诚，确如一个大姐姐，面对黛玉的言语讽刺，也选择默不作声地包容，才有了后来的"互剖金兰语"，黛玉对宝钗说：

> "你素日待人，固然是极好的，然我最是个多心的人，只当你心里藏奸。从前日你说看杂书不好，又劝我那些好话，竟大感激你。往日竟是我错了，实在误到如今。"

从黛玉对宝钗的评价，便可看出宝钗实则是一个外冷内热的人，待人接物都是极好的。但是在钗黛二人互剖金兰语之前，这二人又恰如硬币的两个面。林黛玉才华出众却又孤高自傲，薛宝钗虽内慧外秀却暗藏心机，两人可以说是双峰并峙，二水分流，一个孤高自许，一个行为豁达，但两人互剖心迹之后，却又好得像一个人。

宝黛钗的爱情纠葛，就像是一面镜子，照出了那清王朝的腐败。而这封建礼教对人性的压抑，也同样照出了人性之美。林黛玉与薛宝钗虽是性格截然不同的两个人，但由于封建礼教的压迫，无论是黛玉的痴情多情，还是宝钗的无情冷情，最终都为情而困，因情而累，被情所弃。无论是黛玉的率真性情，还是宝钗的世故圆融，最终也都被现实的生活雨打风吹去。两人有着殊途同归的结局，都是那个时代的薄命人。黛玉和宝钗是曹雪芹心中两生花式的终极思考在对坐参禅。钗黛二人就如风月宝鉴的两面一般，向左走是黛玉，向右走是宝钗，在哲学隐喻上构成了宏大的互文关系。

《红楼梦》是一部由贫寒至富贵，又由富贵跌至落寞的世事更迭的著作。这部著作不仅通过每个人物的命运多舛，指出道家"阴阳循环"的思想，暗示着世事无常，一切到盛景时便可能衰落，不应执着于世俗欲望，而要看透一切、学会放下。还无时无刻不在围绕一个主题——"情"字上下功夫,正如汤显祖《牡丹亭·题词》中的那一句"情不知所起,一往而深,生者可以死,死可以生"①。全书的主人公贾宝玉、林黛玉和薛宝钗,不仅会为情所困,也会柔肠百转,彼此念念不忘。

---

① [明]汤显祖:《牡丹亭》,文学古籍出版社1954年版,第6页。

第六讲
家族与家长

我们熟悉的当代社会中的家庭，往往由一对夫妇和他们的未婚子女组成，我们称这样的家庭为核心家庭，而由父母和子女及其配偶、子嗣们组成的扩大家庭则不多见了。这与现代化进程、城市扩张中亲缘关系的淡薄和业缘关系的崛起有关，而《红楼梦》就以诗礼簪缨之族贾家为典型，给我们描绘了一个今天看来早已远去的世家大族。

《周易·序卦传·下篇》载："有天地，然后有万物；有万物，然后有男女；有男女，然后有夫妇；有夫妇，然后有父子；有父子，然后有君臣；有君臣，然后有上下；有上下，然后礼义有所错。"[①] 这段话说明家庭的形成，首先以男女的结合开始，没有夫妇，就谈不上什么父子、君臣、礼义了，可见婚姻是何等重要的社会设置，没有了它，就说不上什么家庭、家族，也就更说不上国家、民族了。这段话还启示我们：封建社会时期的中国，原本是家国同构的，在一个家族里有一个男性的大家长，他对下要做一个有威严能担当的大家长，对上则要尽臣子的本分，尽忠职守于整个封建社会最大的家长——皇帝。

费孝通先生在《乡土中国》中用简明的语言，道出了传统中国

---

① ［宋］朱熹撰，廖名春点校：《周易本义》，中华书局2009年版，第269页。

社会与西方社会亲属关系的差异，在中国不是以个人主义为中心而是以自我主义为中心，从"己"出发所建立的社会关系，就像把石子投入湖中所看到的一圈圈波纹由近至远一样，一轮轮波纹之间的差序就是中国人所讲的"伦"，包括君臣、贵贱、亲疏、父子、夫妇、长幼等。依靠婚姻和生育构成的亲属关系，就在差序格局中无限推向远方，并且由于各个"己"都是不同的，所以从每个人出发的亲属关系以及社会关系网络都不是重合的。费老还以《红楼梦》为例，指出贾府里既住着黛玉这样的姑表亲、宝钗这样的姨表亲，还有湘云、邢岫烟、宝琴等，可见亲属关系是可以无限扩展的，范围的大小依照势力的强弱而定。宗法制度在处于封建制的中国社会发挥了巨大的作用，它以血缘关系为纽带，联结着各种社会关系，通过血缘关系的亲疏远近，区分出了长幼、尊卑和嫡庶，并以家族之族权、地方之政权以及中央之皇权上下维护。我们以血缘为核心进行有差序的分类，这在中国人的亲属称谓系统中也有所反映，我们的亲属称谓有条理分明、尊卑有序的特点，每个人依据其宗族、辈分、年龄和性别都有相应的称谓。除了血缘关系，像《红楼梦》中贾、史、王、薛这样的联合型世家大族中，拟血缘或非血缘的人伦关系、主仆关系，都是家族基本的生命样态。

对传统中国社会的家族制度有了一个基本的了解后，我们将对《红楼梦》中典型的封建四大家族，以及四大家族中处于叙事核心和权势中心的家长，一一分析和解读。

第一节 四大家族的关系

一、连络有亲

四大家族的关系是在第四回通过贾雨村审判的一起人命案中带

出来的。贾雨村本是新官上任，听闻薛蟠强买冯渊未婚妻且打死了冯渊，正准备发签捉拿发落了薛蟠，谁知案边立着的一个门子向他使眼色，阻碍他发签。贾雨村至密室与门子交谈，原来这门子是当年贾雨村寄宿在葫芦庙时的一位小沙弥，雨村向他询问为何不使他发签。

这门子道："老爷既荣任到这一省，难道就没抄一张本省'护官符'来不成？"雨村忙问："何为'护官符'？我竟不知。"门子道："这还了得！连这个不知，怎能作得长远！如今凡作地方官者，皆有一个私单，上面写的是本省最有权有势、极富极贵大乡绅名姓，各省皆然；倘若不知，一时触犯了这样的人家，不但官爵不保，只怕连性命还保不成呢！所以绰号叫作'护官符'。方才所说的这薛家，老爷如何惹得他！他这件官司并无难断之处，皆因都碍着情分面上，所以如此。"一面说，一面从顺袋中取出一张抄写的"护官符"来，递与雨村，看时，上面皆是本地大族名宦之家的俗谚口碑。

……

这门子道："这四家皆连络有亲，一损皆损，一荣皆荣，扶持遮饰，俱有照应的。今告打死人之薛，就系丰年大雪之'雪'。也不单靠这三家，他的世交亲友在都在外者，本亦不少。老爷如今拿谁去？"

所以，四大家族的关系借门子的话来概括就是：连络有亲，一损皆损，一荣皆荣，扶持遮饰，俱有照应。四大家族之所以荣辱与共、同气连枝，是因为它们之间延绵数代的婚姻关系。小说第七回中借着介绍焦大的生平道出了贾家原是因军功起家的，宁国公贾演和荣国公贾源是贾府的创始人，贾演有四个儿子，长子贾代化，代化有子贾敬，贾敬有一子一女，分别是贾珍和惜春。贾源这边则是令长子贾代善袭官，代善娶的就是史家的小姐，也就是贾母。贾母育有两子一女,分别是贾赦、贾政和贾敏。贾赦之子贾琏娶的王熙凤是贾政之妻王夫人的内侄女。贾政之子贾宝玉最后也屈服于"金玉良缘",娶了王夫人姐妹薛姨妈的女儿薛宝钗。根据如上讲述的人物关系,我们就能够知晓四大家族是如何连络有亲的了。我们都熟知《红楼梦》是集爱情小说、政治小说与家族小说于一身的世情小说,人类学家分析认为历史上的人类氏族或者部落,凡是实行内婚制的总是会日趋灭亡,而实行外婚制则有助于氏族的延续与兴盛。外婚制即两个或更多部落之间交换女性,《红楼梦》中一个硕大的封建官僚集团之所以能够延续近百年,正是依靠了外婚制的力量。

四大家族的关系,在逾百年间不是凝固不变的,而是随着各家权势的变化有所变动、相互补充的。四大家族"贾史王薛"的次序,原先是按照爵位的高低排就的,护官符后有小注:"宁国荣国二公之后,共二十房分;保龄侯尚书令史公之后,房分共十八;都太尉统制县伯王公之后,共十二房;紫薇舍人薛公之后,共八房分。"可见,贾家最初的爵位是"公",史家最初的爵位是"侯",王家则是"伯",薛家虽无爵位,却是皇商。此处便验证了德国社会学家韦伯划分阶层的三重标准——权力、财富和声望的效用。四大家族的地位原是按照声望排序的,可是为什么王熙凤会道"把我王家的地缝子扫一扫,就够你们过一辈子了"?"贾史王薛"中的贾家是全书的叙事中心,是实写的,其他三个大家族则都是虚实兼具着描写。王家的掌权人物王子腾,有关他的描写从来就是侧写,总借着他人的口。如给贾雨村使眼色的门子在第四回中道:"小的闻得老爷补升此任,亦系贾府王府之力;此薛蟠即贾府之亲,老爷何不顺水行舟,作个整人情,将此案了结,日后也好去见贾府王府。"我们再看贾雨村最终向谁如何交代薛蟠的案子的:雨村断了此案,急忙作书信二封,与贾政并京营节度使王子腾,不过说"令甥之事已完,不必过虑"等语。这样来看,贾雨村补授应天府一事看来不止贾政一人之劳,很有可能有四大家族中权势最大且一再升迁的王子腾的功劳。可见,四大家族的声势行至小说所叙述的年代,王家实际上是最掌权力的,薛家权力与声望虽弱,然手中的钱财却可作补充。

值得注意的是,四大家族的兴衰除了与它们之间的横向联系有关,更与对上的皇家恩泽、对下的官官相护有关。焦大之所以把宁国府的主子都不当回事,是因为他曾经为贾家的祖宗出生入死,是尽了忠的奴才。同样地,焦大之于贾家就好比贾家之于皇帝,贾演和贾源从龙入关,贾家这才兴起。到了宝玉这一代,宝玉的嫡亲姐姐元春入宫成为皇妃,更是滔天的富贵。元妃拟于元宵省亲,写的是:

贾赦等督率匠人扎花灯烟火之类,至十四日,俱已停妥。这一夜,上下通不曾睡。

至十五日五鼓,自贾母等有爵者,皆按品服大妆。园内各处,帐舞蟠龙,帘飞彩凤,金银焕彩,珠宝争辉,鼎焚百合之香,瓶插长春之蕊,静悄无人咳嗽。贾赦等在西街门外,贾母等在荣府大门外。街头巷口,俱系围幕挡严。正等的不耐烦,忽一太监坐大马而来,贾母忙接入,问其消息。

从这段文字中我们可以看到平时威风的贾家人在接驾皇家人时诚惶诚恐的态度,贾家的最高权威贾母也是一等再等,生怕怠慢了省亲的仪仗。贾家与皇室的这门姻亲关系,用元妃的话来说就是已使贾家烈火烹油、富贵已极。所以,四大家族的盛衰,归根结底在皇帝给予的恩泽上,依靠向上攀附。

我们再回头看看贾雨村是如何解读这护官符的。"贾史王薛"为霸一方,凡是在他们地界做官的人总是要身揣护官符的,本地官员为了不影响他们自己的官运,不消四大家族的人来打点,就主动为其行方便了。可见，四大家族无论是对上还是对下，都织出了一张权力关系网，而其间的关键就在于皇家的恩宠。

二、一荣俱荣

小说第一回跛足道士对甄士隐唱《好了歌》，显然也是借甄家的败落，暗示贾家日后的消亡。冷子兴也对贾雨村说："古人有云：'百足之虫，死而不僵。'如今虽说不及先年那样兴盛，较之平常仕宦之家，到底气象不同。如今生齿日繁，事务日盛，主仆上下，安富尊荣者尽多，运筹谋画者无一；其日用排场费用，又不能将就省俭。如今外面的架子虽未甚倒，内囊却也尽上来了。这还是小事。更有一件大事：谁知这样钟鸣鼎食之家，翰墨诗书之族，如今的儿孙，竟一代不如一代了！"

既然无论是贾家最后的悲凉结局，还是贾家在书中所描写的那个时代已经是强撑门面，那我们如何看待四大家族的一荣俱荣呢？第一，即便是衰亡，也是有一个渐进的过程的，我们看《红楼梦》人物的生老病死等大事，就知晓一荣俱荣是怎么回事了。第十四回写秦可卿的丧事：

> 那时官客送殡的，有镇国公牛清之孙现袭一等伯牛继宗，理国公柳彪之孙现袭一等子柳芳，齐国公陈翼之孙世袭三品威镇将军陈瑞文，治国公马魁之孙世袭三品威远将军马尚，修国公侯晓明之孙世袭一等子侯孝康；缮国公诰命亡故，故其孙石光珠守孝不曾来得。这六家与宁荣二家，当日所称"八公"的便是。余者更有南安郡王之孙，西宁郡王之孙……陈也俊、卫若兰等诸王孙公子，不可枚数。堂客算来亦有十来顶大轿，三四十小轿，连家下大小轿车辆，不下百馀十乘。连前面各色执事、陈设、百耍，浩浩荡荡，一带摆三四里远。

秦可卿只是贾敬的孙媳，她本人也不是世家大族的小姐，她的葬礼能有这样的风光排场，全赖贾家的声望。将她的丧事与后来贾敬、贾母的葬礼相比较，就能够发现这次丧事是最风光的，引来多少与四大家族关涉极深的王公侯伯的吊唁，将四大家族的关系网全部交代了出来。再看第七十一回是如何描写贾母八十寿诞的：

> 因今岁八月初三日乃贾母八旬之庆，又因亲友全来，恐筵宴排设不开，便早同贾赦及贾珍贾琏等商议，议定于七月二十八日起至八月初五日止荣宁两处齐开筵宴，宁国府中单请官客，荣国府中单请堂客，大观园中收拾出缀锦阁并嘉荫堂等几处大地方来作退居。二十八日请皇亲驸马王公诸公主郡主王妃国君太君夫人等，二十九日便是阁下都府督镇及诰命等，三十日便是诸官长及诰命并远近亲友及堂客。……
>
> 自七月上旬，送寿礼者便络绎不绝。礼部奉旨：钦赐金玉如意一柄，彩缎四端，金玉杯四个，帑银五百两。元春又命太监送出金寿星一尊，沉香拐一只，伽南珠一串，福寿香一盒，金锭一对，银锭四对，彩缎十二匹，玉杯四只。馀者自亲王驸马以及大小文武官员之家凡所来往者，莫不有礼，不能胜记。堂屋内设下大桌案，铺了红毡，将凡所有精细之物都摆上，请贾母过目。贾母先一二日还高兴过来瞧瞧，后来烦了，也不过目，只说："叫凤丫头收了，改日闷了再瞧。"

贾母的寿诞实在是白玉为堂金作马的真实写照。寿宴连开数日，又同时设在宁荣国公府两处，上至皇亲，下至大小文武官员，但凡是与贾家有来往的，没有不忙着来送礼的。第二，四大家族的好风光只看前八十回中的重要事件还不够，毕竟贾家自贾政这一代按冷子兴的评论已是萧索了，不如往前追溯到贾演贾源、贾代善贾代化这两代，才能瞧见世家大族鼎盛的模样。小说第十六回，为着元妃省亲的事，凤姐同赵嬷嬷追忆起从前贾府王府接驾的气派事。赵嬷嬷道："嗳哟哟，那可是千载希逢的！那时候我才记事儿，咱们贾府正在姑苏扬州一带监造海舫，修理海塘，只预备接驾一次，把银子都花的淌海水似的！说起来……"凤姐忙接道："我们王府也预备过一次。那时我爷爷单管各国进贡朝贺的事，凡有的外国人来，都是我们家养活。"由此可见，家族鼎盛之气势。

三、一损皆损

能够展现四大家族一损皆损的事件主要有三，这三件事也都发生在小说的后四十回。第一件事发生在第九十五回：

> 忽一天，贾政进来，满脸泪痕，喘吁吁的说道："你快去禀知老太太，即刻进宫。不用多人的，是你服侍进去。因娘娘忽得暴病，现在太监在外立等，他说太医院已经奏明痰厥，不能医治。"……
>
> 贾母王夫人遵旨进宫，见元妃痰塞口涎，不能言语，见了贾母，只有悲泣之状，却少眼泪。贾母进前请安，奏些宽慰的话。……不多时，只见太监出来，立传钦天监。贾母便知不好，尚未敢动。稍刻，小太监传谕出来说："贾娘娘薨逝。"是年甲寅年十二月十八日立春，元妃薨日是十二月十九日，已交卯年寅月，存年四十三岁。贾母含悲起身，只得出宫上轿回家。贾政等亦已得信，一路悲戚。到家中，邢夫人、李纨、凤姐、宝玉等出厅分东西迎着贾母请了安，并贾政王夫人请安，大家哭泣。不题。

元妃的骤然薨逝，了断了贾家与皇室的最大牵连，从此，贾家就失去了皇亲国戚的身份。也许，元妃在时，贾家所有的也只是虚华荣耀，然而，元春的英年早逝，无疑使贾家失去了皇帝这个最大的靠山，这一家族也只能加速衰颓了。

第二件事即是王子腾升迁入京途中暴病而死。这事赶着元妃去世，接着便在第九十五回借凤姐道明了：幸喜凤姐儿近日身子好些，还得出来照应家事，又要预备王子腾进京接风贺喜。凤姐胞兄王仁知道叔叔入了内阁，仍带家眷来京。凤姐心里喜欢，即使有些心病，有这些娘家的人，也使撂开，所以身子倒觉比前好了些。王夫人看见凤姐照旧办事，又把担子卸了一半，又眼见兄弟来京，诸事放心，倒觉安静些。

王子腾一路升迁，谁知转眼在第九十六回一开头便暴病而死。到了正月十七日，王夫人正盼王子腾来京，只见凤姐进来回说："今日二爷在外听得有人传说，我们家大老爷赶着进京，离城只二百多里地，在路上没了。太太听见了没有？"王夫人不免暗里落泪，悲女哭弟。又加贾琏打听明白了来说道："舅太爷是赶路劳乏，偶然感冒风寒，到了十里屯地方，延医调治。无奈这个地方没有名医，误用了药，一剂就死了……"到这里，四大家族最重要的两个靠山都倒了。王子腾死后留有大量亏空，皇帝要求其弟王子胜和其侄王仁赔付，此时王家已然穷途末路，王家人转而向王熙凤讨要，可王熙凤周转贾家生计已是困难，哪还有银子拿出来？后来王仁狗急跳墙，串通贾环拐卖了巧姐，不过这是后话。

这里要说明的是元妃、王子腾的骤然离世，其实是四大家族由盛转衰的关键转折点，接下来也只能是败絮其外、风雨飘摇了。

前两件事对四大家族来说已经是致命的打击，谁知第九十九回，贾政翻阅邸报，又看到薛蟠又打死了人一案：

……于某年月日薛蟠令店主备酒邀请太平县民吴良同饮，令当槽张三取酒。因酒不甘，薛蟠令换好酒。张三因称酒已沽定难换。薛蟠因伊倔强，将酒照脸泼去，不期去势其猛，恰值张三低头拾箸，一时失手，将酒碗掷在张三囟门，皮破血出，逾时殒命。李店主趋救不及，随向张三之母告知。伊母张王氏往看，见已身死，随喊裏地保赴县呈报。前署县诣验，仵作将骨破一寸三分及腰眼一伤，漏报填格，详府审转。看得薛蟠实系泼酒失手,掷碗误伤张三身死,将薛蟠照过失杀人,准斗杀罪收赎等因前来。……

薛蟠这次的太平命案,并不像葫芦案那样好了结,葫芦案不等贾家王家薛家打点,贾雨村就自行巧妙地替薛蟠遮饰了过去。而这次太平命案发生的时候,已是贾府被抄的前一年了,贾政受薛姨妈的托付打点,然内心好是不安,只怕牵连着自身。到了此时,太平知县明知薛蟠身世,还能明目张胆地向薛家索要钱财,并不畏惧四大家族的声势,就知道即便是常人也知晓四大家族早已大厦将倾。薛蟠这一案子,经过层层的银钱打点,最终才判为误杀,而这本来也是事实,反观葫芦案,银钱没多使,就能使判决黑白颠倒,这更能瞧出四大家族现下已是朝不保夕了。

第二节 宁荣二府

一、宁荣赐名的深意

《红楼梦》中各种人物起的名字大都有寓意,同样,我们也可以合理推测因战功起家的宁荣二公这"宁""荣"二字也有其深意。

一方面,"宁"在遥远的甲骨文年代是一个象形文字,代表着有上下、有立柱的,中空可以存放东西的容器。周代天子朝堂大厅中会有一块类似于今天屏风的东西,这块屏风与门口之间的空间就称为"宁(zhù)",臣子们来上朝时只能站在"宁(zhù)"的两侧,将天子与臣子区别开来。知晓宁的古义,我们或许能够理解当时皇帝为什么赐宁国公以"宁",这是在敲打这位功臣,免得他功高盖主,生出异心。另一方面,宁国公用战场上的搏杀才换取了这份功名,皇上为他的国公府赐这个字,也是在表达对贾演保家卫国之功的感激之情。宁国公是一位血海中沉浮过的武将,想必性格上不一定那么稳重,凡事可能都是大剌剌的,言语间冲撞了皇帝都未可知。"宁"字有平心静气的美好寓意，这中间暗含着皇帝的心意。

接下来，我们依照相同的思路，从字形、字义两方面继续展开对荣国公之"荣"的推测。我们细看"荣"这个字，其中有草有木。荣原本指的就是树木，也就是我们说的梧桐树，今天的人要想赞美大好春天的来临，不也得用"草木繁盛""欣欣向荣"这样的词语？可见，"荣"的古义未曾丢失。"荣"字从单单的草木之义衍生到繁荣昌盛的美好寓意是有一个过程的，古人看到四季轮转，春去秋来，梧桐枝干从光秃秃到枝繁叶盛，难免将这样的美事迁移到其他人生中的幸事上去。《国语·晋语四》："黍稷无成，不能为荣。"①《楚辞·橘颂》："绿叶素荣，纷其可喜兮。"② 后引申指繁盛，如晋陶潜《归去来兮辞》："木欣欣以向荣，泉涓涓而始流。"③ 又指荣耀，《荀子·荣辱》："安危利害之常体：先义而后利者荣，先利而后义者辱；荣者常通，辱者常穷；通者常制人，穷者常制于人，是荣辱之大分也。"④ 有了古籍原文的有力支撑，我们就能明白皇帝为什么中意荣国公贾源，取"荣"字赐给他，为的是褒奖他在战场上能够舍生取义，倾尽全力守护大好河山。再者，荣也指古建筑的四角飞檐，取的是东西南北四角齐全的吉利意思。

最后，"宁""荣"合在一起便是安宁繁荣的意思，宁荣二国公为皇帝打下江山功不可没，可打江山不易，守江山更难，皇帝期望贾演贾源能够不忘初心，继续为皇帝效犬马之劳，开太平盛世。

---

① [春秋]左丘明撰，徐元诰集解，王树民、沈长云点校：《国语集解》，中华书局2002年版，第331页。
② [战国]屈原著，金开诚等校注：《屈原集校注》，中华书局1996年版，第607页。
③ [晋]陶渊明著，逯钦立校注：《陶渊明集》，中华书局1979年版，第161页。
④ [清]王先谦撰，沈啸寰、王星贤点校：《荀子集解》，中华书局1988年版，第58页。

二、宗族活动谁当家

宗法制由周天子开创，自此之后，历朝历代都继承了这一制度。宗族是以父系血缘关系来进行计算的，宗族成员有共同的祖先，建立宗祠，修订族谱，设置族田，以各种各样的手段把宗族成员团结在一起。小说中的贾家就是一个年逾百年的贵族大家庭，家族成员生老病死或逢着岁时节俗等一些重要的场合，都要根据族规进行相应的活动，实际上都需要家族中的嫡长子出面进行操办，这是无可推卸的责任。我们先来看看贾家的人物关系是怎么样的，方便我们找出贾府宗族活动的当家人。

清朝的爵位继承制采取的是随着代际向下，爵位也跟着一级一级地降低，宁国公贾演去世后，贾代化继承了他的爵位，称为"一等神威将军"，代化去世后，由贾敬袭了"二品辅国将军"，由于贾敬是个求仙好道的，职位便由儿子贾珍袭了去，称作"三品威烈将军"。再说荣府一支，荣国公贾源的儿子贾代善娶了史侯小姐即贾母，代善去世后，爵位传给了长子贾赦，贾赦的续弦夫人为邢氏，贾赦的儿子贾琏娶了王熙凤。代善另有一子贾政，妻子为王夫人，贾政与王夫人共育有贾珠、贾元春、贾宝玉这两儿一女，贾珠生前留有一子贾兰。粗粗一理，我们就会发现，宁荣二府虽然都历经了五代，但两家人丁兴旺程度大不同。宁国府的正头主子不过贾敬、贾珍、贾蓉这几个人，荣国府则有贾母、贾赦、贾政、贾琏、贾宝玉、贾环、贾兰，仅在家族人数上荣国府就远多于宁国府。更不用说，宁荣二府的最高长辈贾母居于荣国府，这位老祖宗又是个好热闹的人，就喜欢小辈们团聚在她周围，宁国府的惜春就从小养在她身边。小说显然主要以荣国府为舞台进行故事的展演，论人丁宁国府也居于下风，可宁国府的主人实际上在操持贾家宗族活动上起了非常大的作用。宁国公贾演是荣国公贾源的兄长，按照宗法宗祧的继承原则，理应由宁国公一支来掌管宗族事务，所以贾家的宗祠位于宁国府的西边。宁国公去世后，应该依序分别由贾代化、贾敬、贾珍和贾蓉来操持宗族活动，贾敬一味求仙好道，不常居于宁国府，所以除非重大祭祀活动他会出面，别的时候大小事务往往都由贾珍料理。

第五十三回宁国府除夕祭宗祠。腊月里日子一天天离除夕不远了，贾珍着人开放祠堂做些洒扫的工作，好供奉神主。尤氏令贾蓉去取皇上赐给他们春祭的恩赏，贾珍的意思是他们家不缺这份银钱过年，但到底是皇上的天恩，有体面与荣耀在上面。

不久，代为料理黑山村族田的乌庄头好不容易赶在年节前来送田租。

> 贾珍道："这个老砍头的今儿才来。"说着，贾蓉接过禀帖和帐目，忙展开捧着，贾珍倒背着两手，向贾蓉手内只看红禀帖上写着："门下庄头乌进孝叩请爷、奶奶万福金安，并公子小姐金安。新春大喜大福，荣贵平安，加官进禄，万事如意。"

乌庄头踏着四五尺深的雪，走了一个月零两日，紧赶慢赶，才到贾珍面前，贾珍不体会他的辛苦，既嫌乌进孝来得晚了，又嫌东西少了。乌庄头的意思是去岁逢着旱灾涝灾，收成实在不好，贾珍的意思倒像是宁国府大事开支少，收来的田租少就少了，可荣国府那边费钱的事可不少，为着元妃省亲兴建大观园的事已然掏了不少家底。贾珍将乌进孝带来抵作田租的物产分成三份，宁国府自己留用一部分，荣国府一份，余下的分给贾氏宗族中其他支系族人。贾芹来取物资，教贾珍看见，数落了一顿，原来是贾芹早在贾府里谋了个差事，手里不缺油水，这年节分出的物资应该给家中光景不好的族人。

到了腊月二十九日，贾氏家族的新年祭祀也是由贾敬主祭，贾赦陪祭，其余男性成员在旁协助。祭礼结束后，贾敬、贾赦还要到荣国府里给贾母行礼。到了十五日元宵节那天,荣国府里开夜宴,不是贾赦、贾政操心席间,倒是贾珍在席上忙前忙后。贾珍作为宗族的领头,他负责的事情可真不少,他得相对公平地分派田租物资,操持重要节日的祭祀活动,端午节前的清虚观打醮也是他从旁伺候,就连省亲别墅也是在他的监督下完工的。可见,贾氏宗族的大事要事总是按照宗法原则由宁国府贾敬、贾珍以及贾蓉来操持的。

三、家风不同

家风是家庭成员道德水平的集中体现,它影响着家庭成员的行为和思想。这在宁荣二府有着很大的不同。最直观的是择媳标准的差异。宁国府里贾珍的妻子尤氏的母家家世地位虽没有言明,但是我们通过其同父异母的妹妹们(尤二姐、尤三姐)流落风尘、以色事人的事例来看,也能够推断出她不是仕宦世家的出身。贾蓉早逝的妻子秦可卿更是一位从养生堂抱养来的孤女。荣国府的情况则大不一样,四大家族连络有亲其实指的也就是荣国府里的人物,贾代善之妻贾母就是史侯家的小姐,贾政之妻王夫人是王子腾的妹妹,贾琏之妻凤姐是王夫人的内侄女,贾宝玉之妻薛宝钗是薛蟠之妹。此番对比下,我们可以发现荣国府择媳以政治性联姻为准则,讲究的是亲上加亲,通过婚姻维护、巩固既有的社会关系,而宁国府却不以寻常的社会期待办事,挑选的媳妇少有社会地位与身份高贵的。

婚姻选择的不同也间接影响了家风,宁国府的媳妇大多出身卑微,无所依傍,她们初到这样的世家大族生活,一下子就迷了眼,半是受迫半是主动地做出一些令人不齿的事。可荣国府的媳妇大部分本来就出生于贵族家庭,见过世面又有良好的修养,她们不会全然折服在夫家的威严之下。冷子兴认为贾家衰落的根本原因在于人才一代不如一代,虽说荣国府内的一些主子也是昏聩的,但到底不至于太出格,可宁国府就大不相同了。小说第七回有位曾与宁国公贾演出生入死的忠奴焦大出场,他不满夜里还给他排班,又喝醉了酒,便不顾场合在一众主子仆人面前骂道:"我要往祠堂里哭太爷去。那里承望到如今生下这些畜生来,每日家偷狗戏鸡,爬灰的爬灰,养小叔子的养小叔子,我什么不知道!"焦大醉酒吐露的真言实际上揭示了宁国府的淫乱,事实上,小说中与淫乱有关的情节大都发生在宁国府,贾瑞是在宁国府遇见使他心动的凤姐,贾琏也是在宁国府勾搭上尤二姐,宝玉与袭人初试云雨也发生在宁国府。特别是在秦可卿的葬礼上不是她丈夫贾蓉哭她,倒是她的公爹贾珍痛哭流涕,一副伤心至极的样子,且说秦可卿早逝必定与她和贾珍的乱伦行为有关,她未尝不是羞愧而死。所谓上梁不正下梁歪,第七十四回惜春曾和尤氏说:"我清清白白的一个人,为什么教你们带累坏了我?"尤氏此处不加以反驳,倒像是惜春说中了她的心病。试问尤氏的心病是什么?

其实,宁国府风气之坏,就连与宝玉交好的柳湘莲都道:"除了那两个石头狮子干净,只怕连猫儿狗儿都不干净!"相比下来,荣国府里到底有贾母规矩着些,凤姐生日宴后归家撞破贾琏与鲍二家的私情,也有贾母出面训斥贾琏,贾赦想强娶鸳鸯也多亏了贾母护住,贾母虽说不能使家风清明,但有她在,上上下下身子多少正些。

四、建筑布局的讲究

宁国府、荣国府虽然以宁国府居长,但小说中对宁国府的书写多为虚写、侧写,荣国府才是书写的核心所在,所以有关荣国府的建筑布局的描写也更为清楚。宁国府、荣国府在一条街上,各占东西,宁国府居长,因而其西边修建有贾氏宗祠,另有会芳园一隅,为着元妃省亲所修建的大观园占的就是宁府的会芳园和荣府贾赦老爷的旧园子。

宁荣二府的具体布局还要借黛玉上京投奔贾母，初入贾府时眼中所见、行之所经来说道一二。贾雨村与黛玉上京走的是水路运河，停舟上岸，便坐了贾家来人接的轿子，轿子一直从东往西行着，黛玉从轿子纱窗望去，看到街北蹲着两个大石狮子，抬头望去，正门上的匾额刻的是"敕造宁国府"这五个大字，这就是宁国府了。

又往西行，不多远，就到了荣国府，黛玉坐的轿子走的是西边的角门，刚摇晃出去一射之地，便在转弯处换了仆从来抬轿，轿子是在垂花门前落下的。垂花门边上围着环抱式的走廊，走过穿堂，遇着一面大理石做的插屏，绕过去，又走过三间厅室，才终于到了贾母的正院中，院子正中五间上房，两边走廊里又有厢房若干。黛玉初入贾府，进的是荣国府西边贾母的院子，这也是小说中一众儿女故事展演的主要地点。

黛玉别了贾母，便先往大舅舅贾赦院中请安去了，贾赦邢夫人所居院落在荣国府的最东边，黛玉所乘的轿子必须得从来时进的西角门出去，向东路过正门、东角门，直到黑油大门处才能进入贾赦所在的院子。往院子深处去，得经过三处仪门，院内多布置草木山石，别有雅趣，怪道贾赦后来会为了几把文玩扇子害了石呆子的性命。黛玉未得见贾赦之面，便乘了轿子往贾政处去了，贾政的院落直对着正门，不过黛玉是重新进了西角门，走的是贾母院子南边的一个东西方向的穿堂才进到贾政院中，院里也是北边五间正房，两边设有厢房的布局。贾赦虽袭了爵位，但却没有实职，不似贾政，官居工部员外郎，门下也有不少清客，是荣国府的男主人，所以他的院子位于荣国府正中。

黛玉见过贾政后，贾母着人来传晚饭，王夫人便领着黛玉，从院子后头的西界墙角门出去了。出来后走在一条南北朝向的小道上，往南边看，抱厦厅住着惜春、迎春、探春三姐妹，往北边张望，有一处小院，便是凤姐的居所了。黛玉跟着王夫人从贾母院子南边的后房门进了院子。

黛玉进贾府后不久，王夫人的胞妹薛姨妈也携着宝钗和薛蟠来贾府，贾政安排他们住在荣国府东北角上名唤梨香院的一处院落里，梨香院原本是荣国公贾源暮年时颐养天年的居所，很是清净，麻雀虽小，五脏俱全。这院子有诸多好处，自有一门能通向街外，行事方便，西南边角门连着的小道也方便薛姨妈前去王夫人那里叙旧。

荣国府里的布局我们借黛玉以及薛姨妈一家进府已经了解得差不多了，虽宁国府府内设置的描写甚少，难以细究，但仅仅是眼中粗略所见，贾府布局的讲究就一下子展现出来。

第三节 贾母、贾政与贾赦

一、贾母

贾母是贾家这样一个封建宗法制大家庭中年纪最长、辈分最高的女性大家长，宁国府、荣国府上下三四百口人全都众星捧月般地围着她。贾母出生于史侯家，又在贾家最鼎盛的时候嫁过来，她丧夫虽早，却多福多寿多儿孙，家中的儿女们无一日不前来问安，享尽了天伦之乐。

（一）善行乐的贾母

贾母与寻常老人最大的不同是她善享乐、好活动。贾母年轻时管起家来比凤姐更是精明能干，这话是贾母自己说的，虽有自夸的成分，但也不失为真。当她年纪大了，便将管家的事全权交给了凤姐，平日里的家事她是不愿意费心的，总是睁只眼闭只眼的。她从年轻时就积攒了不少见闻,所以即便是享乐,她也喜欢设计些巧妙高雅的法子来弄。贾母从不使自己的日子空闲着百无聊赖,她总愿意让有才情的儿孙们围着她行乐。《红楼梦》中对以贾母为首的家庭行乐场面描述甚多,此处只以第五十四回元宵节击鼓传梅说笑话为例。

元宵节当晚,一众老的少的是酒喝了,故事听了,戏也看了,正好女先儿们领了赏还未散去,凤姐见贾母仍在兴头上,便教这些女艺人们击鼓,余下的主子仆人们手上依次传递一枝梅花,鼓声停的时候梅花在谁手上,那人便得讲个笑话。这讲笑话的主意也是凤姐出的,她是个巧嘴的人,明明自己一肚子笑话,偏说自己是个笨嘴拙舌的。鼓点一时急一时缓,传梅的人各个神色紧张,好像手上的梅花烫手似的,只急不可耐地往外送。梅花在贾母手上时鼓声住了。老祖宗便说了一个笑话。有一对夫妇养了十个儿子,娶了十房媳妇,唯有第十个媳妇最是心巧嘴乖,另外九个媳妇自然是相形见绌了。公公婆婆只说老十媳妇好,那九个媳妇很是委屈,便商议着往阎王庙去打听打听为什么这老十媳妇能托生一张乖嘴。哪知九个女人在庙里的供桌底下睡着了,生出九个魂魄专等阎王爷给个解释,谁知阎王爷没来,倒是孙悟空出场解释了原委,孙行者回忆着说老十媳妇之所以伶俐嘴乖,是因为她在托生时喝了自己的一泡尿。贾母这笑话引得众人都笑了起来。

贾母不仅会吃酒行令,讲故事说笑话,还喜欢打牌看戏,她行乐的花样多又精彩,一大家子就指着她在场才能团聚热闹一番。一家人需要贾母这样一个有号召力的主心骨,年轻人在她的遮蔽之下才能尽情玩乐,贾母也需要年轻人围在她身边宠着她、捧着她。

(二)作为偶像的贾母

贾母这位老祖宗在贾家实际上有着至关重要的权威象征作用。

封建社会的宗法制大家庭实际上总是面临着分家的危险，宁荣两府之间、荣府贾赦与贾政之间哪里没有嫌隙，贾赦一味好色，甚至惦记着贾母身边的丫鬟鸳鸯，贾政总是和宝玉过不去，邢夫人、王夫人妯娌间也是面和心不和，贾府里多少主子与主子、主子与仆人、仆人与仆人之间都有着或明或暗的矛盾，而这矛盾丛生的大家庭之所以还能维系下去，全仰赖贾母。宁国府的贾敬一心问道、不理俗事，贾赦与贾政又一个品劣、一个才庸，是贾母将贾敬之女惜春、贾赦之女迎春以及贾政的儿女宝玉和探春都养在膝下，关怀照顾无有不至的。贾母在贾家的核心地位从王熙凤对其的态度上就很容易见得，以贾母打牌的故事为例。

贾母同凤姐、王夫人以及薛姨妈打牌，鸳鸯从旁侍候贾母。鸳鸯久在贾母身边，是最得力不过的，她眼看贾母只缺一张二饼便可胡了，便暗自递眼色给凤姐。凤姐最会察言观色，先试探清楚薛姨妈的牌，又佯装打错了，做出将二饼下了出去又要反悔的模样，引得贾母笑着掷下牌来，赢了这一局。贾母原本为贾赦惦记自己身边人的事郁闷生气，鸳鸯、凤姐便在牌局上里应外合，使贾母赢了牌局，好将坏心情一扫而去。

王熙凤是贾家家庭内部的实际掌权人，她能发挥自己的才干，既与王夫人、邢夫人精力少、能力弱有关，更脱不开贾母对她的支持，她深知只要哄得贾母高兴，全家上下其他人哪有能不顺从她的？

（三）贾母与刘姥姥

《红楼梦》描写了刘姥姥这样一位因穷困而来贾府走动亲戚的老人家，她的女婿家曾与王夫人之父连了宗，认了亲，为着家中艰难生计，刘姥姥带着孙子板儿到贾府来寻求些接济。刘姥姥第一次来贾府并没有见着贾母，可巧第二次来的时候被贾母请了去见。

刘姥姥进去，只见满屋里珠围翠绕，花枝招展，并不知都系何人。只见一张榻上歪着一位老婆婆，身后坐着一个纱罗裹的美人一般的一个丫鬟在那里捶腿，凤姐儿站着正说笑。刘姥姥便知是贾母了，忙上来陪着笑，道了万福，口里说："请老寿星安。"贾母亦欠身问好，又命周瑞家的端过椅子来坐着。那板儿仍是怯人，不知问候。

贾母道："老亲家，你今年多大年纪了？"刘姥姥忙立身答道："我今年七十五了。"贾母向众人道："这么大年纪了，还这么健朗。比我大好几岁呢。我要到这么大年纪，还不知怎么动不得呢。"刘姥姥笑道："我们生来是受苦的人，老太太生来是享福的。若我们也这样，那些庄家活也没人作了。"贾母道："眼睛牙齿都还好？"刘姥姥道："都还好，就是今年左边的槽牙活动了。"贾母道："我老了，都不中用了，眼也花，耳也聋，记性也没了。你们这些老亲戚，我都不记得了。亲戚们来了，我怕人笑我，我都不会，不过嚼的动的吃两口，困了睡一觉，闷了时和这些孙子孙女儿顽笑一回就完了。"刘姥姥笑道："这正是老太太的福了。我们想这么着也不能。"贾母道："什么福，不过是个老废物罢了。"说的大家都笑了。

贾母身边向来环绕的是小辈们，骤然来了个积古的老人家，贾母很希望能和她话话家常，听听农人的生活故事，贾母与刘姥姥的交际可以看作整部小说中难得的富贵与贫穷的对话。刘姥姥一来便称呼贾母为"老寿星"，这是因为她知道贾母这样富贵的老太太什么也不缺，只盼着越长寿越好。刘姥姥比贾母大很多，由于庄稼人需要从早到晚地在地里干活，所以她的身体还很健朗，仅仅是左边的槽牙有些活动了。然而贾母虽然比刘姥姥年轻，身边总有媳妇、孙子、丫鬟服侍着，被家里人当作老祖宗供起来，没有什么运动的机会，她说自己眼瞎耳聋固然有谦虚的成分，但也确实反映了她的健康状况。贾母玩笑说自己是"老废物",这话是叫人感到悲伤的,因为她是贾家年纪最大的老寿星,日常生活都有人服侍,哪里有劳动的机会?贾母就如刘姥姥所言,"生来是享福的",她是在贾府遇到最大危机之前去世的,可她哪里想得到重孙女巧姐最后是被刘姥姥这位昔日打秋风的穷亲戚救下的?这何尝不是与人为善,于己为善?

二、贾政

(一) 贾政其人

曹雪芹为《红楼梦》中人物取名都有极深的寓意,俞平伯先生认为贾政此名谐音为假正,是假正经的意思。他之所以认为这是谐音而不是一个偶然,盖出于曹雪芹对贾政周围人物的书写。贾政身边的门下清客相公詹光、单聘仁,仓上头目戴良,买办钱华,这些名字分别是沾光、骗人、大量、花钱的意思。偏偏名叫詹光的没有沾光的行为,名叫聘仁的也不见骗过人,把恶名置于他们身上无非是为了衬托出贾政的不正经。贾政身边最能衬托贾政之恶的人就得是赵姨娘了,赵姨娘在贾府里主子不是主子,仆人不是仆人,为人之不善使得她亲生的女儿探春也不愿亲近她。她所生的贾环是贾政除了宝玉这个嫡子之外唯一的儿子,她唆使贾环打翻烛台烫伤了宝玉,又请马道婆施法使宝玉、凤姐中邪。这样一个卑鄙愚蠢的人却是贾政最宠爱的妾室,足可以想见贾政之恶是怎样的了。

贾政才学平庸、趣味低级。第七十五回,击鼓传花,传到贾政手中停了,贾政要讲一个笑话。

……贾政笑道:"只得一个,说来不笑,也只好受罚了。"

因笑道:

"一家子一个人最怕老婆的。"才说了一句,大家都笑了……贾政又说道:"这个怕老婆的人从不敢多走一步。偏是那日是八月十五,到街上买东西,便遇见了几个朋友,死活拉到家里去吃酒。不想吃醉了,便在朋友家睡着了,第二日才醒,后悔不及,只得来家赔罪。他老婆正洗脚,说:'既是这样,你替我舔舔就饶你。'这男人只得给他舔,未免恶心要吐。他老婆便恼了,要打,说:'你这样轻狂!'唬得他男人忙跪下求说:'并不是奶奶的脚脏。只因昨晚吃多了黄酒,又吃了几块月饼馅子,所以今日有些作酸呢。'"

说的贾母与众人都笑了。

贾府里众人都知道贾政为人板正严肃,因而都从没听过贾政讲笑话,谁知贾政不讲则已,一讲便是个舔老婆脚的恶俗故事。宴席结束,贾赦贾政等散去后,鸳鸯准备扶贾母休息,贾母却不肯,说是高兴,还要饮酒。谁知夜越深,笛声越凄凉,贾母竟伤感得落起泪来。贾母此刻难道不是在感叹贾家这一众子孙平庸无才,又怎么能阻挡得住大家族的衰颓呢?

(二)贾政与宝玉的父子关系

贾政作为荣国府的男性家长之一,却并不真正受到全府上下的尊崇与敬服。小说中有关他的描写令人印象最深的,莫过于他与宝玉之间紧张的关系。贾政总是嫌宝玉整天流连在女儿家,不肯好好读书,小说第九回:

偏生这日贾政回家早些,正在书房中与相公清客们闲谈。急见宝玉进来请安,回说上学里去,贾政冷笑道:"你如果再提'上学'两个字,连我也羞死了。依我的话,你竟顽你的去是正理。仔细站脏了我这地,靠脏了我的门!"

平日里贾政希望宝玉去书房念书,宝玉总有贾母护着,不肯去上学,忽的一日自己愿意去上学了,来告知贾政,贾政生气讥讽宝玉是可以理解的。然而贾政自己又算是什么勤奋好学的人吗？事实上他并非因为自己的才学而主事做官的，只不过是依靠父亲贾代善的临终奏本才有个职务。大观园建成，贾政领着众清客在园子转，准备为园子各处题匾额、拟对联，正巧遇到宝玉，宝玉有不少独到的见地引得众人轰然叫妙，贾政则一路贬低宝玉的创作，而他自己却一句也做不出来。

贾政与宝玉父子之间冲突的极点，自然是第三十三回宝玉挨打的场面。贾政因听忠顺王府长史官说宝玉私藏蒋玉菡，又听得贾环的挑唆，说金钏儿投井是因为宝玉调戏，怒得捉宝玉来打，可他打宝玉的那架势像是要置其于死地，王夫人搬出贾母，贾政听了更怒得要勒死宝玉。贾政真的是为了管教宝玉，令其学好，才一时气急要下杀手吗？贾政能为打死人的薛蟠两次说情，又为贪污的贾雨村举荐，为何就容不下宝玉呢？俞平伯先生认为这是因为贾政是封建统治力量的维护者，而宝玉不谈经济仕途之道，代表的是破土而出的新生力量，所以贾政才想方设法地试图打压这个不利于自身阶级统治的新生萌芽。贾政与宝玉之间的矛盾也许还出于贾政的嫉妒心理，他嫉妒宝玉的才学高于自己，嫉妒宝玉能够比自己这个亲生儿子受到贾母更多的疼爱，也嫉妒宝玉和家人热热闹闹的时候总是能捧场。

春初里有一日，贾母与众孙子孙女们猜谜，贾政进来也想参与，可年轻人都因为他的到场变得拘谨起来了，贾母看在眼里，做主把贾政撵了出去。贾政委屈，向贾母道："何疼孙子孙女之心，便不略赐与儿子半点？"可怜贾政既不能文又不能武，才情高雅不如宝玉，政治活动能力不如王子腾，这样没有可取之处，便只能做贾家的"端正方直"的家族代表罢了。

三、贾赦

贾赦是荣国府的长子，比起弟弟贾政，贾赦可以说是一个没有内心矛盾的人，他不追求功名礼教，似乎对家族的倾颓也不甚在意，作起恶来也绝不会有违背良心的感觉。他看上了贾母身边的鸳鸯，让自己的老婆邢夫人去劝鸳鸯做妾不成，又使鸳鸯的哥哥嫂子前去威逼。贾母死后，鸳鸯知道自己躲不过贾赦，便悬梁自尽了。贾赦为恶不止这一件事，第四十八回借平儿的口道：

"……今年春天，老爷不知在那个地方看见了几把旧扇子，回家看家里所有收着的这些好扇子都不中用了，立刻叫人各处搜求。谁知就有一个不知死的冤家，混号儿世人叫他作石呆子，穷的连饭也没的吃，偏他家就有二十把旧扇子，死也不肯拿出大门来。二爷好容易烦了多少情，见了这个人，说之再三，把二爷请到他家里坐着，拿出这扇子略瞧了一瞧。据二爷说，原是不能再有的，全是湘妃、棕竹、麋鹿、玉竹的，皆是古人写画真迹，因来告诉了老爷。老爷便叫买他的，要多少银子给他多少。偏那石呆子说：'我饿死冻死，一千两银子一把我也不卖！'老爷没法子，天天骂二爷没能为。已经许了他五百两，先兑银子后拿扇子。他只是不卖，只说：'要扇子，先要我的命！'姑娘想想，这有什么法子？谁知雨村那没天理的听见了，便设了个法子，讹他拖欠了官银，拿他到衙门里去，说所欠官银，变卖家产赔补，把这扇子抄了来，作了官价送了来。那石呆子如今不知是死是活。……"

石呆子的死活固然多少和贾雨村的阿谀奉承有关，更与贾赦的贪心脱不了关系，就连贾琏这样的纨绔子弟也瞧不上他爹的作为。所以，贾琏、王熙凤虽然是荣国府大房的，却并不怎么尊敬贾赦、邢夫人夫妇，这里面有别的因素，但也和贾赦夫妇的为人相关。

《红楼梦》中"贾史王薛"四大家族依靠血缘婚姻以及金钱、权力、声望的相互补充结成了连络有亲、一损皆损、一荣皆荣的横向联系。然而四大家族的兴衰到底集中于皇家的恩泽上，皇室的些微雨露，比如王子腾升迁、元春入选凤藻宫，就能使四大家族尤有门面。小说又以贾家尤其是荣国府这一支作为叙事的主体，荣国府的女性大家长贾母是一个善于享乐，能够团结贾家几百口人的象征性人物。贾政则是一个资质平庸、趣味低级的家族代表，他与宝玉的冲突集中展现了封建大家长致力于扼杀新生势力的努力。贾赦作恶不少，害死鸳鸯又间接祸害石呆子，是个好色不仁的坏人。《红楼梦》通过描写世家大族以及其中人物的兴衰命运，道出了封建社会必然灭亡的命运。一个个家庭都充斥着压制人情感的礼教与专制，又怎么能有开明昌隆的盛世呢？

第七讲
小人物的命运

《红楼梦》之所以能够成为中国文学史上的一朵奇葩，既不完全是宝黛缠绵悱恻之爱情的功劳，也不完全出自贾家由盛至衰的兴叹。人们称其为封建社会的百科全书，是因为它不仅描绘了诗礼簪缨之家的贵族生活，更是以贾府为核心描写了形形色色的各种小人物。有在贾府荫蔽下讨生活的奴仆们，也有来打秋风的穷亲戚刘姥姥。应该说《红楼梦》中的众多小人物不仅起到了烘云托月的作用，很多时候他们还间接或直接地推动了主人公的成长以及关键情节的发展。

我们这里说的小人物应该兼指处在叙事核心边缘的一些人，以及在权力、财富或声望这些方面处于弱势地位的人。奴仆是小说中最具代表性的一个小人物群体，贾家奴仆有三四百号人，其中有名有姓的也不下好几十号人，这些人身份各异，有丫鬟、姨娘、管家、奶妈等。当然，小说最出彩的一位小人物必然是先后登场三次的老妪——刘姥姥。底层人物除了奴仆与刘姥姥外，更有侠肝义胆的市井人物——醉金刚等。

第一节 身份各异的奴仆

明、清两代，一般豪门、贵族以及官府衙门都有奴仆，这些奴仆并不是单从经济上来分的，主子未必一定是有钱的，奴仆未必一定是没钱的。他们往往根据礼法、工种等进行划分。从实权上分，大约可分为实权派、特殊派、一般派或被奴役派；从工种来分，男的有管家类、守卫类、侍应类和交通类等，女的有针线上的、厨娘、陪嫁的、房里人、粗使丫头等。这些奴仆虽种类各异，却有着不可或缺的作用。

一、丫鬟

（一）袭人

袭人本名蕊珠，原本是贾母身边的奴婢，贾母看她素日心地纯良，把她指派给了混世魔王宝玉，宝玉因其姓花，就袭用宋代诗人陆游《村居书喜》中"花气袭人知骤暖，鹊声穿树喜新晴"①，为其改了"花袭人"这个名字。袭人不同于家生子奴仆如林之孝的女儿小红，她是在家中生计艰难的时候被卖到贾府里的，后来她家依靠她的卖身钱渡过难关，光景逐渐过好了，哥哥母亲也不忍她继续为奴为婢，与她商量着想赎她回家。袭人在家道艰难的时候主动为家人牺牲，家人也在重振家业后不忘袭人的奉献，不愿她继续寄人篱下。可见，袭人实际上出自一个言和意顺、家人之间守望相助、充满温情的家庭。这样的原生家庭培养了袭人贤孝、大方谦让又善解人意的品格，像是一朵解语花，时时刻刻包裹着宝玉。

袭人作为宝玉的贴身丫鬟，无一日不围着宝玉打转，照顾宝玉的饮食起居，警劝宝玉投身于经济之道，是尽忠职守的周全人物。第三回中：

---

① [宋] 陆游著，涂小马校注：《陆游全集校注·剑南诗稿校注》，浙江古籍出版社 2011 年版，第 20 页。

这袭人亦有些痴处：服侍贾母时，心中眼中只有一个贾母；如今服侍宝玉，心中眼中又只有一个宝玉。只因宝玉性情乖僻，每每规谏宝玉不听，心中着实忧郁。

袭人规劝宝玉一向是以柔情的方式来施展的，她希望宝玉不要信口胡吣，动不动口吐荒诞，也希望宝玉能摆出个爱读书的架势，更要改掉随意吃人家嘴上胭脂的毛病。此外，袭人还予人慷慨，对己俭省。一次，香菱和女伶们玩耍间被推倒，裙子被污水打湿了半扇子，香菱担心薛姨妈责难，这时宝玉想起袭人有一条一样的裙子，和袭人讲清楚缘故后，袭人就忙把裙子取出来交给香菱去了。又有一次，袭人的母亲病重寻袭人回家探亲，袭人这时的身份已是准姨娘了，从穿着上她已经尽量打扮了，然而凤姐还是觉得太素，足以见得袭人并不致力于摆出风光归家的架势，有富贵而不淫的宝贵品质。

除了有如上诸多好的品质之外，袭人还是一个会审时度势、善用机会改变自身际遇的人。她回到娘家，一听母亲哥哥要赎她回家，便哭闹着至死不回，家人也明白了她想要留在宝玉身边做姨娘的心情，谁知她回贾府倒哄骗宝玉，说自己总是要被赎回家的，引得宝玉流泪伤心，又借此机会使宝玉保证不再任意行事。袭人拿捏宝玉又何止这一件事，她见着湘云为宝玉梳辫，就生气扬言说要回去继续服侍贾母，两人怄气到最后也只是逼得宝玉发毒誓说："我再不听你话，就同这玉簪一样。"袭人不仅拿捏着宝玉的心，还注意笼络贾府的其他上层，就连王夫人都对她感激不已，觉得袭人到底使宝玉不至于太出格，在月例银子的发放上也承认了袭人的"准姨娘"地位。

曹雪芹塑造了袭人这位出身底层的女性，她好比是宝钗的影身，既心地纯良，恪尽职守，处事稳重，有"贤袭人"之赞，又深谙人情世故，顺从于既定的社会准则，有"花解语"之誉。

（二）平儿

平儿既不是贾府里的家生子仆人，也不是贾府自小买来的丫鬟，她是王熙凤嫁入贾府时一道带来的陪嫁丫鬟。到了贾府，她的顶头主子就从一个变成了两个。王熙凤泼辣狠毒，贾琏又是个好色之徒，平儿在这样的两位主子夹缝中间生存，我们可以想见她的处境之艰难，又何况她不像袭人或是鸳鸯，总有家里人给她撑腰。平儿深知两位主人的脾性，她既得防着贾琏胡乱作为，又得做好凤姐的忠实心腹。

仆人兴儿很好地道出了平儿的两难困境：刚开始，王熙凤与贾琏还是结婚才几年的夫妇，贾琏准备送黛玉往扬州探望林如海时，凤姐儿还依依不舍，等到贾琏归家，小夫妻俩日子多了没相见，此时凤姐也放下平日里强势的架子，回归小女儿家的情态，在午后时光与贾琏呢喃絮语。可见，王熙凤虽然素日里狠毒泼辣，对丈夫贾琏却真心实意地喜欢，偏偏贾琏是个多情的，以凤姐儿的性子，少不得发醋的时候。凤姐出嫁的时候，原本带了四个陪房丫头，也不知是她们自己心思不正还是凤姐使了坏，除了平儿外的三个人要么嫁人了，要么就死了。此处还有一段缘故，凤姐嫁过来之前，贾琏原本有两个人在屋里，这是贾府的惯例，就好像贾政身边的赵姨娘与周姨娘，宝玉身边的两位候选人袭人与晴雯。谁知王熙凤来了后，想着法地寻了人家的错处，给打发了出去。这下贾琏身边一个明面儿上的妾室都没有了，凤姐一方面出于名声的考虑，好不叫人家说她善妒，另一方面想着再找个人放在屋里，让琏二爷多有牵挂，少在外面偷吃些。她知道平儿为人正经又忠心于自己，便强拉了平儿。

由此可见，平儿对凤姐忠心耿耿，也是尽量避着贾琏，在王熙凤的威逼下做了通房丫头，实际上就是妾。平儿这样安守本分，也耐不过凤姐的猜忌。凤姐生日宴吃酒归家，发现贾琏正与鲍二媳妇纠缠，凤姐不好直接与贾琏对打，谁知夫妇俩都拿平儿撒气打骂。平儿也委屈，明明是贾琏与他人有染，教王熙凤撞见，怎么偏得是自己遭罪。

平儿在凤姐这个醋瓮子底下能过上安生日子靠的是其忠心。凤姐头回见秦可卿之弟秦钟的时候并未备见面礼，她知道凤姐和秦可卿的情谊深厚，自己做主备下礼物送给秦钟，弥补了凤姐的疏忽。平儿总是替凤姐想得周到，知道凤姐与贾母打牌去了，担心凤姐身上的银钱不够使，便赶忙送去。

和袭人一样，平儿也心地良善。有一次，平儿的虾须镯掉了，这物件极其贵重，凤姐就安排园里的妈妈们查访。宋妈妈找到，过来找凤姐，凤姐不在屋里。宋妈妈告诉平儿，是宝玉房里的坠儿偷去的。平儿并未将此事报给主子凤姐，而是到宝玉处找了麝月说明情况。晴雯病着，看到平儿拉麝月出去说话，以为平儿是要说自己的坏话。宝玉为了宽晴雯的心，说着往平儿麝月说话处去了。原来平儿一来是想着晴雯在病中，又是个急性子的人，要是知道坠儿偷东西的事情，坠儿的这桩丑闻必得被捅出去。二来想着宝玉是个重情的人，房里伺候的一众姑娘他都是上心的，要是教他知道自己房里的人有干出偷盗事的，一准伤心。宝玉偷听了麝月和平儿的对话，感激平儿的善解人意，为坠儿偷东西又气又叹。这样一来，成全了宝玉的体面。此外，贾赦准备强娶鸳鸯的时候，她也站在鸳鸯的立场上替她想办法。

二、管家

奴仆总的来说分两类：一类是一味媚主求荣，总想着站到统治阶级那一边再来压迫别人的，另一类则是充满反抗精神与反压迫意识的。这样来看，贾府里的管家们明显属于第一类，他们在主子面前低声下气、百般讨好，转过头来便换了另一副面孔。古往今来，骇人的统治之所以能够施行，不少的功劳都应该归结到这些忘了自己出身、压迫剥削他人时不以为耻反以为荣的人，真真是板凳决定脑袋。贾府的管家主要有林之孝夫妇、周瑞夫妇、来旺夫妇、王善保家的以及赖大家的。第十六回王熙凤向贾琏诉苦道：

"……你是知道的，咱们家所有的这些管家奶奶们，那一位是好缠的？错一点儿他们就笑话打趣，偏一点儿他们就指桑说槐的抱怨。'坐山观虎斗'，'借剑杀人'，'引风吹火'，'站干岸儿'，'推倒油瓶不扶'，都是全挂子的武艺。……"

从这段话中，我们足以见得世家大族里，也不光是主子给奴才施予恩惠，奴才感激涕零，更有主人家使唤不动奴才，倒教奴才拿捏了去的故事。凤姐小产后由探春、李纨、宝钗代理家事，还不待她们行兴除利弊的举措，底下的仆人便抱怨道："刚刚的倒了一个巡海夜叉，又添了三个镇山太岁。"

贾府中的诸多管家，最值得说道的一定是大总管赖大一家。赖家人是贾府的世仆，经过几代人的积累，竟然求得主人的恩典，把刚出世的儿子赖尚荣放出府，脱了奴籍，成了自由人，成长的过程中也是一点苦都没受，白日里出去读书，夜里归家也有婆子仆役跟着侍奉。虽比不上世家大族公子哥似的金人，但赖家为了把他培养出来，没少费银钱，怎么也都是个银人儿了。再看看那些不为豪奴的清白人家，他们若想供出个读书人，那就是苦熬多少年都不一定有结果。赖尚荣到了二十岁的年纪，贾家又替其出面捐了前程，他顺风顺水的人生轨迹全仰仗贾家的荫蔽，这比起寻常人家寒窗苦读的孩子不知要幸福多少倍。怨不得赖嬷嬷对李纨转述她对赖尚荣的叮咛，固然一方面是劝诫赖尚荣，另一方面也是为了在主子面前做出谦卑感激的样子，好使贾家的一众主子继续信任依赖赖家人来办事。

赖嬷嬷的这番话让人联想到贾府的发家历程，贾演贾源原本就是皇帝身边的包衣奴才，因着战功才发迹起来，说是皇帝的臣子，实际上也就是皇帝的奴才，但见元妃省亲时贾府接驾时的恭谨样子，我们就会不禁感叹赖家之于贾家就好比贾家之于皇室，真正的主人只有皇帝，其他站在统治阶级里的人不过都是戴着主人面具的奴才罢了。赖家可以算得上是贾府的豪奴了，赖尚荣得了官后连着摆了三日的酒席，王熙凤生日宴需要大家凑份子，赖大的母亲爽快地出了十二两银子，赖家人身份虽贱，财富却不少。他家人嘴上的破花园子虽面积不若大观园，但是其中亭台水榭、泉石林木，哪个不是精心修饰的？他们的万贯家财虽是仰仗主人得来的，但也少不得他们细心经营。探春想要改革大观园的时候就对众人说：

"我因和他家女儿说闲话儿，谁知那么个园子，除他们带的花、吃的笋菜鱼虾之外，一年还有人包了去，年终足有二百两银子剩。从那日我才知道，一个破荷叶，一根枯草根子，都是值钱的。"

大手大脚、讲惯气派的世家大族，是少有人能够明白经济持久的道理的，而身份低下，做事不受面子牵绊的赖家人，则能深谙经营之道。

三、奶妈

奶妈不同于贾府里的其他仆人，她们往往受雇于封建社会的贵族阶层，并没有被买断人身权，归根究底地说是自由人。奶妈在小主人刚出生的时候就悉心照料他们，撇下自己的孩子不喂，反倒将全部母乳哺育给了小主人。小主人在断奶前一直都需要奶妈的悉心呵护，在这段时间里，婴儿和奶妈之间不仅建立了生物性的关系，与之相伴的还有感情的滋生。贾府里的各个公子小姐都有奶妈，第三回黛玉投奔贾府来与迎春、探春以及惜春初次相见的时候，三姐妹就在奶妈的簇拥下走来。可见，奶妈不仅在小主人需要哺育的年纪陪伴他们，实际上在公子小姐成长的过程中甚至在成年以后还形影不离地陪伴着。

宝玉统共有四个奶妈，其中李嬷嬷最受王夫人与贾母的看重，她年纪大了，便告老归家去了，只是时不时地还来看看宝玉。李嬷嬷原来掌着怡红院里的事权，她既已经告老，再回来发现她原先所有的权威已然不在了，偏公子哥宝玉对她这样的鱼眼睛也不甚看重，她只能闹出些动静出气，第八回中就叙述了李嬷嬷非常密集地做出许多倚老卖老的事儿来。是日，宝玉、黛玉、宝钗以及薛姨妈在一处一同吃茶吃果子，薛姨妈请宝玉尝尝自己糟的鹅，宝玉想着配着酒一同吃才好，不料李嬷嬷这时候出来阻挠，说宝玉若吃了酒会失态，自己又会遭到老太太王夫人的训斥，不顾宝玉的央求，再三阻挠，最后才被薛姨妈拦了下来。李嬷嬷不知趣的地方又岂在这一处，接着宝玉吃酒回到住处，见着晴雯，问她有没有吃自己留给她的豆腐皮包子。晴雯和他说自己知道那包子是宝玉专门给自己的，可不巧的是包子送来的时候，自己刚吃饱，想着等一等再吃。谁知不一会儿李嬷嬷又来上门，这李嬷嬷也是个眼尖的，瞅见这包子，便要拿走，说是要给孙子吃。晴雯说明原委后，茜雪前来奉茶，宝玉且喝了些，想起晨起时泡的枫露茶，那茶须得多泡几次入口才更好，此时却不见，因问茜雪为何换茶。茜雪说是李嬷嬷来时直言口渴，非要一尝那枫露茶，自己拗不过她，只能教她喝了。宝玉此时可以说是完全发作了，质问茜雪为什么这样顺从李嬷嬷，她不过是自己小时候的奶妈，如今自己长大了，早已用不着喝她的奶了，她还拿什么作大！

李嬷嬷居功自傲不止这二三事，后来有一日李嬷嬷又来宝玉处请安，宝玉恰好不在，李嬷嬷又趁机在怡红院里作霸，明知酥酪是宝玉留给袭人吃的，自己偏要吃了去，丫鬟们阻挠不成，倒教她血呀奶呀的说辞给立了规矩。宝玉回来，知晓了实情，正要发作，教袭人安抚了下去才作罢。李嬷嬷离开怡红院后，院子里最大的仆人就成了花大奶奶袭人，所以李嬷嬷回来看望宝玉最视为眼中钉的就是袭人了，第二十回中李嬷嬷就好一顿数落袭人。

　　只见李嬷嬷拄着拐棍，在当地骂袭人："忘了本的小娼妇！我抬举起你来，这会子我来了，你大模大样的躺在炕上，见我来也不理一理。一心只想妆狐媚子哄宝玉，哄的宝玉不理我，听你们的话。你不过是几两臭银子买来的毛丫头，这屋里你就作耗，如何使得！好不好拉出去配一个小子，看你还妖精似的哄宝玉不哄！"袭人先只道李嬷嬷不过为他躺着生气，少不得分辩说"病了，才出汗，蒙着头，原没看见你老人家"等语。后来只管听他说"哄宝玉"、"妆狐媚"，又说"配小子"等，由不得又愧又委屈，禁不住哭起来。

　　李嬷嬷是骂别人的人，最后倒要教宝钗、黛玉甚至凤姐来哄劝。不经这一事件，读者还真觉不出奶妈的体面来。李嬷嬷固然有失势嫉妒的心理，但她更多的时候也是为着宝玉着想，是心眼子实在口又直的人。

　　同样是奶妈，赵嬷嬷可以说是李嬷嬷的反例。赵嬷嬷是贾琏的乳母，和李嬷嬷一样，她也早已告老解事家去了，她在贾琏夫妇面前很守主仆的规矩，主人家邀她一起上炕吃饭，她却很守仆人的本分，坚持从旁伺候。赵嬷嬷来寻凤姐为的是自己两个儿子的生计，王熙凤倒是爽快答应，替他们谋了肥差。接着她顺着元妃即将省亲的事恭维起了王熙凤娘家（王家）也曾风光的往事。可见，面对主人时，赵嬷嬷并没有因为往日的情分居功自傲、沾沾自喜，倒是一副毕恭毕敬的样子，这使她得到了实际的好处。反观实诚的李嬷嬷，为了争那一口两口的气，最后既失了爱重与体面，也没捞着实际的好处。

第二节　半奴半主的妻妾

《红楼梦》中描写了不少姨娘，姨娘也就是妾，在小说中也被称作屋里人或是跟前人。妾是古代一夫一妻多妾制的产物，妾室与正妻、妾室的孩子与正妻的孩子之间，往往存在极大的区别。

一、赵姨娘

小说里众多妾室形象中，最令人感到印象深刻的，必然是赵姨娘这位常年服侍在贾政身边，生育贾环、探春一子一女的妾室。赵姨娘在成为妾以前，也是贾政身边的丫鬟，并且同鸳鸯一样，也是贾家的家生子奴仆。赵姨娘在小说中初次登场的情形是这样的：

……贾环听了，只得回来。

赵姨娘见他这般，因问："又是在那里垫了蹄窝来了？"一问不答，再问时，贾环便说："同宝姐姐玩的，莺儿欺负我，赖我的钱，宝玉哥哥撵我来了。"赵姨娘啐道："谁叫你上高台盘去了！下流没脸的东西！那里顽不得？谁叫你跑了去讨没意思！"

正说着，可巧凤姐在窗外过，都听在耳内。便隔窗说道："大正月又怎么了？环兄弟小孩子家，一半点儿错了，你只教导他，说这些淡话作什么！凭他怎么去，还有太太老爷管他呢，就大口啐他！他现是主子，不好了，横竖有教导他的人，与你什么相干！环兄弟，出来，跟我顽去。"

贾环素日怕凤姐比怕王夫人更甚，听见叫他，忙唯唯的出来。赵姨娘也不敢则声。……

贾环赌钱输给了莺儿，赵姨娘讥讽训斥儿子，教凤姐听了倒把赵姨娘训了一顿，意思是赵姨娘的身份是奴才，是没有资格管教身为主子的儿子的。

赵姨娘和周姨娘就像宝玉身边的袭人和晴雯一样，早在贾政成家之前，就作为屋里人在贾政身边伺候。她们原本也是丫鬟，一方面是她们自己想进一步提升自己的地位，另一方面也要看府里太太奶奶的意思。从丫鬟到姨娘不是一件容易的事情，更不一定是一件好事，久在贾母身边侍候的鸳鸯曾向袭人和平儿发出警告："你们自以为都有了结果了，将来都是做姨娘的。据我看，天下的事未必都遂心如意。你们且收着些，别忒乐过了头儿！"鸳鸯本有机会做贾赦的姨娘，正室邢夫人也想方设法地劝说鸳鸯嫁过来，可为什么鸳鸯宁死也不愿呢？通常情况下，身份低下的女仆即便面对强势爱嫉妒的正妻，也要挣这份出路，偏得鸳鸯遇见这样软弱的邢夫人也一丝一毫不动心，原因是姨娘说是主子，实则改变不了奴才的出身，不仅正头主子瞧不上眼，不少时候还会遭到奴才讽刺甚至是谩骂。

比如贾环从芳官处得了一包蔷薇硝，兴冲冲地送给彩云，谁知彩云一分辨就发现这哪里是蔷薇硝，分明是一包茉莉粉，偏巧赵姨娘也在场，她气恼就连宝玉底下的丫鬟也敢戏耍贾环，便去找芳官说理。

……芳官正与袭人等吃饭，见赵姨娘来了，便都起身笑让："姨奶奶吃饭，有什么事这么忙？"赵姨娘也不答话，走上来便将粉照着芳官脸上撒来，指着芳官骂道："小淫妇！你是我银子钱买来学戏的，不过娼妇粉头之流！我家里下三等奴才也比你高贵些的，你都会看人下菜碟儿。宝玉要给东西，你拦在头里，莫不是要了你的了？拿这个哄他，你只当他不认得呢！好不好，他们是手足，都是一样的主子，那里有你小看他的！"

芳官那里禁得住这话，一行哭，一行说："没了硝我才把这个给他的。若说没了，又恐他不信，难道这不是好的？我便学戏，也没往外头去唱。我一个女孩儿家，知道什么是粉头面头的！姨奶奶犯不着来骂我，我又不是姨奶奶家买的。'梅香拜把子——都是奴几'呢！"袭人忙拉他说："休胡说！"赵姨娘气的便上来打了两个耳刮子。……

赵姨娘在这场闹剧里十足地出够了洋相，后来又是自己的亲女儿出面制止了她这样不爱重自身的行为。

赵姨娘之所以生出各种各样的事端，深层的原因大抵就在于她生育了贾环，贾环是贾政这一支系除宝玉外唯一一个儿子，她很难不设想如果没有了宝玉，贾环和她又将获得什么样的地位。况且贾赦因为妒忌贾母对贾政及宝玉的关爱，曾扬言贾环或许会得到世袭的机会。赵姨娘母子心下掂量，更生出无穷的坏主意来要害宝玉。

美国人类学家玛格丽·沃尔夫在对台湾妇女的家庭生活考察后提出"子宫家庭"概念。传统社会中女性在出嫁后，其在婆家的地位会随着生育男嗣发生变化。在孩子的家庭教育中，父亲一般是缺位的，母亲则一直陪伴孩子的成长。母亲会在抚育孩子的过程中，使孩子对其产生强烈的依恋，待孩子长大后，他会非常尊敬自己的母亲，甚至凡事听从母亲，这是在男女不平等制度框架下女性伸张自己权力的一种独特的方式。《红楼梦》中赵姨娘之于贾环就是这样的，她利用日常生活中的小事挑唆贾环对宝玉的嫉恨之心。可为什么同样是她亲生的女儿，探春却不对她言听计从，这是因为探春自小养在贾母处，受赵姨娘的直接教养并不多。探春为了平息赵姨娘与芳官的纷争，以周姨娘为例，来说明一个安守本分的妾室应该是什么样的，她认为周姨娘是一个得体的人，既没人欺负她，她也不会主动找人家的麻烦。可探春不曾想到，身为妾室典范的周姨娘，也有诸多忍气吞声的时候，她并不是贾政的爱妾，自己又没有子嗣，只能仰人鼻息地活着。可即便她已经小心翼翼，但她的月例照样被克扣，王熙凤过生日需要大家随分子，她被迫自愿送了礼钱，尤氏考虑到她拮据的状况把钱送了回去，她也不敢收。可见，周姨娘被阖府人人称道的美名并不是轻易得来的。

二、香菱

香菱是《红楼梦》中出场的第一位金钗，身世命运也是最悲惨的。香菱本名甄英莲，原是姑苏城甄士隐夫妇的独女，眉心一点米粒大小的胭脂痣，生得粉雕玉琢，很受父母的疼爱。一僧一道曾警告甄士隐元宵佳节要看顾好英莲，士隐不以为意。谁承想元宵节当晚，家仆霍启带着英莲瞧社火花灯，霍启一时内急，便令英莲在一家的门槛上等他，等他回来早已没了英莲的踪迹。直到贾雨村判葫芦案的时候，我们才知晓英莲失踪后的命运。她被拐去后总遭拐子的毒打，也忘记了自己本来的身份。这拐子好容易等到英莲长大，准备将她卖了，哪知这拐子既贪心又畏惧薛蟠的权势，竟在与冯渊说定后又应了薛蟠。"呆霸王"哪肯轻易放弃，命豪奴打死了冯渊又将香菱掳来。香菱虽然从小流落，但这并未影响她的品行，凤姐转述薛姨妈的话："香菱模样儿好还是末则，其为人行事，却又比别的女孩子不同，温柔安静，差不多的主子姑娘也跟他不上呢。"香菱五岁上就被拐卖，因而不能作诗，可她竟然能够在随薛蟠上京的途中，用诗意的眼光看到沿途的风景。香菱身世飘零，又几经沦落，可她却从未向卑下的现实低头，她读诗、学诗、写诗，到了如痴如狂的地步。

香菱起初做了薛姨妈身边的丫鬟，可薛蟠吃着碗里看着锅里，一年来总和薛姨妈念叨娶香菱为妾，薛姨妈与香菱相处下来，知道她不仅模样好，更是心地善良的女孩儿，便使薛蟠明堂正道地娶了香菱。香菱在以"香菱"为名的时候实际上是非常幸福的，薛蟠强掳她来，却并未直接霸占，而是交到自己的母亲身边，一年间虽然一直惦记香菱，但从未强迫其私下苟合，不断央求薛姨妈为的是给香菱一个名分。后来将香菱看的马棚风一般也不是厌弃的意思，仅指的是生活归于平淡，可薛蟠到底将香菱视作家人，在宝玉凤姐遭到马道婆的巫术陷害时，全家乱作一团，薛蟠却比别人更忙乱，因为他得在混乱间护住自己重视的亲人，这之中有薛姨妈，有宝钗，也有香菱。当然香菱待薛蟠更是深情厚谊，薛蟠臊柳湘莲不成被痛打了一顿，香菱见着眼睛都哭肿了。

然而，香菱的命运随着夏金桂的到来再次发生了转折。夏金桂的为人在第七十九回多有介绍：

> 原来这夏家小姐今年方十七岁，生得亦颇有姿色，亦颇识得几个字。若论心中的邱壑经纬，颇步熙凤之后尘。只吃亏了一件，从小时父亲去世的早，又无同胞弟兄，寡母独守此女，娇养溺爱，不啻珍宝，凡女儿一举一动，彼母皆百依百随，因此未免娇养太过，竟酿成个盗跖的性气。爱自己尊若菩萨，窥他人秽如粪土；外具花柳之姿，内秉风雷之性。在家中时常就和丫鬟们使性弄气，轻骂重打的。今日出了阁，自为要作当家的奶奶，比不得作女儿时腼腆温柔，须要拿出这威风来，才钤压得住人……

夏金桂这样强势的个性，再加上香菱在薛家也颇受喜爱，她自然视香菱为眼中钉、肉中刺，上来借香菱的名字生事，以菱角菱花都在秋日里盛放为名，给香菱改成了秋菱。我们知道名字关乎一个人的命运，王熙凤的大姐儿就是因为"巧姐儿"这个名字才逃脱厄运的。此次之后香菱更是受到夏金桂的百般折磨，薛蟠受挑唆离间，总对香菱暴力相向。香菱离开了薛蟠，心灰意冷间逐渐病入膏肓，香魂归故乡。按照书中对香菱的判词，香菱应该是在夏金桂的折磨下香消玉殒的，《红楼梦》续作后来将香菱抬为正妻，这是不符合曹雪芹原意的。

香菱的身世道尽了为妾的辛酸与不幸，但小说中同样还有一位难得幸运的妾，那便是贾雨村之妾——娇杏。娇杏原本是甄士隐家的丫鬟，她从老爷甄士隐处听闻贾雨村日后定大有可为，便格外留意雨村。雨村高就后寻找甄家的下落，从甄士隐的公公处了解了来龙去脉，因而转托甄家娘子娶了娇杏，娇杏一年间便为雨村生育了一个孩子，过了半年，雨村的正妻去世了，娇杏就顺理成章地被扶作正室夫人。娇杏这样的好运实际上并不总发生在其他妾室的身上，比如袭人是宝玉的准姨娘，她盘算诸多，即使宝玉离不开她，又诸多逢迎长辈，如王夫人、贾母，赢得了上下称赞，可她用心良苦，最终却还是嫁给了优伶蒋玉菡。

第三节　作为宗教中介的道士

宗教以多种形态普遍存在于各种社会中，有关宗教的种种事物往往都是神圣的，而百姓的日常生活都是卑下的、现实的，所以在凡俗通往神圣的道路上需要有一个社会认可的宗教中介来帮助普通人进行宗教活动，这就催生了宗教师的出现。

《红楼梦》以世家大族贾家为叙事的主要对象，读者自然以为这样的家族一定是以儒家思想为指导，平日里讲的都是些三纲五常、仁义礼智信等的。但我们会发现小说实际上充斥着非常浓厚的宗教叙事，其中不乏宗教活动、宗教场所、宗教人物等。诸多人物的命运也都与宗教相连，贾宝玉在黛玉亡故、贾府被抄后遁入空门，妙玉身在佛门心在人间，惜春与其父贾敬一样，早早就有了弃世求佛的心思。我们此处不讲这些公侯小姐与宗教的缘法，只看看在小说中环绕在贾府人身边的一些道士。

一、马道婆

贾府这样的豪门望族已经绵延了近百年，王朝有更迭，家族当然也不会百事顺遂，总要求个平安，因而贾家兴建宗教场所，诸如水月庵、铁槛寺，逢年过节、生老病死的事，总需要些宗教人物的助力，第二十五回便出场了一位宝玉的寄名干娘——马道婆。

马道婆前来请安，恰巧撞上宝玉被贾环故意失手烫伤的事，给宝玉治疗一番。她虽是一位道家人士，但好像也精通佛法，直言贾母深居家宅，不知道佛经上都是怎么教人化解邪祟的。原来王公贵胄家的孩子总容易遭到促狭鬼的暗中为难，是不好平安长大的。贾母一听这话，哪里还坐得住，直追着马道婆问该如何化解。马道婆是一位宗教师，她具有对宗教经典解释的权力，她这时说的话贾母无有不信的。既然佛法讲究的是善有善报，因果轮回，那么只需多替宝玉做些善事，在佛祖面前多多供奉些香烛海灯，便可化灾解祸。只是多费些银钱的事，贾母怎会不肯。至此，马道婆循循善诱的几句话，便达成了自身多捞钱财的目的。但她并未扬长而去，而是熟门熟路地穿梭于贾府，往熟人赵姨娘处闲话去了。见了赵姨娘，还没二话，就要向人家讨绸缎做鞋面子，又忙着接赵姨娘手头紧缺的话头，恭维赵姨娘将来必有贾环撑腰。赵姨娘抱怨宝玉个一二，马道婆的主意倒像是早就备下了，不用明言便是使赵姨娘四处凑钱，请她做法陷害宝玉凤姐二人。

这马道婆真是个千人千面的黑心毒妇，前脚从贾母处领了保护宝玉的香油钱，后脚便三言两语诱得赵姨娘将贼心化作了贼胆。她从身份上来讲，是一位出家人，可她世俗功利心忒重，只管招摇撞骗，又哪分什么黑白，哪里配得上"出家人"三个字。

二、王道士

王道士这个人物是在贾府诸事不顺、全家上下笼罩着压抑氛围时出场的。宝玉一日往天齐庙祈福，正在静室歇息，身边仆从恐他瞌睡过去，请了既在庙里当家又在江湖上卖药的王道士来与他闲聊。王道士诨名王一贴，正印证了他卖膏药的行当。宝玉好奇王一贴的膏药到底对的是什么病症，便向他咨询。这王道士也是个能吹嘘的，谈话中的意思就是包治百病。当时宝玉心下正有一难症要请教，他将除了茗烟之外的下人支派出去，茗烟手中点着香又倚在宝玉身上。王道士是个很会看眼色的人，他将茗烟当成了宝玉的同性密友，自以为宝玉犯难的疑症必定是房事。谁知误会了一通，原来是宝玉想求一个治疗女性嫉妒的方子。道士从来没听过这样的病症，又哪来膏药去治，可这人心思灵动，反应出奇地快，当下便给宝玉编了个疗妒汤。疗妒汤的原料有梨、冰糖、陈皮、水。宝玉闻这药材料简单，便向王道士问其药效。道士说：

"一剂不效吃十剂，今日不效明日再吃，今年不效吃到明年。横竖这三味药都是润肺开胃不伤人的，甜丝丝的，又止咳嗽，又好吃。吃过一百岁，人横竖是要死的，死了还妒什么！那时就见效了。"

"不过是闲着解午盹儿罢了，有什么关系。说笑了你们就值钱。实告诉你们说，连膏药也是假的。我有真药，我还吃了作神仙呢。有真的，跑到这里来混？"

王道士是个油嘴滑舌、巧言令色的家伙，他故意与宝玉逗趣，在宝玉快要相信他之时，又自戳谎言，要是他有成佛成仙的路子，又怎会混迹江湖，卖药为生？这道士既有钻营的机巧，又有坦然豁达的心态，这一飞来人物的出场，对读者在读罢香菱遭夏金桂设计、迎春婚后受辱等诸多糟心事后，能暂且从坏心情中解脱一二，何尝不是一剂良药呢？

第四节　久经世故的刘姥姥

一、刘姥姥其人

即便是现下，谁要是想表达土包子进城见世面的意思，还常用一句"刘姥姥进大观园",这近乎演变为俗语了。刘姥姥究竟是什么身份,竟能使她这样一个乡野老妪,进入贾府饱览世家大族里贵族小姐公子、夫人老祖宗的生活样态?

刘姥姥之所以腆着脸来贾府门上打秋风,原是因为她女婿王狗儿的爷爷曾在京中做小官,曾经和王夫人的父亲有所交往,因为贪图人称"东海缺少白玉床,龙王来请金陵王"的王家的财势,便和王家攀上了亲戚。谁知一二代下来,王狗儿家就日渐衰颓,搬离了京城,只在乡村里务农为生了。因为王狗儿大奶照顾不及青儿板儿一双儿女,就接了妻子刘氏的母亲刘姥姥来同住。家中光景日渐凄惨,刘姥姥心思多有活动,说起她曾经见过的金陵王家的小姐,也就是王夫人,又听闻贾母是最乐善好施、怜老惜贫的一个人,这一番言语真叫王狗儿听了进去,他建议刘姥姥出面带着板儿一道,去贾府门上陪房周大爷那处走动走动。

刘姥姥是一位久经世故的老妪,上了年纪的女性也不在乎面子不面子的,即便是到了贾府内宅也到处走动。要知道,古代有严格的男女之防,女性活动空间与男性活动空间是完全区别开来的,能进入到内宅的只有医生而已,即使看病,也是严防死守的。晴雯着凉生病那一次大夫来问诊,刚瞥见晴雯用金凤花染的红指甲,立时三下就被一位嬷嬷用手帕掩了过去。可年长的女性看病就没那么严格,贾母身体欠安,请太医来瞧,贾母在太医来之前就表示自己老了,不用放下帷幔来看诊。可见,女性随着年龄的增长,性别所带来的限制会有所减弱。所以,狗儿派积古的刘姥姥来当代表是最合适的。

刘姥姥这一角色是在第六回首次登场的,第一次读《红楼梦》的读者一定觉得很奇怪,怎么叙完宝玉与袭人初试云雨情后,就转到了"千里之外,芥豆之微"的刘姥姥身上了。偏刘姥姥在第六回出场过后,又隔了好长一段时间,才在第三十九回至第四十二回又再度出场,直到小说末尾又以救助者的身份出场救下巧姐,真真是草蛇灰线,伏脉千里。刘姥姥总是在使人淡忘之际又复以或是滑稽或是报恩者的面貌出现。这一角色在全文中若隐若现,又分别以求助者、道谢者以及救人者的身份出场,我想,这一角色的作用,绝不仅仅限于彰显贫穷与富贵的对比,也不仅仅对应贾家的运势盛衰。

二、"丑角"刘姥姥

刘姥姥第二回来时携着新摘的瓜果蔬菜来贾府道谢,准备回家去的时候被凤姐留宿一晚,凤姐是在贾母那吩咐的这话,正巧被贾母听了去,就请刘姥姥来见面话家常。封建社会贵族家庭的女性们三五年都不见得能出一次门,即便是有,也往往与宗教活动相关,不曾听闻农人生活里的诸多趣事。这刘姥姥来自乡村,生活经验丰富,有好多贵族人家听也没听过的乡野轶事在肚里,随便拣出一件便能使公子小姐们听得入神去了,贾母愈发觉得刘姥姥投缘,更留她多住几日。刘姥姥在的这几日里,她是说故事也罢,吃饭也罢,总引得贾府上下笑得人仰马翻,阖府一片和乐的气息。刘姥姥是如何引得众人发笑的,且看她是如何吃鸽子蛋的:

> 刘姥姥拿起箸来,只觉不听使,又说道:"这里的鸡儿也俊,下的这蛋也小巧,怪俊的。我且舍攮一个。"众人方住了笑,听见这话又笑起来。贾母笑的眼泪出来,琥珀在后捶着。贾母笑道:"这定是凤丫头促狭鬼儿闹的,快别信他的话了。"那刘姥姥正夸鸡蛋小巧,要舍攮一个,凤姐儿笑道:"一两银子一个呢,你快尝尝罢,那冷了就不好吃了。"刘姥姥便伸箸子要夹,那里夹的起来,满碗里闹了一阵好的,好容易撮起一个来,才伸着脖子要吃,偏又滑下来滚在地下,忙放下箸子要亲自去捡,早有地下的人捡了出去了。刘姥姥叹道:"一两银

子,也没听见个响声儿就没了。"

此处刘姥姥闹的滑稽剧固然有她没见过世面、不懂得文化知识的成分在,但未尝不是她刻意表演的结果。

饭后鸳鸯为着刚刚席间的逗弄来给姥姥赔不是,刘姥姥道:

"姑娘说那里话,咱们哄着老太太开个心儿,可有什么恼的!你先嘱咐我,我就明白了,不过大家取个笑儿。我要心里恼,也就不说了。"

刘姥姥这位丑角是扮出来的,她故意扮丑是为了赢得贾母等人的欢心,实际上,以自嘲的方式为众人解闷是她智慧的体现。

刘姥姥二进荣府为的是报恩,尊贵的主子小姐不见得看重她带来的谢礼,可深宅大院里的人们哪里和乡下人深交过,他们对刘姥姥有着无穷的好奇心,所以才想要捉弄她。刘姥姥一时间扮演丑角,并不意味着她就是一个颠三倒四的昏聩老妇,她仅仅是在一定场合下这么做。瞧瞧她别处的言行,我们就会明白刘姥姥本人绝非丑角。凤姐的女儿因为出生的日期不好,长到好几岁都一直没有名字,只大姐儿的叫。刘姥姥二进荣国府准备告别凤姐的时候,恰巧遇见大姐儿发热生病,在刘姥姥的主张下,凤姐唤人给孩子送了祟,病势立马就平稳了。因而凤姐对刘姥姥愈发尊重,又请她为大姐儿起名,姥姥也不推脱,稍加思量就为孩子起了个"巧哥儿"的名讳,用的还是以毒攻毒、以火攻火这样直面迎击的法子。朱门绣户里的贵族忌讳孩子的生辰,迟迟不敢取名,而一个乡野老妪竟能有决断为孩子命名,这等智慧自是了得。

更不提小说末尾刘姥姥不似贾雨村、赖尚荣之辈忘恩负义,她在贾府倾颓后还赶来看望王熙凤,又救巧姐于危难之中。总之,刘姥姥不仅不是一位丑角,更是难能可贵地知恩图报,是一位具有高尚品格的老妇人。

第五节　市井人物醉金刚

要说醉金刚倪二，必得从贾芸谈起。贾芸虽是贾家族人，但已是旁支亲戚，又从小失了父亲，他一心想在贾府谋个差事。前头请托贾琏不成，便想着从凤姐处着手，思量一番往母舅卜世仁家去，希望能在舅舅那赊上些冰片麝香送与凤姐，偏舅舅舅母为人忒小气，贾芸只得负气离去。贾芸心中有气，回家的路上只管低头往前走，不料一头碰在一醉汉身上。

听那醉汉骂道："臊你娘的！瞎了眼睛，碰起我来了。"贾芸忙要躲身，早被那醉汉一把抓住，对面一看，不是别人，却是紧邻倪二。原来这倪二是个泼皮，专放重利债，在赌博场吃闲钱，专管打降吃酒。如今正从欠钱人家索了利钱，吃醉回来，不想被贾芸碰了一头，正没好气，抡拳就要打。只听那人叫道："老二住手！是我冲撞了你。"倪二听见是熟人的语音，将醉眼睁开看时，见是贾芸，忙把手松了，趔趄着笑道："原来是贾二爷，我该死，我该死。这会子往那里去？"

读者在看这一小段文字时一定会忧心贾芸的生命安全，我们正以为他会遭到某个街头混混的毒打，谁知这位醉眼蒙眬的壮汉竟是贾芸的紧邻，读者这才放下心来。倪二忙给贾芸赔不是，又主动请贾芸说出烦恼与他听。贾芸说清个中缘故后，倪二一边替他打抱不平，一边主动掏出几两银子给贾芸。贾芸知道倪二是专职放高利贷的，心下踌躇该不该接这银子。倪二虽是个放高利贷的，却不是个重财轻义的人，他看出贾芸的顾虑，只管令其放宽心，说道：

"……但只一件，你我作了这些年的街坊，我在外头有名放帐，你却从没有和我张过口。也不知你厌恶我是个泼皮，怕低了你的身分；也不知是你怕我难缠，利钱重？若说怕利钱重，这银子我是不要利钱的，也不用写文约；若说怕低了你的身分，我就不敢借给你了，各自走开。"

贾芸听了这话，又知道倪二平日里有侠义的称号，不领人家的情倒是使人家伤了面子，因而说了些恭维倪二的话，意思是倪二常日里交往的人大都是有作为的能人，自己无能，怕不能被倪二看作朋友。倪二为了进一步打消贾芸的顾虑，解释说自己与借贷者的关系仅仅是有来有往的职业交际，而他对贾芸却是真心相助，不要利息，也不留借据地把钱顺利借给了贾芸。

倪二这位人物看似见首不见尾，却是个必不可少的人物。曹雪芹赋予他放贷者的身份，却又有重义轻利这样难能可贵的品质，这打破了小农社会中对市井之徒形象的刻板印象。市井之徒一般泛指工商业经营者，他们虽有钱财，但在社会地位、声望等方面都为世人所看轻。可市井之徒也不一定仅仅是逐利的，历史上绝不乏热心公益事业的商人，他们将取利放在取义之下，有着正确的义利观。倪二正代表了从小农社会到市民社会转型过程中必然出现的一类人物。工商业发展到一定规模，资金调动的需求催生了金融产业的蓬勃发展，这些人的交往准则，不看重过往的血缘关系、姻缘关系，反而重视以契约关系为保证的现时现刻的利益合作，新的人际交往准则也催生了合作共赢、独立人格、市场等现在看来颇有现代意味的伦理产物，而这些东西是真正有利于生产力发展的。

曹雪芹对倪二这个人物的书写，在一定程度上反映了他沦落现实世界后，对社会的重新观察。这样看来，《红楼梦》也不只是"封建社会百科全书"，当中更蕴含着现代的萌芽。

余英时曾指出，《红楼梦》中存在着两个世界，一个是大观园的世界，另一个则是大观园以外的世界，分别对应乌托邦和现实。大观园里朱栏白石，绿树清溪，而大观园之外则只能是肮脏不堪的。可现实与理想能够如此赫然分开吗？大观园也是在宁府会芳园和贾赦住的旧园子的旧址上修建的，这侧面说明了尽管大观园里的女儿们极力避免外界的糟污，然而是不可能将清净完全隔绝给自己的。两个世界实际上是你中有我、我中有你的关系。这一高洁与下流并存的现象，在小说中的众多小人物身上得到了最完美的展现。刘姥姥初见贾母，便编出个贾母从未有过的称号——老寿星，富贵人家的老祖宗最缺的也就是更长的寿命了。刘姥姥此处不乏见风使舵、谄媚等心机，可我们也不该忘记她知恩图报、雪中送炭的义举，是她拯救了贾家最年轻一代女性——巧姐儿。醉金刚倪二是个放高利贷的破落户，又爱喝酒打架，可他侠肝义胆、重义轻利，一次善举也为贾芸救了急。所以，《红楼梦》中有对贵族生活的白描，更书写了数不尽的立于地下、出身乡村、混迹市井的小人物，来自于现实世界的这些人未必都是浊物。

第八讲
礼仪规范的传承

《荀子·修身》有言："人无礼则不生，事无礼则不成，国家无礼则不宁。"①

在《说文解字》中，"礼"被解说为："礼，履也。所以事神致福也。"②意思是举行各种祭祀神灵的仪式活动，祈求降福。"仪"意为"度也。度，法制也"，是指为举行祭祀活动而制定的法制规范。郭沫若在《十批判书》中指出："大概礼之起源于祀神，故其字后来从示，其后扩展而为对人，更其后扩展而为吉、凶、军、宾、嘉各种仪制。"③这都讲到了礼仪起源于祭祀，随着时间的推移，而后逐渐扩展到生活的方方面面。

中国素来有"礼仪之邦"之称。我国自周朝起，就制定出一套完整的礼制，之后不断发展，逐步走向修身、齐家、治国、平天下的境界。礼在传统社会生活中无处不在，父父子子君君臣臣，很早就已经形成了完整的礼仪规范。礼仪作为一种形式和载体，是人们生活的根基，规定着人与人之间的相处方式，维持着整个国家、朝政的稳定运转。

---

① ［清］王先谦撰，沈啸寰、王星贤点校：《荀子集解》，中华书局1988年版，第23页。

② ［汉］许慎撰，［宋］徐铉等校：《说文解字》，上海古籍出版社2007年版，第2页。

③ 郭沫若：《十批判书·孔墨的批判》，人民出版社1954年版，第94页。

据史料记载，曹雪芹是清代人物，祖上做着江宁织造、巡盐御史等高官。这也正是所谓的"三代出贵族"。曹雪芹的幼年是在极尽奢华的贵族家庭中度过的。雍正皇帝在雍正五年三月初十日《两淮巡盐御使噶尔泰陈明接奉江宁织造曹頫口传谕旨折》上批示说："诸凡奢侈风俗，皆从织造、盐商而起。"由此批示可知，"曹家在当时是引领奢侈潮流的弄潮儿"，尽管在他著书时，他的家族已经衰败，他自己也跌落到"举家食粥酒常赊"的地步，但是"幼年的贵族生活留给他难以磨灭的印象，家族中的贵族积习尚在"，所以曹雪芹依然是一个有着贵族生活经验的作家。而我国历来又极其重视尊卑有别、注重谈吐分寸和礼仪制度，作为时代和传统文化熏陶出来的人物，这些礼仪文化自然在曹雪芹的笔下处处皆有显现。《红楼梦》便向我们展示了最为奢华的贵族生活场景，也向我们展示了最为全面的贵族礼仪。

小说自第三回贾母接黛玉回荣国府起，在不断引出新人物、推进故事情节发展的同时，也让读者不断领略以宁国府、荣国府为代表的高门大户内的各种繁复的礼仪规矩。也正因为如此，《红楼梦》所描写的各种礼仪制度对反映当时的社会风貌有着重要作用。通过作者细腻的笔触描写贾府贵族大家的礼仪举止，人物的性格教养、身份的尊卑贵贱等便跃然纸上。

第一节 制度礼仪规范

制度是社会成员共同遵守的行动准则，中国传统社会秩序的建构离不开制度。在我国古代，各种礼仪制度被用来维系君主统治和社会人际关系，是我国传统文化的重要组成部分。今天来看，相比之前虽然多了很多自由，但仍保留了很多方面的礼节；很多繁杂的内容已经舍去了，但不变的依旧是人们对礼仪背后某些理念的重视。

一、君臣礼仪

在国家制度礼仪中，君臣礼仪占据着重要地位。但是，古代的君臣礼仪并非从一开始就像我们现在通过影视剧所了解到的君贵臣贱的场面。君主和臣子之间的礼仪最早出现在东周，在从东周到秦这段时期内，君臣关系是相对平等的，臣子向君主行礼后，君主也要适当进行还礼。而从秦朝开始，秦始皇开创了"皇帝"称号，并建立起了一套以皇帝为中心的中央集权制度，君主的地位开始超越臣子的地位，尊君卑臣的局面开始显现，天子对臣子的礼节越来越少，相反，一些突显出皇帝威严与权力的君臣礼仪越来越多。到了明清时期，帝王专制的封建体系达到了"唯皇帝独尊"的顶峰，臣子的地位便也极其低下。

在《红楼梦》的描写中，君臣之间的礼仪就已经发展成了臣子向皇帝和嫔妃单方面行跪拜礼，这种礼仪首先体现在第十六回至第十八回"贾元春才选凤藻宫"和"荣国府归省庆元宵"两回目当中。

先看小说中关于贾元春被晋封为凤藻宫尚书并加封贤德妃时的一段描写。有一天正是贾政的生辰，宁荣二处人丁都聚在一起庆祝，非常热闹。忽然就有门吏急急忙忙进来，到席前禀报说，有宫内的太监夏老爷来宣布圣旨。虽然不知道是什么消息，但是贾赦贾政众人，连忙叫停了戏文，撤去酒席，摆了香案，跪拜迎接。

除此之外，更多的皇家礼仪还体现在省亲的过程中。只看描写元春省亲的情况，其声势之浩大，所用之全备，涵盖之广泛，在整篇作品的描写中都可算作数一数二的名场面。元春此次省亲的身份是尊贵的贵妃，因着是皇上身边的妃子，贾府自然不敢懈怠，建园修亭、极尽张扬。

为了迎接贵妃，贾府上上下下一千人等到了正月十五这一天，全部诚惶诚恐地在大门外排队恭候着。在贾元春刚刚到贾府的时候，贾府几乎所有人，无论年纪大小、身份高低都要出来跪在路边行礼，连贾母也不例外。

不仅如此，进入家中后，元春作为孙女、女儿想要行家礼，但贾母等人不敢接受，都连忙跪止不迭。跪拜表现了对君主的尊敬，这种礼仪在中国古代持续时间最长，使得尊卑贵贱的等级观念更加深入人心。贾元春被封为贵妃后，和贾府首先是君臣之间的关系，其次才是亲人和子女的关系，所以贾府上下作为臣子都需要对她行跪拜礼，由此可以看出古代的君臣等级之森严。

在省亲的过程中，贵妃和贾府里面的人都需要严格执行各项礼仪制度，其间的俯仰、进退、谈话，也都有着严格的标准，由此可以看出当时礼仪的严格和繁琐。

二、殡葬礼仪

荀子在《礼论》中论及丧礼时说道："礼者，谨于治生死者也。生，人之始也；死，人之终也；终始俱善，人道毕矣。故君子敬始而慎终。终始如一，是君子之道，礼仪之文也。"[①] 生、死作为生命的开始和结束，在一个人的一生中具有重要意义。古人认为死是生的一种延续，只重生而不重死不合人道，因此对死在礼的层面上有较多的要求，对死亡事件以及与之相关的丧葬礼仪也相当重视，对于丧礼有着严格的要求，最起码要庄重。

一般来说，丧礼主要包括举哀、报丧、做法事、送殡、安葬等。人死之后，对于亲属而言，是一件难过的事情，而哭是表达内心伤感的最直白的方式。通知死者的相关亲属称之为报丧。人死

---

① ［清］王先谦撰，沈啸寰、王星贤点校：《荀子集解》，中华书局1988年版，第358—359页。

后，家族通过做各种法事来为死者超度，认为这样可以让死者在死后免受痛苦。最重要的是送殡、安葬环节，但人死之后一般并不直接下葬，而是把灵柩暂存在祖庙进行祭奠。这些都与曹雪芹笔下当时的殡葬仪式相合。

《红楼梦》中的一个可悲之处就在于一个个性鲜明的男男女女，大多最终都难逃悲剧。曹雪芹细致描写不同人物去世后迥然不同的丧葬方式，在字里行间，我们可以从贾府一方对古代的丧葬制度窥见一二。

同时，有关丧葬细节的众多描写也真实地再现了古时的丧葬礼仪和各种习俗，提供并保存了大量与清代民俗有关的资料。小说中描写到的丧礼主要是土葬，涉及的习俗主要包括殓、殡和葬三个方面。殓指人死后装入棺材中，包括招魂、报丧、入殓三个环节；殡指殓而未葬阶段，包括哭灵、哭俑、供祭三个部分；葬指告别、送葬、入葬等。此外，小说中还有吊唁、发引、除服等相关丧礼细节的记载。

这里，我们就丧葬礼仪中的"国丧"和"家丧"等作一介绍。

（一）国丧

国丧，是指古代皇帝、皇后、太上皇、太后的丧事。皇家的丧礼涉及面广，不但皇室内部成员要参与其中，普天下的官员百姓都要以各种形式参与进来，在一定的时间内，全国上下都要禁止宴乐婚嫁等喜庆之事，以示哀悼。

《红楼梦》第五十八回提及老太妃之死时就写道：

> ……凡诰命等皆入朝随班按爵守制。敕谕天下：凡有爵之家，一年内不得筵宴音乐，庶民皆三月不得婚嫁。贾母、邢、王、尤、许婆媳祖孙等皆每日入朝随祭，至未正以后方回。在大内偏宫二十一日后，方请灵入先陵，地名曰孝慈县。这陵离

都来往得十来日之功，如今请灵至此，还要停放数日，方入地宫，故得一月光景。……

这段文字提供了丰富的丧葬礼仪信息：一是老太妃去世后，需按爵位等级进行守丧；二是有爵位的家族，一年内不能举办宴会、奏乐等活动，普通百姓不能举行婚礼；三是按照当时的礼制，每天都要到朝廷陪祭；四是有停灵后才入地宫的规定。单这四项规定就可以看出国丧礼节的繁复。

（二）家丧

家丧，是指家中亲人去世。亲属去世后，家人就要为其准备葬礼。这里面更多地体现着子孙的孝心，逐渐发展演变成为一种道德规范和礼节制度。《红楼梦》中描写到的有关丧礼方面的内容相对丰富，关于丧礼的描述主要集中于三个人，分别是秦可卿、贾敬和贾母。

1. 秦可卿的葬礼

……一面吩咐去请钦天监阴阳司来择日，择准停灵七七四十九日，三日后开丧送讣闻。这四十九日，单请一百单八众禅僧在大厅上拜大悲忏，超度前亡后化诸魂，以免亡者之罪；另设一坛于天香楼上，是九十九位全真道士，打四十九日解冤洗业醮。然后停灵于会芳园中，灵前另外五十众高僧、五十众高道，对坛按七作好事。

以上是贾珍"尽其所有"为秦可卿举办的奢华葬礼。书中还写了多位与她关系密切的人的活动，如：秦可卿的丫鬟瑞珠忠心向主，随秦可卿自杀；丫鬟宝珠甘心做秦可卿的义女，为秦可卿送葬；王熙凤更是为她准备着香、灯、饭、茶等供祭品。此外，北静王亲自路祭秦可卿。

在这段文字中，涉及的有关死者的殡葬仪式的流程比较全面。

第一是送讣闻。送讣闻，指向亲友报丧，传达死者去世的消息。第二是停灵。停灵，指在死者埋葬前暂时把灵柩停放在某处。这样做的原因，一方面是亲属可以有足够的时间为死者筹备葬礼，另一方面亲属还可以采取一些措施为死者超度。根据资料记载，帝王去世，要停灵四十九日；公侯去世，停灵二十八日；官臣去世，停灵十四至二十一日；士去世，停灵七日；平民去世，停灵三日。很明显秦可卿的四十九天是只有帝王才能享受如此高等级的规格，那为什么贾珍为秦可卿的停灵预留了四十九天的时间呢？《地藏经》中提到，人死后会转世，需要每隔七天祭奠一次，直到满七七四十九天为止，这样可以让死者投生善道。第三，请僧道替亡灵诵经修福。在这四十九天，贾珍请一部分僧人诵《大悲忏》，又请一部分僧人做法事消灾祈福，目的都是为了帮助秦可卿往生。

这四十九日里每天的仪式都重复且隆重，可想而知这次葬礼耗费之巨大。不过因为秦可卿去世的时候恰好是贾府的繁盛时期，葬礼追求"繁"和"奢"，以突显其贵族地位，此时的丧礼仪式这样宏大也无人反对。

2. 贾敬的葬礼

《红楼梦》第六十三回写到贾敬去世，葬礼根据皇上的旨意，按追赐五品之职的礼数安葬："令其子孙扶柩由北下之门进都，入彼私第殡殓。任子孙尽丧礼毕扶柩回籍外，着光禄寺按上例赐祭。朝中由王公以下准其祭吊。"这是皇帝下令吩咐贾敬的葬礼安排，并且告诫葬礼不得办得奢侈。不仅如此，贾敬用的棺材，是早年已经备下的按照身份定制的，不如秦可卿使用万年不坏的檀木板那样讲究排场。

虽然贾敬的葬礼是贾府第二大规模的葬礼，但是已经没有了早年间为秦可卿举办葬礼的风光体面，贾府男主人的丧礼规模竟然比不上女人媳妇的丧礼，贾府日渐惨淡的光景由此可见一斑。

3. 贾母的葬礼

《红楼梦》第一百一十回写到贾母去世。贾母死后，从荣府大门起到内宅门，每扇大门都打开，并且用净色白纸糊起来，还搭起了孝棚，把大门前的牌楼也竖了起来，贾府上上下下所有人都穿上了丧服。贾政上报了母亲的丧事，皇帝念及贾家祖先的功勋，贾母又是元妃贾元春的奶奶，便送来一千两银子，让礼部派人参加贾母的葬礼。而且当王熙凤叫周瑞家的点开贾府花名册派差时，男仆只有二十一人，女仆只有十九人，家里各处的丫鬟也不过三十多人，各种差事无人派遣，可见此时的贾府能够为老祖宗操办丧礼的人少之又少。

这段文字中，描写到的葬礼仪式有：白纸糊门，用来告诉别人家中有人去世；搭孝棚，一方面用来遮盖逝者的灵柩，另一方面用来接待吊唁之人；丧服，就是死者去世后，亲属要穿着符合各自身份的丧服；报丁忧，即上报父母的丧事。

在贾母的葬礼上，虽请了僧人念经，但因为给钱少，热闹不够，都是草草了事。王熙凤对这次葬礼也不上心，胡乱打发下人做事，甚至连表面功夫都做不到位，就连她自己心里都过意不去，与早期秦可卿的葬礼规模不可同日而语。贾母葬礼之所以如此惨淡，原因是贾母去世时，贾府已是分崩离析、日薄西山。

综上所述，秦可卿是贾府辈分最低的重孙媳妇，贾敬是秦可卿丈夫贾蓉的祖父，贾母是贾府辈分最高最尊的老祖宗，按照常理，本应最为讲究的贾母丧礼反而最为节俭潦草。三次规模完全不同的葬礼，表现出了贾府政治地位和经济实力的日渐颓败和困窘尴尬。

（三）居丧起居礼仪和丧仪形式

居丧是指死者去世后，亲人为其守丧，不理外事。居丧者不仅服饰要与平时有所变化，而且居丧的时间和居丧期间生活起居都有特殊的规范，以示对逝者的尊敬与悼念。《礼记·问丧》中说："此孝子之志也，人情之实也，礼义之经也，非从天降也，非从地出也，人情而已矣"①。

《红楼梦》中也有一些有关居丧起居礼仪和丧仪形式的具体描述。如第六十三回写道：

> 贾珍下了马，和贾蓉放声大哭，从大门外便跪爬进来，至棺前稽颡泣血，直哭到天亮喉咙都哑了方住。尤氏等都一齐见过。贾珍父子忙按礼换了凶服，在棺前俯伏，无奈自要理事，竟不能目不视物，耳不闻声，少不得减些悲戚，好指挥众人。因将恩旨备述与众亲友听了。一面先打发贾蓉家中料理停灵之事。

这段文字所描述的"稽颡泣血"是一种堪称最高的丧礼仪节。"稽颡"是古代的一种礼节，屈膝下跪，双手朝前，以额触地，表示极度的虔诚；"泣血"的意思是泪尽血出，用来表示孝子极度哀伤。元代陈澔在《礼记集说》中表示："稽颡者，以头触地，哀痛之至也。"②《礼记·檀弓上》也有言："高子皋之执亲之丧也，泣血三年，未尝见齿。君子以为难。"③古人在居丧时可能会出现悲哀过度的现象。由此可以看出，贾珍和贾蓉极其重视丧礼的外在形式。

而当贾蓉有机会离开丧事现场时，小说又写道："贾蓉得不得一声儿，先骑马飞来至家，忙命前厅收桌椅，下槅扇，挂孝幔子，门前起鼓手棚牌楼等事。"这里交代了古代人们举办葬礼时需要置办的东西。其中，槅扇、鼓手棚、牌楼都是之前贾府操办的丧礼中没有出现过的事项。这些东西在今天已经很少有人见到了，那么它

---

① ［明］王夫之著，杨坚总修订：《礼记章句》，岳麓书社2011年版，第1410页。
② ［元］陈澔：《礼记集说》，凤凰出版社2015年版，第39页。
③ ［明］王夫之著，杨坚总修订：《礼记章句》，岳麓书社2011年版，第164页。

们具体是指什么呢？古代人们认为逝者的灵柩如果放在室内，那么前脸就必须放在门口的位置，为了进出方便，就要拆掉槅扇；鼓手棚，是吹奏哀乐的地方；竖起牌楼，表示有人去世。

再如，第六十四回写道："贾珍贾蓉此时为礼法所拘，不免在灵旁藉草枕块，恨苦居丧。"张俊、沈治钧在《新批校注红楼梦》中就提到了"藉草枕块"，意思是把干草当作席子，枕着土块睡觉，这是古代子女为父母守丧的一种礼节，表示子女的极度哀痛。

应当看出，上述仪式中，不仅有儒家丧仪，还有佛教、道教丧礼的介入，甚至有满族、汉族丧仪的交互使用，这些增强了小说的故事性和神秘性。

丧葬的规模反映了死者身份的高下，对于身份与规格不符的葬礼，也侧面刻画了作者想要反映的问题，需要读者反复研读、仔细斟酌考量。

第二节 家庭礼仪规范

中国人有着浓厚的家庭观念，家风家教也成为一个家庭代代相传的价值观念和行为规范，体现着一个家族的整体气质。贾家被称为"诗礼簪缨之族"，其风俗礼仪是最讲究的。

一、婚俗礼仪

《礼记》云："昏礼者，将合二姓之好，上以事宗庙，而下以继后世也。故君子重之。"[①] 婚娶是人生四大事之一，自上古时代开始就备受人们重视。据资料记载：上古时期的燧人氏最早开始倡兴男

---

① ［明］王夫之著，杨坚总修订：《礼记章句》，岳麓书社2011年版，第1416页。

女交往，满足人们的情感需求；从夏代开始，婚娶制度规定男方要到女方的庭院迎亲，殷商时期到堂上迎亲；到了周代，开始规定男女成婚的年龄，双方都要达到年龄之后才可以成婚，而且讲求三书六礼（三书，指聘书、礼书即礼物清单以及迎亲书；六礼，指纳采、问名、纳吉、纳征、请期、亲迎。这些要完备之后才可以结婚）；秦朝时期一直承袭周代婚聘的礼节，但有些简化；汉代及以后，社会经济有所发展，人们不再遵守传统的六礼，氛围更加浓厚，彩礼更加丰富，婚礼上开始有歌舞助兴，还有许多亲朋好友前来祝贺。

《红楼梦》中有关订婚和结婚的情节在续写的后四十回中描写得比较多，相关的婚俗也都有所涉及。小说描写出的相关习俗是清代民间婚俗的典型反映，是我国传统婚姻的真实写照。

首先是订婚的一系列仪式。

订婚时，要由男方向女方下彩礼。根据史料记载，彩礼的来源最初可以追溯到西周时期，上述六礼中提到的纳征就是我们现在说的彩礼，内容也较为丰富，不只有物品还有钱财。《红楼梦》第九十七回，贾母和王夫人为贾宝玉谋娶薛宝钗时，就有一段下彩礼的描写。

> 鸳鸯等忍不住好笑，只得上来一件一件的点明给贾母瞧，说："这是金项圈，这是金珠首饰，共八十件。这是妆蟒四十匹。这是各色绸缎一百二十匹。这是四季的衣服共一百二十件。外面也没有预备羊酒，这是折羊酒的银子。"

如果女方同意便要发泥金帖子。泥金，指用金箔和胶水制成的金色颜料，最早用来装饰笺纸，或者加在油漆中涂抹装饰器物，唐代开始用泥金涂饰在笺简上，到了清代开始用它写订婚书，即用泥金笺写庚帖，写上女方姓名、籍贯、生辰八字等事，《红楼梦》中称之为"泥金庚帖"。薛姨妈叫薛蝌置办泥金庚帖，在上面填上八字，再让人送到贾琏那里。

男方接到女方发来的泥金帖子之后,便回发通书,用来通知女方结婚的确定日期。小说中描绘了贾琏给薛姨妈通书经过的细节。

> 次日贾琏过来,见了薛姨妈,请了安,便说:"明日就是上好的日子,今日过来回姨太太,就是明日过礼罢。只求姨太太不要挑饬就是了。"说着,捧过通书来。薛姨妈也谦逊了几句,点头应允。贾琏赶着回去回明贾政。

通书下达之后,就将成亲。古代讲究新郎新娘拜堂成婚:新娘要蒙上盖头,乘花轿被带到男方家,先拜天地、再拜祖先、后拜父母、最后夫妻对拜,然后送入洞房。在新房中要"坐床撒帐",即新婚夫妇坐在床沿上,妇女们把金钱糖果都撒在地上,渲染喜庆的气氛。这是汉代的一种婚俗。小说中写道:

> 一时大轿从大门进来,家里细乐迎出去,十二对宫灯,排着进来,倒也新鲜雅致。傧相请了新人出轿。宝玉见新人蒙着盖头,喜娘披着红扶着。下首扶新人的你道是谁,原来就是雪雁。宝玉看见雪雁,犹想:"因何紫鹃不来,倒是他呢?"又想道:"是了,雪雁原是他南边家里带来的,紫鹃仍是我们家的,自然不必带来。"因此见了雪雁竟如见了黛玉的一般欢喜。傧相赞礼,拜了天地。请出贾母受了四拜,后请贾政夫妇登堂,行礼毕,送入洞房。还有坐床撒帐等事,俱是按金陵旧例。

当然,在男女结婚后,还会有很多方面的变化。例如,外形上的变化:"上头",女子结婚后要梳发髻,束发上头;"开脸",女子出嫁后用棉线绞净脸上汗毛、修齐鬓角,表示自己已经结婚。这一变化在《红楼梦》中就有所提及:"谁知就是上京来买的那小丫头,名叫香菱的,竟与薛大傻子作了房里人,开了脸,越发出挑的标致了。"再如,称呼的变化:"堂客",在清代,女子婚后便普遍地被称为堂客了;"东床",在清代,男子做了女婿,便被娘家叫作"东床"。

总之,《红楼梦》对婚俗作了真实的描绘和细致的记载,记载了一整套清代民间婚后的风俗习惯,充分地表现清代民间婚俗的全貌。

二、夫妻礼仪

夫妻关系是家庭关系中最重要的关系之一,中国自古以来就提倡夫妻礼仪。在传统封建社会中,女性被社会要求依附于男性,男主外、女主内是最常见也是最根深蒂固的夫妻关系理念。在《红楼梦》中,最典型的有对丈夫绝对依附的邢夫人,也有囿于传统礼法要求下对丈夫相对依附的王熙凤。

其实,无论在贵族家庭还是普通百姓家庭,在封建社会,男人们接受更多的还是深入骨髓的男权思想和理学观念,而女人们更多接受的还是料理家事、侍奉公婆、相夫教子之道,即使是出身良好的王夫人、王熙凤也不能例外。所以,"以夫为纲"成为邢夫人的内心的第一守则,对于贾赦的要求,邢夫人都会尽量一一满足。当贾赦想要纳贾母丫鬟鸳鸯为妾时,邢夫人立马想办法,不敢有一丝忤逆。第四十六回这样写道:

> 邢夫人将房内人遣出,悄向凤姐儿道:"叫你来不为别事,有一件为难的事,老爷托我,我不得主意,先和你商议。老爷因看上了老太太的鸳鸯,要他在房里,叫我和老太太讨去。我想这倒平常有的事,只是怕老太太不给,你可有法子?"

当王熙凤与贾琏发生冲突时,尽管不甘心受性别的束缚,不甘心沦为男人附庸,但迫于时代的限制,迫于当时社会"既嫁从夫"和"母凭子贵"的束缚,没有为贾家诞下子嗣的王熙凤也只能尽力保留着作为贵族和女主人应有的体面和涵养,选择了对贾琏一次次的原谅。而对于身份更低微的仆人,尤其是女性,甚至连自己原来的名字都去掉,而改为随了丈夫的姓或名了,书中更是直接以"周瑞家的"、"吴兴家的"、"郑华家的"、"来旺家的"相称,可见古代男女地位的尊卑与性别的不平等。

夫妻关系是研究传统社会家庭、性别关系的关键点,更是镶嵌在整个中国社会传统中的重要一环,《红楼梦》为此提供了一个重要的切入点。

三、妻妾礼仪

人类的婚姻制度,大约有三种:一夫多妻制、一夫一妻制、一妻多夫制。一妻多夫制从母系氏族社会结束后,存在的范围比较小,古代普遍存在的是一夫多妻制,与现今普遍存在的一夫一妻制不同。

在传统社会中,妻是经过三媒六证,与丈夫家庭背景相当、门当户对的正房妻。而古代妾的地位很卑贱而且来源很广泛,主要有四种情况:一是进贡。古时候国与国、部落与部落之间发生战争,战败的国家或部落,需要向战胜的国家或部落长期进贡大量物资,以维持自身的存在,进贡的物资之中,就包括女人。二是陪嫁。在封建社会,上流人家的女子通常有仆人侍奉,当她嫁入婆家时,这些仆人一般也会被她作为嫁妆带到婆家。在《红楼梦》中,王熙凤身边的平儿,就是她的陪嫁丫鬟,在贾府中成为贾琏的妾。三是丫鬟。一般大户人家的丫鬟,都是从小就在家内服务,她们天天都在男主人身边服务,有一些自然成了男主人的妾,例如贾政的妾赵姨娘、贾宝玉的通房丫头袭人。四是赠买。在古代,妾的地位很低,属于丈夫的一件物品,是可以赠送或买卖的。在《红楼梦》里,最典型的就是香菱,她是薛蟠从拐子手里买来做妾的。

这样看来,妻和妾有很大的不同,最明显的就是嫁娶的区别。在中国传统婚礼当中,娶妻的流程很繁琐,但是纳妾基本上不需要任何的仪式,整个过程显得很随意。《说文解字》中对于"妾"字的解释是这样的:"有罪女子,给事之得接于君者。"① 对于"妻"字是这样解释的:"妇,与夫齐者也。从女,从中,从又。又,持事,妻职也。"② 从妻、妾二字的解释中,可以看出中国传统社会人们对于妻妾不同的态度:妻的职责有协助丈夫管理家务;妾则主要是侍奉主人和繁衍子嗣。

我们以贾政的妻王夫人和妾赵姨娘在贾府的地位作对比便可见一般。

第一是妻妾身份不同,妾对妻必须绝对恭敬。

赵姨娘原本是贾府的女婢,后被提拔为姨娘。根据小说中的描述,贾政对赵姨娘态度更好,她比王夫人更受宠,但即便如此,她在贾府主子面前还是没有一点地位。第二十五回贾环故意用蜡烛油烫伤宝玉,王夫人大骂赵姨娘:"养出这样黑心不知道理下流种子来,也不管管!几番几次我都不理论,你们得了意了,越发上来了!"赵姨娘只能忍气吞声地带走贾环,也只敢背地里找人"算计"凤姐和宝玉。贾宝玉被烫伤,王夫人不仅责怪贾环甚至连赵姨娘都训斥一番,而赵姨娘却只能恭顺地听着,不敢反抗。

其次是地位区别,妾的地位很低。

封建社会,妻、妾所生的孩子,都以妻为合法的母亲,妾只能是庶母,因此妾的子女在家庭中地位很高,作为公子、小姐来看待,而妾只能以仆人的身份存在。小说第五十五回写到赵姨娘的兄弟赵国基死后,按照贾府的惯例,只该得二十两烧埋银子处理后事,可赵姨娘想着探春暂代管理贾府,赵国基又是探春的舅舅,就想再多要二十两银子。虽说赵姨娘是探春的亲生母亲,但探春却喊

---

① [汉]许慎撰,[宋]徐铉等校:《说文解字》,上海古籍出版社2007年版,第123页。

② [汉]许慎撰,[宋]徐铉等校:《说文解字》,上海古籍出版社2007年版,第618页。

王夫人为母亲，只把赵姨娘叫作姨娘，并且只称王夫人的弟弟王子腾为舅舅，而非赵国基。探春在贾府中是作为小姐的，但是赵姨娘只作为地位低下的仆人，月钱很少，受人排挤，权利也常常遭到限制。

虽然小说中描写了很多细微的礼节，但每一处细节都安排得恰到好处，各个人物无一不做得周到妥帖，所以刘姥姥也不无感慨："礼出大家"。

第三节　生活礼仪规范

生活礼仪是人们日常行为习惯的准则，合乎社交规范和道德规范，在人们的生活中必不可少。在古代，尤其是像贾府这样的贵族家庭中，长辈晚辈、奴才主子之间有许多礼仪和规矩，它们都渗透、融入到了日常生活中。

一、"晨昏定省"礼仪

"晨昏定省"出自《礼记·曲礼上》："凡为人子之礼，冬温而夏清，昏定而晨省。"①"晨昏定省"是古代侍奉父母的日常礼节，意思是晚间服侍就寝，早上省视问安。即做晚辈的，每天早上都要到长辈房间里向长辈问好，探视长辈，询问一些日常情况。同时，晚上睡觉前也要去长辈房间里问安，看看长辈是否准备就寝等。这样做的目的，是为了让子女更方便地了解到父母的身体状况，更好地照顾长辈。

在《红楼梦》中，"晨昏定省"出自第三十三回，贾宝玉挨打之后，贾母心疼宝玉，就免去了宝玉每日的"晨昏定省"，让他好

---

① ［明］王夫之著，杨坚总修订：《礼记章句》，岳麓书社2011年版，第22页。

好养伤。除此之外，关于"晨昏定省"这种礼仪，作者经常在字里行间写到这些晚辈向长辈请安和定省的细节。如第三回里就描述过林黛玉进贾府第二天起来，就省过贾母，才往王夫人那里去。又有第四十五回写到，天气转凉之后，薛宝钗白天要到贾母和王夫人处定省两次。

二、起坐礼仪

古代极其注重起坐顺序的尊卑有别、长幼有序。《荀子·君子》有言："故尚贤、使能，则主尊下安；贵贱有等，则令行而不流；亲疏有分，则施行而不悖；长幼有序，则事业捷成而有所休。"① 这就是在说明起坐礼仪的重要性。

《红楼梦》第二十三回有这样一段描述：

> 宝玉只得挨进门去。原来贾政和王夫人都在里间呢。赵姨娘打起帘子，宝玉躬身进去。只见贾政和王夫人对面坐在炕上说话，地下一溜椅子，迎春、探春、惜春、贾环四个人都坐在那里。一见他进来，惟有探春和惜春、贾环站了起来。

首先，宝玉进里间屋子的时候是赵姨娘打起帘子。赵姨娘是贾宝玉的父亲贾政的妾，按照辈分来说，是宝玉的长辈，但是宝玉进屋，她还要帮忙打帘子的原因之前就已经提及：宝玉作为家里的子女，是主子，而赵姨娘作为妾，身份就是奴仆，宝玉的地位比赵姨娘要高，其他晚辈也比赵姨娘地位高。因此，必须是她要起来服侍宝玉。

宝玉进屋后，迎春、探春、惜春还有贾环是坐在那里的。看见宝玉进来，探春、惜春、贾环都站了起来，这是因为宝玉年龄比他们三人大，哥哥进来后，弟弟妹妹就要站起来，是对兄长的一种尊

---

① [清]王先谦撰，沈啸寰、王星贤点校：《荀子集解》，中华书局1988年版，第453页。

敬。而迎春是贾宝玉的姐姐，就不用起身行礼。

三、座次礼仪

座次礼仪是指在各种宴会的座次安排中需要遵循的一系列规范，不仅体现着人与人之间的相互尊重，还可以对人们宴会间的活动有所约束。

《红楼梦》中从林黛玉进荣国府起，贾府内各式各样宴会的具体形式便一幕幕展开。不同节日、不同参与人物，其间礼节极为周到，文化活动亦极为丰富。小说对宴饮时人们的行为举止、座次顺序做了详细的描写，文中多处表现了不同类型宴会对于不同场景的选择以及同一类型宴会不同场景的变换。

根据故事的推进顺序来看，对于贾府不同宴会背后蕴藏的礼仪，很多学者已经做了完备的分析：其内容包括但不限于对迎客宴、游乐宴、节庆宴、庆生宴等场所、场景、节目等的变换解说、功能分析。这里，仅对几处情节做座位顺序的分析，以展示贾府宴饮时的礼节。

不同类型的宴饮，举办的规模、档次、参与人数都不同，即使是同一种类型宴饮，也因为人物的身份地位、年龄性别等的不同而有差异。但不同中亦有相同之处，通过字里行间的反复描写刻画，贾府宴饮时的座次规矩便展开呈现在读者面前。

且先看第三回中"家庭小宴"这一节：

> 贾母正面榻上独坐，两边四张空椅，熙凤忙拉了黛玉在左边第一张椅上坐了，黛玉十分推让。贾母笑道："你舅母你嫂子们不在这里吃饭。你是客，原应如此坐的。"黛玉方告了座，坐了。贾母命王夫人坐了。迎春姊妹三个告了座方上来。迎春便坐右手第一，探春坐左第二，惜春坐右第二。

就黛玉初进贾府这一顿饭来看，座位安排就很明确，每个人按照其身份都有固定的位置。

在古时候，以左为尊。贾母是家中身份最高贵的人，所以理应在正面榻上独坐。而王熙凤将黛玉领到上座时，黛玉十分慌乱，不断推让。不过因为林黛玉初入贾府，此时还是客人的身份，以表尊重，需要上坐，这也是贾府的待客之道。同时，迎春、探春、惜春也坐在了贾母近处，分别坐在右手第一位、左手第二位、右手第二位，是按照长幼尊卑顺序依次就坐。这样安排的原因一是王夫人、凤姐等人不在此处餐桌上用饭，另一方面也可见贾母对孙女们的喜爱。因此，这段故事情节的落座顺序就是小说所描述的那样。

还有，主人吃完饭后才轮到侍女就餐，侍者也要根据身份地位吃饭，通常是身份较为尊贵的侍女先吃，然后是低等侍女。所以小说中写道：在吃饭的时候，要李纨捧饭，王熙凤摆放筷子，王夫人负责盛汤，旁边有丫鬟拿着拂尘、漱盂、巾帕站着服侍，李纨和王熙凤还站在桌边分发菜肴和茶点。

再看《红楼梦》第七十五回描写贾府中秋设家宴赏月，对贾府的座位安排更是进行了详细的刻画。中秋节是家人团圆的重要节日，所以能到的家人一律到场，在此节日活动中，更方便对贾府座位顺序安排进行详细的了解。坐法极其有讲究："上面居中贾母坐下，左垂首贾赦、贾珍、贾琏、贾蓉，右垂首贾政、宝玉、贾环、贾兰，团团围坐。"中秋宴会的座次安排依然是尊卑有别、长幼有序。贾母是辈分最高的人，在上面居中坐下；贾赦是贾政的大哥，所以贾赦在左，贾政居右；其余各人按辈分、年龄依次落座。

四、生日礼仪

一个人从出生到生命的终结，必要经过一系列的人生阶段，为了突出每一个阶段所特有的人生意义，便要举行与之相适应的人生礼仪。如一个人从出生之日起便有诞生礼仪，紧接着便有了一年一度的生日礼仪。

在周岁礼仪中，有一种别致的仪式，通常称为抓周，即在桌上陈列各种东西，让孩子任意抓取，以此来预测孩子的性情、志趣和未来的前途。这种礼俗大约在南北朝时就已形成，北齐颜之推《颜氏家训·风操》云："江南风俗，儿生一期，为制新衣，盥浴装饰，男则用弓矢纸笔，女则刀尺针缕，并加饮食之物，及珍宝服玩，置之儿前，观其发意所取，以验贪廉愚智，名之为试儿。"① 这种礼仪在明代的时候被称作"期周"，在清代的时候便被称作"抓周"或"试周"。

《红楼梦》第二回中便展现了这种抓周礼仪的生动情景：

> 子兴冷笑道："万人皆如此说，因而乃祖母便先爱如珍宝。那年周岁时，政老爹便要试他将来的志向，便将那世上所有之物摆了无数，与他抓取。谁知他一概不取，伸手只把些脂粉钗环抓来。政老爹便大怒了，说：'将来酒色之徒耳！'因此便大不喜悦。……"

由这段描写可知，贾政就曾想通过抓周这种礼仪形式所显示的征兆来预测宝玉的志趣和前程。可以看出，在古代传统社会文化背景下，这种礼仪形式对人的思想意识的深刻影响，而《红楼梦》的作者也正是通过这样的礼仪形式向我们暗示了贾宝玉在"世上所有之物"中只爱"脂粉钗环"的情性，从而为后文中进一步展示贾宝玉"耽美、泛爱、悼红"的情怀做了很好的铺垫。

五、拜见礼仪

《论语》有云："君子敬而无失，与人恭而有礼"②。在人们日常见面的拱手揖让之间，体现着古人所宣扬的彬彬有礼、尊重谦让等

---

① [北齐]颜之推撰，王利器撰：《颜氏家训集解》，中华书局1993年版，第115页。

② [梁]皇侃撰，高尚榘校点：《论语义疏》，中华书局2013年版，第302页。

传统美德，以及与人为善、相互尊重等交往理念。《红楼梦》中就描写了贾府五花八门的拜见礼。

（一）跪拜礼

跪拜起源于原始社会，根据甲骨文、金文研究，"跪拜"二字就是人们手持谷物，祈求神灵保佑的意思。跪拜逐渐由祈神祭祖、跪拜父母、迎接封建帝王贵族等演变而来。其动作是双膝触地，向前叩首。

其实在《红楼梦》中，行跪拜礼的次数是比较少的。主要是元春作为贵妃，贾府内人员与她先为君臣关系，按照礼节应当行跪拜之礼，以示对皇权的敬畏。另外，持圣旨的人传达的是皇帝意愿，人们也要对其进行跪拜接旨。

（二）万福礼

"万福"最早出现在《诗经》中，但是早期只是一种表示吉祥的语气词，一直到宋代才有了关于万福礼的确切记录。宋代女子流行的是"叉手万福礼"，动作是左腿前半步，叉手礼放于胸前，微微低头，双腿微屈，口中道"某官人万福"；到了元明时期，在行礼时为了显得更加好看，叉手万福礼就变成了右手搭在左手上，搭在右腰边，左脚前半步，微微屈膝低头，口说万福；到了清代，汉族妇女见面时互行的万福礼的姿势是双手交叠放在小腹上，膝盖微曲，眼睛看向下方，而满族女子所行的万福礼则与汉族的不同，一般是女子上身挺直，双目直视受礼者，面带微笑，双腿并齐，双手轻抚在双膝上，双腿弯曲，呈半蹲式，也就是与满族"蹲安礼"的结合。在第六十八回有一处写到了万福礼：

> 尤二姐陪笑忙迎上来万福，张口便叫："姐姐下降，不曾远接，望恕仓促之罪。"说着便福了下来。凤姐忙陪笑还礼不

迭。二人携手同入室中。

《红楼梦》中有很多处都写到姑娘们的行礼、请安，但是对行礼的具体方式并没有做细致的描绘。

（三）作揖

作揖又称拱手礼，是汉代的一种传统礼节，其历史悠久。具体动作为两手抱拳前推，身体略微弯曲，表示向人敬礼。标准的男子作揖姿势是右手握拳，左手成掌，包住或者盖住右拳，这样的作揖手势表示一种"吉拜"；相反，如果是左手握拳，右手成掌的动作则为"凶拜"。

第六十二回写贾宝玉过生日，平儿为其祝寿：

> 平儿便福下去，宝玉作揖不迭。平儿便跪下去，宝玉也忙还跪下，袭人连忙搀起来。又下了一福，宝玉又还了一揖。

贾宝玉此处的礼节就是作揖。

（四）其他礼仪

除上述礼节外，小说中还有其他拜见礼仪的描写。比如第八回中有这样的叙述：

> 偏顶头遇见了门下清客相公詹光单聘仁二人走来，一见了宝玉，便都笑着赶上来，一个抱住腰，一个携着手，都道："我的菩萨哥儿，我说作了好梦呢，好容易得遇见了你。"说着，请了安，又问好，劳叨半日，方才走开。
> ……
> 独有一个买办名唤钱华，因他多日未见宝玉，忙上来打千儿请安，宝玉忙含笑携他起来。

这段话提到了抱腰、携手、打千儿等见面行礼的方式。打千儿是清代男子拜见上级的一种常见礼节，行礼的时候左腿微微弯曲，右腿半跪,上身略向前倾,右手垂下,是一种介于作揖和跪拜之间的礼节。同时,抱腰、携手都是清代的见面礼节。徐珂在《清稗类钞》中记载:"满人相见,以曲躬为礼。别久相见,则相抱。后以抱不雅驯,执手而已。年长则垂手引之,少者仰手以迎,平等则执掌平执。"①

从以上生活礼仪看,《红楼梦》中清代礼仪(抱腰、携手、打千儿等)与汉代礼仪(作揖、万福等)交互使用。可以说,《红楼梦》是满汉文化交融的伟大结晶。

《红楼梦》以它艺术上巨人的包容性,确立了它在中国文学史、艺术史上独到的地位。应当说,曹雪芹透过《红楼梦》向读者展示了一幅宏大的上流阶层的礼仪制度画面,既完整又具体,包含浓厚的中国传统文化元素,为后人研究当时的社会提供了宝贵的文字资料。同样,《红楼梦》中还有一些最常见的日常行为准则及待人接物之道,这些道德规范是传统文化的重要组成部分,对我们民族心理性格的形成产生着重要影响。时至今日,这些礼仪制度背后隐藏的问题仍需细细挖掘和研讨,其中蕴含的规范仍值得保留和传承。

---

① 徐珂编:《清稗类钞》第2册,中华书局2010年版,第489页。

第九讲
饮食文化的探究

"民以食为天"。饮食自古以来在中国人的思维中就是大事。中华饮食文化是博大精深的中国传统文化的一部分，历史悠久、底蕴深厚、闻名于世。

从原始社会直到现在，中华饮食文化经历了几千年的发展与沉淀，大致可以分为以下几个阶段：首先，史前到殷代时期，就经历了石烹、水烹、油烹三个阶段，从直接在火上烤到陶器、铜器发明，动物油脂开始被人们利用；商周时期，发明了各种调味酱料，使得食物的口味更加丰富；春秋战国时期开始进入铁器时代，也是从这个时候开始出现酒楼、厨师；秦汉时期，人们开始尝试使用植物油，出现了豆制品和蔗糖；魏晋南北朝时期，出现了烹饪技术方面的专著，有人开始专门研究烹调方法；隋唐五代时期，人们开始重视食品卫生和食疗；明清时期，人们更加精进，更加注重食物本身的色香味形，同时也在食品卫生、食品保鲜等方面都取得了长足的进步。中国人民也在生活生产的实践过程中不断探索有利于自身生存和可持续发展的饮食习惯，形成了具有地方特色和地方风味的食品和菜肴。

经过几千年的发展，中华饮食文化不断传承，逐渐形成丰富的内涵，中国传统饮食结构、食物制作、餐具、营养健康、饮食美学等各个方面都已形成了自己的特色。在满足果腹之需后，人们开始追求饮食方面的精致和雅化，注重以食养身、以茶品性、以酒怡情，所反映的文化意蕴大致可以概括成四个字：精、美、情、礼。精与美侧重食品的外观和品质，情与礼则侧重饮食过程中所传达出来的情感和饮食礼节。它们相互依存、互为因果，四者又相伴相生、完美统一。

　　饮食文化在文学作品中描写甚多。《红楼梦》便记录了当时的许多饮食风俗和生活习惯，弥合了中国古典文学与中国饮食文化之间的鸿沟。曹雪芹在撰写这部巨著时，正值中华传统饮食文化发展的鼎盛时期，所列佳肴一直流传至今，为人们所津津乐道。小说中对饮食文化的描述占很大部分，曹雪芹完美地呈现了每次宴饮的鲜明特点。通过对宴会活动的描写，不仅显现出各色人物的不同性格，而且有力地衔接起了整部小说的情节，也展现出了清代官宦之家饮食风俗的一个缩影，折射出中华饮食文化的特点和深厚内涵。

　　《红楼梦》的饮食文化，多体现在贾府的饮食礼法与习惯里。森严的饮食礼法，奢华的饮食器具，颇为讲究的饮食习惯，无一不在印证着贾府生活的奢华靡费和精细贵气。

第一节　丰富的品种

　　对于贾府这样的钟鸣鼎食之家来说，饮食极为讲究，我们从小说的字里行间就可以感觉到贾府食品的多样性。据《红楼美食大观》一书统计，《红楼梦》描写到的食品多达一百八十六种。所有这些食品涉及主食、副食、羹汤、点心、水果等九个类别。有的详写，有的一笔带过；有随兴而作，也有精心安排，可以说精妙绝伦，一下子就把荣国府"白玉为堂金作马"的气派烘托得淋漓尽致。

　　小说很多处写到的食物都令人印象深刻，即使到现在，很多食品原料还是非常贵重。如第十六回王熙凤让平儿给贾琏的乳母赵嬷嬷拿火腿炖肘子，说这个"很烂，正好给妈妈吃"，还让赵嬷嬷尝一尝贾琏带的惠泉酒。

又如第六十二回贾宝玉过生日，生日宴结束后想起来寿宴上一直没有见到芳官呢，就赶紧回怡红院，只见芳官在床上躺着无精打采的，就想拉着芳官出去玩，但是芳官因为宝玉出去吃酒玩乐没有带她，正在气头上。便说自己饿了，告诉了柳嫂子，让她给自己做一碗汤、盛半碗粳米饭送来，在屋里吃了垫垫肚子。过了一会儿，柳家嫂子果然就派人拿着一个盒子送了过来，里面盛着一碗虾丸鸡皮汤、一碗酒酿清蒸鸭子、一碟腌胭脂鹅脯，还有四个奶油松瓤卷酥，并一碗热腾腾碧荧荧的绿畦香稻粳米饭。

除了上面提到的火腿炖肘子、酒酿清蒸鸭子、奶油松瓤卷酥外，还有枣泥山药糕、糖蒸酥酪、牛乳蒸羊羔、风腌果子狸、薛蟠邀宝玉共同品尝的鲟鱼、灵柏香薰的暹猪、螃蟹馅的小饺儿、松鹅油卷等，只听菜名就令人垂涎三尺。这些充满风味的菜品中既有北方菜也有南方菜，南北文化在经典文学作品中相互交融，给人一种超越感官的享受，也是贾府奢靡作风的一个代表。

曹雪芹不仅写出了食物的名字，还在兴起之处写下了一些菜的做法。

比如，小说第十九回，贾宝玉怕林黛玉午睡太久睡出病来，就编排了一个腊八粥的故事哄她玩：

"林子洞里原来有群耗子精。那一年腊月初七日，老耗子升座议事，因说：'明儿乃是腊八，世上人都熬腊八粥。如今我们洞中果品短少，须得趁此打劫些来方妙。'乃拔令箭一枝，遣一能干的小耗前去打听。一时小耗回报：'各处察访打听已毕，惟有山下庙里果米最多。'老耗问：'米有几样？果有几品？'小耗道：'米豆成仓，不可胜记。果品有五种：一红枣，二栗子，三落花生，四菱角，五香芋。'老耗听了大喜，即时点耗前去。乃拔令箭问：'谁去偷米？'一耗便接令去偷米。又拔令箭问：'谁去偷豆？'又一耗接令去偷豆。然后一一的都各领令去了。只剩了香芋一种，因又拔令箭问：'谁去偷香芋？'只见一个极小极弱的小耗应道：'我愿去偷香芋。'……"

这样的奇思妙想，借耗子对话的故事把腊八粥需要用到的材料一一列举出来呈现给读者。贾宝玉讲的故事里面，提到庙里的果米最多，是因为腊八粥的风俗恰恰来自宗教信仰。相传，腊月初八是释迦牟尼成道日，为了纪念这一佛教盛事，佛教徒们便在这一天举行法会，把米、果等物混合在一起煮熟献供。传说喝了这种粥之后可以得到佛祖的庇佑，因此腊八粥又称"福德粥"。腊八粥是一种养血清热、健脾益胃、营养丰富的食品，既能施恩颂德，又有滋补功效。

再比如，刘姥姥二进大观园时，贾府设宴款待，在饭桌上，王熙凤给刘姥姥上了一道名为"茄鲞"的菜，就单单这一道菜肴，其所用到的配料就多达数十种，制作过程令刘姥姥瞠目结舌。

凤姐儿笑道："这也不难。你把才下来的茄子把皮刨了，只要净肉，切成碎钉子，用鸡油炸了，再用鸡脯子肉并香菌、新笋、蘑菇、五香腐干、各色干果子，俱切成钉子，用鸡汤煨了，将香油一收，外加糟油一拌，盛在瓷罐子里封严，要吃时拿出来，用炒的鸡瓜一拌就是。"刘姥姥听了，摇头吐舌说道："我的佛祖！倒得十来只鸡来配他，怪道这个味儿！"

茄鲞作为贾府美食的代表之一，历来为人们所称道。从这一段文字描写就可以体会到贾府菜品制作程序的繁琐以及用料的精细，足见贾府饮食之考究。

《红楼梦》中的食物种类繁多，展现了中国古代上层社会奢侈生活的风貌。通过对这些食物品种的描写，不仅反映了清代早期贵族阶层的饮食习惯，也反映了当时上流富贵之家的宴席价格。贾府的各种宴会食物到底需要花费多少钱，小说中并没有给出详细的回答，但是我们可以从几个例子感受一二。第一个例子是薛宝钗过十五岁生日，贾母商量给宝钗操办一场生日宴，她自己拿出二十两作为宝钗生日花销的一部分，凤姐儿说这二十两既不够酒钱也不够戏钱；第二个例子是贾母为王熙凤筹办生日宴，大家一共凑出了一百五十多两用来给凤姐儿办酒席、请戏班子演戏，仅仅够用两三天。而刘姥姥出场时就提到过二十两银子就足够普通人家一年的吃穿用度，这仅仅是为一人过生日的支出，更别提逢年过节时贾府的开销了。以此为对比，我们就可以更深入地了解到贾府奢侈的宴饮规模，感受贾府奢华的宴饮排场。

第二节 精美的餐具

在中国的饮食文化中，饮食餐具和食物本身两者兼具才能构成美食的全部内涵。

贾府在准备宴饮时不仅追求食物做工方面的精美讲究，而且追求外观和盛放器具上的完美。小说中所描述到的所有饮食活动都非常注重菜肴的做工、外观、摆放位置和盛放器皿。《红楼梦》中的餐具和炊具琳琅满目、精美精致，材质珍贵、做工精湛。

首先，小说第三十七回写到了一件小事，贾宝玉派丫头给探春送荔枝，让丫鬟用缠丝白玛瑙碟子盛着去送。宝玉说这个盘子配上鲜荔枝好看，让晴雯这样搭配送去给探春，探春见了也说好看，就自己留下了。鲜荔枝是红色，白碟子是白色，红白搭配，彰显了贾宝玉的艺术审美。

再如，《红楼梦》第三十八回，众人赏菊花，吃螃蟹时就写到了很多器皿：大家进入榭中，看见栏杆外摆放着两张竹案，其中一张竹案上就放着"杯箸酒具"，还有"茶筅茶盂各色茶具"。林黛玉因为不大吃酒，就让丫头拿了一个绣墩，倚靠在藕香榭的栏杆上钓鱼。但钓了一会鱼后，她也选择了符合自己的器具：拿起了一个乌银梅花自斟壶，拣了一个小小的海棠冰石蕉叶杯来，这两茶具格调高雅，符合林黛玉出尘的气质。

又如，小说第四十回刘姥姥第二次进贾府的时候，在就餐时就写到了很多饮食器具。在准备饭菜时，贾宝玉就提议说挑每个人自己喜欢的吃的东西做几样，再在每个人面前摆一张高几，放一个十锦攒心盒子、自斟壶，便于各人自取自拿，自斟自饮，不定样数。在就餐过程中，每个人的酒具是"一把乌银洋钻自斟壶"和"一个十锦珐琅杯"。碧月还捧过来一个大荷叶式的翡翠盘子，里面养着的是各种颜色的折枝菊花；王熙凤手里还拿着西洋布手巾，裹着大家吃饭要用的"乌木三镶银箸"，估摸了一下就餐人数，给大家分发下去。

在这次大观园宴饮中，刘姥姥贡献了席间最多的笑料。王熙凤和鸳鸯商量好了，故意拿了一双"老年四楞象牙镶金的筷子"逗乐刘姥姥；刘姥姥拿起筷子进行观摩时，说道这双筷子比农村干活用的铁锨还重，这不仅反映出古代乡下人见识短浅，同时也侧面表现出普通民众和贵族生活的差距，显示出贾府的尊贵地位。红学家陈诏对于刘姥姥所用筷子的解释是："老年"是指象牙筷子上刻有寿星等吉祥喜庆的图案，寓意是祝愿老年人健康长寿；"四楞"是指筷子顶端是方形的，有四个棱角；"镶金"是指在象牙筷子上镶金子。[①] 象牙本来就很贵重，又镶上金子，可见其餐具的珍贵。

捉弄了刘姥姥一番之后，王熙凤还是给刘姥姥换回了贾府平时吃饭使用的筷子，也就是乌木三镶银的筷子。"地下的人原不曾预备这牙箸，本是凤姐和鸳鸯拿了来的，听如此说，忙收了过去，也

---

① 陈诏：《红楼梦小考》，上海书店出版社1999年版，第284页。

照样换上一双乌木镶银的。"这副筷子的主要材质是乌木和银。乌木是一种非常名贵的材料，它被称为"东方神木"，颜色发黑，材质硬而细腻。清代李调元在《南越笔记》中就记载："乌木，琼州诸岛所产，土人析为箸，行用甚广。"① 三镶银指筷子的两端与中间都镶有银片，也就是"顶镶银帽，足镶银套，中部镶银环"，由此可见制作工艺之精巧。而这些制作精巧的筷子，每一双都价值不菲，平常百姓之家是无法享用的，而在贾府之中却是寻常之物，可见贾府的富贵程度。

单这一回提到的各种翡翠盘子、楠木桌子、酒壶酒杯、象牙镶金和乌木三镶银筷子等，就极为贵重华丽，非常强调美感。不仅如此，贾府中按辈分等级，各人都配有成套的几、案、壶、杯。

比如，小说第四十一回凤姐和鸳鸯逗刘姥姥乐的十个大套杯，光是其做工材料就极为精致。

> ……鸳鸯笑道："我知道你这十个杯还小。况且你才说是木头的，这会子又拿了竹根子的来，倒不好看。不如把我们那里的黄杨根整抠的十个大套杯拿来，灌他十下子。"凤姐儿笑道："更好了。"鸳鸯果命人取来。刘姥姥一看，又惊又喜：惊的是一连十个，挨次大小分下来，那大的足似个小盆子，第十个极小的还有手里的杯子两个大；喜的是雕镂奇绝，一色山水树木人物，并有草字以及图印。

这十个大套杯，是用黄杨木根整刻的酒杯，杯壁上雕刻着一色的山水、树木和人物，另外还有草字以及图印，堪称艺术精品。

在贾府人的思维中，美味的食物必须伴有精美的餐具。《红楼梦》中的各种餐具、茶具和酒具都十分精美漂亮。就茶具而言，有

---

① [清]李调元辑，林子雄点校：《南越笔记》，广东人民出版社2015年版，第331页。

银器、瓷器、漆器、玉器、玻璃、琥珀器皿、冷冻石器等；酒具还有琉璃盏、琥珀杯、瓷坛子、竹酒杯等，分类细致、择时而用。

能够更为直观地感受贾府餐具稀有珍贵的当属第一百零五回，锦衣军在查抄宁国府时，抄出的数百件高级餐具。

>……一人报说："……淡金盘二件，金碗二对，金抢碗二个，金匙四十把，银大碗八十个，银盘二十个，三镶金象牙筋二把，镀金执壶四把，镀金折盂三对，茶托二件，银碟七十六件，银酒杯三十六个。……"

从贾府每次宴饮的情况来看，器具的摆放与陈设是极其雅致的，在简单的文字描写中间，我们就可以感觉到各种餐具的华美，讲究美感，注重搭配，相得益彰。这些器具不仅能用来盛放食物，也体现了贾府上下都在饮食细节处花心思，更是贾府乃至中国古人生活态度、情趣的彰显和寄托。

第三节　养生的食品

从饮食习惯来看，中国人喜欢通过食用具有养生价值的食品来养生。《红楼梦》中就运用大量的笔墨刻画了贾府饮食疗养方面的内容。贾府中的人不仅讲求品种的丰富多变，而且注重养生。可以说，贾府从几千年来的中国养生文化中汲取知识，又加以传承和发扬，形成了独特的府邸养生文化。

一、养生粥

粥由粮食煮成，古代称为糜，是中国的传统饮食，温润养胃，据史料记载已经有四千多年的历史了。每日饮食都是各式各样的山珍海味容易导致营养过剩，在肥甘厚味的同时，贾府也经常食用各种养生粥。单是粥的类别，《红楼梦》中就描写了六七种：清淡如碧粳粥,油腻如鸭子肉粥,甜蜜如红枣粳米粥,名贵如燕窝粥,可谓种类繁多、品类齐全。

首先,小说第八回就写到,因为不想让贾宝玉多喝酒,薛姨妈就只让他喝了几杯,连忙把酒收起来,给宝玉盛了酸笋鸡皮汤,宝玉喝了两碗,还吃了半碗饭和碧粳粥。谢墉《食味杂咏》记载:"京米,近京所种统称京米,以玉田县产者为良,粒细长,微带绿色,炊时有香。"碧粳粥便是用河北省玉田县特产微绿色的粳米熬成,具有促进消化、滋养脾胃的作用。小说第六十二回提到的绿畦香稻粳米饭,也是用这种米做成的。在清代,玉田碧粳米只有显贵人家才能吃得到,是一种名贵的贡品,由此就可以看出贾府的位高权重。

又如,小说第四十五回写到黛玉犯旧疾,咳嗽,宝钗前去劝慰她:

"……古人说'食谷者生',你素日吃的竟不能添养精神气血,也不是好事。"

……

"……依我说,先以平肝健胃为要,肝火一平,不能克土,胃气无病,饮食就可以养人了。每日早起拿上等燕窝一两,冰糖五钱,用银铫子熬出粥来,若吃惯了,比药还强,最是滋阴补气的。"

同样,王熙凤因为操劳太多,元宵节后先是小产,又添了下红之症,为了尽快痊愈,每天都会吃各种优质补品,燕窝粥便是其中之一。

燕窝既是食品,又可以入药用。据《本经逢原》记载,燕窝,"能使金水相生,肾气上滋于肺,而胃气亦得以安。食品中之最驯良者"。它味道甘甜,性味不温不凉,能够调理肺、胃、肾,也能养阴润燥、益气补中、提高免疫力,可以治疗咳嗽、咳血等病症,是富贵人家经常吃的、凸显身份地位的一种昂贵补品。林黛玉也说"燕窝易得"。

再如，小说第七十五回贾府中秋夜宴中写道：贾母对贾府下人安排的饭菜不太满意，只想要吃一些稀饭，尤氏就捧来一碗红稻米粥，贾母吃了半碗之后，就吩咐下人，把剩下的粥送给王熙凤吃。红稻米粥用御田胭脂米熬制而成，这种米极其珍贵，煮熟后颜色像红胭脂，富有香气，味道鲜美、颗粒细长，营养特别丰富，可以滋补气血、健脾养胃，也是专供皇家和贵族食用的。贾母将如此名贵的粥特意留一半给王熙凤，可见她对凤姐儿的喜爱与对她身体状况的挂念。

二、养生酒

酒是古代劳动人民在生产生活实践中发明的一种饮料，是中医广泛使用的一种药物，也是一种重要的溶剂。在贾府这个贵族大家庭里，各类大小宴饮上酒当然是必不可少的，除了在宴会上会饮酒助兴之外，养生方面也离不开酒的参与。

例如，第三十八回贾府螃蟹宴时，黛玉吃了一些螃蟹后，觉得心口有点微微发疼，想要喝点热酒，贾宝玉就连忙命人把合欢花酿的酒烫一壶送过来。合欢酒是用合欢花泡制、酿造而成的酒。合欢花是开在合欢树上的白色小花，具有镇静作用，可以安神解郁。中医认为，合欢花性平味甘，能够安神活络，安抚五脏与心志。还可以治疗郁结胸闷、失眠健忘，使人心情愉快，忘却烦恼，清心明目，这对黛玉的多愁善感、肝郁胸闷有着独特的疗效，是黛玉的养生酒。

又如，第五十三回中写到宁荣二府在"除夕祭宗祠"这一神圣的仪式结束后，宁荣二府的老老少少欢聚在贾母的房中："两府男妇小厮丫鬟亦按差役上中下行礼毕，散押岁钱、荷包、金银锞，摆上合欢宴来。男东女西归坐，献屠苏酒、合欢汤、吉祥果、如意糕毕，贾母起身进内间更衣，众人方各散出。"这里提到的屠苏酒是一种药酒。相传唐代名医孙思邈将自己的屋子起名为屠苏屋，把在自己的屋子里酿造的酒叫作屠苏酒。屠苏酒是用赤木桂、蜀椒、桔梗、大黄、白术等中药入酒浸泡而成，具有祛风寒、清湿热及预防疾病的功效，是宝玉、黛玉、宝钗等贾府年轻一辈的养生酒。

再如，第六十三回宝玉过生日，袭人为他安排生日宴：袭人提到自己和平儿说过了，已经抬了一坛好绍兴酒藏在怡红院里了，这些姑娘要单独为宝玉庆生。这里提到的绍兴酒就是绍兴黄酒，酒性平和，不伤人有营养，是宝玉的养生酒。

三、养生茶

中国是茶的故乡，中国人发现并利用茶，据说最少有四千年的历史。隋唐以后，茶饮普及，上至皇室、下至百姓，无不爱茶，品茶、论茶成为当时风尚。茶是中国的一种传统饮品，有关茶的文化源远流长，茶可以喝也可以做药。但在《红楼梦》中，茶并不入药，但也是休闲养生的一种方法。

小说中多处都提到了茶。据学者统计，《红楼梦》中与茶相关的描述一共有四百九十三处之多。这其中不仅写到了各种茶叶的名称、泡茶的器具、用水、方法等，也有与茶相关的风俗、诗词等等。总的来说，在我国古代文学作品中，《红楼梦》对茶的描写算是最全面、最生动之一的了。

《红楼梦》第四十一回写道：

> 只见妙玉亲自捧了一个海棠花式雕漆填金云龙献寿的小茶盘，里面放一个成窑五彩小盖钟，捧与贾母。贾母道："我不吃六安茶。"妙玉笑说："知道。这是老君眉。"贾母接了，又问是什么水。妙玉笑回："是旧年蠲的雨水。"贾母便吃了半

盏……

这里提到的老君眉是我国十大名茶之一的君山银针，冲泡的方法也很有讲究，要把梅花上积留的雪水埋在树下，第二年夏天再取出来泡茶，这样泡出来的茶才能色泽明亮，香气高爽，既养心又养生。所以贾母最喜爱老君眉，妙玉也为贾母用梅花雪水浸泡，当黛玉有疑时，妙玉冷笑道：

"你这么个人，竟是大俗人，连水也尝不出来。这是五年前我在玄墓蟠香寺住着，收的梅花上的雪，共得了那一鬼脸青的花瓮一瓮，总舍不得吃，埋在地下，今年夏天才开了。我只吃过一回，这是第二回了。你怎么尝不出来？……"

除了贾母要喝的醒脾提神的老君眉之外，还有用来消食兼以通经的女儿茶，也就是现在所说的普洱茶的一种。小说第六十三回，林之孝家的来劝贾宝玉早点睡。

宝玉忙笑道："……今儿因吃了面，怕停住食，所以多顽一会子。"林之孝家的又向袭人等笑说："该沏些个普洱茶吃。"袭人晴雯二人忙笑说："沏了一盏子女儿茶，已经吃过两碗了。……"

普洱茶中的茶多酚具有降血糖的功效，同时还可以加速分解人们体内的脂肪，促进新陈代谢，有助于消除积食，同时还有养胃护胃、安神助眠的功用。

此外，还有贾母不喝但贾宝玉最爱喝的六安茶。六安茶一般是指六安瓜片，也是中国十大名茶之一。从古至今，六安茶都是茶中精品，一般被用来进贡和送礼，在古代只有显赫富贵人家才有条件享受。明代文震亨《长物志》记载："六合"，"宜入药品，但不善炒，不能发香而味苦,茶之本性实佳"。① 六安茶不仅可以消暑解渴生津、促进消化,而且还有较强的延缓衰老的作用。

四、其他养生食品

除了上述各类养生粥、酒、茶外,小说还写到了其他养生食品。如第十一回中,秦可卿病重,老太太赐给她的枣泥山药糕,其性味平和、健脾益气、易于消化,适合体虚病人食用。

又如第六十一回,探春和宝钗要吃"油炒枸杞芽儿"。枸杞芽儿就是枸杞的嫩叶,能够补虚益精、清火明目、软化血管。她们还很喜欢用枸杞芽煮鸡蛋汤,其清凉爽口,为探春和宝钗所喜爱。

再有书中出现多次的"奶油松瓤卷酥",有润肠通便、润肺止咳功用。

还有贾母独有的一道养生美食"牛乳蒸羊羔",含有大量的激素和各种丰富的微量元素,可以大补元气等。

药补不如食补,食物可以为人体发育和生存提供必不可少的营养元素,这些食物对养身健体都极有帮助。丫鬟们在一日三餐中根据主子们的不同身体情况,准备不同的食物,追求食疗养生。

第四节 热闹的宴饮

无论什么时代的人,在满足了自身物质需求的前提下,就对精神层面的追求极为迫切。古人们便常寄情于诗酒,抒发自己的情怀,而宴饮便成了一个重要的载体。

《红楼梦》中的饮食基本上是围绕丰富多彩的活动展开的,贾

---

① [明]文震亨撰,陈剑点校:《长物志》,浙江人民美术出版社2019年版,第158页。

府非常讲究宴饮时的情趣。我们知道，贾府在欢度节日时开展各项活动。其实，不单单是节日，便是平常的每次饮食也几乎都穿插着很多祝酒活动，展示了中国独特的筵席文化。

例如，《红楼梦》第三十八回写到，史湘云为了庆祝自己加入诗社主动提出要办一场宴席，但自己经济能力不够，薛宝钗就慷慨相助，从自家拿出螃蟹和好酒，邀请贾家主仆上下都在大观园中吃螃蟹、赏桂花，声色极盛。大家聚在一起畅饮聊天，筵席结束后又举行诗社活动。贾母在赏桂、饮酒这类娱乐活动中富有雅兴，兴致勃勃地参与，不拘小礼。贾母离开后，大家又迫不及待开始对诗。湘云取诗题，把题贴在墙上，让大家以菊花为宾语，以人为主语，咏菊作诗，最后宝玉也提议以螃蟹为题，作诗评诗。

又如，刘姥姥二进大观园的时候，贾府为其设宴，席间也穿插了活动。贾母喜欢热闹，喜欢大家聚在一起喝酒行令的活动，这次就由鸳鸯说定行令规则，众人便开始行酒令，鸳鸯道：

> "如今我说骨牌副儿，从老太太起，顺领说下去，至刘姥姥止。比如我说一副儿，将这三张牌拆开，先说头一张，次说第二张，再说第三张，说完了，合成这一副儿的名字。无论诗词歌赋，成语俗话，比上一句，都要叶韵。错了的罚一杯。"

除了作诗、行酒令之外，贾府每次筵席的时候还会听戏，不仅会请戏班子来家里唱戏，还养有自己的戏班子。比如，适逢节日会唱戏。在第十九回中，元妃省亲之后，虽然元宵节已过，但是宁荣两府也要以灯节的名义，娱乐放松一下，摆宴听戏。

再如，每逢生日必定设席，而且在生日时，戏曲是必唱的。贾敬、贾政、薛宝钗、凤姐、宝玉过生日办酒宴，都有戏班子唱戏，贾母过生日的时候，更是一连唱了几天。

又如，重大活动时也要边饮边食边唱戏。可见，听戏是广大民众更是仕宦富贵之家一种喜闻乐见的席间娱乐方式。

席间听戏这个情节在《红楼梦》中出现的次数很多，不仅突显了贾府饮食活动的丰富，而且彰显了贾府的身份地位，同时也在戏曲桥段中暗示了贾府各人物的命运，一举三得，不可或缺。

曹雪芹描写了很多贾府宴饮的热闹场面，它重在以饮食为话题，通过席间活动和各人言行来塑造人物形象、刻画人物性格。筵席间每次吟诗听曲，作品主人公的诗、词、曲、酒令往往抒发着人物各自的内心情感，从而显示出各人物不同的社会地位、经历、环境及内心世界，同时又在人物的言谈举止中设下了这些男男女女的最后结局，推动着故事情节的发展，前呼后应，令人拍案称绝。

第五节　森严的礼法

《红楼梦》中所描绘的上述宴饮之盛况、珍馐之奢靡已令读者唏嘘感叹。食品种类丰富、贵重精致，展现了中国古代社会贵族阶层奢侈生活的风貌。贾府作为"钟鸣鼎食之家，诗礼簪缨之族"，吃穿用度自然极为讲究。各种宴饮菜品只是表面，饮食文化追求的不仅仅是对美食的追求和讲究，更为深层的是礼仪规矩。在封建社会中，饮食规矩也时时刻刻体现出了等级制度和人们身份的高低贵贱，饮食受到了礼节的约束和影响，在宴席上讲求以礼待人。贾府就有着等级森严的饮食礼法秩序，如以茶待客、主居上座、请客先食等，这实际上也是中国传统礼仪文化在饮食方面的缩影。贾府的饮食文化当中折射出时代风尚和礼节，传达着中国传统的礼孝之道，折射出个人的文化修养甚至家庭的文化内涵。

关于贾府的宴饮礼仪，在前文已经有详细介绍，这部分就不再赘述。

《红楼梦》中佳肴名馔深享盛誉，对宴会的描写也自然是非常多的。小说中记载了清代饮食习俗，总结了前代烹调经验，使用大量篇幅以及详细而精湛的描绘，勾勒出一幅幅真实的宴饮活动，向读者展示了古代封建贵族家庭的生活场景，也在群体活动中塑造出了一个个活灵活现的人物，使读者透过文字感受到那个时代贵族的雍容，感受到中华饮食文化的精髓与内涵，同时也可以感受到饮食文化中体现出来的中国传统美学、传统礼仪及传统文化。

第十讲
节日习俗的描写

中国传统节日是中华优秀文化的重要组成部分，各节日所包含传达的文化内涵又恰恰是中国节日的精神核心。

中国的传统节日，从远古时期发展而来，历史悠久、流传面广，在漫长的历史长河中逐渐形成了春节、元宵、清明、端午、中秋等重要节日。它以天文历法为依据，有相对固定的节期，同时还伴有相应的民俗活动。

中国节日及其习俗的发展历程大致是这样的：大多数节日在先秦时期就已经形成，但与各节日有关的习俗的丰富和普及才刚刚开始。最早的习俗与原始崇拜、迷信和禁忌有关，人们根据对自然和社会的认知创造了许多神话传说，给各种节日增添了几分浪漫色彩。同时，宗教和历史人物也对节日习俗和活动产生了深远的影响。这些元素相互叠加，都融入节日的内容中，赋予中国节日深厚的历史感。

汉代是中国统一后第一个大发展时期，为节日的最终形成提供了良好的社会条件。据史料记载，我国主要的传统节日在汉代基本上就定型了。到了唐代，节日消解了原有的崇拜、神秘气氛，逐渐成为真正具有娱乐性质的节日，它们逐渐变得更加丰富，与此相关的各项活动也随之出现，然后在民间流行起来，并不断发展和延续。

《红楼梦》作为一部封建社会的百科全书，对节日的描写极其细致。比如在节日宴饮中，除正常的饮食活动外，还有依节日而设的各类席间活动，如听戏、作诗、猜灯谜、击鼓传花、讲笑话等。这些行酒令活动丰富多彩、雅俗共赏，充满情趣和生活气息，又与宴饮气氛相协调，展现了一幅精彩纷呈的民俗图。

郭若愚的《红楼梦风物考》曾细致梳理出《红楼梦》中描写的各种节日习俗，从一月到十二月均有所涉及。同样，邓云乡的《红楼风俗谭》也细致考证了《红楼梦》中所涉及的节日风俗，内容丰富翔实、至琐至细。曹雪芹根据不同情节的需要，对每个节日进行了或详细或简要的描述，使得后人能够初步了解清代人们庆祝节日的方式和习俗。

这里，我们选取作者描写较多且最为读者熟悉的几个节日习俗片段，管窥经典文学对于传统节日文化的记录与传承。

第一节　春节

春节，又叫作农历年、阴历年，俗称"过年"，就是每年的农历正月初一。这是我国最热闹、最隆重的传统节日。

"年"最初的含义就是指农作物的生长周期，《说文解字》对"年"的解释为"谷熟也"①，其意是以谷为代表的农作物从播种到收获的一个周期就算作一年。夏商时期，按照月相变化与更替的周期把一年分为十二个月，每个月把看不见月亮的那一天称为"朔"，把正月朔日的子时称为岁首，也就是"年"，又叫作每一年的开始。这种算法起始于周代，直到两汉时期才正式确立，并延续至今。

---

① ［汉］许慎撰，［宋］徐铉等校：《说文解字》，上海古籍出版社 2007 年版，第 342 页。

根据历史记载，在汉代时，"春节"特指二十四节气中的"立春"日，历代王朝也大多将"立春"称为春节。因此，古代的春节并不是现在人们记忆中的新年。直到辛亥革命建立中华民国后才开始将农历一月一日称为春节。如此看来，春节的历史十分悠久。

传统意义上的春节会持续很长时间，一般进入十二月就已经开始筹备过年的事宜了，从腊月初八（腊祭）或腊月二十三（祭灶）开始，一直到正月十五（元宵节）结束，人们都处在过年的氛围中。春节期间，各家各户主要举行各种喜庆活动，大多是祭神佛、祭祖先、辞旧迎新等，目的是通过各种活动祈求丰收、避免灾祸。

《红楼梦》里有关春节的描写有很多，腊月的忙年、祭灶，正月的祭祖、拜年，以及正月十五的元宵节，曹雪芹对各项活动进行了详细的描述。

一、打扫卫生

古代把腊月二十三称作祭灶的日子，也叫作除尘日，每家每户都要对各自的家进行一次大扫除，清理干净、辞旧迎新。相传在清代时，每年腊月二十三在坤宁宫祀神，为了节省开支，皇帝顺便把灶王爷也拜了。于是，祭灶日也成为了小年这一天非常重要的活动，除了要为灶神供奉糕点等点心之外，还要换掉旧的灶神像，换上新的灶神像，祈求新的一年保佑各家灶火，迎祥纳福。

这一天，荣宁二府皆是忙忙碌碌，府内上上下下都开始着手整理家中事务：贾珍把宗祠打开，派人打扫，收拾供器，放上了供奉祖先的小木牌，又打扫了上屋，用来悬供遗真影像。扫尘既有告别过去一年的意思，又有迎接新的一年的愿望，从这个习俗开始，人们就投入了过年忙碌的气氛中，寄寓了人们美好的期盼。

二、除旧迎新

春节是"除旧迎新"的时节,即告别旧的一年,迎接新的一年。古代过年的时候,人们要在门上贴上门神、挂牌和春联来消灾避邪,祈福迎新。

《红楼梦》第五十三回详细描写了贾府过年的全景:

> 已到了腊月二十九日了,各色齐备,两府中都换了门神、联对、挂牌,新油了桃符,焕然一新。宁国府从大门、仪门、大厅、暖阁、内厅、内三门、内仪门并内塞门,直到正堂,一路正门大开,两边阶下一色朱红大高烛,点的两条金龙一般。

门神是古代过年时贴在门上的一种画,画上是道教和民间信仰的守门神。人们在门上张贴神像,用来驱邪避鬼、守卫家宅平安等。人类自原始社会始就有了信仰,开始相信鬼神的存在,遇到一些奇怪现象就觉得是鬼神造成的,于是祭神驱鬼就成了重中之重。那为什么人们要把驱鬼魂的东西放在门上呢?主要是因为在古代门有防御外来入侵、保护安全的特殊作用,于是人们就找东西挂在门上驱鬼,这些东西就叫门神,他们深受人们崇拜。根据史书记载,张贴门神的习俗最早出现于西汉,最初的画像是各种神话人物的肖像,比如《山海经》中的神荼和郁垒,后来普遍变成秦叔宝和尉迟恭这两位夜间守卫宫门的将军,再到后来各家各户又开始根据实际情况张贴对应的神仙,例如武门神、文门神、祈福门神等,以满足各自的需求。

挂牌,又叫作挂千、挂钱,也是过年贴的一种装饰品。一般是把五彩纸剪成各种花纹图案,多为古钱状,有的则是比较吉祥的字词,然后贴在佛前、门楣或屋檐这些地方,祈求平安富有,增添喜乐气氛。

春联,又称春贴、门对、对联,源于古代的桃符。它以对仗工整、简洁精巧的文字描绘美好形象，抒发美好愿望，表达对过去一年收获的喜悦或新的一年的期盼。当人们在自己家门口贴年红（春联、福字、窗花等）的时候，意味着春节正式拉开序幕。

现在，虽然门神、挂牌、桃符这些物品在我们的日常生活中逐步淡出，宋代王安石的诗句"千门万户曈曈日，总把新桃换旧符"却耳熟能详、代代相传。每逢过年，人们依然在门上张贴春联，迎接新年的到来。

三、置办年货

年货就是过年的应时物品，置办年货就是在过年前买好过年要用到的物品。在古时候，交通不发达，物质条件也极不丰富，人们采购物品相对困难，过年是人们一年中最重要、最热闹的节日，为了迎接这个重大节日，人们就提前十天左右赶集，购置好新衣服、肉和菜、糖果等穿的、吃的、用的各种物资，还要保证采买充足，这些统称为年货。置办年货的习俗形成并没有明确的时间点，但是从汉武帝时期开始，许多过年的习俗开始相继诞生，购买年货就是其中之一。

贾府为名门望族，自然对过春节特别看重。进入腊月十五、十六日，便到了年关，贾府准备过年的各项事宜也提上了日程，王夫人和王熙凤一起商量着筹办年事。由此可见，在年关初始，贾府便开始忙碌起来，置办年货，准备欢度春节了。

此外，《红楼梦》第五十三回中提到了黑山村乌庄头交租的画面，这就是贾府年货的部分来源：

> 大鹿三十只，獐子五十只，狍子五十只，暹猪二十个，汤猪二十个，龙猪二十个，野猪二十个，家腊猪二十个，野羊二十个，青羊二十个，家汤羊二十个，家风羊二十个，鲟鳇鱼二个，各色杂鱼二百斤，活鸡、鸭、鹅各二百只，风鸡、鸭、

鹅二百只，野鸡、兔子各二百对，熊掌二十对，鹿筋二十斤，海参五十斤，鹿舌五十条，牛舌五十条，蛏干二十斤，榛、松、桃、杏穰各二口袋，大对虾五十对，干虾二百斤，银霜炭上等选用一千斤、中等二千斤，柴炭三万斤，御田胭脂米二石，碧糯五十斛，白糯五十斛，粉粳五十斛，杂色粱谷各五十斛，下用常米一千石，各色干菜一车，外卖粱谷、牲口各项之银共折银二千五百两。外门下孝敬哥儿姐儿顽意：活鹿两对，活白兔四对，黑兔四对，活锦鸡两对，西洋鸭两对。

乌进孝送给贾府的年货单列出的特产有几十种，而且全都是长白山的山珍特产，但贾珍对这些贡品的数量并不满意，他认为乌进孝至少会进贡五千两银子，这些物品远远达不到贾珍的期望值，足见贾府过年时的富庶奢靡。

四、进宫朝拜

古代，上至皇帝，下至普通百姓都期盼着春节的到来。而新年伊始，大臣们要做的第一件大事就是在大年初一那天早早地打扮好进宫给皇帝跪拜，进献礼品，以表忠诚，期间还有乐器歌舞助兴，拜完年后，皇上还会给他们赐茶，还会一起去寺庙祭拜。

因为贾元春是贵妃，贾府因此也成为皇亲，在除夕、春节时都需要进宫朝拜。在除夕这天，贾府进宫向君主朝贺：贾母等有爵位称号的人，都按照品级穿朝服，坐着八人大轿，带领着众人进宫朝贺。过春节时，也要进宫祝贺：在春节这一天五更的时候，贾母等人按照品级着装，为了体面还"摆全副执事"进宫朝贺，同时恭祝元妃千秋。元妃也要安排新春喜宴，娘家人则"领宴"共餐。

五、全家祭祖

古代过年时，人们有三大类祭拜活动：祭祖、祭神、祭佛。祭祖就是在祠堂供奉亲人祖先，在正厅则以供影为主；供神要设天地桌，用来陈设香烛和贡品；祭佛则要到寺庙中祈福来年。

中国人认为祖先的灵魂永存，可以庇佑后代，所以在春节便会举行隆重的祭祖仪式，用来感谢祖辈恩德，期盼祖先继续保佑。过年的时候，家家户户都要把家谱、祖先的遗像、牌位等供奉在厅堂中，摆好供桌、香炉还有供品，家庭成员按照辈分大小，分批向各位祖先上香行礼。

每年除夕，贾府都要举行祭祖活动，祭祖仪式由地位最高、最年长的人也就是贾母领头举行。《红楼梦》第五十三回写到：贾母在腊月三十先进宫朝贺，回来后直接在宁府暖阁下轿，没有跟着进宫朝拜的贾府子弟在宁府门前迎接贾母。贾母到了之后，贾府子弟则簇拥着贾母一起到贾府宗祠祭祖。

……贾敬主祭，贾赦陪祭，贾珍献爵，贾琏贾琮献帛，宝玉捧香，贾菖贾菱展拜毯，守焚池。青衣乐奏，三献爵，拜兴毕，焚帛奠酒，礼毕，乐止，退出。

众人围随着贾母至正堂上，影前锦幔高挂，彩屏张护，香烛辉煌。……贾荇贾芷等从内仪门挨次列站，直到正堂廊下。槛外方是贾敬贾赦，槛内是各女眷。众家人小厮皆在仪门之外。

每一道菜至，传至仪门，贾荇贾芷等便接了，按次传至阶上贾敬手中。贾蓉系长房长孙，独他随女眷在槛内。每贾敬捧菜至，传于贾蓉，贾蓉便传于他妻子，又传于凤姐尤氏诸人，直传至供桌前，方传于王夫人。王夫人传于贾母，贾母方捧放在桌上。邢夫人在供桌之西，东向立，同贾母供放。直至将菜饭汤点酒茶传完，贾蓉方退出下阶，归入贾芹阶位之首。

凡从文旁之名者，贾敬为首；下则从玉者，贾珍为首；再下从草头者，贾蓉为首；左昭右穆，男东女西。俟贾母拈香下拜，众人方一齐跪下，将五间大厅，三间抱厦，内外廊檐，阶上阶下两丹墀内，花团锦簇，塞的无一隙空地。……

上述这段话详细描绘了过年时贾府从宫中朝拜回来祭祖的场景。这项活动准备工作复杂，仪式隆重，流程繁复，参与人数众多，场面宏大，宗祠制度和等级制度严格，让人不由得感慨贾府一品望族的地位。

第二节　元宵节

元宵节又名"上元节"，源于古代民间点灯祭神祈福的习俗，早在两千多年前的秦汉就已存在，直至东汉发扬光大，汉文帝下令将正月十五定为元宵节后，逐渐成为主流的民间节日。

关于元宵节的由来，其实有多种说法：一是纪念"平吕"，意为平息"诸吕之乱"后的与民同乐，这是对于汉文帝设置元宵节的解释；二是"三元说"，是认为元宵节起源于道教，道教认为正月十五日为上元节，主管上元的为天官，因为天官喜乐，故上元节要点灯，意为遵循道教的成规；三是起源于"火把节"，汉代的民众在乡间田野拿着火把驱赶蚊虫，希望减轻虫害，保佑粮食获得好收成，随着时代的变迁，燃烧火把也逐渐变为了点燃彩灯。

《红楼梦》里把节日风俗描绘得最精彩的就是元宵节。荣国府有各种庆元宵活动：元宵灯、元宵圆子、放烟火、猜灯谜。各项活动交相呼应，构成了元宵节习俗，展现了古代社会对节日的重视。

一、看花灯

花灯又叫作灯笼，是中国农耕时代的一种传统的民俗工艺品，主要作用是照明，通常用纸或者绢作为灯笼外壳，骨架一般则用竹或者木条制作，再在中间放上蜡烛之类。传说元宵节看花灯的习俗起源于汉武帝时期，正月十五在皇宫祭祀最尊贵的太阳神，因为整夜都在举行这个仪式，所以必须一直点灯照明。后来，每到这天，各种各样的花灯都高悬在街头，五彩缤纷，鲜艳夺目。

《红楼梦》全书中共有三处写到了元宵节，这三处无一例外都写到了看花灯。

开篇第一回就写到了过元宵节，甄士隐家的仆人霍启就抱着甄英莲去看社火花灯。

第十七回至第十八回写贾元春在正月十五元宵夜回家省亲时又写到了大观园元宵灯：两边的石栏上，都挂着水晶玻璃做的各种颜色的风灯，全部点亮，上下争辉；船上也系着各种精致的盆景灯。由此描写可以感受到各种花灯的精美，也可以看出贾府过元宵节的气派豪华。

第五十三回写荣国府的元宵夜宴，对花灯做了更为细致的刻画：

  两边大梁上，挂着一对联三聚五玻璃芙蓉彩穗灯。每一席前竖一柄漆干倒垂荷叶，叶上有烛信插着彩烛。这荷叶乃是錾珐琅的，活信可以扭转，如今皆将荷叶扭转向外，将灯影逼住全向外照，看戏分外真切。窗格门户一齐摘下，全挂彩穗各种宫灯。廊檐内外及两边游廊罩棚，将各色羊角、玻璃、戳纱、料丝或绣、或画、或堆、或抠、或绢、或纸诸灯挂满。

这里的元宵灯陈设极度辉煌、令人瞠目，由此也可看出贾府家族势力之盛。

二、猜灯谜

灯谜是谜语的一种，写在灯笼上，也因此被叫作灯谜。灯谜又叫灯虎，所以猜灯谜又叫作猜灯虎。谜语最早出现在春秋战国时期，那个时候还只是一种口头创作形式；到了秦汉时期，民间口头谜语发展为一种书面创作；三国时期，猜谜语开始盛行；宋代以降，人们开始把谜语绑在各种颜色的花灯上供人们猜测；到了明清时期，猜灯谜在民间更是流行。灯谜作为一种雅俗共赏的益智活动，内容丰富、范围广泛，成为元宵节不可缺少的娱乐活动，也作为一种元宵习俗流传下来。

制作灯谜和猜灯谜是贾府欢度元宵节的一项重要活动。《红楼梦》第二十二回写到，贾元春省亲回宫后，特地制作灯谜让太监送到贾府请家人同猜，和家人一同欢庆元宵佳节，同时，众姐妹也作灯谜送进宫，贾府一时掀起猜谜热潮。

其实，作者的独具匠心在于利用猜灯谜将人物命运隐晦地透露出来，处处皆为结局伏笔。例如，元春所作灯谜："能使妖魔胆尽摧，身如束帛气如雷。一声震得人方恐，回首相看已化灰。"谜底是爆竹，爆竹本身，在发出巨响令人恐惧注目之时却也化作飞灰飘逝，暗示贾元春在声势浩大的省亲之后，如雷的气势也将消失，贾府的靠山即将倒下，这其中的寓意贾母和贾政在看到谜语时已经有所察觉。

又如探春制作的灯谜："阶下儿童仰面时，清明妆点最堪宜。游丝一断浑无力，莫向东风怨别离。"谜底是风筝，暗示离家远嫁是探春的最终归宿。

除此之外，还有其他姐妹所作的灯谜，王熙凤在击鼓传梅时讲的笑话，都在暗示着贾府众人各自的命运结局，也预示了贾府的逐渐衰颓与没落。

三、摆家宴

家宴是指逢年过节家人相聚在一起聚会宴饮，它体现了一直传承下来的华夏礼俗、家学家风，具有深厚的文化底蕴，还满足了人们的情感诉求。当然，宴饮活动也是贵族欢度节日不可或缺的关键一环。在贾府的元宵家宴中,为增加节日的热闹气氛,除了正常的饮食外,还有行酒令、看戏、说书、弹曲等活动来应景凑趣。

《红楼梦》第五十三回就写到了贾府元宵家宴的盛况:贾母在大花厅上命人摆上了十来席酒,又叫了一班戏子过来唱戏,还挂满了各种颜色各种样式的花灯,带着荣宁两府的人进行家宴。在每一席的旁边还放上了一个小案几,案几上放着炉瓶焚着香;还有一些养眼的盆景,都是新鲜的花卉;紫檀透雕的茶盘里还放着茶杯泡着上等名茶。整个宴会细致又讲究。

四、放烟火

烟火是在火药的基础上制成的。起初是供上层权贵展现财力地位的消遣品,到了明清时期,烟火开始流传开来,成为节日期间燃放、互赠的一种礼品。传说元宵节放烟花习俗的由来是这样的:天帝因为人间的一个猎人不小心射中了他的神鸟而迁怒于人们,就命令天兵在正月十五这天放火烧毁人间万物。天帝的女儿不忍看世人受苦,偷偷下凡告诉大家这个消息,让人们提前做好准备。人们为了保全生命,在正月十四、十五、十六这三天,偷偷地在家里燃放烟花爆竹,利用火光来骗过天帝。于是,以后的每年正月十五,人们都会放烟花来纪念这一天。

《红楼梦》里叙写了这个风俗,放烟火这项活动是穿插在贾府元宵家宴中进行的。第五十四回写到:贾母在席间吩咐王熙凤等人把烟火放了,解解酒。贾蓉听了,就带着下人们在院子内安下屏架,把放烟火的设备也准备齐全。贾府所放的烟火不大但是非常精致,也有各种花炮。他们"一色一色的放了又放",还放了一些小的炮仗。这些花炮都是进贡给皇室的贡品,自然无比贵重。由此可见,贾府所放的烟火便与寻常百姓家的不同,可知贾府生活的豪华。

在小说剧情中加入元宵节这些民俗会更加地打动人心。一方面，将人物结局与节日风俗暗暗联系在一起，增强读者记忆点；另一方面，以乐写悲，使得人物命运更加令人唏嘘。

第三节 端午节

农历五月初五是中国的又一传统节日——端午节。端午节，又称端阳节、龙舟节，原是古代百越地区部落在农历五月初五以龙舟竞渡的形式举行图腾祭祀的节日。相传战国时期，楚国诗人屈原在这一天跳汨罗江自尽，统治者就将端午定为节日，来纪念这位忠君爱国的大臣。有些地区也流传着纪念伍子胥、曹娥的传说。时至今日，端午节已经有两千多年的历史，随着时代的发展，各地出现了许多端午习俗，并且世代相传至今。

《红楼梦》中仅端午节就写到了四次，贾府过节的事宜准备得相当充分，而且也提及了很多端午节习俗，有关端午节及其各项风俗活动的描写不仅使得小说情节更为连贯，更为剧情增强了趣味性和可读性。

一、打醮

打醮，是道士设坛为人们做法事、祈福避灾的一种仪式活动，又可以称为一种宗教祭祀活动。"醮"就是祭祀神灵的意思，这是古代村民为表达对天上神明保佑世人的感激之情或祈求平安而举行的隆重仪式。在这个过程中由道士和僧人作为媒介，代替人们与神灵进行沟通，这种活动称为醮。

《红楼梦》第二十八回提到：贾元春吩咐夏太监告诉贾府的人五月初一到初三要在清虚观打三天平安醮，唱戏献供，跪香拜佛。这里提到的平安醮又叫作祈安清醮，是醮类中最为盛行的一种，是一种驱瘟禳灾活动。因为农历五月端午节阳气正盛,虫蛇肆虐,人们会用各种方式驱赶毒虫,打平安醮便是其中一种。由此开始,贾府的端午节便正式拉开了帷幕。

二、佩香袋

香袋又叫作香包、荷包,一般用绸缎或者布料缝成荷包的形状,在里面装上香料和棉花,或者装上一些具有芳香气味的中草药,最后用五彩丝线缠绕封口,在底部系上穗子,目的就是来驱虫、避瘟、防病。

《红楼梦》中贾元春端午节赏给李纨、王熙凤的礼物里面有两个香袋。而香袋里填充的香料,小说第二十四回也有所提及。在文中,贾芸先从倪二那里借了银子,买了昂贵的冰片、麝香,用来给王熙凤送礼,以此来向王熙凤讨职。贾芸说:"往年间我还见婶子大包的银子买这些东西呢,别说今年贵妃宫中,就是这个端阳节下,不用说这些香料自然是比往常加上十倍去的。因此想来想去,只孝顺婶子一个人才合式,方不算遭塌这东西。"而凤姐也想到此时正是要准备端午节的物品,购买香料的时节。

由这段话可知,像贾府这种贵族人家,在端午节是要花大量钱财购置名贵香料的,这香料自然是用来制作香袋供人佩戴。

三、插蒲艾、系虎符、赏午

《红楼梦》第三十一回写道:

> 这日正是端阳佳节,蒲艾簪门,虎符系臂。午间,王夫人治了酒席,请薛家母女等赏午。

这短短的一句话就描述了端午节的三大习俗。蒲就是菖蒲,艾就是艾草,古代端午前后,人们就把蒲艾插在门上。虎符是用丝、布、绸等缝成小老虎形状的一种装饰品,端午节这天,人们给孩子们在手臂上戴上虎符。

旧时人们认为五月是瘟疫增多、毒虫繁殖的邪月、毒月，所以要采用各种方法避邪除毒。艾具有香味，可以驱除蚊虫，净化空气，虎符辟邪护身，所以把蒲艾插在门上，把虎符戴在手臂上的目的都是为了辟邪避祸、祈求平安。

赏午，是端午节的午宴。大家聚在一起喝雄黄酒，吃粽子、咸鸭蛋、酥油糕等端午特产，还有樱桃、桑葚等时令水果，因为此时恰逢石榴花开，在贾府还有赏石榴花的高雅活动。

四、吃粽子

在今天，我们最常见的端午习俗应当就是吃粽子。粽子的历史非常悠久，最早是作为一种祭祀食品，用来祭祀祖先和神灵。东晋一位医学家范汪在《祠制》中提到："仲夏荐角黍"①。角黍，就是角形的粽子，说明当时就有用角黍祭祀祖先神灵的习俗。

再到后来，广为人知的就是用粽子纪念屈原：相传楚国大夫屈原面临亡国之痛时，跳入汨罗江自尽，人们把米装进竹筒扔进河里，成为鱼虾的食物，以免这位忠臣的身体受到鱼虾的啃食伤害。后来，为了表达对屈原的尊敬与缅怀，每到五月初五，人们就把糯米装进竹筒里，投江祭奠屈原，这就是筒粽的由来。发展到东汉时期，据说在长沙有个叫区回的人看见屈原显灵，告诉他说：人们在河里祭祀的食物被蛟龙抢走吃了，只要裹上练叶，再缠上五色线，蛟龙就会害怕，不会再抢食物了。区回把这件事告诉了村民，人们便按照这个方法制作粽子，这个习俗也一直沿袭至今。汉代以后，人们开始用艾叶或者荷叶包粽子，并将这种做法代代相传，粽子成为中国历史上文化积淀最深厚的传统食品，发展到现在，已经有两

---

① ［唐］徐坚等著：《初学记》，中华书局 2004 年版，第 74 页。

千多年历史了。

《红楼梦》第三十一回也提到了吃粽子。宝玉和晴雯发生争吵，两人都生气哭了起来。袭人见宝玉流泪，也哭了。这时黛玉走进屋内，晴雯就不再说下去，出去了。黛玉笑着对宝玉和袭人说了一句缓和紧张气氛的话："大节下怎么好好的哭起来？难道是为争粽子吃争恼了不成？"可见，在清代，端午吃粽子已经成为一种习俗了。

五、斗百草

古人有在端午节斗百草的传统。根据史料记载，斗百草的游戏起源于周代，在南北朝时期逐渐成为端午节的一种习俗。《荆楚岁时记》载："五月五日，四民并踏百草，又有斗百草之戏。"

斗百草有两种斗法，可分为文斗和武斗。文斗比较的是花草的种类和数量。种类比赛就看谁采到了最新鲜、最独特、别人都没有见过的花草种类谁就获胜。小说中香菱、芳官、蕊官等人玩的斗草就是文斗，这需要一定的知识功底和对花草植物的分辨能力。武斗是两人持草相对，每人用一只手拿住自己花草的茎的一端，让双方的草茎相互勾连后再用另一只手抓住另一端，然后用力一拉，谁的草茎被拉断就为输家，反之为赢家，这里比的是谁的力气更大，谁能找到韧性最好的花草。无论文斗还是武斗，对于人们增长知识、陶冶性情、作为娱乐活动都是很有帮助的。

《红楼梦》第六十二回写道："外面小螺和香菱、芳官、蕊官、藕官、荳官等四五个人，都满园中顽了一回，大家采了些花草来兜着，坐在花草堆中斗草。这一个说：'我有观音柳。'那一个说：'我有罗汉松。'那一个又说：'我有君子竹。'这一个又说：'我有美人蕉。'"端午前后，香菱和一群小丫鬟玩斗草的游戏。根据描述来看，她们玩的就是文斗。

不过到今天，端午斗草的习俗已经很少见到了。

第四节　中秋节

中秋节起源于上古时代，从那时起，因为对天象崇拜，人们就有了祭月的传统，在每年的秋分之后会举行祭月仪式，以祈求丰收和幸福。而中秋节的普及在汉代，定型则在唐代。自古以来，人们便有在中秋节祭月、赏月、吃月饼、饮桂花酒等习俗，并一直流传至今，成为继春节后中国第二大传统节日。

一部红楼，三次中秋。

通过贾府欢度中秋的庆祝方式，读者能够了解到古代中秋节的一些习俗以及名门望族在节日时会进行的传统活动。

一、祭月赏月

从上古时代开始，人们就把月亮当作神明来崇拜。人们崇拜天象，祈求月亮帮助人们完成心愿，因此拜祭。后来普遍发展为民间的赏月、颂月活动。因为八月十五、十六日这两天的月亮是一年中最大最圆的月亮，这也就成了赏月的最佳时期。

《红楼梦》第七十五回有关中秋节祭月的描写是这样的：

> 当下园之正门俱已大开，吊着羊角大灯。嘉荫堂前月台上焚着斗香，秉着风烛，陈献着瓜饼及各色果品。邢夫人等一干女客皆在里面久候。真是月明灯彩，人气香烟，晶艳氤氲，不可形状。地下铺着拜毯锦褥。贾母盥手上香拜毕，于是大家皆拜过。

整个祭月的陈列摆设描写得很细致。

因为月亮阴柔静冷，在古代人眼中通常是女性的象征，所以贾府的女性要祭月。大观园有两处建筑：嘉荫堂在山脚下，是人们祭月的地方；凸碧山庄位于山脊之上，便于众人登高赏月。

众人前往凸碧山庄赏月在小说中是这样刻画的：

……从下逶迤而上，不过百馀步，至山之峰脊上，便是这座敞厅。因在山之高脊，故名曰凸碧山庄。于厅前平台上列下桌椅，又用一架大围屏隔作两间。凡桌椅形式皆是圆的，特取团圆之意。上面居中贾母坐下，左垂首贾赦、贾珍、贾琏、贾蓉，右垂首贾政、宝玉、贾环、贾兰，团团围坐。只坐了半壁，下面还有半壁馀空。

二、吃月饼

月饼是拜祭月神的一种供品，历史也非常悠久。月饼的形状是圆的，象征着团圆，寓意着圆满。根据现有文献记载，"月饼"一词，最早收录于南宋吴自牧的《梦粱录》中。到了明代，中秋节吃月饼的习俗变得更加普遍，人们也开始互相馈赠月饼。从清代开始到现代，月饼在质量、品种上都有新发展，变得越来越丰富精美，形成了京式、苏式、广式等各具特色的品种，别具风味，深得人们喜爱。

《红楼梦》中也提到了吃月饼：贾母将自己吃的一个内造瓜仁油松瓤月饼连同一大杯热酒都送给了吹笛子的人。这里所说的月饼是五仁月饼的一种，是用坚果仁混合冰糖和猪油做成的，用料讲究，制作过程也费时费力。

当然，发展至今日，各地的月饼种类依各地人口味有所不同，但月饼所传递的美好寓意却始终如一。

三、娱乐活动

（一）饮酒作乐

饮酒是伴随赏月而生的一种习俗。中秋佳节，开怀畅饮，不失为节日的一种享受。中秋饮酒的历史可以追溯到汉代，汉朝君主要在八月喝酿制工艺复杂的"酎"酒。而在唐代就有了登台赏月、饮酒作诗的活动记录。

中秋饮酒很有讲究，桂花酒一般为专供中秋喝的酒。农历八月份，桂花成熟飘香，人们便会采集桂花，酿造桂花酒。

饮酒也是贾府欢度节日时不可缺少的一环。《红楼梦》第七十五回、第七十六回写贾府过中秋时就多次提到了酒："若花到谁手中，饮酒一杯，罚说笑话一个"，"遂命拿大杯来斟热酒"，"正是为此，所以我才高兴拿大杯来吃酒。你们也换大杯才是"，"于是遂又斟上暖酒来"。

（二）吹笛子

笛子是迄今为止发现的最古老的乐器，它的历史可以追溯到新石器时代。中秋对月，会引起人们的怀思。一方面，笛子吹奏是中秋节庆祝活动的重要组成部分，人们会聚集在一起，吹笛演奏，增添氛围；另一方面，笛子作为一种礼物，人们在中秋节日期间也会相互赠送，表达祝福和思念之情。

《红楼梦》第一回就写到了中秋节时，贾雨村与甄士隐同饮酒赏月：八月十五这天，街上家家户户都在吹笛唱歌，头上一轮明月光辉照人，人们兴致更浓，一杯一杯地饮酒抒怀，酒到杯干。

小说第七十六回描写得更为细致："正说着闲话，猛不防只听那壁厢桂花树下，呜呜咽咽，悠悠扬扬，吹出笛声来。趁着这明月清风，天空地静，真令人烦心顿解，万虑齐除，都肃然危坐，默默相赏。听约两盏茶时，方才止住，人家称赞不已。""只听桂花阴里，呜呜咽咽，袅袅悠悠，又发出一缕笛音来，果真比先越发凄凉。大家都寂然而坐。夜静月明，且笛声悲怨……"

（三）行令作诗

酒令是一种具有中国特色的酒文化。饮酒行令，是中国人在饮酒时特有的一种活跃气氛、取乐助兴的方式。行酒令一般是指在酒席间选择一个人为令官，其余的人听令轮流说诗词，不遵守规则和作答不出来的人会被罚饮酒。酒令由来已久，最早诞生于西周，完备于隋唐。

作为名门望族，贾府自然将这种席间文化发扬到了极致。

首先《红楼梦》第一回贾雨村和甄士隐中秋饮酒时就即兴作诗好几首。例如，"玉在椟中求善价，钗于奁内待时飞"，借此句抒发自己怀才不遇之感；又如，看到兴致正浓时便对月抒怀，"时逢三五便团圆，满把晴光护玉栏。天上一轮才捧出，人间万姓仰头看"。

再如《红楼梦》第七十五回，贾府举家赏月，本是击鼓传花饮酒讲笑话，但贾宝玉因贾政在座，乃起身辞道："我不能说笑话，求再限别的罢了。"贾政道："既这样，限一个'秋'字，就即景作一首诗。若好，便赏你；若不好，明日仔细。"宝玉便作起诗来。

第七十六回，众人散后，史湘云又对林黛玉说："他们不作，咱们两个竟联起句来，明日羞他们一羞。"黛玉见她这般劝慰，不肯负她的豪兴，于是两人便寻了处好地方对起联来，有来有回，好不快活。

通过对这三次中秋节的描写，我们可以感受到曹雪芹笔下的贾府逐渐"衰、散、悲"的发展局面。本是花好月圆夜，却平添一种凄凉感。

第五节　其他节日与习俗

《红楼梦》中描写的其他节日，所用笔墨虽然没有以上四种节日多，但在这里也一并提及，便于读者更深入地了解感受中国传统节日的魅力。

一、芒种节

古代劳动人民通过观察大体运行和星象变化，总结了一年的气象规律，以便顺应农时，方便作物种植。芒种就是二十四节气之一，在农历四月中旬，意为有芒的谷物的种子需要在此时及时种植。

曹雪芹在《红楼梦》中写到了芒种节的一个习俗：送花神。花神节在农历春分时节左右，从花神节到芒种节，是百花开放的一段时期，而从芒种开始，百花渐渐凋落，夏季慢慢到来。所以芒种这一天要送花神："至次日乃是四月二十六日，原来这日未时交芒种节。尚古风俗：凡交芒种节的这日，都要设摆各色礼物，祭饯花神，言芒种一过，便是夏日了，众花皆卸，花神退位，须要饯行。"

在这一天，贾府所有的女孩们都一大早起来送花神："那些女孩子们，或用花瓣柳枝编成轿马的，或用绫锦纱罗叠成干旄旌幢的，都用彩线系了。每一棵树上，每一枝花上，都系了这些物事。满园里绣带飘飘，花枝招展，更兼这些人打扮得桃羞杏让，燕妒莺惭，一时也道不尽。"也正是这时，出现了著名的黛玉葬花的情景。

二、七夕节

七夕节相传起源于上古时期，在西汉开始流行。到了南北朝时期，有关牛郎织女的传说流传开来，人们纷纷为他们的爱情所动容：传说古时候，地上的牛郎与天上的织女偷偷相爱，但遭到了天帝反对，在七月初七这一天，王母便奉旨带领天兵天将将织女带回了天宫。此后，每年农历七月初七晚上喜鹊都会在银河上搭桥，让牛郎织女这一对爱人在桥上相会。人们在这天晚上会拜祭织女，就把七月初七这一天称作七夕节；织女的织布技术非常高超，旧时女子们还会乞求织女传授自己心灵手巧的手艺，于是七夕节也被称作乞巧节。自此以后，经过历史的发展与牛郎织女神话爱情故事的加持，七夕便成为象征爱情的节日。直到现在，七夕节也还是中国的情人节。

《红楼梦》中并没有明确地写到与七夕节有关的习俗，但有几处透露了与七夕有关的内容。

首先是刘姥姥二进大观园，众人设宴行令的时候提到了七夕："鸳鸯道：'当中二五是杂七。'薛姨妈道：'织女牛郎会七夕。'鸳鸯道：'凑成"二郎游五岳"。'薛姨妈道：'世人不及神仙乐。'"

又有王熙凤让刘姥姥给七月初七出生的女儿起名字："凤姐儿道：'正是生日的日子不好呢，可巧是七月初七日。'刘姥姥忙笑道：'这个正好，就叫他是巧哥儿。'"古时候民间认为七是不吉利的数字，七月初七这一天阴气更重，人们认为在这一天出生的女孩会一辈子命苦，所以王熙凤很发愁，就请贫苦的刘姥姥起名字压一压凶兆，刘姥姥用"以毒攻毒，以火攻火"的法子，给王熙凤女儿取名"巧哥儿"。

再有第七十八回，贾宝玉为已经去世的晴雯作《芙蓉女儿诔》，其中写到了"楼空�鹊，徒悬七夕之针；带断鸳鸯，谁续五丝之缕？""七夕之针"，极言晴雯手之巧。

三、冬至

冬至也是二十四节气之一，源于汉代，盛于唐宋，延续至今。在这一天，白昼最短，黑夜最长。从这天开始，白天逐日增长，寓意着进入新的循环，所以古人把冬至看作大吉之日。直到现在，中国北方地区还保留着每年冬至日吃饺子的习俗。

关于冬至这个节日，小说中也有所提及。

《红楼梦》第九十二回写到宝玉不想去学房，问袭人贾母那边有没有打发人来说些什么。袭人说没有。宝玉就说:"必是老太太忘了。明儿不是十一月初一日么,年年老太太那里必是个老规矩,要办消寒会,齐打伙儿坐下喝酒说笑。……"不久,贾母就派人来通知说:"老太太说了,叫二爷明儿不用上学去呢。明儿请了姨太太来给他解闷,只怕姑娘们都来,家里的史姑娘、邢姑娘、李姑娘们都请了,明儿来赴什么消寒会呢。"

这里所说的消寒会,又叫作暖冬会,从唐朝开始流行,是古代入冬之后,亲朋好友相聚在一起,宴饮作乐。由此可知,此时正是冬至时节。

《红楼梦》对于节日习俗的抒写,是曹雪芹在小说中有意安排的。在这个过程中,人物的性格特点、家族的兴衰变化、社会的风俗习惯都表现得淋漓尽致,是按照情节和场景变换的需要,详略得当进行描写。曹雪芹多次写到中秋节、元宵节等中国传统节日,但写作重心与每次节日的场面规模都不尽相同,心思巧妙,令人拍案叫绝。

刘梦溪说:"传统是从过去流淌到现今的精神河流,每个人都不自觉地站在其延长线上。"但相较于过去,面对越来越开放和交融的文化,今天,似乎越来越少的中国人愿意了解节日背后蕴含的文化,每个节日具有特殊意义的东西现在变得唾手可得,传统节日变得越来越没有特定的意义,这不能不引人深思。

这样说来,《红楼梦》呈现出来的是厚重的中国传统节日历史文化,其中深具文化内涵的活动与形式,赋予中华民族传统节日以文化魅力,更让读者领略到中华文化的源远流长与博大精深。

第十一讲
《红楼梦》中戏曲文化的作用

中国古典戏曲素有"南戏北(杂)剧"之称。元杂剧,又称北杂剧、北曲、元曲,它是在金院本和诸宫调的直接影响之下,融合了各种表演艺术形式,并在唐宋以来话本、词曲、讲唱文学的基础上,创造出了成熟的文学剧本。南戏,是南曲戏文的简称,大约产生于北宋徽宗宣和年间到高宗南渡之际,盛行于南宋,在东南沿海地区发育成熟起来的,最早出现在浙江永嘉(温州),故称永嘉杂剧。

杂剧与南戏的差别不小。首先,南戏的演出段落叫"出",与杂剧称"折"不同,杂剧一般由四折组成,有的再加一个楔子,而南戏没有固定的出数,长短自由;其次,杂剧规定每折的套曲只能用同一宫调的曲牌,只能一韵到底,一般来说,一剧中一人主唱到底,而南戏每一出中不限一个宫调,也可以换韵,而且不规定一人独唱,可对唱,也可以合唱,唱时可生可旦,没有旦本、末本的限制;最后,在音乐风格上,杂剧与南戏也不同。

由于元杂剧体制上存在缺陷,到了明清两代由南戏发展演化而来的明清传奇则雄踞剧坛。在《红楼梦》成书的清代中期,戏曲既是当时用来消遣的工具,又存在着被禁毁的风险。《红楼梦》出现的戏曲不仅篇目数量多,而且涵盖的种类多样,如婚姻爱情剧、历史剧、神仙道化剧、社会家庭剧等。概括来说,戏曲承担着多重使命，并散发着无穷的魅力。

《红楼梦》自第十七回元宵节"元妃省亲"开始，主要写了贾宝玉13岁到16岁时最美好的一段人生时光。贾蔷已从姑苏采买了十二个女孩子，并聘了教习，置办了乐器行头。这些女孩子们一直被安排在梨香院演习戏文。第二年的元宵节过后，贾府显示出了末世衰颓的气象。不久，在第五十八回中，贾府便遣发这十二个女孩子。从第十七回"元妃省亲"至第五十四回荣国府"元宵夜宴"，戏班子的聚散无常也隐含着贾府的衰颓与式微。

第一节 选材上的伏笔预示

"草蛇灰线，伏脉千里"是《红楼梦》构思艺术的一大笔法。不管是在第五回当中贾宝玉梦游太虚幻境，还是小说中写到的各种诗词等，均具有预示性质。戏曲也在小说中扮演着类似的角色，每一出戏后面所蕴含的意义都是相当深刻的。它用伏笔暗示人物故事的结局与命运，用戏曲人物的命运隐喻着主人公的悲欢离合。

一、点戏情节中的预示

（一）王熙凤点戏，预示秦可卿之死

《红楼梦》当中第一次出现宴会点戏是在第十一回。宴会举办的地点是宁国府，秦可卿由于身患疾病没有办法参加，王熙凤在探望秦可卿之后回到了宴席当中，此时宴席演出的戏曲正是《双官诰》：演的是冯琳如的婢妾碧莲守节教子，后来得到了丈夫和儿子的双份官诰的故事。除此之外，王熙凤还点了两个戏曲《还魂》和《弹词》。《还魂》主角杜丽娘死后复活，最终和柳梦梅成为了夫妻。《弹词》是安史之乱之后，李龟年流落到了江南地区，对唐明皇与

杨贵妃的爱情故事进行弹唱。

秦可卿究竟是怎么死的，不同的人有不同的解释。但是大多数的观点都提出她的死是和贾蓉父子存在着直接关系的。这样的一个桥段的设计和《弹词》当中所描述的杨贵妃的经历有着异曲同工之处。秦可卿的死亡发生在王熙凤点戏之后的两回。从《双官诰》到《还魂》再到《弹词》，都在潜移默化当中对小说最终的结局进行了隐晦预示。

（二）元妃省亲点戏，预示"四结局"

第十八回元妃省亲时所点的四出戏《豪宴》《乞巧》《离魂》《仙缘》则显得更为重要。脂砚斋批注中对其所具有的代表性的预示作用进行了分析：《一捧雪·豪宴》伏贾家之败；《长生殿·乞巧》伏元妃之死；《邯郸记·仙缘》伏甄宝玉送玉；《牡丹亭·离魂》伏黛玉之死。所点之戏剧伏四事，乃通部书之大过节、大关键。且将这四出戏一一看来。

《豪宴》出自清代李玉的《一捧雪》。《一捧雪》当中描述的主要故事是明朝嘉靖时期，严世蕃为了能够霸占莫怀古的传家宝"一捧雪"玉杯，将莫氏害得家破人亡。汤勤本为莫怀古家中的一个臣子，由于莫怀古提携他，将他带入到朝廷中为官，但是他却由于功名利禄而忘了莫怀古的恩情，甚至谋害莫怀古的性命。这场戏是一场典型的官场当中以权谋私的戏剧，将人们的私心刻画得淋漓尽致。严世蕃所做出的蛮横抢夺的行为在贾府当中也是频频出现，如香菱就是薛蟠通过杀人夺来的。后更有第四十八回中，借助平儿斗嘴，讲述贾赦看中石呆子的几把古扇，派贾琏前去索取而未成，贾雨村以石呆子拖欠官银为由，抄了扇子并交给贾赦等。这一系列事件，与严世蕃的行为相似，其下场也暗合了贾府的结局。

第二出戏是《乞巧》，来自清代洪昇的《长生殿》。《长生殿》

主要讲述杨贵妃和唐明皇的爱情故事。前一段故事描写的是他们在人间的爱情，同时也讲述了朝代的变革；后半部分故事则以虚构为主，描述的是杨贵妃在马嵬驿自缢后，两人如何在天界重新团聚。《长生殿》有一个大团圆结局，但曹雪芹在小说中让元妃点《乞巧》这出戏，有着其他用意。在《乞巧》中，杨贵妃捡到了江采萍在华西阁当初不小心丢掉的首饰，内心为此觉得非常忧伤和不安，她担心唐明皇的爱情会渐渐减淡，怕他的宠爱会转移到其他女子身上，担心自己会最终成为红颜命薄的牺牲品。当七夕之夜到来时，玄宗向杨贵妃表达了自己的深挚爱情："在天愿作比翼鸟，在地愿为连理枝。"这之后，叙述的视角逐渐转到了天界，仙人们面向人间发出"天上留佳会，年年在斯，却笑他人世情缘顷刻时"的感慨。从这一情节可以看出，李杨一时拥有深挚的爱情，但难以长久，与杨贵妃曾经的担忧相符，成了她自己命运的预示。而在《红楼梦》中，元春被送进宫中，归来省亲之际，将皇宫称为"那见不得人的去处"，表明她在宫中受到了困扰和不安，这和杨贵妃的经历相似，也预示着元妃的不幸结局。

元春所点的第三出戏是《仙缘》，《仙缘》为明代汤显祖《邯郸梦》第三十出《合仙》，舞台演出本改称《仙圆》，亦称《仙缘》《八仙拜寿》。改编后的故事出现山门扫花的何仙姑证入仙班，山门缺少扫花的人，吕洞宾又得奉旨去人间再寻觅扫花者，在邯郸道上遇到卢生，二人投缘谈笑后，少年哀叹自己不得志，潦倒在世。吕洞宾问他如何能得意，少年认为建功树名，出将入相，列鼎而食，选声而听，家族兴旺才是最好的人生。恰好卢生想睡觉，吕洞宾送给卢生一个仙枕，果然在梦中卢生叱咤风云，最后权倾朝野，八十岁才死去，醒来发现吕洞宾在身旁，黄粱饭还没有熟，由此醒悟人生如"黄粱一梦"，随吕洞宾而去。《仙缘》是一出神仙道化剧，而《红楼梦》以人间故事的讲述为主，"神瑛侍者"与"绛珠仙草"是出现在第一回的两个关键的故事。《仙缘》一出写众仙度脱卢生抛却人间功名情缘，实际上这也代表着宝玉最终遁入空门的结局和命运。

《离魂》是最后一出戏，这一出戏实际上是来自戏曲《牡丹亭》。描写的是杜丽娘梦到柳梦梅，但是却没有办法在一起，因此内心感到异常苦闷，大病不起。脂评本认为这一出戏"伏黛玉之死"。《离魂》中写道："连宵风雨重，多娇多病愁中。仙少效，药无功。'颦有为颦，笑有为笑。不颦不笑，哀哉年少。'"黛玉的字是"颦儿"，"颦有为颦"当中所唱的和林黛玉的字之间存在着一定的关联性，而且林黛玉自身就是多愁善感的。与此同时，在《红楼梦》当中也对黛玉为《牡丹亭》唱词颇受感动进行了描写。再者，"木石前盟"与"金玉良缘"当中所产生的矛盾是《红楼梦》的核心线索之一，家族的压力不同寻常，最终柔弱多病的林黛玉只能通过死来表达自己的抗争心理。

元妃省亲时点选的这四出戏曲都带有悲剧的意味。省亲本是一个欢庆时刻，但曹雪芹有意通过这些戏曲来暗示，即在豪华和奢侈的背后潜藏着危机，不可避免地走向悲剧的结局。

（三）清虚观打醮抓戏，预示贾府命运

在第二十九回中，贾母带领众人奉元妃旨意到清虚观打醮，因为是向神佛祈福，所以现场的戏也不是由人来点，而是请神佛点戏：实际就是把戏名做成纸条，摆在神佛塑像前面，然后去抓纸条，抓到哪出戏，就唱哪出，算是神佛点的。这一天抓了三出戏：《白蛇记》《满床笏》和《南柯梦》。

贾珍一时来回："神前抓了戏，头一本《白蛇记》。"贾母问："《白蛇记》是什么故事？"贾珍道："是汉高祖斩蛇方起首的故事。第二本是《满床笏》。"贾母笑道："这倒是第二本上？也罢了。神佛要这样,也只得罢了。"又问第三本,贾珍道:"第三本是《南柯梦》。"贾母听了便不言语。贾珍退了下来,至外边预备着申表、焚钱粮、开戏,不在话下。

《白蛇记》讲述了汉高祖刘邦斩蛇起义的传说。《史记·高祖本纪》将之当成一个创业英雄的故事讲述,在神异汉高祖的同时,也讲述了大汉王朝由此崛起。象征着贾家从军功创业开始的历程,荣宁二公当年创业九死一生,远比守成艰难。贾家子孙的富贵,是老祖宗舍生忘死用命换来的,而贾母听闻《白蛇记》时并不了解这是什么故事,代表贾母对创业的艰难已经不甚了了,她都如此,更何况贾珍等晚辈。

《满床笏》这一出戏主要讲述的是唐代名将郭子仪在六十大寿的时候,孩子们纷纷来拜寿的情景。郭子仪挽狂澜于既倒,挫败安史之乱后,功勋卓著,子孙亲友都是当朝官员,亲友下朝到郭家为他祝寿,上朝的笏板竟然堆满了一张床,象征着富贵权势熏天。这也是吉庆戏,暗指贾府的繁盛。贾家的声望与郭子仪家族相似,尽管贾母自谦称自己家族不过是"中等人家",但实际上,在荣宁二公的时代,贾家是皇族之下最显赫的家族。这出戏贾母倒是非常了解,证明她安享富贵尊荣的心态。但她对《满床笏》排在第二出有点疑虑,皆因繁华吉祥戏要排在最后才是好的,排第二出变局太大。但贾母对神佛的选择也没办法,只能说"神佛要这样,也只得罢了"。

然而,第三出戏《南柯梦》让贾母感到不快,沉默不语。《南柯梦》是汤显祖著名的"临川四梦"之一。这出戏的内容与前文所提元妃点的《仙缘》相似,讲述了一个叫淳于棼的人醉酒后被两个紫衣使者引到一个叫"大槐安国"的国家,娶了公主又做了南柯郡太守。数十年弹指间,荣华富贵,娇妻美妾,儿孙满堂,但最终遭遇祸事,失宠被逐,可一觉醒来发现不过一梦。在禅师的帮助下,切断了情缘,投身空门。这部戏潜藏着贾家的衰败,预示着贾府的豪门富贵最终会如南柯一梦般消散。贾母最初的祈望就是神明保佑贾家昌盛，但却拈出这三出戏，笃信神佛的贾母从中暗悟"天意"，所以她不再言语，第二天再不来趁热闹。这三出戏构成一个有机整体"创业——兴盛——败落"，代表了贾府的兴衰史，为贾家的衰败结局埋下伏笔。

二、优伶的命运，预示贾府兴衰

除了日常的戏剧演出，演员们也与贾府的命运紧密交织在一起。为了庆祝元妃回府，贾府购买了名为"十二官"的女演员团队，并将她们安置在梨香院。最初，梨香院是为荣国公老年休养而建，如今已经改建成了家庭戏班的排演场所。贾珍委派贾蔷等人负责采买了这些优伶，然而，这些人也是贾家中好色、淫乱的成员。此外，戏班的运作和日常开支也给贾府已经逐渐走下坡路的经济状况带来了额外的负担。原本是供老年人静养的梨香院，如今已经成了伶人寓所，贾家后代的淫乱生活和不断增长的家庭开支都在默示着贾府的式微。十二官在贾府鼎盛时期加入府中，然后在贾府被查抄、嗣孙分散之前离去。她们与十二钗无论是在数量上还是在性格、命运上都存在着一定的相似之处。因此也就不难看出十二钗的最终归宿和命运与整个贾府的兴衰成败之间存在着密切的关联。因此，小说中十二官的命运承载着对贾家兴衰的预示。

第二节 人物上的明应暗合

高尔基说："在有鲜明的人物性格的那些地方，必定存在着戏剧冲突。"戏剧人物形象的塑造，必须通过戏剧冲突来实现。《红楼梦》中所表演的戏曲，正明应暗合地反映了小说中不同人物的不同性格。

一、对待戏曲的态度反映人物的性格

在《红楼梦》中频繁出现的戏曲，数《西厢记》和《牡丹亭》最有代表性。不同人物对这两部戏曲表现出来的态度也是各不相同的，主要分为两个派别：一是以薛宝钗等为代表的保守派，另一是以贾宝玉等为代表的叛逆派。

（一）《西厢记》和《牡丹亭》的故事简介

文中的《会真记》，即指元代王实甫创作的杂剧《西厢记》。《西厢记》是元杂剧作品中一颗璀璨的明珠，是中国戏曲艺术的一座高峰。在唐传奇《莺莺传》和金代董解元《西厢记诸宫调》的基础上，王实甫又进行加工改写，最终形成了今天我们看到的《西厢记》的面貌。《西厢记》共五本二十一折，通过崔莺莺与张君瑞的爱情故事，对青年男女积极主动追求爱情进行了赞扬，表达了"愿普天下有情的都成了眷属"的美好理想。

戏曲情节如下。唐朝时期，书生张生十年寒窗苦读，前往京城参加科举考试。在普救寺，他邂逅了相国的千金小姐崔莺莺，一见钟情，但无法轻易接近她。此时，叛将孙飞虎率兵围攻寺庙，企图迫使崔莺莺成为压寨夫人。张生在崔莺莺的母亲答应让嫁的情况下，借助友人白马将军的帮助，成功化解了危机。然而，崔莺莺的母亲违背诺言，拒绝兑现承诺，导致张生相思成疾。莺莺心爱张生，但不敢明确表白情感，经历一番波折后，在红娘的帮助下，她终于与张生秘密相会。崔莺莺的母亲察觉到不寻常的情况，审问红娘时，却被红娘的巧舌如簧之辞点中要害，最终勉强同意了这门婚事。然而，她又以门第为由，要求张生立即前往京城参加考试。十里长亭的离别后，张生在京城考中了状元，不料郑恒编造了虚假消息，宣称张生已在京城另娶，此时老夫人再次违约，要求莺莺嫁给郑恒。张生赶来，郑恒撞死，最终崔莺莺和张生喜结连理。

《牡丹亭》是明代戏剧家汤显祖的经典作品之一，也呈现了一个郎才女貌、才子佳人之间的爱情故事。杜丽娘是南安太守杜宝的女儿，她私出游园，在梦中与柳梦梅幽会，从此一病不起，怀春而死。杜宝升官离任，在杜丽娘的墓地即花园造起一座梅花观。柳梦梅进京赴试，借宿园中，拾得杜丽娘的自画像，与其阴灵幽会。柳梦梅掘墓开棺，杜丽娘得以起死回生，两人结为夫妇，同往临安。柳梦梅在临安应试后，恰逢金兵内侵，延迟放榜，受丽娘之托，送家信传报还魂的喜讯，遂被杜宝囚禁。敌退后，柳梦梅由阶下囚而为状元，杜宝升任同平章军国大事，但拒不承认女儿的婚事，纠纷闹到皇帝面前，才得到圆满解决。

（二）以贾母、宝钗为代表的保守派

《西厢记》《牡丹亭》以及《红楼梦》这三部作品，尽管它们分别属于戏曲和小说两种不同的文学形式，但它们在描写爱情婚姻题材和叙事内容上都采取了才子佳人的模式。《红楼梦》第五十四回贾母对《凤求鸾》《西厢记》这类才子佳人小说戏曲就批判道：

> "这些书都是一个套子，左不过是些佳人才子，最没趣儿。把人家女儿说的那样坏，还说是佳人，编的连影儿也没有了。……鬼不成鬼，贼不成贼，那一点儿是佳人？便是满腹文章，做出这些事来，也算不得是佳人了。……"

贾母的这番言论，表明她强烈批评《西厢记》中崔莺莺不顾礼教与张生私通的行为。

薛宝钗小时候偷读过《西厢记》。第四十二回"蘅芜君兰言解疑癖 潇湘子雅谑补馀香"中，宝钗对黛玉说道："我们家也算是个读书人家，祖父手里也爱藏书。先时人口多，姊妹弟兄都在一处，都怕看正经书。弟兄们也有爱诗的，也有爱词的，诸如这些

'西厢''琵琶'以及'元人百种',无所不有。他们是偷背着我们看,我们却也偷背着他们看。"虽熟知西厢故事,但她却谨守礼教,从不言语所偷看的故事内容。在家宴行酒令时,黛玉引用了《西厢记》中的曲词,宝钗听后就得知黛玉看了杂书。在严苛的封建礼法教育下成长的宝钗,此时教导黛玉应该专心于女红和家务劳动,不应该沉迷于那些杂书,因为她担心看了这些书会"移了性情",这番言论正代表了封建正统的保守派观念。

此外,宝钗还曾规劝她的堂妹薛宝琴。在小说的第五十一回中,薛宝琴借用《西厢记》和《牡丹亭》中的故事,创作了两首古诗。其中一首《浦东寺怀古》写道:"小红骨贱一身轻,私掖偷携强撮成。虽被夫人时吊起,已经勾引彼同行。"另一首《梅花观怀古》写道:"不在梅边在柳边,个中谁识画婵娟。团圆莫忆春香到,一别西风又一年。"从这两首诗可以看出,宝琴对红娘和春香持批判态度,但宝钗坚称自己并未读过《西厢记》,提议再作两首来代替宝琴的,表明她对封建礼法的严格遵守,突显了宝钗沉默寡言、谨小慎微的性格,以及她端庄秀丽、洁身自好的淑女形象。她对家规家训的忠诚和对传统礼教的遵守,在小说中得到了生动的呈现。

(三)以宝玉、黛玉为代表的叛逆派

在《红楼梦》中,曹雪芹一再通过《西厢记》和《牡丹亭》两部戏曲作品,表现了贾宝玉和林黛玉对自由追求爱情的看法,并突显了他们内心深处的叛逆色彩。

虽然贾府众人视《西厢记》为不良之作,但贾、林等人却对这部戏充满赞赏。在《红楼梦》第二十三回中,宝玉读完《西厢记》后对黛玉说:"真真是好书,好妹妹,你要读了连饭也不想吃的。"听完贾宝玉的评价后,黛玉充满兴趣地开始翻阅和研究这本戏曲,甚至默默地背诵其中的内容。

同样，尽管众人视《牡丹亭》为淫秽之作，黛玉却在听完《惊梦》后评论道："原来戏文上也有好文章。"她不在乎他人的眼光，甚至在家宴的酒令中引用了其中的一句歌词："良辰美景奈何天。"而宝玉同样钟情于《惊梦》，甚至特意前往梨香院央求龄官表演一套《袅晴丝》。

《西厢记》描述了张生和崔莺莺的爱情故事，以及他们在封建社会中的抗争，反映了他们对自由爱情和自由婚姻的向往，这一主题恰恰与贾宝玉和林黛玉的观点高度契合。同时，两人对《西厢记》和《牡丹亭》的欣赏，也清晰地展现了他们内心的叛逆精神，突显了他们对纯真世界的向往和不同寻常的追求。

二、从如何点戏看人物性格

从戏曲表演的角度来看，《红楼梦》生动地描绘了众多观赏戏曲表演的场景，通过人物的点戏、看戏、听戏和评戏等活动，深入刻画了人物的内心世界，凸显了他们的性格特点。

在大观园观看戏曲表演时，选择何种戏曲（点戏）是一门高超的技艺，这一选择能够反映出人物的为人处世之道。其中，最具代表性的场景之一出现在第二十二回，宝钗庆生宴会时的点戏。

> 点戏时，贾母一定先叫宝钗点。宝钗推让一遍，无法，只得点了一折《西游记》。贾母自是欢喜，然后便命凤姐点。凤姐亦知贾母喜热闹，更喜谑笑科诨，便点了一出《刘二当衣》。贾母果真更又喜欢，然后便命黛玉点。黛玉因让薛姨妈王夫人等。……黛玉方点了一出。然后宝玉、史湘云、迎、探、惜、李纨等俱各点了，按出扮演。
>
> 至上酒席时，贾母又命宝钗点。宝钗点了一出《鲁智深醉闹五台山》。宝玉道："只好点这些戏。"宝钗道："你白听了这几年的戏，那里知道这出戏的好处，排场又好，词藻更妙。"宝玉道："我从来怕这些热闹戏。"宝钗笑道："要说这一出热

闹，你还算不知戏呢。你过来，我告诉你，这一出戏热闹不热闹。——是一套北《点绛唇》，铿锵顿挫，韵律不用说是好的了；只那词藻中有一支《寄生草》，填的极妙，你何曾知道。"宝玉见说的这般好，便凑近来央告："好姐姐，念与我听听。"宝钗便念道：

> 漫揾英雄泪，相离处士家。谢慈悲剃度在莲台下。没缘法转眼分离乍。赤条条来去无牵挂。那里讨烟蓑雨笠卷单行？一任俺芒鞋破钵随缘化！

宝玉听了，喜的拍膝画圈，称赏不已，又赞宝钗无书不知。林黛玉道："安静看戏罢，还没唱《山门》，你倒《妆疯》了。"说的湘云也笑了。于是大家看戏。

这里我们可以对不同性格的人物点戏的玄机进行分析。

《西游记》是薛宝钗生日宴上所点的第一出戏。这一出戏讲述的是一个来自农村的胖乎乎的小姑娘亲口讲述她看见的唐僧去取经的故事，她一边手舞足蹈地模仿，一边清晰地讲述这出戏是非常热闹的，充满了喜庆色彩，非常适合在生日宴会的场合上演。小说中提到："宝钗深知贾母年老人，喜热闹戏文，爱吃甜烂之食，便总依贾母往日素喜者说了出来。"当薛宝钗选择这出戏之后，贾母极其高兴。为此也就不难看出，薛宝钗非常善于观察他人的想法，她的这种善于逢迎的性格也就表现出来了。

宝钗点的第二出戏是《鲁智深醉闹五台山》，也是一出非常热闹的戏。但是宝钗从这出戏中找出了辞藻高雅、寓意深远的一面，介绍了一套北《点绛唇》中的一支曲子《寄生草》。这不仅让贾母感到由衷的高兴，而且也充分地表现了薛宝钗饱读诗书。

相比之下，王熙凤则更加巧妙地迎合了贾母的口味。她知道贾母是非常喜欢热闹的，因此便选了《刘二当衣》这出热闹戏。这出戏，讽刺了主角刘二的吝啬小气和贫困，通过插科打诨、诙谐幽默的表演取笑，更能够讨贾母的欢心。王熙凤对贾母自身的生活习惯非常了解，她的这种做法实际上也是对贾母内心诉求的一种迎合。

　　通过点戏，我们便可以对薛宝钗和王熙凤两个人迥然不同的性格进行对比。两个人的性格也存在着一定的相似之处，那就是特别工于心计，善于逢迎，她们的目标都是为了能够获得贾母的欢心。但是两个人性格的差异之处也是非常明显的，薛宝钗所点的戏可谓是雅俗共赏，能够让长辈内心非常高兴，而凤姐不仅了解老祖宗非常喜欢热闹，而且也非常喜欢插科打诨，点的戏就少了辞藻上的典雅，间接地看出凤姐是个没读过什么书的人。

　　同宝钗、王熙凤相比，林黛玉却是完全不同的。在整个文章当中，林黛玉也选择了一出戏，但脂砚斋却评论说："不题何戏，妙！盖黛玉不喜看戏也。正是与后文'妙曲警芳心'留地步，正见此时不过草草随众而已，非心之所愿也。"这说明黛玉并不喜欢看戏，就只是随便点了一出，绝没有想过用这个机会来讨好老祖宗。这反映了她随性而行，不喜欢讨好他人的性格特点，同时也表现出她不喜欢涉足琐碎、俗世的事物。

　　《红楼梦》当中，贾府内部子女看戏只是生活当中浓缩的场景，但是曹雪芹却用了大量的笔墨来描写这些场景，实际上也是为了能够更好地表达小说当中薛宝钗、林黛玉以及贾宝玉等不同人物的性格。

第三节　情感上的启蒙觉醒

　　戏剧是一种通过演员的表演、对话和动作来表达人物情感的艺术形式。在舞台上，演员们通过角色塑造、情感再现和情景再现，将观众带入一个独特的情感体验之中。它不仅能够激发观众的同理心和情感共鸣，还能够帮助观众更好地理解和认识情感，甚至激发观众内心的情感释放和情绪宣泄。《红楼梦》中宝玉和黛玉的情感启蒙觉醒便是如此。

一、贾宝玉的情感启蒙

从第五回开始，《红楼梦》就将戏曲元素嵌入情节中，贾宝玉也是从这一回开始接触戏曲，通过戏曲得到情感教育的启蒙。在宁国府赏梅时，宝玉犯困，秦可卿为他准备床铺，让他午觉。作者生动地描述了秦可卿"亲自展开了西子浣过的纱衾，移了红娘抱过的鸳枕"这一情节。这一描写涉及了两个经典的戏曲故事。

第一句是取自梁辰鱼的传奇《浣纱记》第四十五出《泛湖》："（旦）当初若无溪纱，我与你那有今日。（生）你那纱在何处？（旦）妾朝夕爱护，佩在心胸。君试观之。（生）我的纱也在此。千丝万结乱如堆，曾系吴宫合卺杯。今日两归溪水上，方知一缕是良媒美人。"

这个故事讲述了西施和范蠡初次相遇并相爱的情节。西施浣洗过的纱绣被用作婚约的信物，两人以此为信物缔结婚约立下誓言，并在最后一幕中再次取出，永结同好、归隐他国。

第二句是出自王实甫的《西厢记》第四本第一折，"你接了衾枕者，小姐入来也。张生，你怎么谢我？"这一折子戏里，说的是红娘抱着莺莺的衾枕去了张生处，然后引崔莺莺和张生幽会，两人在屋内互诉衷肠、私订了终身。

作者巧妙地将这两个经典爱情故事与宝玉的经历相联系，传达了宝玉在无意识地通过戏曲得到情感教育的启蒙，西施浣过的纱衾、红娘抱过的鸳枕聚集在一处，都为这环境增添"情"的气息。秦可卿在这个过程中充当了宝玉性启蒙的角色，而戏曲则成了情感教育的中介，对后文宝玉做春梦的情节产生了深远的影响。

二、戏曲推动宝黛情感发展

宝玉首次主动接触戏曲《西厢记》发生在第二十三回中，黛玉也是从这一回开始体验到戏曲的魅力。

在这一回中，宝黛两人阅读了《会真记》（即《西厢记》），宝玉运用《西厢记》中的语句调皮地对黛玉说："我就是个多愁多病的身，你就是那倾城倾国的貌。"引得黛玉腮耳通红，含嗔带怒。《西厢记》中原句是"天仙离了碧霄，可意种来清醮。小子多愁多病身，怎当他倾国倾城貌"，写的是张生在第一次正式见面时发出的感叹，他称崔莺莺为他的心上人。宝玉在这里使用这句话，实际上也是在告白，他在委婉地告诉黛玉：你是崔莺莺，我便是张生。

然而，这句话对黛玉来说却有失身份，她只能假装生气，威胁要去告诉舅舅舅母。宝玉见状连忙求饶，而黛玉则使用"银样镴枪头"这一词语来嘲笑他。这个词语在《西厢记》中是红娘用来讽刺张生的，嘲笑他只会空谈深爱，但轻易退缩，虚有其表。黛玉原本因宝玉用禁书中的话戏弄她而生气，但她也用同样的方式嘲笑宝玉，实际上也是在表达她知道了宝玉的真实心意，但由于封建礼教的束缚，她无法直接表达，只能以含蓄的方式回应。这个互动不仅缓解了宝玉内心的惊慌，还让宝黛的情感逐渐升温。

在第二十六回，宝黛再次发生了一场争吵，这一次的争吵不仅涉及情感上的冲突，还进一步深化了两人对彼此心意的认知和理解。

崔莺莺在经历了一系列事件，包括"酬韵"和"闹斋"等，逐渐对张君瑞产生了深厚的情感。然而，受到社会礼教的束缚，她只能默默自怜，无法公开表达自己的感情。黛玉受到的教育也禁止她表露对异性的爱情，但莺莺的歌词触发了她内心深处的共鸣，使她不自觉地吟咏这些歌词，以此来抒发自己的相思之苦。尽管她最初只是偶然接触到《西厢记》,然而在不断重温和回味崔张的爱情故事中,逐渐理解和体验到了其中蕴含的深刻情感,甚至开始积极追求这种情感。林黛玉非常渴望能够拥有崔张那样的爱情经历。为此,当贾宝玉说中她内心秘密的时候,她一方面表现出自我否认和尴尬,假装睡着,另一方面则表现出主动的追问和探询,试图更加了解宝玉的内心情感。这一场面显示出宝黛两位角色在借用戏曲唱词的背后,彼此试图探寻对方真实内心情感的诚意和渴望。

小说中,宝玉因情无法克制内心悸动,贸然说出:"若共你多情小姐同鸳帐,怎舍得叠被铺床。"这句话出自《西厢记》,是张生在见到红娘时说的,原文为:"若共他多情的小姐同鸳帐,怎舍得他叠被铺床。"作者在引用这句话时进行了修改,让这句话的含义变得更为隐晦,"共你"即"宝玉共黛玉同鸳帐",这意味着两人之间可能有某种关系。在外人面前这等大放厥词岂不伤了黛玉的颜面。尽管话被薛蟠打断,但在后续情节中,黛玉明确告诉宝玉,自己不会揭发他。

黛玉在两次表现出愤怒的同时,也两次表现出宽容,都是因为她内心深深牵挂着宝玉。在第四十九回宝玉曾对黛玉笑道:"我虽看了《西厢记》,也曾有明白的几句,说了取笑,你还曾恼过。……"这句话表明宝玉并非偶然说出轻浮的言辞,而是在理解了崔张的爱情后,不自觉地表露了内心的真实感情。这里,《西厢记》充当了催化剂,极大地推动了两人的情感发展,使他们从最初的互不了解,逐渐认知到对方内心深处的共鸣。

当然,曹雪芹描述了宝玉和黛玉两人共读《会真记》,但在后文引用的曲词却来自于王实甫的《西厢记》。这看似存在一些矛盾,因为《会真记》实际上是唐代元稹所写的传奇《莺莺传》,而其故事结局与王实甫的《西厢记》大相径庭。在《莺莺传》中,张生始乱终弃,与《西厢记》的大团圆结局形成了鲜明的对比。事实上,王实甫在《西厢记》中将结局改为老夫人同意崔张结合，这与元稹的原著有所不同。这一情节似乎表明了曹雪芹的创作选择，可能是出于对文学作品的重新诠释和改编。小说中的宝黛两人读到的可能是《莺莺传》的前四本，即崔张两人在普救寺邂逅并相爱，然后分离的故事。这种情节设定使得读者产生一种遐想和思考的空间，因为小说中并没有明确揭示两位角色读完了整个《西厢记》。

三、林黛玉的个人觉醒

林黛玉和贾宝玉两人共读《西厢记》之后，黛玉在回到自己房间的途中路过了梨香院，她在无意当中听到戏班的女孩子们正在排练着《牡丹亭·惊梦》。由于她素来不喜欢戏曲，最初并没有特别留心。然而，偶然听到两句唱词后，黛玉被深深打动，感受到其中的情感深沉。自此，她开始欣赏起戏曲中的《皂罗袍》《山桃红》。

这出戏唱的是杜丽娘的感慨。她初次到达后花园时，看到百花齐放、争奇斗艳，自己却只有断壁颓垣相伴，这些景象让她感叹美丽的事物都难以长久，同时也联想到了自己在封建社会中的束缚。黛玉刚刚度过了葬花事件，她的内心非常敏感，在这种情境下，她仿佛找到了一个知音，被杜丽娘的情感所触动，感到彼此之间有了共鸣。当女伶演唱至"良辰美景奈何天，赏心乐事谁家院"时，黛玉不禁点头自叹："原来戏上也有好文章。"尽管林黛玉以前没有读过《牡丹亭》，对于戏曲的兴趣也不十分浓厚，但她通过这段戏曲的表演能够理解其中更深层的内涵，这一点说明了她和杜丽娘一样都为情所困。

随后的唱词，如"为你如花美眷，似水流年"等，更加让黛玉感到激动，几近"如醉如痴，站立不住"。这段曲调是由柳梦梅演唱的，他一直跟随杜丽娘，柳梦梅所说的话实际上是对杜丽娘的回应和关心，这不禁让杜丽娘为之倾倒。这段戏曲中柳杜梦中幽会的场景更令黛玉深受感动。她在听着"如花美眷，似水流年"这八个字的时候，脑海里浮现出了一系列关于落花流水的诗句，如"水流花谢两无情""流水落花春去也，天上人间"以及"花落水流红，闲愁万种"等。"花落"源自《西厢记》，描述老妇人命红娘陪莺莺到外面散心。尽管落花和流水无感情、无自我意识，但它们代表莺莺内心的苦闷，源自无法表达情感而导致的痛苦。

林黛玉和莺莺、丽娘一样，对婚姻和爱情都充满了期待，可岁月流逝，都有无人理解的苦闷。莺莺和丽娘有幸遇到了张生和柳生这两位命中注定的爱人，她们勇敢地追求自己的爱情，最终获得了幸福。然而，林黛玉身在贾府，却受到封建礼教和规矩的束缚，不能如愿。因此，她羡慕莺莺和丽娘的自由，心痛自己的命运，这使她不禁流下了眼泪。

尽管林黛玉是借助于阅读和聆听这两种方式来接触《牡丹亭》这部作品，但她懂得了阅读只是表面的理解，而聆听更容易触动内心深处的情感。两者相结合，使她对男女情感有了更加深刻的理解。此外，两部传奇都生动展现女性对爱情和婚姻的向往，激发了林黛玉的自我觉醒和主动性。当《惊梦》这出戏曲演出时，不仅启发了林黛玉对男女情愫的理解，也令她渴望找到与之共鸣的知音。林黛玉意识到，在封建社会的闺中，她并不是唯一一个寂寞自怜的女性，而同类的情感和命运都在这出戏曲中得到了真实的表达。

四、戏曲强化宝黛爱情关系

在《红楼梦》第四十三回、第四十四回中，凤姐的生辰恰逢传统的社日节，府内人员欢聚一堂，吃酒观戏。荣国府当日搬演的是《荆钗记》，写的是穷书生王十朋和大财主孙汝权的故事。他们分别以一支荆钗和一对金钗为聘礼，向钱玉莲求婚，玉莲因王是"才学之士"，接受了他的荆钗。成婚后，王十朋赴京考中状元，因拒绝丞相逼婚，被调至烟瘴之地潮阳任职。他的家书被孙截去，改为"休书"，玉莲不信，坚决拒绝继母要她改嫁孙的威逼，选择投江自杀，后被人救起，王十朋闻知玉莲自杀，发誓终身不娶，最后二人仍以荆钗为缘，得以团聚。《荆钗记》全本共48出，一天之内不能完全演出，故应当是流行的折子戏串演。当天虽气氛热闹非凡，然而其中两个人的行为却显得格外与众不同。

首先是贾宝玉，他在天亮时离开贾府，前往水仙庵独自默默祭拜，然后才返回府内。宝玉之所以要如此秘密行动，原因在于金钏和他开玩笑被王夫人赶出贾府，并选择自尽，这让宝玉感到极度愧疚。贾政也因此责骂了他，因此宝玉不敢公开祭拜金钏，担心再引起家人的指责和王夫人的不满。

另一位不合群的人是金钏的妹妹玉钏，她独自坐在走廊上为姐姐自尽默默掉泪。

对于宝玉外出的原因，薛宝钗和林黛玉都有着深刻的了解，但她们的态度却截然不同。薛宝钗选择保持沉默，保持她一贯的冷静风度。而林黛玉则是直言不讳，她通过戏曲故事嘲讽贾宝玉，表露她的不满。宝玉回府的时候，舞台当中正上演《男祭》。黛玉话里有话"这王十朋不通的很"，并补充说"天下的水总归一源"，在黛玉看来，贾宝玉和这王十朋相似，墨守成规、迂腐不懂变通。但对于贾宝玉的心意，黛玉其实是非常了解的：金钏因宝玉而死，当日又是金钏生日，他是应该去祭拜的，但是由于怕扫了王夫人的脸面，特意找了一处非常冷清的地方进行祭拜。在这里，黛玉尽管批评宝玉墨守成规，但她的话语中包含了深切的关怀和呵护之情。

面对黛玉的揶揄时，宝玉没有采取争执或解释的方式，而是顾左右而言他，向凤姐敬酒。宝玉的不作回应表明他与黛玉有着一种默契，他明白黛玉的意图，因此不再需要通过口舌之争来表达情感，二人之间的感情已经变得更加深厚和稳定。

宝黛的爱情起源于戏曲的深刻影响，它扎根于《浣纱记》和《西厢记》的情节中。宝玉最初被这些戏曲故事所吸引，而环境的营造和梦境的体验，进一步激发了他对"情"与"性"的感悟。共同阅读《西厢记》，引发了他们内心对崔莺莺和张生爱情故事的共鸣。对于宝玉来说，这一阶段强化了他的情感认知，而对于黛玉来说，标志着她开始深入思考男女情感。两人虽然表面上通过戏曲曲词打闹，但这却是两个人真实情感的流露。黛玉此后独自欣赏女伶演唱《牡丹亭·惊梦》，更深化了她对爱情的理解。而《荆钗记·男祭》中的插曲意味着两个人的爱情故事变得更为成熟。黛玉通过敏锐的观察和敏感的揣摩，看穿了宝玉离家祭奠金钏的真实意图，尽管她用戏谑的话语，但背后隐藏着关心，在这一时刻，宝黛之间的情感已经变得稳固和成熟。宝黛在观戏、评戏的同时，其实也将自己看作了戏曲人物或者演员，贾宝玉已经将自己看成是张生、王十朋，黛玉也认为自己就是崔莺莺，戏曲在宝黛的爱情之旅中发挥了关键作用，不仅启发了他们对爱情的渴望，深化了他们对情感和性格的理解，还成为他们情感交流和认知的媒介，推动和促进了他们之间爱情的发展。

总之，《红楼梦》中大量的戏曲描写，它在选材上的伏笔预示、人物上的明应暗合和情感上的启蒙觉醒等方面都有着重要作用。它不仅是整个小说的一个重要组成部分，是这部诗意小说更像诗的"调料"，也是整个小说情节人框架的服务工具，更是刻画人物的良器。读《红楼梦》若失去了对戏曲的品读，丢失的将会是小说的深刻的意蕴源头。

第十二讲
诗词曲赋的美学价值

我国是诗的国度，传统的诗词在形式和艺术上有着独特的风格，诗词在中国文学史上一直扮演着举足轻重的角色，从古至今，以诗词创作水平高超而著名的文人墨客也往往最为大众所熟悉。诗词不仅记录了历史，也传递了智慧、情感和价值观，还呈现着不同时代的社会百态，成为反映着中华文化的一面镜子，也是中华文化面向世界的一张名片。

当我们谈及诗或诗歌、诗词时，实际上是在使用一个泛称，通常来说，它至少包含诗、词、曲、赋四种不同的文学体裁。诗起源于先秦，发展于两汉，兴盛于隋唐，是一种以精炼和抒情的方式表达情感、思想和意象的文学体裁，通常非常注重语言的结构，如在行长、行数、音韵、对偶等方面都有较为严格的要求，根据这些方面的不同，又可分为乐府诗、律诗、绝句等。词始于晚唐，在两宋达到顶峰，最初伴曲而唱，后来逐渐成为一种独立的文学体裁，较之于诗，其在形式上更加自由，语言上更接近日常用语，也更强调个人情感与内心体验的表达。曲在广义上来说泛指秦汉以来各种乐曲，但平常所说的曲更接近元代以来甚为流行的戏曲与散曲，它同词的体式接近，在字数的规定方面又更为自由，多见衬字，并多使用口语。赋则脱胎于楚辞，是一种介于诗与文章之间的文学体裁，其在古代常与科考制度相关联，故而在各个朝代都经久不衰，如唐朝的律赋与清朝的股赋即是赋体文与科考制度结合的产物,当然,汉朝长篇巨制的大赋、南北朝时期的骈赋与唐宋以来散赋具备更高的文学价值,也更为历来学界所关注。

由于诗歌的兴盛,诗词入小说现象便也一直是我国白话小说的传统,甚至有学者认为我国古代的所有文学体裁都在不同程度上具有诗化倾向,而《红楼梦》更是其中的典型代表。作为"文体意义上的百科全书"的《红楼梦》中夹杂了大量的诗、词、曲、赋等各种诗歌元素,它们不仅是构筑全书故事情节与人物特点的重要组成部分,而且其数量之多、诗学思想之丰富、与小说情节联系之密切,以及满盈全书的诗性思维与诗性审美等特点都在我国文学史上留下了浓墨重彩的一笔,这是其他古典小说所无法比拟的。

第一节 文学性

文学是语言的艺术,当我们评价某个作品是否具有文学性时,主要是从语言的角度进行考量。具体而言,包括但不限于以下三个指标:其一是精湛优美的辞藻选择,好的作品不应只是复杂华丽的词句堆砌,那样反而会使作品显得贫乏无物、不知所云,而唯有选词精准、用词贴切的作品方具有较高的文学价值;其二是精巧灵动的修辞手法,修辞的使用可以丰富言辞或文句的表达方式,增强表现力,让作品具备更强的文学性,常见的修辞手法有比喻、拟人、排比、夸张、反问、借代等;其三是具有音乐性和韵律感的句式结构,这能使语言更为生动有趣、富有美感,且朗朗上口的特性还有利于作品通过多种形式传播。

我们讲《红楼梦》中诗词曲赋的文学性,既然是诗词曲赋,便已经决定了作品必然具备一定程度的音乐性与韵律感,不然不可谓诗也,故而本文中我们将更多从辞藻与修辞两个方面来分析。《红楼梦》全书中诗词曲赋比比皆是，佳作名篇亦是不胜枚举，但若说在语言的角度最为考究的，海棠诗社所产之诗或可谓首屈一指。在限题、限体、限韵等多重复杂规则的约束下，参与诗社活动的成员们几乎只剩下语言这一个元素可以自由发挥，于是为了使自己的诗作能够别出心裁，与他人有所区分，成员们往往绞尽脑汁、搜肠刮肚以求在辞藻和修辞的方面别开生面。分析海棠诗社所产出的诗作，便也能最直观地感受到《红楼梦》中诗词曲赋的文学性。

一、海棠妙笔

贾府的先祖因战功获爵，本是武将出身，但几代过后，也早已成了书香门第、诗礼之族。贾府子弟不论男女，自幼便能吟诗作对，当中又以宝玉与其姐妹众人的诗才最高。住进大观园后，对着园中的浮岚暖翠、柳烟花雾，创作的欲望自然更加强烈，此时探春提议成立诗社，众人自然一呼皆应，踊跃参与。海棠诗社较为正式的集会创作活动共有两次，第一次在第三十七回中，探春邀众人起社，恰逢贾芸孝敬宝玉两盆白海棠，大家遂决定以咏白海棠为题作诗，宝玉、黛玉、宝钗、探春各作一首，次日湘云赶到，依韵又补了两首；第二次在第三十八回中，众人以菊花为主题，作《忆菊》《种菊》《问菊》等诗十余首，宝黛钗三人又各赋《螃蟹咏》三首。由此可见，虽诗社人数不多，活动次数也仅有两次，但产出的诗作并不算少，如若一一品读，唯恐篇幅过长，更何况也不是每一首都有鉴赏的必要。这里，我们将拣选海棠诗社的诗作中，历来评价最高的二首"镇社之作"来细细研读。

薛宝钗《咏白海棠》：

　　珍重芳姿昼掩门，自携手瓮灌苔盆。胭脂洗出秋阶影，冰雪招来露砌魂。淡极始知花更艳，愁多焉得玉无痕。欲偿白帝凭清洁，不语婷婷日又昏。

虽题为咏花，但这首诗一开始并未从花本身写起，而是先写养花的人。首联"珍重芳姿昼掩门，自携手瓮灌苔盆"，此处"珍重"即珍爱、爱护之意，"芳姿"则指的是海棠花纯洁美好的姿态，"昼掩门"即白天也关着门，是"珍重芳姿"的一种表现，因为珍视，所以不能供人随意观赏，即便白天也需要关着门。下半句中，"手瓮"即浇水用的一种陶罐，"自携手瓮灌苔盆"大意即是养花人每天都亲自带着浇花壶灌溉白海棠，仍是在说明养花人的"珍重芳姿"，"苔盆"指出了花盆十分朴素，布满了青苔，这说明海棠的"芳姿"不需要过多的装点。这一联用到了象征的修辞手法，无论是"芳姿"，还是"珍重芳姿"的人，实际上都象征着宝钗自己。宝钗是《红楼梦》众女儿中最为封建礼教束缚的一个，认为男性就应该读圣贤书、考取功名、走仕途经济的道路，而女性就应该恪守妇德、矜持庄重。她以花象征自己，体现了对自身身份的重视，"昼掩门"则代表着自己恪守不出闺阁之礼，保持低调以免卷入是非纷争，"自携手瓮"同样体现着宝钗对自己的珍重。

颔联"胭脂洗出秋阶影，冰雪招来露砌魂"，使用了倒装的修辞手法，应理解为"秋阶洗出胭脂影，露砌招来冰雪魂"。在秋日的台阶上，白海棠经过浇水灌溉，逐渐褪去了脂粉的气息，展现出原本的姿态，又仿佛在那洒满露水的台阶上唤出纯洁晶莹的冰雪作为她的精魂。这一联写出了白海棠的纯净无瑕，同样也影射着宝钗自己不喜脂粉、朴素淡雅。其中"秋阶""露砌"两个词着重点明了白海棠生长在一片冷清的环境之中，与白海棠的纯净洁白刚好互相映衬，又或者说，是肃静的秋日赐予了白海棠纯洁的姿态。

颈联"淡极始知花更艳，愁多焉得玉无痕"，前半句进一步描写了海棠花的色彩与风韵，因颜色洁白，故是"淡极"，又承上一联中"胭脂洗出秋阶影"，谓白海棠颜色淡雅至极，反显得娇艳动人。下半句则以一"玉"字暗讽黛玉，谓其愁思过多，即便是美玉也会生出瘢痕，亦承上一联中"冰雪魂"，意在说明白海棠冰清玉洁，宁静自安，岂如多愁之玉？宝钗是贾府众人眼中的大家闺秀，行事得体，言辞和软，但实际上她也深谙世故，城府极深，哪怕在人员关系极其复杂的贾府中也能够左右逢源，游走自如，且会在不容易被人发现的小细节处悄悄破坏宝黛爱情，可见其温婉背后的深沉。

尾联"欲偿白帝凭清洁，不语婷婷日又昏"，白帝指的是西方白帝白招拒，是神话传说中的司秋之神，在此诗中代指秋天或自然。白海棠的清净高洁，正是前几句中提到的"秋""露"所赐予的，那么如何偿还秋神的恩赐呢，唯有自身更加珍重，保持清洁，亭亭玉立，默默不语，迎来一个又一个黄昏。这最后一联中，宝钗依然在以花自喻，一方面在继续强调自己的清洁、稳重，另一方面，"不语婷婷"又道出了自己的孤单寂寞、无所依靠。宝钗在贾府中不常出门，在屋子里不过也就是读书写字，做做针线活，并没有其他的娱乐活动，故而"不语婷婷"实际上是宝钗日常生活的真实写照。

整体而言，这首诗致力于生动描绘白海棠的姿态和风骨，并巧妙地将白海棠化为展现宝钗风姿的象征物。作品不仅在更深层次上揭示了宝钗真实的性格，且在文学造诣上也极高，贯穿全诗的象征和暗喻手法的使用，把花、人二者联系在一起，不仅描绘了白海棠宁静和淡泊的优雅风格，且勾勒出宝钗亭亭玉立、端庄凝重的形象。

林黛玉《咏白海棠》：

半卷湘帘半掩门，碾冰为土玉为盆。偷来梨蕊三分白，借得梅花一缕魂。月窟仙人缝缟袂，秋闺怨女拭啼痕。娇羞默默同谁诉，倦倚西风夜已昏。

与宝钗诗相同的是，黛玉的《咏白海棠》首联亦未直言海棠本身，而是从养花人讲起，但不同于宝钗的"昼掩门"，黛玉则是"半卷湘帘半掩门"。"湘帘"指的是由湘妃竹制成的帘子，"半掩门"是说虚掩着房门，半开半关。这半句诗与唐代元稹的名句"半缘修道半缘君"在句式上有异曲同工之妙，给人以朗朗上口、和谐规整之感，而在含义上，竹帘半卷、房门半开，体现了黛玉洒脱活泼、任性可爱的性格特点。"碾冰为土玉为盆"则用到了一种夸张手法，表面的含义是说白海棠生长在冰雪为土、白玉作盆的环境中，实则泛指海棠花生长在极好的条件下，如此方能成就海棠花高洁纯净、不同凡俗的美好姿态。同时，也是对宝钗之诗的有力反击，你的诗中写白海棠"冰雪招来露砌魂"，而在我这里，冰雪只配做养花的材料，你的花种在残破的"苔盆"中，而我的花盆却是用极高贵的美玉制成，可见黛玉的机敏与锋芒毕露。

　　颔联"偷来梨蕊三分白，借得梅花一缕魂"，用到了拟人的修辞手法，说的是白海棠偷来梨花花蕊的三分洁白，又借得雪中寒梅的一缕幽香。此处的"三分"与"一缕"是虚数，并不确切指代白海棠在多大程度上具备梨花或梅花的性质，而是在基于对仗需要（"三分白"为平平仄，"一缕魂"为仄仄平）的同时，说明白海棠既有梨花如雪一般的洁白，又有梅花丝丝缕缕的芬芳，并且虽然是"偷来"之白、"借得"之香，但白海棠在花的品格上却完全不逊于梨花或梅花，反比它们二者更多了一种俏皮可爱感。同时也不难看出，黛玉的这句诗化用了宋代诗人卢梅坡的名句"梅须逊雪三分白，雪却输梅一段香"[①]，尤其是在虚数词的使用上极为相似。在我国的古典文学中，梅花与梨花都是常见的意象，象征着高洁、不屈、高雅等内涵，白海棠兼具这些性质，而这些也正是黛玉的品质。

---

　　① ［宋］谢枋得注，［明］王相等选注：《千家诗》，湖南人民出版社1980年版，第80页。

颈联"月窟仙人缝缟袂，秋闺怨女拭啼痕"，"月窟仙人"指的是居住在月亮中的仙人，"缟"者，素也，指的是未经染色的生绢，纯白无垢，而"袂"则指的是衣袖。前半句紧承上联，在为白海棠赋予了梅花与梨花的风韵后，又通过比喻的手法，说白海棠就好比那月中仙人缝制的洁白衣袖，将白海棠提升至神话的层面，乃是仙人制成之物，远比一般凡俗之物更加纯净无染。但下半句的情感忽然转向哀伤，说白海棠又像是深秋时节待字闺中、怀有哀怨的少女，花瓣上的露水就像少女的泪痕涟涟，直到这一句，我们才能明显看出黛玉也将自己投射于花朵，她乖僻孤傲、多愁善感，于是在黛玉的眼中，白海棠虽无比高洁，却又无比寂寞，无依无靠，仿佛秋闺中的怨女独自流泪。

尾联"娇羞默默同谁诉？倦倚西风夜已昏"，延续着上一联的情感基调，说的是白海棠娇羞怯怯，默默无言，衷肠无处可诉，只能强撑着倦态在刺骨的西风中独立，不知不觉天色已暗。既是写花，也是写黛玉自身，黛玉父母皆亡，寄居于贾府篱下，又生得体弱多病，多愁善感，满怀的哀情愁绪无处诉说，只好倦倚西风，茕茕孑立，面对渐渐昏暗的天色独自流泪。

读完整首诗，我们看到了一盆与宝钗笔下的诗中完全不同的白海棠，它高洁、不染、鄙视世俗、俏皮可爱，但又多愁善感，孤苦寂寞。这既是写花，同样也是写黛玉自己，但不同于宝钗更为直接地用白海棠象征自己，以说明自己珍重，黛玉则更倾向于托物抒情，通过比喻、拟人等多种修辞手法的使用，以及对前人诗句的化用，将自己的愁苦哀思投射、寄托于花的境遇中，让我们看到一个纯洁坚贞的叛逆者形象。

二、咏菊之魁

海棠诗社的第二次集会由史湘云自荐做东，湘云同宝钗商议后，定下《忆菊》《访菊》《种菊》《对菊》等"菊花诗十二题"为集会作诗的主题，且规定"咏物兼赋事，题目编排序列，凭作诗者挑选。限用七律，不限韵脚，诗作皆署雅号"。十二首诗成就后，社长李纨排出名次，黛玉所作之《咏菊》《问菊》《菊梦》斩获前三，其中《咏菊》更是众诗之魁，代表着海棠诗社第二次集会的最高水平，且看《咏菊》诗：

> 无赖诗魔昏晓侵，绕篱欹石自沉音。毫端蕴秀临霜写，口齿噙香对月吟。满纸自怜题素怨，片言谁解诉秋心。一从陶令平章后，千古高风说到今。

首联"无赖诗魔昏晓侵，绕篱欹石自沉音"当中，"诗魔"指的是创作诗歌的欲望，佛家思想中，人们的一切欲求皆是魔，须修养心性以镇压，唐代诗人白居易的《闲吟》一诗中又有"自从苦学空门法，销尽平生种种心。唯有诗魔降未得，每逢风月一闲吟"[①]，此后"诗魔"一词便指代创作冲动强烈、坐立不安的一种状态。这句话的意思便是说，无法压制的诗兴是无论清晨还是黄昏都侵扰着我，我只好绕着篱笆漫步，或是依靠着石头独自沉吟。黛玉咏菊与他人不同，在首联中完全没有提到任何与菊花相关的事物，而是先交代了自己作诗前的心境，如同着了魔一般，从早到晚都寝食难安、欲罢不能，在室内按捺不住，只好走到自然环境中来寻找题材。这一句，把一个专心致志、兴奋不已的诗人形象写得活灵活现。

颔联"毫端蕴秀临霜写，口齿噙香对月吟"，这一句给人的第一印象是对仗极其工整，"毫端蕴秀"对"口齿噙香"，"临霜写"对"对月吟"，且在音韵上是七言诗的标准律句，即"平平仄仄平平仄，仄仄平平仄仄平"，而这句诗的含义则是指：将笔端蕴藏着

[①] [清]彭定求等编：《全唐诗》，中华书局1960年版，第4895页。

的灵秀对着霜天临写,口齿间含着的芳香对着月亮吟诵。此句开始略微透露出"菊"的影子来,因"霜"只在秋天有,而菊花亦是秋天之花,又提到"香",指的大概也是菊花之香。紧承上联,诗人在篱旁石边苦思冥想许久之后终于胸有成竹,落笔成诗,光写出来还不够,还要对着月亮吟诵,可见诗成之后,"诗魔"终于不再作祟,诗人的内心得到了极大的满足。

颈联"满纸自怜题素怨,片言谁解诉秋心",诗人对月吟诵自己的得意之作,吟诵着,吟诵着,却又泛起愁绪。原来,诗人发现满纸所书写的压根不是对菊花的吟诵,不过是因自怜而题写的秋怨与哀思,而谁又能通过这诗句中短短的只言片语体会我的这种心情呢?还是回到"咏菊"之题上来吧,于是尾联写道"一从陶令平章后,千古高风说到今",其中"陶令"指的是晋朝诗人陶渊明,因其做过八十多天的县令,故称陶令,"平章"则指的是鉴赏、评议,这句说的是自从有过陶渊明"采菊东篱下"的佳句后,秋菊的高尚品格就一直被人夸赞,直到今天亦然。

这首诗构思新颖、造句巧妙,一般的咏物诗仅仅咏的是物,而黛玉的这首《咏菊》却加入了大量"咏"的过程,包括诗人的心境、作诗时的环境、诗成之后的品读等。在一般的咏物诗中,我们能品读出的是诗人的视角,而在这首诗中,我们却能够化身诗人、所咏之物之外的第三者,既看到了诗人也看到了菊,这种视角的转换是一种高妙的文学手法,在诗作中不多见,故这首《咏菊》无愧摘得桂冠,经得住李纨"诗也新,立意更新"的夸赞。

三、食蟹绝唱

以菊为题的作诗活动结束后,诗社众人吃起了螃蟹宴。席间,宝玉提出"持螯赏桂,亦不可无诗",于是宝玉、黛玉、宝钗三人又各作了一首《螃蟹咏》。其中宝钗的螃蟹咏,被众人称赞道

"这是食螃蟹绝唱",且第三十八回的回目名为"林潇湘魁夺菊花诗　薛蘅芜讽和螃蟹咏",可见宝钗虽在"命题作文"中未能胜过黛玉,却在赛后的"附加题"上成就了一首佳作,能与黛玉夺魁的菊花诗旗鼓相当,此诗即:

> 桂霭桐阴坐举觞,长安涎口盼重阳。眼前道路无经纬,皮里春秋空黑黄。酒未敌腥还用菊,性防积冷定须姜。于今落釜成何益,月浦空馀禾黍香。

首联中,"霭"指云雾之气,"桂霭"则是指桂花的香气,"桐阴"则是指桐树的阴影。"桂霭桐阴",一个是不可见之氤氲,一个是可见的树阴,一虚一实,既点明了吃蟹的时间是在秋天,又互成照应,用词极佳。"长安"在古文中可以泛指都城、京都,但在此诗中,指的实则是京都中的达官显贵们,只有他们才会有佳节品蟹的习好,于是也只有他们才会在重阳节来临之际垂涎三尺、翘首以盼。

颔联中,"经纬"原指织机上的纵线与横线,在此处提到"眼前道路",故引申为纵向道路与横向道路,螃蟹横行,无论道路是纵是横,它都不管,所以在螃蟹的眼中是"无经纬"的。螃蟹外壳坚硬,舞爪弄螯,而制熟后揭其甲壳,里面却只有黑色和黄色的蟹膏。这一联对仗工整,"眼前——皮里""道路——春秋""无经纬——空黑黄",看似在写螃蟹,实则又何尝不是在讽刺那些"长安涎口"呢?这些纨绔子弟仗着家大业大,处处如螃蟹一般横行霸道,眼中何曾有过经纬与法度?一副副满腹经纶的样子,实则没有半点学识,表面上对世事不多过问,肚子里却藏有阴暗的伎俩和把戏,这种"皮里春秋",不过是"黑黄(以颜色代指粪便)"罢了。难怪此句一毕,宝玉直呼:"写得痛快!"

颈联中谈到了一些烹蟹的技巧,蟹有腥气,故须在烹调时佐以酒以祛腥,而普通的酒未能"敌腥",即未能完全压制住蟹的腥气,则宜用菊花酒以辟除恶气。蟹在中医的观点中乃大寒之物，若食法不得当，则易感积冷之疾、胃肠之病，故烹蟹时还需加入性温的生姜以中和寒性。这一联有两层深意：一是指贪吃的"长安涎口"们想尽了一切办法行贪得无厌之举，把腥寒之物变成了美味佳肴；二是指这些达官显贵本身也就是螃蟹，腥臭无比，唯有以象征着高洁恬淡的菊花与象征着正义刚烈的生姜才能压制。

尾联中，釜泛指锅等厨具，螃蟹终将被人们下锅烹熟，那么它一生横行霸道，气腥性冷又有什么益处呢？不过是沦为他人嘴里的吃食，以满他人的口腹之欲罢了。而那月下的水田中，螃蟹被人抓尽，只剩下禾、黍等作物的清香。这一联又有两种理解的思路：第一种是将"月浦"看作社会，这句话则在说只有将横行无忌的权贵恶霸铲除之后，"月浦"才能一片清香，政治清明，百姓安居乐业；第二种则从螃蟹的角度出发，"月浦"是螃蟹原本生活的环境，而"禾黍香"是螃蟹一生横行换来的权力、富贵与娇妻美妾，可螃蟹一朝落入釜中，便再也无法回家享受，再多的荣华富贵也与它无关了，故说是"空馀"。

宝钗咏蟹，全诗句句不言蟹，却又句句写的是蟹，看似写的是蟹，实则又以蟹取喻，讽尽世事。宝钗斥责了一味横行、不守礼法、目无经纬的纨绔子弟，指出了他们最终的收场只能是"昨日座上宾，今日刀下鬼"。全诗对仗工整，用词考究，笔法老辣，也体现了宝钗谨遵规矩、端庄稳重的性格特点。

第二节　哲理性

古人云"文以载道"，诗歌作为"文"的一种，当然也绝不仅仅是纯粹的情感抒发，还常常蕴含着深刻的哲学思考和道德观念，反映了作者对人生、自然、世界等命题的思考与探索。《红楼梦》

虽是"大旨谈情",但其之所以能成为经典之一,正是在于《红楼梦》的"情",不仅仅是男女之情,更是社会之情、世间之情。不乏学者认为《红楼梦》带有自传小说的性质,这一观点虽然始终未能得到完全的确证,但至少应该说,书中那些极尽真实的情节与内容不可能不渗透着曹雪芹本人在数十年的人生中累积下来的思考与体悟。那看似"荒唐言",实乃"辛酸泪"的人生哲理,被倾注在《红楼梦》的每一章、每一段、每一字当中,更在那一首首诗词曲赋中得到了集中体现。

一、《好了歌》与《好了歌注》

第一回中的《好了歌》:

> 世人都晓神仙好,惟有功名忘不了!古今将相在何方?荒冢一堆草没了。世人都晓神仙好,只有金银忘不了!终朝只恨聚无多,及到多时眼闭了。世人都晓神仙好,只有姣妻忘不了!君生日日说恩情,君死又随人去了。世人都晓神仙好,只有儿孙忘不了!痴心父母古来多,孝顺儿孙谁见了?

甄士隐在街上游荡,此时他刚经历完从安富尊荣到家破人亡的半生,剧烈的打击让他处于一种半疯半傻、神智不定的状态,偶听到一跛足道人吟唱此《好了歌》,便顿然勘破人生之无常,吟出了如下的《好了歌注》:

> 陋室空堂,当年笏满床;衰草枯杨,曾为歌舞场。蛛丝儿结满雕梁,绿纱今又糊在蓬窗上。说什么脂正浓、粉正香,如何两鬓又成霜?昨日黄土陇头送白骨,今宵红灯帐底卧鸳鸯。金满箱,银满箱,展眼乞丐人皆谤。正叹他人命不长,那知自己归来丧!训有方,保不定日后作强梁。择膏粱,谁承望流落在烟花巷!因嫌纱帽小,致使锁枷扛;昨怜破袄寒,今嫌紫蟒长;乱烘烘你方唱罢我登场,反认他乡是故乡。甚荒唐,到头

来都是为他人作嫁衣裳！

其中那"好即是了，了即是好"的深刻哲理，也须将歌、注二者相对照来看：

世人都晓神仙好，惟有功名忘不了！古今将相在何方？荒冢一堆草没了。

陋室空堂，当年笏满床；衰草枯杨，曾为歌舞场。蛛丝儿结满雕梁，绿纱今又糊在蓬窗上。

从古至今，所有人都抱着雄心壮志，渴望建功立业、光宗耀祖，为自己和后代争取长久的荣誉与财富，可这世上哪有经久不衰、屹立不倒的家族呢？"笏"是古代臣子觐圣时用以记事的板子，在此处即象征着权力与地位，但就连"笏满床"的钟鸣鼎食之家，也逃不过终将变为"陋室空堂"的命运。哪怕是将军宰相等杰出人物，随着时间的推移，他们的功业也往往会被历史所掩埋。新的时代、新的价值观和新的领袖出现，旧时的英雄和功绩渐渐被淡忘，宰相将军们所代表的家族也可能受到政治和社会变革的冲击，渐渐式微甚至灭亡。沧海桑田，世事难料，再大的功绩、再大的家族实际上都脆弱不堪，政权更迭、经济崩溃、战争爆发、自身腐化……能一夕就使大厦倾倒的因素有太多太多，到头来，不过全都化作杂草丛生的一座野坟罢了。

世人都晓神仙好，只有金银忘不了！终朝只恨聚无多，及到多时眼闭了。

金满箱，银满箱，展眼乞丐人皆谤。正叹他人命不长，那知自己归来丧！

"人为财死，鸟为食亡"，人们在追逐财富的过程中，常常陷入无休无止的奔波，以至于忽略了更重要的东西，例如家人、友情、健康和生活的真正意义。然而，当他们最终意识到财富不再是生活的唯一追求时，也许已经来不及了，一家人相聚的时光变得稀缺，自己的生命也渐渐走到尽头。纵有金银满箱，又有何用？当我们同情别人生命无常时，无常的悲剧可能已经悄然降临在我们自己的身上。正如王熙凤一心敛财，甚至拿月钱出去放贷，最终却哭向金陵、命丧他乡；又如贾母慈悲心肠、怜贫惜弱，常常感慨他人命运不济，而到头来抄家灭门的惨剧却在自己的府邸中上演。困在对金钱的追逐上，最终将失去一切。

世人都晓神仙好，只有姣妻忘不了！君生日日说恩情，君死又随人去了。

说什么脂正浓、粉正香，如何两鬓又成霜？昨日黄土陇头送白骨，今宵红灯帐底卧鸳鸯。

名无常，利无常，情自然也无常。"大旨谈情"的《红楼梦》，最终又有哪一对"情"能有善终呢？那些所谓的"一日夫妻百日恩"，不过是男人贪图女人的美色，女人依仗男人的钱权而已。尤其贾府中的男性最能体现这一点：贾珍与儿媳秦氏乱伦，与姨妹尤二姐更是不清不楚；贾琏在女儿出痘送痘娘的时候竟与多姑娘通奸，还在外面偷娶尤二姐作二房；贾赦更是连母亲身边的丫鬟都要强娶……他们满眼酒色，只把女人当玩物，那红灯帐下的甜言蜜语，有哪一句是真正的情呢？而贾府中唯一真情的宝玉，也被家族和时代操控逼迫，最终出家而去。脂粉不能粉饰岁月，鸳鸯终将变成白骨，再多的深情也会随风而去。

世人都晓神仙好，只有儿孙忘不了！痴心父母古来多，孝顺儿孙谁见了？

训有方，保不定日后做强梁。择膏粱，谁承望流落在烟花巷！因嫌纱帽小，致使锁枷杠；昨怜破袄寒，今嫌紫蟒长：乱烘烘你方唱罢我登场，反认他乡是故乡。甚荒唐，到头来都是为他人作嫁衣裳！

人奔忙一生，一半为了自己，一半为了后代。可纵使再训子有方,也不能保证他将来不会做土匪强盗;为女儿苦觅佳婿,谁能想到最后却沦落于花柳巷中?望子成龙的父母何其多,而真正的孝子何其少啊!就论《红楼梦》中贾史王薛四大家族的晚辈,哪一个不是败家子、不肖孙呢?贾家的贾珍、贾琏都是酒囊饭袋,王熙凤的哥哥王仁连自己的亲外甥女巧姐都要卖,薛家的薛蟠更是一个无恶不作、花天酒地的"呆霸王"。

不满足官职大小,最后只把枷锁扛。昨天还一贫如洗,只有破袄难以御寒,今天却大富大贵,紫蟒都嫌长。其实人生就像一场戏,你刚唱完,我就登上场来,把功名富贵、妻妾儿孙等误当作人生的根本。曲终人散后,蓦然发现,自己忙忙碌碌的一生都是在给别人缝制嫁衣,白忙活一场。

《好了歌》和《好了歌注》非常形象地刻画了人情易变、世事无常的道理,也是整部《红楼梦》的一个缩影。画栋雕梁变为陋室空堂,歌舞升平变为衰草枯杨,公子沦为乞丐,小姐变成妓女,这便是世人都逃不过的命运。同时,这两首诗歌也反映了封建时代末期,社会道德和公平正义不复存在,统治秩序无法维系,统治阶级腐朽堕落的景象。当然,囿于时代的局限性,曹雪芹无法寻得现实中的出路,故这两首诗歌均带有浓厚的虚无主义色彩,我们需要辩证地看待。在当今的世界,我们更需要从《好了歌》和《好了歌注》中看到的是它们提醒着我们应该谦卑谨慎,珍惜当下的努力和成就,珍惜身边的人和拥有的一切,追求内心的平静和满足,而不是让金钱和权力成为我们生活中唯一的追求。

二、世难容——自命清高,反堕泥淖

第五回中,宝玉梦游太虚幻境,在警幻仙姑的引领下得以一窥谶示着众女儿命运的《金陵十二钗》,随后,警幻又命十二名舞女为宝玉表演"《红楼梦》十二支",这"十二支"是标准的"曲"的文学形式，其曲词内容同样也是《红楼梦》中十二位女儿命运的暗示，但由于"曲"不拘格式、掺杂白话文的特点，也让这十二首曲蕴含了深刻的哲理，有警喻世人的作用，如下面这支《世难容》：

气质美如兰，才华阜比仙。天生成孤癖人皆罕。你道是啖肉食腥膻，视绮罗俗厌；却不知太高人愈妒，过洁世同嫌。可叹这，青灯古殿人将老；辜负了，红粉朱楼春色阑。到头来，依旧是风尘肮脏违心愿。好一似，无瑕白玉遭泥陷；又何须，王孙公子叹无缘。

这首《世难容》所对应的人物是妙玉，妙玉正是一个气质如兰、才华比仙的罕见之人，同时，由于自幼带发修行，更造就了她"啖肉食腥膻，视绮罗俗厌"的清高个性。

如此之个性，在妙玉对饮茶有极高的要求这件事上便能够看得出来。第四十一回中，贾母携众人到栊翠庵品茶，妙玉展现出一位茶道高人的礼节与修养。她与贾母就喝茶这件事而展开的问答之间，便有"斗茶"之意：在茶品方面，贾母说不吃六安茶，妙玉早就预先沏了更加名贵的老君眉；在用水方面，妙玉也预先选用了旧年蠲的雨水。随后，妙玉同宝黛钗三人饮茶，又展现了她对茶具的讲究，既有"㿠瓟斝"，又有"点犀盉"，还专门给宝玉拿了个"九曲十环一百二十节蟠虬整雕竹根的一个大盉"。黛玉品不出沏茶用的是什么水，被妙玉讥讽："你这么个人，竟是大俗人，连水也尝不出来。……"

"却不知太高人愈妒，过洁世同嫌"，如此孤怪清高的个性，非但没能为其挣得佳誉，反招来了不少人的嫉妒与嫌弃。王夫人说她"傲"，邢岫烟说"他这脾气竟不能改，竟是生成这等放诞诡僻了"，贾环说"妙玉这个东西是最讨人嫌的，他一日家捏酸"，就连一向菩萨心肠、最为和善的李纨都说"可厌妙玉为人，我不理他"。妙玉貌美质高，视众生为俗，可偏偏就是这样，才为世所难容，落得

"可怜金玉质,终陷淖泥中"的下场。在现实世界中,像妙玉这样的"世外高人",与占据人口绝大多数的普通人之间存在着巨大的差异。对于那些只看重外在物质和权势的人来说,她的生活方式往往难以理解,甚至被视为异类,这种不合群的特质不仅使得她在社会中难以融入,也让她常常受到排斥和歧视。

说到底,妙玉还是"尘缘未断",若一心向佛,修持心性,又焉会在意喝的什么茶、用的什么水呢?这首曲意在警醒人们不要做那个"世难容"的人,活在世俗的社会中,又不食人间烟火,是不可能的;同时,曹雪芹也哀叹着这个"难容之世",就连美好的人,美好的事物都不能为这个社会所容纳,人们就难免越来越堕落与腐化,与世俗同流合污。

三、聪明累——机关算尽,反失性命

在"金陵十二钗"当中,很少有人物所对应的判词名气不如"判曲",但王熙凤便是其中之一。在1987年版《红楼梦》电视连续剧里,王熙凤在狱中油尽灯枯,遗体被两个小卒拖回金陵,漫天飞雪,白茫茫的大地上,只见平日里的"凤辣子"再也展不开那"一双丹凤三角眼,两弯柳叶吊梢眉",哪怕那两个小卒就地抛尸,想必也不会有人在意。正当此时,画外音响起凄哀无比的"机关算尽太聪明……",配合着凤姐一生的蒙太奇画面,更令人唏嘘不已,《聪明累》也由此变得家喻户晓。

机关算尽太聪明,反算了卿卿性命。生前心已碎,死后性空灵。家富人宁,终有个家亡人散各奔腾。枉费了,意悬悬半世心;好一似,荡悠悠三更梦。忽喇喇似大厦倾,昏惨惨似灯将尽。呀!一场欢喜忽悲辛。叹人世,终难定!

在整部《红楼梦》的绝大部分篇幅中,王熙凤一直是贾府的"首席执行官",她主持荣国府,协理宁国府,从"王凤姐弄权铁槛寺"

中，更能看出她与官府亦有来往，哪怕是后来因身体不适"退居二线"，却实际上是"垂帘听政"，凡大事都要来请她的示下。而她之所以能有这么大的权力，一是因为她在同辈之中年纪稍长，地位稍尊；二是因为她娘家是四大家族之王家，背景过硬；三是因为她本人确实八面玲珑，同时办事效率极高，有相当的管理才能，深得贾母等一众长辈喜爱，因而得以在贾府翻手为云，覆手为雨。

王熙凤计谋极多，阴险老成，确实可谓"机关算尽太聪明"。她所精心设计的一系列"机关"中，有一部分是为了自己，如"酸凤姐大闹宁国府"的事件中，她连哄带骗将贾琏偷娶的尤二姐带进贾府，背后又一边买通张华让他告夺妻，一边自己到宁府大闹，最后逼得尤二姐吞金自尽，这正是为了捍卫自己的地位与权力。但更多的时候，王熙凤"生前心已碎"，为了家族而操心，在贾家从盛转衰的过程中，是王熙凤千方百计地维持着贾府的门面。贾府这样的大家族应酬极多，开销极大，早就入不敷出，凤姐便拆东墙补西墙，放高利贷，变卖家产，延缓工资发放，甚至不惜杀人放火，为的就是强撑着这个摇摇欲坠的家族。但"忽喇喇似大厦倾"，家族败亡的趋势岂是一人能够阻挡？反倒是那些不光彩的"聪明"被抖搂出来，更陷贾家于不复之地，王熙凤自己也因多年的操劳落下病根，故说是"反算了卿卿性命"。

这首曲想要告诉我们的哲理有三个。第一是要目光长远，从长计议。秦可卿在死前和死后（托梦）都告诫凤姐"月满则亏，水满则溢"的道理，提醒王熙凤在贾家尤盛之时须多为将来做考虑，但王熙凤并没能采纳，只懂得把眼下的事情打理得井井有条，到后来便只能拆东补西，借新还旧，却已然治标不治本了。第二是做人不能太"聪明"。处处算计，看似精明，实则招人记恨，这点连凤姐自己都清楚，第五十五回中，凤姐卧病在床，对平儿说道："你知道，我这几年生了多少省俭的法子，一家子大约也没个不背地里恨我的。我如今也是骑上老虎了。虽然看破些，无奈一时也难宽放；二则家里出去的多，进来的少。凡百大小事仍是照着老祖宗手里的规矩，却一年进的产业又不及先时。多省俭了，外人又笑话，老太太、太太也受委屈，家下人也抱怨刻薄。若不趁早儿料理省俭之计，再几年就都赔尽了。"第三则还是以上所有诗歌中多少都有的一个主题："叹人世，终难定"。世事无常，再"家富人宁"也会变得"家亡人散"，如何的"机关算尽"都无法挽救四大家族乃至整个封建社会"似灯将尽"的历史命运。

第三节 艺术性

艺术是传递思想、情感和美的创造性表达，当我们谈论作品是否具有艺术性时，至少会有以下三个指标。其一是创造性和独特性。艺术性强的作品应具有独特的创意，展示作者在表达自己的想法和情感时的创新，不拘泥于传统或俗套的方式，而是通过新颖的手法、观点或构思来呈现。其二是审美价值。艺术水平高的作品追求美感表达的极致，它们往往可以通过通感的方式引发观众的多维度、多感官的美感体验，营造深远的意境和画面感。其三是表达主题的深刻性。好的艺术作品"外师造化，中得心源"，除了美的表达之外，也蕴含着作者对于天地万物与心性修持的理解与看法，能够引发观众的思考、情感共鸣等深刻的感受。

若论谁是《红楼梦》中第一流的"大艺术家"，宝玉、黛玉二人当之无愧。前文中，我们已经见识过宝玉题联作对、黛玉落笔成诗的高超艺术水平，可格式与篇幅的限制总归还是限制了这两位"文豪"的发挥，当他们真正伤时感事，诗兴大发且无需顾忌行文要求时，那发自内心、出乎真情的"大作"才真可谓精妙绝伦，体现宝玉、黛玉二人的最高水平。如此之"大作"，指的便是黛玉的

《葬花吟》和宝玉的《芙蓉女儿诔》。

一、葬花之意谁堪解

黛玉曾因怜惜桃花落瓣，便将它收拾起来葬于一处"花冢"，第二十七回中，黛玉又来到冢前，以落花自况，伤感万分，遂哭吟出了这首《葬花吟》。

> 花谢花飞花满天，红消香断有谁怜？游丝软系飘春榭，落絮轻沾扑绣帘。闺中女儿惜春暮，愁绪满怀无释处，手把花锄出绣闺，忍踏落花来复去。柳丝榆荚自芳菲，不管桃飘与李飞。桃李明年能再发，明年闺中知有谁？三月香巢已垒成，梁间燕子太无情！明年花发虽可啄，却不道人去梁空巢也倾。一年三百六十日，风刀霜剑严相逼，明媚鲜妍能几时，一飘漂泊难寻觅。花开易见落难寻，阶前闷杀葬花人，独倚花锄泪暗洒，洒上空枝见血痕。杜鹃无语正黄昏，荷锄归去掩重门。青灯照壁人初睡，冷雨敲窗被未温。怪奴底事倍伤神，半为怜春半恼春：怜春忽至恼忽去，至又无言去不闻。昨宵庭外悲歌发，知是花魂与鸟魂？花魂鸟魂总难留，鸟自无言花自羞。愿奴胁下生双翼，随花飞到天尽头。天尽头，何处有香丘？未若锦囊收艳骨，一抔净土掩风流。质本洁来还洁去，强于污淖陷渠沟。尔今死去侬收葬，未卜侬身何日丧？侬今葬花人笑痴，他年葬侬知是谁？试看春残花渐落，便是红颜老死时。一朝春尽红颜老，花落人亡两不知！

为落花绣制锦囊，为落花亲掘香丘，为落花感时伤怀，为落花作诗吟诵。古往今来，这样的事大概也只有放在林黛玉身上方能够稍作理解。

这首诗对初唐时期流行的歌行体有所效仿，但同时又掺杂了许多先秦时期大雅、小雅的风格。全诗饱含黛玉父母早亡、寄人篱下的血泪与愠怨，通过奇幻新颖的想象与视角的变换，为读者营造了一个凄清冷淡的艺术画面，扑面而来的浓烈愁绪展现了黛玉多愁善感的性格与复杂对立的内心矛盾，表达了她在理想与现实、自我与本我之间复杂的斗争过程中所产生的焦虑不安与迷茫无措。

在这首诗中，花一如人，人一如花，二者的命运紧紧相连。"明媚鲜妍能几时，一朝飘泊难寻觅"，纵使桃花明媚多姿，但安有不落之花，安有不谢之红？迟早会枯萎凋零，再难寻觅。同样，即使林黛玉拥有令人倾倒的容颜，她也难摆脱生命不可逆转的循环，这也象征着包括贾府在内的四大家族最终会衰落，被时光淡忘，被人们遗忘。"愿奴胁下生双翼，随花飞到天尽头"，黛玉多么想生出一对翅膀，追随洁净美好的落花飞到世界的尽头，远离红尘俗世的纷纷扰扰。黛玉始终是封建社会的"反叛者"形象，她对人们一心只为追求功名利禄的社会现状高度不满，但无人理解，无可奈何，最终甚至未能敌得过自己的体弱。她渴望幸福，最终也没能得到，这才让她发出"一朝春尽红颜老，花落人亡两不知"的悲叹。

全诗抒情淋漓尽致，语言句句泣诉，声声悲音，满篇无一字不是发自肺腑、无一字没有凝结血泪，把林黛玉对身世的遭遇和感叹表现得入木三分，写出了主人公在追求幸福、追求有个依靠却求而不得时，所表现出来的那种不愿受辱、不甘低头却又似乎无法对抗命运的无奈与哀愁。名写花，实则写人，《葬花吟》将人物的命运、感情等融会于景物描绘之中，创造出丰富、鲜明的意境，具有强烈的艺术感染力。

二、多情公子空牵念

在《红楼梦》中，贾宝玉始终呈现着一种善作诗文、工于词章的多情多才公子形象，可实际上，在大观园众儿女数次的斗诗活动中，宝玉并没有太多拿得出手的"战绩"。元春省亲时，命宝玉作四首五律，宝玉冥思苦想只得了三首，还是黛玉"递小抄"这才解了围；海棠诗社第一次集会众人题咏白海棠时，宝玉的海棠诗质量一般，用典俗旧，自己甘居最后一名；第二次集会以菊花为主题，宝玉所作的《访菊》《种菊》无甚新意，心服口服地承认不如林、薛、史等诸人所作。那么，是宝玉的诗歌水平不高吗？非也！下文这篇《芙蓉女儿诔》完全足以证明：宝玉之所以在斗诗活动中名次不佳，是因为他十分不擅长在规定时间内按规定主题创作诗歌的"命题作文"形式，抑或由于他对海棠、菊花等物实在并无太多感受才难得佳句。而一旦去除了条条框框的限制，加上真正触动宝玉的事件发生，便能见到这位怡红公子足以"孤篇压全书"的功力。

　　维

　　太平不易之元，蓉桂竞芳之月，无可奈何之日，怡红院浊玉，谨以群花之蕊、冰鲛之縠、沁芳之泉、枫露之茗，四者虽微，聊以达诚申信，乃致祭于

白帝宫中抚司秋艳芙蓉女儿之前曰：

　　窃思女儿自临浊世，迄今凡十有六载。其先之乡籍姓氏，湮沦而莫能考者久矣。而玉得于衾枕栉沐之间，栖息宴游之夕，亲昵狎亵，相与共处者，仅五年八月有畸。

　　噫！女儿曩生之昔，其为质则金玉不足喻其贵，其为性则冰雪不足喻其洁，其为神则星日不足喻其精，其为貌则花月不足喻其色。姊妹悉慕媖娴，妪媪咸仰惠德。

　　孰料鸠鸩恶其高，鹰鸷翻遭罦罬；薋葹妒其臭，茝兰竟被芟鉏！花原自怯，岂奈狂飙；柳本多愁，何禁骤雨。偶遭蛊虿之谗，遂抱膏肓之疢。故尔樱唇红褪，韵吐呻吟；杏脸香枯，色陈顑颔。诼谣謑诟，出自屏帏；荆棘蓬榛，蔓延户牖。岂招尤则替，实攘诟而终。既怅幽沉于不尽，复含罔屈于无穷。高标见嫉，闺帏恨比长沙；直烈遭危，巾帼惨于羽野。

自蓄辛酸，谁怜夭折！仙云既散，芳趾难寻。洲迷聚窟，何来却死之香？海失灵槎，不获回生之药。眉黛烟青，昨犹我画；指环玉冷，今倩谁温？鼎炉之剩药犹存，襟泪之余痕尚渍。镜分鸾别，愁开麝月之奁；梳化龙飞，哀折檀云之齿。委金钿于草莽，拾翠盒于尘埃。楼空鸤鹊，徒悬七夕之针；带断鸳鸯，谁续五丝之缕？况乃金天属节，白帝司时，孤衾有梦，空室无人。桐阶月暗，芳魂与倩影同销；蓉帐香残，娇喘共细言皆绝。连天衰草，岂独蒹葭；匝地悲声，无非蟋蟀。露苔晚砌，穿帘不度寒砧；雨荔秋垣，隔院希闻怨笛。芳名未泯，檐前鹦鹉犹呼；艳质将亡，槛外海棠预老。捉迷屏后，莲瓣无声；斗草庭前，兰芽枉待。抛残绣线，银笺彩缕谁裁？折断冰丝，金斗御香未熨。

　　昨承严命，既趋车而远涉芳园；今犯慈威，复泣杖而遽抛孤匶。及闻槥棺被燹，惭违共穴之盟；石椁成灾，愧迨同灰之诮。尔乃西风古寺，淹滞青燐；落日荒丘，零星白骨。楸榆飒飒，蓬艾萧萧。隔雾圹以啼猿，绕烟塍而泣鬼。自为红绡帐里，公子情深；始信黄土垄中，女儿命薄！汝南泪血，斑斑洒向西风；梓泽余衷，默默诉凭冷月。

　　呜呼！固鬼蜮之为灾，岂神灵而亦妒。钳诐奴之口，讨岂从宽；剖悍妇之心，怨犹未释！在君之尘缘虽浅，然玉之鄙意岂终。因蓄惓惓之思，不禁谆谆之问。始知上帝垂旌，花宫待诏，生侪兰蕙，死辖芙蓉。听小婢之言，似涉无稽；以浊玉之思，则深为有据。

　　何也？昔叶法善摄魂以撰碑，李长吉被诏而为记，事虽殊，其理则一也。故相物以配才，苟非其人，恶乃滥乎？始信上帝委托权衡，可谓至治至协，庶不负其所秉赋也。因希其不昧之灵，或陟降于兹；特不揣鄙俗之词，有污慧听。乃歌而招之曰：

> 天何如是之苍苍兮，乘玉虬以游乎穹窿耶？
> 地何如是之茫茫兮，驾瑶象以降乎泉壤耶？
> 望繖盖之陆离兮，抑箕尾之光耶？
> 列羽葆而为前导兮，卫危虚于旁耶？
> 驱丰隆以为比从兮，望舒月以离耶？
> 听车轨而伊轧兮，御鸾鹥以征耶？
> 闻馥郁而菱然兮，纫蘅杜以为纕耶？
> 炫裙裾之烁烁兮，镂明月以为珰耶？
> 籍葳蕤而成坛畤兮，檠莲焰以烛兰膏耶？
> 文飑匏以为醴斝兮，漉醽醁以浮桂醑耶？
> 瞻云气而凝盼兮，仿佛有所觇耶？
> 俯窈窕而属耳兮，恍惚有所闻耶？
> 期汗漫而无夭阏兮，忍捐弃余于尘埃耶？
> 倩风廉之为余驱车兮，冀联辔而携归耶？
> 余中心为之慨然兮，徒噭噭而何为耶？
> 君偃然而长寝兮，岂天运之变于斯耶？
> 既窀穸且安稳兮，反其真而复奚化耶？
> 余犹桎梏而悬附兮，灵格余以嗟来耶！
> 来兮止兮，君其来耶？

若夫鸿蒙而居，寂静以处，虽临于兹，余亦莫睹。搴烟萝而为步幛，列枪蒲而森行伍。警柳眼之贪眠，释莲心之味苦。素女约于桂岩，宓妃迎于兰渚。弄玉吹笙，寒簧击敔。征嵩岳之妃，启骊山之姥。龟呈洛浦之灵，兽作咸池之舞。潜赤水兮龙吟，集珠林兮凤翥。爰格爰诚，匪簠匪筥。发轫乎霞城，返旌乎玄圃。既显微而若通，复氤氲而倏阻。离合兮烟云，空蒙兮雾雨。尘霾敛兮星高，溪山丽兮月午。何心意之忡忡，若寤

寐之棚棚。余乃欷歔怅望，泣涕傍徨。人语兮寂历，天籁兮篔
笃。鸟惊散而飞，鱼唼喋以响。志哀兮是祷，成礼兮期祥。

呜呼哀哉！尚飨！

《说文》曰："诔，谥也。"诔文即古代在葬礼上念诵，叙述生平，歌功颂绩，以悼祭逝者的一种文体。唐以后，诔文越来越具有骚体、长短句的特色，成为抒情文体的一种。这篇《芙蓉女儿诔》通篇用词华丽，句式灵活，内容玄幻，且保留了"兮"等语气词的使用，便是骚、赋风格的体现。而所诔之人，便是晴雯。

凡读《红楼梦》者，鲜有不为第七十八回的晴雯之死而悲恸的。宝玉为吊晴雯所作的这篇诔文一出，又更使人动容，感到强烈震撼。其构词之清奇，情感之炽烈，意象之瑰丽，文采之丰富，堪称宝玉作品之最高峰，哪怕置诸全书诗词当中也是独一无二的耀眼存在。

正因如此，它的出现也令人甚感唐突，似乎与晴雯的身份地位不甚相符。宝玉、晴雯二人为主仆关系，而诔文中频用"镜分鸾别""带断鸳鸯"以及"共穴""同灰"典故，不得不使读者往悼念亡妻的方向想，哪怕就当其是一篇悼妻之诔，未免也显得露骨。曹公"替宝玉"如此作诔，用意其实不难体会，正是为了体现宝玉不畏礼法，不惧訾语，对待情感无比认真的性格特点。晴雯是宝玉房中的大丫头，地位仅次于袭人，实则有准侍妾身份。而且她还在精神品格方面与宝玉有一种不言而喻的契合。"心比天高，身为下贱"在曹雪芹和宝玉眼里并不是僭越放肆的体现，反是要求人格尊严、不甘供人驱遣的皎皎个性最为可贵，与宝玉追求自由、反对奴性的心性别无二致，因而宝玉才对晴雯极其珍视尊重。可以说，宝玉并不是简单为了告慰亡灵，尽主仆情分而作此长篇诔文，在他心里，晴雯之死就是失去了一位爱人，而这份爱，是无须遮掩的。

宝玉在这篇诔文中，首先介绍了晴雯的身世，追忆了二人在起居梳洗、饮食玩乐之中亲密无间的往昔点滴，而后叙述了她惨遭谤议、含冤而死的经过，最后以金玉、冰雪、星日、花月等美好纯净的事物做喻，深情赞美了晴雯的高尚品质和情操。在这篇诔文里，晴雯是高翔长空的雄鹰，是气味清幽的兰花，是天帝特诏封为花神的芙蓉主人；而那些妄议诽谤之流则是尖嘴薄舌、以毒杀人的鸠鸩，是薋葹一类的恶草。他热烈颂扬晴雯傲世独立、坚贞不屈的反抗精神，声泪俱下地控诉一众小人及其帮凶们的杀人罪行，甚至发出了"钳诐奴之口，讨岂从宽；剖悍妇之心，忿犹未释"的怒吼。在结尾，宝玉展开奇特想象：晴雯并非死了，而是去天界赴任，她乘云气，驾飞龙，在天界自由遨游，古时人们相信死后有灵，这是宝玉对晴雯由衷的祝愿，但何尝不是借由美丽的神话来安慰宝玉自己呢？

宝玉说"我想着世上这些祭文都蹈于熟滥了，所以改个新样"，这篇似诗、似骚又似赋的长诔最大的艺术特点也正体现在其创新性上。《芙蓉女儿诔》的诔主不仅仅是晴雯，更是黛玉，更是大观园中所有冰清玉洁的女儿。对纯情女儿的关怀，使宝玉对生死有着似乎超于常人的敏感，但其生死观中达命解脱的一面却又寄寓了他对生死独特的超脱。他常把化灰化烟的话挂在嘴边，并能通过幻想获得自我安慰。而在形式与风格方面，其体制恢弘、结构跳跃、想象奇特，都明显借鉴了楚辞的写法，并有曹植、李贺等人诗文风格的影子，但师古而不泥古。因而，《芙蓉女儿诔》中不仅可看到李贺诗文激愤不平、艳情仙语的特色，还可看到曹植《洛神赋》式的优美深情和缠绵惆怅，不得不说其艺术成就居于《红楼梦》众诗文的第一流。

《红楼梦》文备众体，其诗歌佳作，何止于以上几篇？诸如其他人物的判词、判曲，黛玉的《题帕三绝》《秋窗风雨夕》，大观园群芳在芦雪庵赏雪时所合作的《芦雪庵即景联句》等亦都是不可多得的神品。《红楼梦》为世人称奇，一大原因便是其文中穿插的诗词曲赋并不是单单为了塑造人物形象，推动剧情发展的"逢场之作"，而是每一首皆为曹雪芹呕心沥血所作的玄圃之积玉，每一首都值得单拎出来细细品读。

第十三讲
楹联匾额的显言与隐喻

楹联,即对联,又称联语、联句、对子、楹帖等,通常由两句对仗的短句构成,置于建筑物或园林的门楣、墙壁、庭院等处。楹联是中国传统文艺样式中的一种,因其形式精短,难成体系,故常常被视作不入主流的杂学一类,好比《红楼梦》中的贾政就认为宝玉专擅对联乃是一种"歪才情"。但千百年来,楹联仍以其雅俗并赏的艺术魅力和美化建筑的实用性活跃于大众社会生活的各处,正如向义《论联杂缀》中道:"联语于文学上,虽属小道,但上至庙堂,下迄社会,以及名山胜迹,吉凶庆吊,均不可少。足见用途之广,自有可以成立之质干,故能历劫不磨。"

楹联脱胎于传统的对偶文学样式。虽秦汉时期的诗歌文章中已不乏韵律整齐、节奏鲜明的文句,或可视为楹联的前身,但其较为严格的对仗押韵格式,应该是随着唐代格律诗的定型而确定下来的。后来,宋元时期新文体发展的同时楹联也随之变化,在字数上不再限于五字或七字,内容上也更加世俗化与多样化。明清两代,因科考政策导致八股文盛行,八股文也往往是每股两两对称,八股文家将作文的手段移用到联语上来,便很容易写就洋洋洒洒的联对,故楹联在明清时期迎来鼎盛,其用途拓展至社会生活的每个角落,香堂庙宇、市井酒肆、村郊乡野都处处可见。

匾额,又作扁额,亦单称匾或额,即于宅邸、堂榭、亭台的门户之上所题之横额。匾额悬挂的位置通常很显眼，恰如人的额头一样，是建筑物之"门面"的重要组成部分，用于昭明地名或该建筑物的名称，亦可点景抒情。匾额与楹联相辅相成，通常来说，二者在内容上需要相互呼应，楹联为匾额的补充说明，匾额乃楹联之提炼总结。现如今，楹联与匾额早已超出了装饰物的范畴，而是承载了深厚的文化和历史信息的瑰宝，在文学作品中，它们更寄寓着作者的思想和情感。

明清小说中，作者为追求情节叙述之真实性，往往事无巨细、不厌其烦描摹生活细节，楹联与匾额作为真实生活细节的点缀，便开始频繁出现于小说中。《红楼梦》作为一部蕴含无限宝藏的伟大作品，在这一方面自然也毫不逊色。正如学者詹丹指出的："由于《红楼梦》对生活的广阔和人物思想情感的丰富有着极为忠实的记录和富有想象力的刻画，使其呈现百科全书般的样态，真正实现了所谓的'文备众体'。"楹联匾额作为其包含的"众体"之一，虽总体笔墨不多，但也是其耀眼夺目的一束光。

第一节 楹联的哲理性与实用性

一、园外之联多见哲理之思

在《红楼梦》的故事中，大观园内与大观园外是两个截然不同的世界。大观园内是宝玉与众女儿的乌托邦，而园外则是污泥浊水的现实世界与孽海情天的神话世界。是以体现着作者对于人生与社会之思考的楹联，多出现在大观园外。

《红楼梦》第一回便出现了全书的第一副楹联，原文道：

> 士隐接了看时，原来是块鲜明美玉，上面字迹分明，镌着"通灵宝玉"四字，后面还有几行小字。正欲细看时，那僧便说已到幻境，便强从手中夺了去，与道人竟过一大石牌坊，上

书四个大字,乃是"太虚幻境"。两边又有一副对联,道是:

假作真时真亦假,无为有处有还无。

这副对联在书中共出现两次,第一次便是上述"甄士隐梦幻识通灵"之际,第二次则是在第五回宝玉梦游太虚幻境之时。甄士隐一生享尽荣华,最后遁入空门,宝玉后来见到这同一副楹联,不是无意重复,而是作者有意暗示:在某种意义上说来,甄士隐的遭遇和归宿就是本书主人公贾宝玉人生历程的缩影。

这副对联字面上的大意即:若把假的当作真的,真的也便成了假的;若把无作为有,有便也变成了无。但作者想借此联表达的深意是:当世人把许多能感召心灵的真善美当作假物看待时,便会将麻痹众生的假丑恶当作真的来看待。这世上充斥着虚情假意,但人们逢场作戏,不停地扮演种种不同的角色,惯于把假言假语当作真的,先感动自己,再感动他人,真正的真情实意反而被忽视,被当成假的。又或者,真和假本就是没有界限的同一回事,在特定的条件下可以互相转化,功名利禄,爱恨情仇,皆如水月镜花,过眼云烟,没有永恒的存在,权倾朝野,富贵荣华,犹如南柯一梦。同理,本来世界上的一切都是虚无的,但生活在其中的芸芸众生偏偏在无知地追求着这些虚无缥缈的东西。然而当他们追求到的时候,就会发现辛辛苦苦追求到的东西原来是一场空。人生在世,赤条条来,赤条条去,活着的时候得到的一切东西,都无法带走,对人来说,这些东西仍然是虚无的。

再有第二回中,贾雨村当知府,未满一年就被革职,心中虽然惭恨,表面仍嘻笑自若,后来又到扬州林如海家做了林黛玉的老师。一日偶游郊外,在破庙门前看到这副对联,原文道:

这日,偶至郭外,意欲赏鉴那村野风光。忽信步至一山环水旋、茂林深竹之处,隐隐的有座庙宇,门巷倾颓,墙垣朽败,门前有额,题着"智通寺"三字,门旁又有一副旧破的对联，曰：

　　身后有馀忘缩手，眼前无路想回头。

雨村看了，因想到："这两句话，文虽浅近，其意则深……"

"身后有馀"，即指所聚之钱财相当之多，即便在自己死后仍有剩余，足够养家，但是那双伸出去的贪婪之手还是忘了缩回来，正如许多贪官污吏，他们的财富积累堪比几代人之辛劳的集合，却依旧沉湎其中，不肯收手，贪欲已经使他们堕入魔障。当一个人被这种疯狂的欲望控制，实际上便已经走向无法回头的道路，唯一等待他们的只有万丈深渊，待到想回头时，方知眼前无路，身后的路也早已被自己亲手毁掉，哪有头可回呢？疯狂的贪婪终将使他们毁于一旦。

正如贾雨村所想的那样，此联"文虽浅近，其意则深"，它直指人性中的贪欲，是对那些在名利场上不断追逐欲望的人的嘲讽和警示。明明已经取得了很多，却仍然不满足，始终被贪婪所驱使，导致错误不断重演，直至泥足深陷，无法抽身，才意识到已经陷入绝境，毫无退路可言。在《红楼梦》中，因贪婪二字断送自己人生的远不是"因嫌纱帽小，致使锁枷扛"的贾雨村一个，贾赦、贾琏、王熙凤之流又何尝不是？实际上，整个四大家族的兴衰荣辱都跟"贪"字有极大关系，如果能稍加节制，细细体会秦可卿托梦时"月满则亏，水满则溢"的道理，何至于"好一似食尽鸟投林，落了片白茫茫大地真干净"的结局？这副楹联折射出了作者对社会的深刻洞察和对实际生活的广泛了解。没有作者丰富的人生经历和对社会状况的深入了解，这样的深含哲理的楹联是难以创作出来的。

还有第五回写荣宁二府女眷赏梅并举行家宴，宝玉席间困倦，想睡个午觉，被秦可卿领到宁府上房，这里也有一副楹联，原文道：

当下秦氏引了一簇人来至上房内间。宝玉抬头看见一幅画贴在上面，画的人物固好，其故事乃是《燃藜图》，也不看系何人所画，心中便有些不快。又有一副对联，写的是：

世事洞明皆学问，人情练达即文章。

及看了这两句，纵然室宇精美，铺陈华丽，亦断断不肯在这里了，忙说："快出去，快出去！"

宝玉为何如此厌恶与反感？因为《燃藜图》讲的乃是一则劝学的寓言。西汉时，学者刘向在天禄阁每天专心致志地校注古籍，精益求精。一天夜晚，有个身穿黄色衣服，手拄青色藜杖的老人出现在刘向的阁楼，他见刘向正在墙角处独坐读书，于是就用嘴吹藜杖头，顿时火光通明。老人借着火光坐在刘向旁边，讲起开天辟地以前的事情。刘向到这时才了解《洪范五行》的内容，又唯恐词句纷繁、内容庞杂，于是撕下衣裳和衣带记下他的话。直到天亮老人才飘然离去。刘向问其姓名，老人自称是太乙之精（神仙）。而这副楹联亦是一副劝学之联，大意即：明白世事，掌握其规律，这些都是学问；恰当地处理事情，懂得道理，总结出来的经验也是文章。一图一联，皆是指向仕途经济之路，而宝玉向来是"潦倒不通世务，愚顽怕读文章"的，因而"纵然室宇精美，铺陈华丽，亦断断不肯在这里了"。

宝玉作为全书的主角，寄寓着作者对于封建社会的痛恨与批判，因此被赋予了不事读书、厌恶禄蠹的"封建逆子"形象。贾府是寄希望于贾宝玉荣宗耀祖的，盼望他在仕途上能飞黄腾达。宝玉无志去"修齐治平"，一遇到这类说教就受不了。湘云曾劝他去"会会为官做宰的人们，谈谈讲讲些仕途经济的学问"，他当即拉下脸来，赶走她并讥刺她，后来宝钗也用同类话劝他，他也立即给她以难堪，深以为"好好的一个清净洁白女儿，也学的钓名沽誉，入了国贼禄鬼之流"。可绝对的清净洁白就一定是正义吗？我们常说，贾府败亡的一大祸因是府内男丁都毫无作为，有的沉迷修仙，有的供养清客，有的沉湎女色，却时常认为宝玉是无罪的，但他对经济仕途的所有事项一概全盘否定，不也加速了家道的衰落吗？即便是那人情练达，世事洞明，宝玉亦远不如身边的一干姊妹。如探春，既能理家时开源节流，革除宿弊，又能于抄检时发出"百足之虫，死而不僵"的警语；如宝钗，亦能"小惠全大体"，为整治大观园出谋献策，照顾家族生意，依贴母怀，为母分忧。这样一对比，高下立判，而这也正是宝玉对人情练达、世事洞明的无视与鄙夷，使得他最终落得"寒冬噎酸齑，雪夜围破毡"的结局。

"世界上只有一种真正的英雄主义，那就是在认识生活的真相后依然热爱生活。"能在平凡困苦的生活中开出花来，无论多难都能向阳活着，无论多富依然能够不忘初心，淡然自若，遇事处变不惊，洞察一切，不以物喜，不以己悲。无论在什么时代，我们总是会面临着来自大环境的压力，但个体也总是有积极生活和自主选择的能动性，或许"人情练达，世事洞明"才是真正智慧的生存之道。

其实，同是第五回中，宝玉对宁府上房的图画与楹联感到厌恶，于是被带到秦可卿房中睡觉。梦中，警幻仙姑带他游历太虚幻境，幻境里除了上文提过的"假作真时真亦假，无为有处有还无"一联外，宝玉还见到了另一联。

……转过牌坊，便是一座宫门，上面横书四个大字，道是："孽海情天"。又有一副对联，大书云：

厚地高天，堪叹古今情不尽；

痴男怨女，可怜风月债难偿。

宝玉看了，心下自思道："原来如此。但不知何为'古今之情'，何为'风月之债'？从今倒要领略领略。"

此联大意即：天地深厚，可叹前生今世的情没有尽头；痴心男女，可怜真情挚爱的债难以偿还。太虚幻境乃是"司人间之风情月债，掌尘世之女怨男痴"之所在，故称之为"孽海情天"倒也恰当，而两旁的楹联，正是作者想要告诉世人：人世间男女情爱无处不有、无时不在，难以割舍，但情债永远无法偿尽，最终都不过是"由情生孽"。《红楼梦》虽主线众多，但大旨谈情，写了荣府内外大大小小无数个情感纠葛，最终大多数的结局，都是情感如肥皂泡一般的破灭。在作者看来，一切不过是痴男怨女在孽海情天中相互折磨、自作自受罢了。

二、园中之联更显实用之趣

大观园是作者为宝玉与众女儿打造的圣洁之地，在这里没有尘世间的纷扰，没有名利场的污浊，只有一群天真无邪的少男少女与恬静的时光。园中建筑的楹联，作者并没有附加沉重深刻的哲理，而是与环境和建筑相搭配，体现着实用之趣。

小说中集中展示大观园里楹联的段落是在第十七回"大观园试才题对额　荣国府归省庆元宵"和第十八回"隔珠帘父女勉忠勤　搦湘管姊弟裁题咏"中。这时大观园（最初叫"省亲别墅"）已基本落成，只差各处亭台厢房的匾额楹联需要题写，贾政便领了众清客前去，中途遇到宝玉，因闻得代儒称赞他专能对对，虽不喜读书，却有些歪才，所以此时便命他跟入园中，意欲试他一试。入园后，宝玉为各处一一题匾作联，贾政虽嘴上总称不好，心里其实也觉得宝玉题得不错。元妃省亲后，各处匾、联无甚大改动，基本维持着宝玉的原意，也可见宝玉题写的水平不凡。下面略举一二。

进入大观园后映入眼帘的首先是座三孔石桥，横跨在碧溪之上，此桥四通八达，是出入大观园的必经之路，桥上有亭，曰"沁芳亭"，其楹联乃是"绕堤柳借三篙翠，隔岸花分一脉香"。此联是写"水"的，但妙在不着一个"水"字。三篙：指水的深度。一脉：指溪流。上联写沁芳溪水光碧绿，就像是借来了岸边垂柳的翠绿；

下联道溪水芬芳，就像是一脉之水，隔开了两岸鲜花的香气。对联字里行间都充满了水，绕堤之柳离不开水，这是借"绕堤""隔岸"反衬溪水；"三篙"乃是从水上之景写到水下之深，这是借"三篙"反衬水深。沁芳亭是筑在沁芳桥上的，而桥两旁又有较为宽阔的水域，两岸花木繁盛，香气袭人，虽然被溪水隔开了两岸，花香仍然一脉相传，好像未被分割似的，这贴切地写出了"香氛"式的水景。"借"在这里是互借，既是柳枝借水显得更青翠，又是水得到柳的倒影增添了美景。"分"更夸张地说明花香浓郁。不见此亭，但见此联，便已能想象到花、树、水三者的互相照应，而此联正于此景之中，更为一幅柳映溪成碧、花落水流红的画面添上了精彩的一笔。

下了沁芳桥，便是潇湘馆，匾额为"有凤来仪"。这是元春省亲第一处行幸之所，亦是黛玉后来的住处。此处的楹联为"宝鼎茶闲烟尚绿，幽窗棋罢指犹凉"。宝鼎，指煮茶用的炊具，宝玉之所以将鼎炉称之为宝鼎，是为了与匾额中的"来仪"在气氛上达成一致。茶闲，指茶罢。烟，指煮茶时所冒出水的水汽。棋罢，即棋局结束。上联的大意为宝鼎已经不再煮茶了，但室内还飘散着绿色的蒸汽；下联则言棋局已罢，但手指却感到一丝凉意。此联则妙在不言绿竹，而尽写绿竹：不难猜出，绿色的蒸汽是由翠竹遮映所致，凉意也是因浓荫生凉。这其实是一种模糊性的表达，处于室内，却感到竹影摇曳，因室外的翠竹之绿，误以为室内茶烟尚绿；因室外的竹荫生凉，而室内主人则感觉手指之犹凉，这是视觉形象与触觉感知的融合。我们只有层层剥开品味，才能找到隐藏在字里行间的园林植物。在似与不似之间，这副楹联就把潇湘馆内的主要植物竹子深深印在人们的心中了。

藕香榭在大观园中的存在感虽不如主人公常出入的怡红院、潇湘馆等，但也是一座十分有特色的建筑。原文写道："原来这藕香榭盖在池中，四面有窗，左右有曲廊可通，亦是跨水接岸，后面又有曲折竹桥暗接。众人上了竹桥，凤姐忙上来搀着贾母，口里说：'老祖宗只管迈大步走，不相干的，这竹子桥规矩是咯吱咯喳的。'"可见藕香榭是一座完全被水包围的建筑，故其楹联也包含着各种层次的"水"元素。首先，其在形式上就有所创新——是黑漆嵌蚌的，巧妙揉进"蚌"这种来自于水边的元素。其联对是：芙蓉影破归兰桨，菱藕香深写竹桥。芙蓉，指水芙蓉荷花。兰桨，指木兰制的桨，这里用来代指小船。芙蓉已谢而菱藕已经熟透，明确写出此景是深秋美景。上联"破"字传神：荷花在水中的倒影破碎了，方知有小船归来。这是由影动而写到行船，一般来说，水的动态、静态是通过水流本身体现的，而藕香榭的动与静却是通过楹联的题点来体现的，通过影动写水动。下联以"香""深""写"三字独见功夫。从来只闻荷花香，这里却言"菱藕生香"；"深"使景致有深度、有距离；"写"说的是此处架着竹桥，像画上去的一样。楹联蕴含了多个与水相关的元素，如荷花、菱藕、竹桥、小船，所有元素最终汇聚于水的怀抱之中：水面倒映着婀娜多姿的荷花，深处隐藏着茂盛的菱藕，竹桥摇曳于水面之上，而小船则平稳地行驶在水中……如此编排的楹联为水景赋予了更加丰富的层次感，蕴含着无尽的美好情趣，与被水环绕的藕香榭极为相称，绝妙之极。

第二节　匾额取名中的四季和五行

中国五行学说认为：世间万物均具有五行属性，连建筑也不例外，而一年之四时又与五行有着一一对应的关系。《红楼梦》作为明清社会生活的"百科全书"，自然处处也体现着四季与五行的关系。大观园本是用作迎接"皇家人"回乡省亲这一大事的专用园林，所以其各处匾额的取名也远远不止意境优美、内涵深隽这些标准，同时也蕴含着四季与五行方面的考虑。这里，我们以有凤来仪、怡红快绿与荻芦夜雪等匾额为例，分析匾额取名中的四季和五行。

一、春与木——有凤来仪

有凤来仪的第一层意思是颂圣。匾额出自《尚书·益稷》："箫韶九成，凤凰来仪。"因为箫韶之曲分为九章，所以尽演可奏九遍。由于音乐美妙动听，把凤凰也引来随乐声起舞。仪，配合。因龙的意象多象征皇上天子，而凤常用于皇后嫔妃，故有凤来仪即歌颂元妃省亲。宝玉说："这是第一处行幸之所，必须颂圣方可。"即指此。

除此之外，"凤"还有第二层意思，那就是"竹"的内涵。书中第二十六回曾提到，宝玉从沁芳溪一路行到潇湘馆，"只见凤尾森森，龙吟细细"。此中"凤尾"即指竹叶形如凤尾，随风摇曳。这句话连起来看即是说，清风吹过竹林，美丽的竹叶沙沙作响，又好像龙吟般悦耳的乐声，故"凤"即指竹。《庄子·秋水》曾提到凤凰"非练实不食"[①]，练实指竹实，这里便揭示了凤与竹的关系。著名作曲家施光南创作的傣族乐曲《月光下的凤尾竹》更进一步验证了这个关联。

此外，这座建筑的匾额为"有凤来仪"，但在后来的文字中，更多称其为潇湘馆，潇湘二字与竹亦有关联：上古时期，舜父顽，母嚚，弟劣，曾多次欲置舜于死地，因娥皇和女英二妃子的帮助而脱险。后舜帝南巡苍梧而死，崩葬九嶷山。二妃千里寻夫，知舜已死，抱竹痛哭，泪洒竹上，竹上生斑，泪尽而死，因称"潇湘竹"或"湘妃竹"，可见"潇湘二字"亦是指竹。而竹子在春天长势最盛，竹子是草本植物，茎常为木质，五行与四时的对应关系中，春

---

① [战国] 庄周著，雷仲康译注：《庄子》，山西古籍出版社 2001 年版，第 171 页。

又确实对应着木,故"有凤来仪"一匾,蕴藏的是四季之春与五行之木。元春省亲过后,黛玉搬进了潇湘馆居住,而黛玉又是"木石前盟"之"木",而竹之品格又与黛玉相同。这双关暗合的手法也进一步印证了有凤来仪象征着春与木。

二、初夏与火——红香圃

大观园中有两处以颜色代表植物的匾额,一处乃怡红快绿,另一处即红香圃。红香圃是一处以赏花为主的景观,其匾额中的"红"指的是牡丹、芍药等花。芍药有一别名曰"婪尾春",创始于唐宋两代的义人,"婪尾"是酒宴上最后之杯,指每当春末夏初,红英将尽,花园寂寞之时,芍药方殿春而放,因有"婪尾春"之称。牡丹更是有名的暮春吐芳之花,晚唐诗人皮日休曾作《牡丹》一诗:"落尽残红始吐芳,佳名唤作百花王。竞夸天下无双艳,独占人间第一香。"即点明了牡丹盛放乃在"落尽残红"之时。又有南宋著名词人王十朋作《点绛唇》一词:"庭院深深,异香一片来天上。傲春迟放。百卉皆推让。"[①] 道出了牡丹暮春独芳、笑傲百卉的王者气度。可见,因多植芍药、牡丹等花,红香圃一年之中唯有在暮春初夏时节才是红香一片、景如其名的。在五行学说中,夏天被分为两个部分,初夏属火,而长夏属土。红香圃在初夏之时牡丹和芍药竞相开放,争奇斗艳,好似一片火红的花海,"红香"一名也唯有在此时方能被激活其含义,故此匾亦应属火。

此外,红香圃还发生了一个《红楼梦》中的著名情节,即第六十二回的"憨湘云醉眠芍药裀",原文写道:

正说着,只见一个小丫头笑嘻嘻的走来:"姑娘们快瞧云

---

① [宋] 王十朋著,梅溪集重刊委员会编:《王十朋全集》,上海古籍出版社1998年版,第1081页。

姑娘去，吃醉了图凉快，在山子后头一块青板石凳上睡着了。"众人听说，都笑道："快别吵嚷。"说着，都走来看时，果见湘云卧于山石僻处一个石凳子上，业经香梦沉酣，四面芍药花飞了一身，满头脸衣襟上皆是红香散乱，手中的扇子在地下，也半被落花埋了，一群蜂蝶闹穰穰的围着他，又用鲛帕包了一包芍药花瓣枕着。众人看了，又是爱，又是笑，忙上来推唤挽扶。湘云口内犹作睡语说酒令，唧唧嘟嘟说：

　　　　泉香而酒洌，玉碗盛来琥珀光，直饮到梅梢月上，醉扶归，却为宜会亲友。

史湘云本就性格直爽、风风火火，当属火性，她醉酒后又在红香圃的牡丹丛中醉卧，便也可以看出作者暗示红香圃亦是属火。

三、长夏与土——怡红快绿

怡红快绿是怡红院的匾额，此处是整个大观园中最为华丽的院落，同时也是园中众女儿常常聚会的场所，因此在《红楼梦》中存在感极强。当初贾政带着宝玉"验收"大观园时，宝玉赋名为"红香绿玉"，后来贾元春将其改为"怡红快绿"。

"怡红"与"快绿"分别指院中的海棠与芭蕉，其中海棠虽"其势若伞，丝垂金缕，葩吐丹砂"，但到底是江南地区常见的一种花，亦是中国古典园林中常植的一种景观植物，倒是那几株芭蕉本是南国之物，移植到江南园林中作增添绿意之用，反比杨柳一类更显意趣。是故最初命名时贾政向众清客征集意见，其中一客即道"蕉鹤"一名，便可以看出芭蕉给人带来的新奇感受。又可见宝玉所作匾额诗《怡红快绿》中是先写"绿蜡春犹卷"的芭蕉，再写"红妆夜未眠"的海棠。南方气候湿热，芭蕉也是在酷暑时节尤显翠绿，结出果实，故而怡红院的景观自然也是在一年中最热的长夏时节最为有趣，其匾额"怡红快绿"自然便也与长夏有了联系。长夏在五行中属土，而怡红快绿原名红香绿玉，其中"玉"又属土，故此匾与土属性亦有关联。元妃省亲后，宝玉搬进怡红院居住，宝玉衔玉而诞，又以玉做名，玉属土；前世为神瑛侍者，瑛又属土；在《红楼梦》的爱情故事中，宝玉又是金玉良缘之玉、木石前盟之石，皆属土，足以见得"怡红快绿"这块匾额与怡红院这处院落也都属土。故怡红快绿在四季中对应着长夏，在五行中对应着土。

四、秋与金——蘅芷清芬

蘅芷清芬即蘅芜苑的匾额，此匾额直接说明院落特点：蘅、芷，都是香草名。蘅芜苑一株花木也无，只有香草之蘅、芷。结合前后文，芷应是指香味似芷的蘪芜。典出王船山湘西草堂的楹联："芷香沅水三闾国，芜绿湘西一草堂"。清芬，即蘅、芷所代表的香草类植物的清香芬芳。第十七回，曹雪芹采用了未扬先抑的手法，分了三个层次描写蘅芜苑。"……便见一所清凉瓦舍，一色水磨砖墙，清瓦花堵。那大主山所分之脉，皆穿墙而过。"这是初见，贾政以为，这座房子"无味的很"。"因而步入门时，忽迎面突出插天的大玲珑山石来，四面群绕各式石块，竟把里面所有房屋悉皆遮住……只见许多异草……或如翠带飘飘，或如金绳盘屈，或实若丹砂，或花如金桂，味芬气馥，非花香之可比。"这时贾政的态度发生了变化，不禁笑道："有趣！只是不大认识。"从"无味"到"有趣"，这是一个大的转折。再入里院，"两边俱是超手游廊，便顺着游廊步入。只见上面五间清厦连着卷棚，四面出廊，绿窗油壁，更比前几处清雅不同"。贾政不禁叹道："此轩中煮茶操琴，亦不必再焚名香矣。……"

贾政提到此处香草的芬芳"花如金桂"，而金桂正是秋季的花。作者后又在第四十回提到，秋天进入蘅芜苑时，"只觉异香扑鼻。那些奇草仙藤愈冷愈苍翠，都结了实，似珊瑚豆子一般，累垂可爱"。蘅芜苑无花无木,只有香草丛丛,而香草又在秋天"异香扑鼻",足以见得蘅芷清芬与秋的关系。第四十回中还有关于蘅芜苑内部陈设的描述,文字不多,但数笔就写明风格:"及进了房屋,雪洞一般,一色玩器全无,案上只有一个土定瓶中供着数枝菊花,并两部书,茶奁茶杯而已。床上只吊着青纱帐幔,衾褥也十分朴素。"可见蘅芜苑内装饰陈设极少,体现着一种清虚之美,也符合秋天肃杀清冷的感受。而菊花也是秋天的象征,唐代黄巢《不第后赋菊》云:"待到秋来九月八,我花开后百花杀。冲天香阵透长安,满城尽带黄金甲。"①写出了"菊开"的气势之盛与浸染之深。秋季在五行中属金,"蘅芷清芬"是气味,气味被人吸入肺部,肺又属金,故"蘅芷清芬"一匾是蕴藏着四季之秋与五行之金。元春省亲后,宝钗搬入蘅芜苑居住,宝钗又是"金玉良缘"之金,其判词中亦用"金簪"一词代之,更加印证了蘅芷清芬所包含的秋元素与金元素。

五、冬与水——荻芦夜雪

荻芦夜雪是芦雪广的匾额,这一处在《红楼梦》中存在感不强。芦雪广连着藕香榭,在原著第四十九回中有这样的描述:"这芦雪广盖在傍山临水河滩之上,一带几间,茅檐土壁,槿篱竹牖,推窗便可垂钓,四面都是芦苇掩覆"。"傍山"两个字说明这个建筑的名称是"广",指的是就着山崖、岩石建成的房屋。("广",音 yǎn,就山崖作成的房子。韩愈《陪杜侍御游湘西两寺》诗:"剖竹走泉源,开廊架崖广。"②)

而其匾额中,"荻芦"泛指生长在江河湖水边及湿地的禾本科属,秋天芦苇开出白色絮状花,随风飘散,似漫天飞雪。这处景观的四

---

① [清] 彭定求等编:《全唐诗》,中华书局 1960 年版,第 8384 页。
② [唐] 韩愈著,[清] 方世举编年笺注,郝润华、丁俊丽整理:《韩昌黎诗集编年笺注》,中华书局 2012 年版,第 150 页。

面全被芦苇掩覆。"荻芦"除了点明景观的主要植物芦苇外，还把这处景观的意境"一带几间，茅檐土壁，槿篱竹牖，推窗便可垂钓"，表现得淋漓尽致。（这里槿即木槿，在庭院中多兼做篱笆，故称槿篱。竹牖是竹窗。）最后，"雪"字可以理解为芦苇的白花似雪，表明色彩；也可理解为这处景观最好的欣赏时节是大雪纷飞之时，点明赏景时机。荻芦夜雪可解释为：若是恰逢夜雪纷飞，芦雪广四面掩覆的芦苇和白皑皑的雪地全部白茫茫的一片，一派银装素裹的景象。一般来说，山崖罕有人迹，若是在夜里则更为安静，再加上纷飞的雪片创造的隔音效果，可以想象，这是一处静谧、凄凉而又非常唯美的景观。人观园中匾额命名，多取自山水、树木，唯独此处包含了"雪"的意象，雪只在冬天有，故无疑此匾包含着四时之冬。冬在五行中属水，匾额中的"荻芦"又泛指水草，且此处"推窗便可垂钓"，这样多处暗合水的意蕴，故此匾在五行中是属水的。

第三节　匾额与建筑布局

中国是匾额文化的发源国，匾额的历史源远流长，其承载的文化内涵和艺术价值在中国历史上占据着重要地位。它的起源可追溯至先秦时代，那个时候匾额作为一种表达尊崇和美好愿望的方式开始逐渐显现。从春秋战国时期开始，匾额的制作和使用逐渐得到推广，成为宫殿、庙宇、书院等场所不可或缺的装饰元素之一，不仅彰显了建筑的尊贵，更传递着深厚的文化内涵。

随着时间的推移，匾额文化在唐宋时期进一步发展壮大。在这个时期，匾额的制作工艺得到了更高水平的掌握，题字的内容也更加丰富多样，涵盖了诗词、书法、宗教等多个领域。这一时期的匾额不仅是建筑装饰的一部分，更是文化交流和艺术创作的重要媒介。匾额的艺术价值逐渐凸显，成为传承中华文化的重要载体之一。

　　明清时期，匾额文化达到了巅峰。在这个时期，匾额的制作工艺进一步精湛，题字的内容更加多元化，不仅呈现了传统的文化特色，还吸收了时代的创新元素。大量的名家书法作品被刻在匾额上，使得匾额不仅仅是装饰，更成为了艺术品，被人们珍视收藏。同时，匾额在社会生活中的应用也更加广泛，不仅出现在宫殿庙宇，还常见于民间建筑、商铺等场所，为各种场景增添了文化氛围。

　　时至今日，匾额文化虽然已经有 2500 多年的历史，但仍然在现代社会中得以延续和发展。许多艺术家、书法家致力于将传统匾额文化与现代审美相结合，创作出充满创意和独特风格的现代匾额作品。同时，匾额作为一种文化传承的媒介，也在国际上为人们了解中国传统文化提供了窗口。可以说，匾额文化作为中华传统文化的瑰宝之一，将继续在时代的长河中闪耀其独特的光芒。

　　在《红楼梦》中，匾额悬挂范围非常广泛，既有悬挂外壁的，如大观园中的曲径通幽处、杏帘在望、稻香村、蓼汀花溆等都是在建筑物的室外，第十七回中提到"偌大景致，若干亭榭，无字标题，也觉寥落无趣，任有花柳山水，也断不能生色"。此处的"标题"即指的是匾额，由此我们可以看出，匾额悬于室外的一大作用是使得花柳山水与亭台楼阁彼此呼应，通过匾额中简洁又颇有意趣的文字，在景观与建筑之间建立有机的联系，使得二者都更为生动有趣。此外，悬挂在外的匾额就像是建筑物与周边景致的一个"注解"，向来到此处游玩、驻足的人们解释此处地名叫什么，有何特色，与周边的花草树木又有何关系。同时也体现着题匾者的风骨和性格，一块好的匾额，不仅使庭院生辉、花草生色，更使居住者和来访者心情舒畅，达到景物、建筑与人三者的和谐统一。

　　同时，也有悬挂于室内的匾额，如第三回中，作者就借黛玉的眼睛让读者参观荣府正房，其中"荣禧堂"一匾正是悬于室内，原文写道：

> 一时黛玉进了荣府，下了车。众嬷嬷引着，便往东转弯，穿过一个东西的穿堂，向南大厅之后，仪门内大院落，上面五间大正房，两边厢房鹿顶耳房钻山，四通八达，轩昂壮丽，比贾母处不同。黛玉便知这方是正经正内室，一条大甬路，直接出大门的。进入堂屋中，抬头迎面先看见一个赤金九龙青地大匾，匾上写着斗大的三个大字，是"荣禧堂"，后有一行小字："某年月日，书赐荣国公贾源"，又有"万几宸翰之宝"。

这个匾额具有昭显名号的作用，故匾额上的文字虽不多，但通常力求简洁而准确，稍加分析，便可发现不少信息。落款中有一"赐"字，上给予下方能曰"赐"，而"赐"的对象又是贾源，结合小说的故事背景，我们知道贾源扶龙有功，获封荣国公且世袭一等爵，国公乃是臣子因立功能被册封的最高爵位，品级是从一品，于朝中基本与郡王有同等的话语权，地位极高，故能给贾源"赐"匾者，除天子无二。"万几宸翰之宝"乃款后的印文，其中"万几"指帝王日理万机，政务纷繁复杂；"宸"原指北极星，乃众星之统领，后引申为与帝王相关的事物；"翰"则乃墨迹、书迹之意，故"宸翰"便是帝王墨迹之意。"万几宸翰之宝"一印也进一步证明了此匾非一般人所赐，而是御赐之物。

皇帝至高无上，一般会为什么样的场所题赐匾额呢？一是皇家宫苑，如故宫中的乾清宫"正大光明"匾、养心殿"中正仁和"匾、御书房"三希堂"匾等都是清代皇帝所题；二是极重要的官方机构、祠堂、庙宇等，如天坛的"祈年殿"匾、孔庙的"万世师表"匾、国子监的"辟雍"匾也都乃皇帝所题；三是为功臣、孝子、节妇表彰而赐匾，但一定是功劳或德行极高者方能获此敕赐。贾源能够获得如此"指名道姓"的题赐，足以见其功劳之大，在皇帝眼中的重要程度极高。

再看正文"荣禧堂"三字。陶渊明《归去来兮辞》中有"木欣欣以向荣","荣"字原指花草树木繁密茂盛，后来引申为事物发展的兴旺蓬勃。同时，这一"荣"字又与"荣国府"相呼应，据此可以推测，在宁国府的内室或许也有一块"宁禧堂"匾。皇帝御笔题赐，首字乃一"荣"字，便是祝愿贾府能够如繁茂的草木般蓬勃发展、蒸蒸日上，也是希望贾家的功臣之后能够人才辈出，才能持续为皇帝服务，使得国运昌隆，以达"荣国"之期冀。而"禧"字的含义则较为简单，是常见的用于祝福、起名、恭贺的"吉祥话"，即幸福、吉祥之意。整体来看，"荣禧堂"三字表达了皇帝对贾家立功的感谢以及对贾府能够持续兴旺发展的祝愿。

文字信息解读完后，我们再来看此匾的样式与材料。原文提到这块匾额乃是"赤金九龙青地大匾"。古时"金"字可以指代多种金属，如"黄金"即金，"白金"即银，而文中的"赤金"指的便是铜，这是匾额的材质；九龙指的是匾额的四周有龙的纹样作为匾额的装点，旧时有"龙生九子"的传说，因以为饰而示祥瑞。同时，龙的意象常常与皇家事物相关，非平民百姓可轻易使用，故"九龙"的纹样也代表此匾乃御赐之物；"青地"则指的是匾额的底色，古文中的"青"即如今的蓝色，所以这块匾额是蓝底的，而蓝底通常又与金字相搭配，据此我们可以推断文字的颜色大概是金色的，这同时也是御赐之匾的常见色彩搭配，如故宫中"太和殿"匾、"正大光明"匾亦都是蓝底金字的搭配。从材质到纹样，再到颜色，即便没有文字信息，依然处处显示着这块匾的意义不凡。

那么，如此得之不易，能够彰显身份地位的一块匾额为何不悬于更加显眼的室外，而是挂在内室中呢？这个大有讲究，不似大观园中"杏帘在望""有凤来仪"等匾额更多从景致与意境的方面拟定，而没有指明场所的性质。其实，"荣禧堂"中明确指出了"堂"字，"堂"乃是房屋的正厅，于是此匾便只能悬于室内，而在室外，如宁荣二府的大门口，则另有"敕造宁国府""敕造荣国府"两块同样能体现贾府与皇家关系的匾额。

楹联与匾额在建筑的布局中虽总体占用的空间不多，却是建筑物的点睛之笔，悬于宅门则端庄文雅，挂在厅堂则蓬荜生辉。寥寥数语，却蕴含着丰富的文化内涵和情感。每一块匾额都是历史的见证，它们如同时间的窗口，让人们能够穿越时光，感受不同时代的风貌。

楹联与匾额可以说是一个家族的门脸，彰显着道德修养、处世哲学和未来追求，是 种荣耀和精神存在。而且这份荣耀，不私藏、不束之高阁，它被立于墙上、门头等显眼的位置，传承发扬，为人所见，感人所感，激励着后世之人，将美好的品质流传。

第十四讲
社会风貌和人文精神的展现

历史上,《红楼梦》一书曾获得过许多赞誉,其中就有"中国封建社会的百科全书"。《红楼梦》之所以被称为"百科全书",正是因为在中国小说史上,能够如此细致入微,上至达官贵人,下至平民百姓,从整个社会结构上全景式地描写当时中国人的人性与日常生活的古典小说并不多见。

根据学者的考证,《红楼梦》所反映的社会历史背景大致定位于清代的康熙、雍正、乾隆三朝,即18世纪上半叶。其间正是历史上的"康乾盛世",整个社会蓬勃发展、经济状况稳定提升,但同时也是清朝政治恐怖蔓延、社会矛盾加剧的时期。正是由于《红楼梦》的描写和记录,我们能够从史料之外,通过小说的笔触认识当时的社会风貌和人文精神。

第一节 社会经济与城市发展的见证

在《红楼梦》完书的年代,江南等地手工业已经得到了较大的发展,有学者认为,这时期中国的资本主义萌芽开始出现。江南地区四通八达的航运条件使得商业得到了极大的发展,大量商人汇聚于城市之中,催生了城市功能的多样化,消费服务行业开始丰富起来,城市风貌也变得明晰。同样是该时期,封建社会中权力极大的不平等与土地兼并的影响也让地主与农民间的贫富差距不断扩大，城市中的官僚地主生活奢靡浮夸，而农民却常常生活贫苦，受到很重的剥削。这里，我们将通过书中展示的生活图景，分析当时中国社会的经济状况与城市发展。

一、工商经济的发展

《红楼梦》中贾府的生活环境充满了商业氛围，反映了当时封建社会中商业活动的一些特点。商人和贾府之间的联系，体现了封建社会商业与封建文化之间的交融。贾府的宴会、文化娱乐等，也展现了当时社会的生活习惯和审美趣味。贾府内部的富有和贫穷、高贵和卑微的人物形象，展示了当时社会不同阶层之间的差距，以及不同人物在社会地位和财富上的不平等。

书中写到的三大家族首先是城市中的地主，他们的祖上因公得爵，皇帝赏赐他们土地收租。据统计，宁府和荣府所拥有的土地加起来超过万亩，这样庞大的地租供养了一个大家族所有的吃穿用度。在封建私有制基础之下，田地是维持财富和家庭发展的重要资本，秦可卿死前就和王熙凤托梦，要其趁早在祖茔附近多购置田地。蒋玉菡也在城郊外二十里地的紫檀堡购置了几亩田地作为资产，这都可以看出当时土地作为商品流通的情况。而对于靠天吃饭的农民来说，他们有一部分人不直接拥有土地，即作为按时交租的佃户，其劳动的部分成果以地租的方式被地主直接收取，这些地主们坐享其成。居住在城市中的大地主也并不直接收租，他们在村庄中有间接的代理人，代理人有的本身就是地主，他们亲自监管佃户的生产，负责催收地租。

在书中第五十三回，黑山村的乌庄头乌进孝来贾府交账，详细记载了一个村庄需要给城市中大地主纳租的数目，其中山珍海味无数，另外"下用常米一千石，各色干菜一车，外卖粱谷、牲口各项之银共折银二千五百两"。面对这样的数额，贾珍仍皱眉不满。乌进孝解释是气象灾害的缘故，"从三月下雨起，接接连连直到八月，竟没有一连晴过五日。九月里一场碗大的雹子，方近一千三百里地，连人带房并牲口粮食，打伤了上千上万的，所以才这样"。可见，农业受天气影响较大，即使接连受灾，佃户们还是要凑出足够的租钱来上交。哪怕这话是乌进孝为了解释的说辞，但小农经济对于气象是极为敏感的，收成极不稳定，在这样的背景下，普通农户们的生活更加艰难。

手工业在这一时期也开始发展起来，第十五回中，贾府为秦可卿送殡，这也是前八十回少有的几次宝玉等人在外出现的场景，宝玉在送殡路上看到了许多新奇的事情，其中走到一间房前，"只见炕上有个纺车"，村庄丫头还为宝玉亲自演示了一番。从这可以看出，在当时，普通农户的家庭，是不仅仅完全依赖于农业生产的，同时也会做一些纺织等手工业来维持家用。

曹雪芹是无愧于写人物的大师，除了几大家族之外，他还写到了许多小人物，尤以商人为多，如皇商薛蟠、放高利贷的倪二、药商卜世仁、古董商冷子兴和程日兴、杂货店商花自芳、洋货商冯紫英、店商傅试、花商夏家以及马贩子王短腿、园林技师山子野、当铺伙计张德辉、说书李先儿、刺绣女艺人蕙娘、古扇收藏者石呆子、画匠詹光等，他们代表了当时城市中的各种职业，从这里面我们可以看出，当时江南地区城市工商业的发达，职业分工的多样性，而且社会中已经出现了较具雏形的金融市场，典当等行业应运而生，更有放高利贷的情况。

但我们仍然要回到时代背景中，受制于"重农抑商"的传统思想，当时的商业活动还很受限制，往往是官府开展对外贸易和举行商业活动，王熙凤的爷爷就是个负责此类事宜的人物。王熙凤说："我们王府也预备过一次。那时我爷爷单管各国进贡朝贺的事，凡有的外国人来，都是我们家养活。粤、闽、滇、浙所有的洋船货物都是我们家的。"上层官僚和地主们通过此类渠道能够接触到许多来自于外邦的商品，如自鸣钟、乌银洋錾自斟壶、什锦珐琅杯、西洋镜、西洋头痛药膏等，这些是底层人民接触不到的，他们垄断了商品进口的通道。

然而世事往往又有盛极而衰的道理，这也正是金融和商品经济的发展规律，曹雪芹深刻洞察了这一道理，将"花柳繁华地，温柔富贵乡"变为了"白茫茫大地真干净"，揭示了封建社会终将"树倒猢狲散"的最终结局。正如历史学家翦伯赞评价的那样："我们觉得没有一个和曹雪芹同时的历史学家的著作，像《红楼梦》一样用那样具体生动的现实生活、那样深刻细致而又大胆的批判态度和高度的人道主义精神给了我们一部十八世纪上半期的中国历史。"[①]曹雪芹通过对人物和事件的具体刻画，展示了那个时代经济生活的真实面貌，能让我们这些后世的读者得以想象和了解当时的工商经济状况。可以说，《红楼梦》是具有非常高的经济史研究价值的。

二、城市与运河的风貌

敦敏曾在纪念曹雪芹的一首诗中写道："秦淮旧梦人犹在，燕市悲歌酒易醨。"曹雪芹出生在江南织造家庭，在其年少时期曾随父亲和祖父在江南生活过一段时间，即使在曹家被抄之后，他也一直和居于江南的表兄平郡王福彭有来往。这个时期江南地区的繁华状况，曹雪芹是亲身经历过的。

中国的经济重心，因战乱、环境破坏等各种原因，自宋代以后

---

① 翦伯赞：《论十八世纪上半期中国社会经济的性质——兼论红楼梦中所反映的社会经济情况》，《北京大学学报》1955年第2期，第124页。

开始往南移动。俗语说"苏松熟，天下足"，凭借着河漕带来的发达交通和优越的自然条件等，江南地区逐渐坐稳中国经济的中心，绸缎、海盐、水产等货物通过长江、京杭大运河和发达的陆上通道运往全国各地，根据学者统计，清乾隆六年（1741）江南四市的人口就占当时全国总人口的约五分之一，而其土地面积仅占百分之一，可以想见当时的繁华盛景。

《红楼梦》中描写的贾府虽身处京师，但曹雪芹也仔细写了几个江南的城市，对江南的城市景观做了很多细致的描述。铺写金陵的景象："厅殿楼阁，也还都峥嵘轩峻。"开篇描绘苏州城的繁华景象："当日地陷东南，这东南一隅有处曰姑苏，有城曰阊门者，最是红尘中一二等富贵风流之地。"书中还写到了杭州、扬州等城市，皆可看出当时江南城市的富贵风貌。

不仅如此，小说还和运河紧密相连，书中常提起的几个城市皆位于运河沿岸，林黛玉就沿着这条运河在姑苏与京师两地往返。祖籍金陵的薛家也是如此，第四十八回写到香菱学诗，给黛玉讲读诗心得，有过这样一段话，香菱因"渡头馀落日，墟里上孤烟"想起了自己在运河上的旅途：

"……还有'渡头馀落日，墟里上孤烟'，这'馀'字和'上'字，难为他怎么想来！我们那年上京来，那日下晚便湾住船，岸上又没有人，只有几棵树，远远的几家人家作晚饭，那个烟竟是碧青，连云直上。谁知我昨日晚上读了这两句，倒像我又到了那个地方去了。"

运河连接了京师与江南，是《红楼梦》故事的重要内容依托，现实中，运河在经济和文化交流上起到了重要作用，催生了社会经济的繁荣和城市文化的发展。

第二节　社会风俗与礼仪的思考

《红楼梦》作为中国古典文学的巅峰杰作，不仅反映了封建社会的社会经济和城市发展，还深刻地展示了社会风俗和价值取向。通过对小说中众多人物的言行举止以及社会习俗的描写，凸显了当时社会的伦理观念、道德观念和价值取向。

一、婚姻观与家庭价值

传统中国是"家天下"的政治格局，以皇家为中心，以专制的方式来统治国家，而皇家的中心是皇族的家长，即皇帝。贵族等家族也是如此，所有的家庭都是一个缩微的社会，在这样政治环境中的家庭，也存在着专制的家长权威。家庭成员的所有行动要以家庭的整体利益来考量。而家庭整合和形成的关键制度则是婚姻，结合着一夫一妻多妾制的婚姻制度，中国古代家庭围绕着男性大家长，形成了男尊女卑、长尊幼卑、嫡尊庶卑的关系格局。

在婚姻关系中，男性和女性之间的不平等在书中有多处体现，一个家庭当中最终做主的是男性，他们在家族事务中更具有发言权，女性往往被当作处理琐事和负责生育的工具。甚至在女性之间，因为妻妾地位的不同也会存在权力的不平衡。赵姨娘是贾政的妾，是贾环和探春的生母，但正因为她是妾，始终在贾家抬不起头，活得极其卑微。比如第二十回，贾环约宝钗和莺儿下棋闹急了拌嘴，回家后被赵姨娘训斥，窗外走过的凤姐听见了，竟说起赵姨娘来："大正月又怎么了？环兄弟小孩子家，一半点儿错了，你只教导他，说这些淡话作什么！凭他怎么去，还有太太老爷管他呢，就大口啐他！他现是主子，不好了，横竖有教导他的人，与你什么相干！环兄弟，出来，跟我顽去。"这话让赵姨娘"不敢则声"。母亲教导儿子反被小一辈的人训斥，除了凤姐生性泼辣，众人不敢招惹以外，赵姨娘自身为妾的身份地位也让她不敢还嘴。只是在日后，随着贾环逐渐出息，她的地位才有所上升，这便是，在封建大家族中，女人的地位是随着丈夫和儿子的身份变化而变化的。

此外，纳妾的时间并不一定在娶妻之后，在贾府，男性往往先纳熟悉的丫鬟为妾，例如宝玉和袭人之间的关系，袭人是宝玉的通房丫鬟，在第六回中，宝玉从幻境中醒来，与袭人行了云雨之事，袭人"素知贾母已将自己与了宝玉的"，行此事"不为越礼"。身份月例都给了袭人妾的身份之实，只是种种考虑，并未将其身份公开化。薛蟠也是在娶正室之前，先在人贩子中买了香菱做妾，后来因正室自杀，香菱才被扶正做了夫人。从中也可以看到，在这种婚姻制度中，妾可以因种种因素被扶正为妻。

同样受制于封建思想的影响，封建家族的婚姻往往是基于家族利益的考虑，而不仅仅是个人的感情因素。贾府作为显赫一方的大家族，更加注重门当户对的联姻以维护家族的荣誉和地位，个人的婚姻选择往往受到家族利益的影响。单从四大家族来看，贾琏和王熙凤的婚姻便是如此，而贾宝玉和薛宝钗的婚姻也是一个典型的例子，钟情于林黛玉的宝玉最终因黛玉之死和失意的婚姻而选择出家，宝钗也因此落得一个悲剧的结局。

《红楼梦》通过家庭中的婚姻和家庭关系的描写，呈现了封建社会中妻妾的地位差异，反映了封建社会中家庭、婚姻和子女对于封建大家族的重要性。

二、礼仪与人际关系

礼仪有许多含义，它可以指国家的典章制度，也可以指日常生活中的礼仪规范。中国古代注重"以礼治国"，统治者为了维护自身统治的"合法性"，需要在日常生活和国家治理等一系列事件中遵循特殊的典章规范。贾府作为皇亲国戚，他们的各种行为都要符合上流社会的礼仪规范和国家的典章制度。诸如元妃省亲、服国丧等事情都是当时国家礼仪的体现。在皇权之下的中国，任何事情首先都要遵守"君臣礼仪"，元春进宫升为妃之后，其身份已经和其亲人完全不同，在这样的制度下，当她省亲时，她的父母还要向她行跪拜礼。众人皆要"按品大妆"和"换朝服"，不敢在礼仪方面有任何怠慢。通过这样的官礼，皇权制度被不断强化。

除了官礼之外，在书中，处处可以看到日常生活当中需要行使的礼仪。就一个人的一生来说，生日、婚姻、丧葬等事都有一套复杂的规程。在家庭中，夫妻之间、父子之间、主仆之间也有一套特定的礼仪规范来约束和管教人的行为。在社会上，师生之间、朋友之间也需要遵守交往礼仪。"世事洞明皆学问，人情练达即文章"，《红楼梦》中充满了复杂的人际关系与人情世故，一切都要以各种礼仪规范来行事。但在这种种礼仪的背后，还有许多充满细节的"无礼之礼"，人们的交往表面上看是圆融知礼，实际上在背地里却互相欺骗，违背君子之礼。曹雪芹也让我们看到，制度层面的约束并不能使人与人之间的交往和相处真的充满美好，外在的规范往往流于表面，而真正的善来自于人的本分，这和知识与地位无关。

就书中的人物来说，可以粗略分出持两类行事观的人物。一类是如刘姥姥、贾探春，她们有着很强的契约精神，做事讲究，遵守礼仪的规则。另一类是如王熙凤和贾雨村式的人物，他们表面上做事圆满，实际上常干欺诈和背信弃义之事。

贾雨村曾受甄士隐资助，而当他取得官职，在公堂上见到昔日恩人失散多年的女儿时，却徇私枉法，乱判葫芦案。后来又因贾赦看上几把扇子，那持扇子的石呆子怎么都不肯卖，贾雨村设法抄来送给贾赦，致使石呆子坑家败业，这也为日后贾府被抄家留下了祸害。还有第七十二回中，贾琏见林之孝走来，问他有什么事。林之孝说："方才听得雨村降了，却不知因何事，只怕未必真。"贾琏道：

"真不真,他那官儿也未必保得长。将来有事,只怕未必不连累咱们,宁可疏远着他好。"就是平儿在谈起贾雨村时,也是咬牙骂道:"都是那贾雨村什么风村,半路途中那里来的饿不死的野杂种!认了不到十年,生了多少事出来!……"可见贾府里除了贾赦受了贾雨村许多好处而与其亲近外,其他人都是避之唯恐不及,在他们那里,贾雨村只落得一个骂名。等到贾府败落,贾雨村仍是落井下石,应了贾琏和平儿的看法。

而从未读过书,面对大世面总是出洋相的刘姥姥却和贾雨村形成了鲜明的对比,贾府在刘姥姥困难时帮助了她一把,虽然这些钱对贾府来说可能是九牛一毛,但刘姥姥一直铭记在心。等到贾府败落,她知恩图报,挺身而出,为王熙凤和女儿巧姐奔走营救。如此庞大的一个家族,如此干练风光的千金奶奶在困顿之时,向她伸出援手的竟是大字不识一个的农村老妪,这真是何等的讽刺!从这里也能看出"世事洞明皆学问,人情练达即文章"的真谛,知识往往不能代表一个人的性情和人品,而人情练达往往才是最珍贵的。

个人交往是这样,大家族之间的往来也是一门复杂的学问。王熙凤深谙此道,往往借用家族的身份与权力关系来获取利益。第十五回中,说到贾府为秦可卿送葬的队伍停驻在城外铁槛寺,凤姐和宝玉、秦钟在一旁的水月庵暂住,庵里有位尼姑找到凤姐托其办事。原来这尼姑原先在长安县出家时认识了一位张大财主,长安府府太爷的小舅子李衙内是个纨绔弟子,有一年同在庙里进香时,看上了张大财主的女儿金哥,但金哥早就被原任长安守备的公子聘定。张家若退亲,只怕守备不同意,而这位李公子却执意要娶他女儿,张家也看中了李衙内家的权势,奈何两边都不敢招惹,张大财主去退守备家的亲,被守备家作践辱骂,并且偏不许退定礼,就打官司告起状来。尼姑知道贾府与长安节度使两家关系不错,便求贾府能"打发一封书去",让守备家同意退了原定的亲事,并答应给三千两银子作为报酬。

凤姐开始时还推脱起来,她自己也未曾做过相关的事情,但听到三千两银子的报酬便心动起来,说了几句客气推脱的话就应承了下来,派了一个佣人去办。贾府的面子果然很大,结果当然是碍于贾府的势力,事件中的几家不敢不依,聘礼退回,不料张家的女儿是个性情中人,听到家中取消了之前的婚约,选择自缢而亡,守备之子也随之投河自杀,张李两家人财两空,凤姐坐享了三千两银子。

第三节 人义精神的体现

《红楼梦》不仅是一部叙述家族兴衰的小说,更是一部富含人文精神的文学杰作。在小说的情节、人物性格以及作者的笔墨之中,体现了丰富的人文情感和价值观。通过对人性、家族情感、文化审美、人生哲理和社会问题的描写,展示了作者对于人类情感、人生意义和社会价值的思考。这种人文精神使得小说超越了单纯的情节叙述,成为一部深具思想内涵和情感共鸣的文化经典。

明清时期,中国社会经历了动荡不安的局势,包括农民起义、政治腐败等因素,促使人们对社会制度和价值观念进行反思,寻求变革和重塑。这时期,程朱理学成为社会的主流思想,人们重新强调儒家经典的研究和传承,强调天人合一、公序良知等观念,影响了社会的价值观和道德准则。

伴随着思想的重塑,经济上也有了新的变革。商品经济的发展促使市民阶层的产生,同时社会阶层的变迁也使得不同阶层的人们开始对社会地位和财富分配产生关注。一些人开始有意识地反思社会的不公,并尝试寻求社会改革和平等的思想,并产生了新的思想火花,诸如李贽等思想家反对程朱理学"存天理灭人欲"的行事规范与虚假的仁义道德，而强调"穿衣吃饭，即是人伦物理"，关注个体需求。市民阶层的个体意识逐渐崛起，小说开始更多地关注个人的情感、欲望和人生意义，而非仅仅满足于社会角色的要求。诸如《金瓶梅》《儒林外史》等小说开始出现，个体的欲望与情感已不仅仅是一种消遣和被凝视的客体，而是成为一种真正重要的事情。《红楼梦》正是这一"启蒙精神"在明清小说中的集大成之作。

一、《红楼梦》的人性观

第二回，作者借贾雨村之口，用一大段论述为全书的人性观做了一个阐释：

"天地生人，除大仁大恶两种，馀者皆无大异。若大仁者，则应运而生，大恶者，则应劫而生。运生世治，劫生世危。尧、舜、禹、汤、文、武、周、召、孔、孟、董、韩、周、程、张、朱，皆应运而生者。蚩尤、共工、桀、纣、始皇、王莽、曹操、桓温、安禄山、秦桧等，皆应劫而生者。大仁者，修治天下；大恶者，挠乱天下。清明灵秀，天地之正气，仁者之所秉也；残忍乖僻，天地之邪气，恶者之所秉也。今当运隆祚永之朝，太平无为之世，清明灵秀之气所秉者，上至朝廷，下及草野，比比皆是。所馀之秀气，漫无所归，遂为甘露，为和风，洽然溉及四海。彼残忍乖僻之邪气，不能荡溢于光天化日之中，遂凝结充塞于深沟大壑之内，偶因风荡，或被云摧，略有摇动感发之意，一丝半缕误而泄出者，偶值灵秀之气适过，正不容邪，邪复妒正，两不相下，亦如风水雷电，地中既遇，既不能消，又不能让，必至搏击掀发后始尽。故其气亦必赋人，发泄一尽始散。使男女偶秉此气而生者，在上则不能成仁人君子，下亦不能为大凶大恶。置之于万万人中，其聪俊灵秀之气，则在万万人之上；其乖僻邪谬不近人情之态，又在万万人之下。若生于公侯富贵之家，则为情痴情种；若生于诗书清贫之族，则为逸士高人；纵再偶生于薄祚寒门，断不能为走卒健仆，甘遭庸人驱制驾驭，必为奇优名倡。如前代之许由、陶潜、阮籍、嵇康、刘伶、王谢二族、顾虎头、陈后主、唐明皇、宋徽宗、刘庭芝、温飞卿、米南宫、石曼卿、柳耆卿、秦少游，近日之倪云林、唐伯虎、祝枝山，再如李龟年、黄幡绰、敬新磨、卓文君、红拂、薛涛、崔莺、朝云之流，此皆易地则同之人也。"

这话本是说贾宝玉的秉性，传统人性观往往是善恶、正邪两分，而贾宝玉是正邪两气相遇的结合，两方互不相让，居于一人之体内，这种人并不能以传统正邪两分之人性观来看待，要么将一个人理解为是穷凶极恶，要么就是灵秀大仁之人，若是从中间看待，既有正处也有邪处。两方正邪之气在不同场合则有不同的表现。有时正气在上，聪颖无比，待人接物皆是融汇于自然之善。而有时邪气居首，顽气逼人，情痴情种，不为世人理解。但两者皆不会完全占据一人之全部秉性，而是结合相存。

这种人性观是非常现代的，将人看作复杂与饱满的，而不是非此即彼，非好即坏。当然，贾宝玉的"正邪两赋"是一种特例，《红楼梦》中的许多人物并非如此，仍然让读者感到喜爱或者讨厌。但这正是曹雪芹所持人性观的高明之处，在书中，即使是平日里看起来最令人讨厌的人物，也总是有一两处让人觉得宽慰之事。

就说贾琏，他是书中贾家衰败的重要人物，贪色贪财，在国丧家丧之时还不忘偷偷纳妾。就是这样一个人，在贾雨村陷害石呆子之后，也会为家破的石呆子说上几句公道话，不管是为自己的利益也好，还是为他人的不平而鸣，这种态度总归是正直的。即使是好色，他也从没有违背过谁的意愿。从这一点看，贾琏还是有底线的。

这样的人物还有很多，薛蟠也是一例。他经常仗着和贾府的关系在外欺负别人，不学无术，但他也并非什么大奸大恶之人，就拿他和柳湘莲的关系来说，薛蟠调戏柳湘莲未果，反被打了一顿，后又在外被柳湘莲所救，两人成了兄弟，薛蟠知恩图报，甚至还打算给柳湘莲操办婚事。而柳湘莲也是个有情义之人，他错怪尤三姐致使其自刎之后选择出家。薛蟠得知此事后率领手下去寻找，可以说是一个恩怨分明的人。

再说贾雨村。他开始也不是什么大坏人，为了官位，乱判葫芦案；为了讨好贾赦，利用手中的权力捏造了石呆子的案子。但他也有时会闪现出知识分子的情怀，赶考时，他也有过"满把晴光护玉栏"的理想，独自居住在寺庙中，以卖字撰文维持生计。考上功名之后，甄士隐出家，他也常想着如何报答甄夫人和娇杏。这样一个前期充满理想的知识分子，在进入官场之后并没有保全自己，而是随波逐流，做起了糊涂事，这是和当时腐朽的制度和官场风气是分不开的，贾雨村开始也认不得"护官符"是什么，而现实与利益一步步的诱惑最终使得这样一个有过济世理想的书生最终变成了"国贼禄鬼"，这中间也蕴含着作者对制度的批判。

总体来说，书中所提到的大部分人物都是十分立体、十分饱满的，这种包容的人性观让曹雪芹在对待人物处理上是有更多现实和令人拍案的手法的，面对人性中不可避免的灰暗地带时，曹雪芹往往选择悲悯，而这也是《红楼梦》在今天看来仍然伟大，甚至让我们能够对照反思自己人性和生活的过人之处。

二、《红楼梦》中的哲理与人生观

李泽厚在《美的历程》一书中曾总结了明清文艺思潮的三个阶段，分别是浪漫主义、感伤主义和批判现实主义。至乾隆时期，明末清初那种充满解放与启蒙的思想已经逐渐远去，盛世背后，是令人胆寒的政治迫害。文字狱迫使学者们难以再追求人的解放与批判的精神。"这是最好的时代，也是最坏的时代"，《红楼梦》不仅仅是对礼教进行深刻的批判，而且是在这一方充满绮丽幻想的大观园中，以人物的作为处世来寻求一种新的秩序。

一切事物都在朝着一种无可挽回的方向跨去，尽管是钟鸣鼎食，尽管是富贵人家，而那种人世间的趋势却无法阻挡，金玉其外，败絮其中。一切生活都在祖灵的哀叹声中进行，悲音旋绕在梁。若今日学界的考证为实，曹雪芹果真是江南织造的曹家公子，想必他一定更能体会这种情感，他并未在成年之后体验这锦绣繁华，而仅是在年少时有过一段如此的经历。他的成长就伴随着家族的没落，这种落差和紧随着的生命体验的荣辱兴衰，使《红楼梦》字里行间都透露着悲观主义的哀叹和感伤。

但他又是清醒的，早早写就了衰亡的结局，有时他是宝玉，"在繁华丰厚中，且亦屡与'无常'觌面"[1]，多情公子身处温柔乡中，却窥探到了这大厦必将倾倒的趋势，最终家族衰落，爱情与婚姻皆不圆满，"这里充满着的是对这一切来自本阶级的饱经沧桑、洞悉幽隐的强有力的否定和判决"[2]。

当然，《红楼梦》并非是一部宗教为上的充满"教诲"的书，而是一个人生的历程，在这段路途中，几处思想皆有参与，无论是生死问题还是处世态度，它都有着一种独特的境界。

论及生死，作为小说的《红楼梦》首先对人的来源和归宿采取了一种玄幻的态度，如秦可卿死后仍在天上任职，人神之间充满对应的关系，天上的人能参透地上的事，十二钗的判词以一种决定论的思想态度将人世结局既定，应和自然万物，石头通灵，草木

---

[1] 鲁迅：《中国小说史略》，《鲁迅全集》第9卷，人民文学出版社2005年版，第239页。

[2] 李泽厚：《美的历程》，文物出版社1981年版，第206页。

成仙。

　　这当中，宝玉作为全书的主角之一，他的行为和人生态度实际上也体现了曹雪芹对于人生观的理解。宝玉从石头而来，以自然物体降生为人，与自然界不同的是，虽然他有了行动的自由，有了生命的自由，但在人世间，他需要遵守各种行事规范，遵守人的死亡结局。第三十六回中，宝玉与袭人在深夜谈及生死。宝玉对待死亡独有一番见解，古人讲"文死谏，武死战"，是时人称作有名有节之死，而宝玉不这样认为，他将这两种死看作"皆非正死"，文人劝谏只顾图汗马之名，而实则往往毫无意义，空付了生命，武将凭一时血气，白白送了性命，也不过是仗血气之勇。这两种死对于国家，对于统治者都是极大的损失，在宝玉眼里是"不知大义"之举。随后，宝玉说出了自己的生死观："……比如我此时若果有造化，该死于此时的，趁你们在，我就死了，再能够你们哭我的眼泪流成大河，把我的尸首漂起来，送到那鸦雀不到的幽僻之处，随风化了，自此再不要托生为人，就是我死的得时了。"

　　这段看起来充满丧颓之感的话，袭人听着当然只觉着是"疯话"，连忙说困了便结束了话题。曹雪芹也是在此处借宝玉之口写出了他的生死观，这番话在提倡"舍生取义"和"仁义道德"的儒家看来，是大不敬的，又同样不同于佛家的彼岸追求。这恰恰符合宝玉常持有"泛爱观"的人生态度，他爱己，也爱世间万物，他不需要抛弃此处繁华，并愿意将这种爱持续分享。他并不淡漠世事或秉持一种超然物外的态度，宝玉在很长一段时间内是讨厌僧道的，甚至常说出不敬之语。但这些思想又是兼容的，否则宝玉最终又怎么会觉悟出家？他有佛家人生无常与命定论的因果之观，又有儒家悬置鬼神、不惧死的态度，同时也充满了道家重"重生"的生死之观。

　　《红楼梦》给我们留下一个"白茫茫大地真干净"的未完结局，

想要参透曹雪芹真正的观念是难以做到的，我们难以找到一个共同的答案，只能以书中"荒唐言"为唯一的道路，不断猜测，不断品读。

大观园里的欢声笑语很快就要结束了，宝玉留下了很多对将要到来的离别和家族衰亡的感受，一切美好的事物都要消失，宝玉总是不断被人提醒将要到来的离别和幻灭，如第七十一回：

……宝玉笑道："我能够和姊妹们过一日是一日，死了就完了。什么后事不后事。"

李纨等都笑道："这可又是胡说。就算你是个没出息的，终老在这里，难道他姊妹们都不出阁的？"尤氏笑道："怨不得人都说他是假长了一个胎子，究竟是个又傻又呆的。"宝玉笑道："人事莫定，知道谁死谁活。倘或我在今日明日、今年明年死了，也算是遂心一辈子了。"……喜鸾因笑道："二哥哥，你别这样说，等这里姐姐们果然都出了阁，横竖老太太、太太也寂寞，我来和你作伴儿。"李纨尤氏等都笑道："姑娘也别说呆话，难道你是不出阁的？这话哄谁。"说的喜鸾低了头。当下已是起更时分，大家各自归房安歇，众人都且不提。

喜鸾低下头，众人都不提了。而感慨和无尽的悲鸣总是无益的，无论是时代、国家还是人生，衰败、兴替和死亡总是如此。但最难为可贵的是看破红尘却仍在红尘的勇气，处在当下爱己爱人。鲁迅评价道："悲凉之雾，遍被华林，然呼吸而领会之者，独宝玉而已。"①

确实，即使早已知道一切的真相，即使在小说中能重来一次人生，也无力再去改变什么，假如仍然能保持纯真和善良，仍然对世

---

① 鲁迅：《中国小说史略》，《鲁迅全集》第9卷，人民文学出版社2005年版，第239页。

间的美好保持最自然的渴望，这便是《红楼梦》中最宝贵的人文精神，它超越时代，紧紧跟随人的本心，亘古至今，源远流长。

要对《红楼梦》达致深入的解读，对其成书时代的思想把握是必不可少的。明清时期，程朱理学、事功之学等思想相互碰撞，小说是文人写就的艺术，也必然具有当时各种人文思潮的反映。曹雪芹让贾宝玉选择了"诗礼"，而弃绝了"簪缨"，几千年的"仕官政治"已让读书的文人苦不堪言，书中的道理没有让人变得更好，充满抱负的文人也一再受到政治的摧残和打击。这使得人们开始不断反思，《牡丹亭》如此，《红楼梦》如此，那大观园中的所有浮华和梦都做尽了，历尽千帆，直到看似一切永恒的东西相继坍圮，回头看来，那最纯真的本性和向善的追求才是重要的。

第十五讲
未解之谜

《红楼梦》自问世以来，在硕儒中就争议不断，给后人留下了许多"未解之谜"，从大问题来看，原书"著作权"归属和成书背景都尚无定论，聚焦到书中的小问题来说，例如秦可卿的身世、元春的真实年龄和死因、十二钗的真实结局等许多故事细节也让后世的读者们争论不休。

其实，如此多谜团的形成，有多方面的原因。其一，在成书以来的二百多年间，《红楼梦》版本更迭繁杂。在我国古代，小说多以抄本的形式在民间流传，会经过多位收藏者和抄写者之手，并不断有新抄本形成，对祖本进行点校、誊抄。此外，即使是同一祖本的抄本也可能由多个底本誊抄而成。这就造成《红楼梦》一书抄本流传过程十分复杂，各个版本内容变化较多，难以确定原书内容和流传的先后过程。

其二，由于政治和文化环境的限制，小说在古代中国并不具有今天的文化地位和受重视程度，它在中国古代文学史中曾被长期忽视。在这样的环境下，古代小说家往往署以假名，或者直接不署名，如《金瓶梅》的作者兰陵笑笑生是谁至今无定论。这就导致我们今天并不能完全确定《红楼梦》一书的作者是谁，包括其成书年代和创作背景等。

围绕着《红楼梦》一书的许多问题和谜团，各代文人学者在品读研究的过程中形成了一些考证研究，产生了许多不同的观点。现代学者胡适开创了"新红学"的研究方法和研究格局，他以"大胆的假设，小心的求证"的研究思路对《红楼梦》一书中的许多问题进行了重新的考证研究，对《红楼梦》的"著者"与"本子"两大问题进行了严谨考证，取得了许多开创性成果。这之后，"红学"逐渐成为中国文学界的一门"显学"，许多大家名师前赴后继，做出了许多研究贡献。这里，我们将结合学界已有研究成果，对《红楼梦》中的几个重要未解之谜进行介绍和梳理。

第一节 《红楼梦》的成书年代之谜

在中国古代，小说的创作和流传环境较为复杂。对于《红楼梦》的成书过程，作者耗费了大半生心力，在杜鹃泣血般地完成全书之后，只能隐姓埋名，书稿也只能以手抄本的方式在民间流传。在书稿中，作者有意无意地隐去了时序，所以今天的读者无从确认《红楼梦》成书的年代，学界也尚无定论，但形成了基本共识，书中的许多礼仪和生活细节都证明《红楼梦》成书于清代，但更具体说来，究竟是清代何时，学界则莫衷一是，多有明末清初、康熙朝、雍正朝、乾隆朝几种说法。

一、如何考证《红楼梦》的成书年代

要知道过去发生的事情，依照史学界的传统和学理规范，我们需要对过去流传下来的文本加以研究，这多以两种方法来进行：第一，根据评注和其他古代文本材料的记载来进行推断；第二，根据书中所展示的生活细节和文本细节来推断成书年代。

我们首先来熟悉一下《红楼梦》的各种版本，大致可以把《红楼梦》的版本系统分为两类。

脂砚斋版本的抄本，或称《脂砚斋重评石头记》。该版本无后续四十回，共八十回，附有脂砚斋等人的评注，也被称为脂评本，或脂本。书中留下了大量的评语，有眉批、双行批、侧批、夹批、回前批、回后批等多种形式。批语的作者除脂砚斋外，还有畸笏叟、梅溪、松斋、棠村等人。内容包括对书中细节的评述，还有《红楼梦》作者和创作背景的相关信息。在五四运动之后，许多脂本被重新发现，目前已知有十几种脂本抄本留存，其中甲戌本是目前所知底本最早的本子，该本原题《脂砚斋甲戌抄阅再评石头记》，仅存十六回。

在《红楼梦》的成书过程中，脂批和小说可以算是相辅相成的关系，从甲戌本到最后一个版本庚辰本，脂批均有着不可或缺的补充作用，启发读者思路。作者自述"十年辛苦不寻常"，这话在作者去世前七八年传抄的甲戌本上就已经出现。这就证明，到《脂砚斋甲戌抄阅再评石头记》成本的时候，全书已经基本上写完了。之后数年，作者对《红楼梦》主要从事内容完善和评语的增改工作，而对于小说的内容结构，则没有做过较大的调整和变化。

在《红楼梦与百年中国》一书中，刘梦溪将《红楼梦》相关的公案总结为三个死结：一是脂砚何人；二是芹系谁子；三为续书作者。这其中就提到脂砚斋的身份问题。有人认为，脂砚斋就是曹雪芹本人，或是曹雪芹的叔父曹𫖯。也有人认为，脂砚斋是曹雪芹的妻子，红学家刘心武就持此种说法，并认为脂砚斋深度参与了《红楼梦》一书的创作过程，是其第一位读者，对书中内容做出了很多修改建议。无论脂砚斋的身份是谁，我们能够知道的是，脂砚斋和《红楼梦》作者的关系非同一般，阅读脂本可以帮助我们了解作者的身世和其思想品性，也可以帮助我们了解第八十回以后小说的情节和内容线索。

程高刻本。我们今天见到的一百二十回的《红楼梦》都是以此为基础整理而来的，此版本最早是程伟元以活字排印的本子，目前我们能见到两个版本，1791年出版的叫"程甲本"，1792年出版的叫"程乙本"。程伟元和高鹗在整理时将《石头记》改题为《红楼梦》，该版本在民间的影响力更大，它成为后世《红楼梦》主要流传的版本。

二、《红楼梦》成书于何时

一本小说，论时间年代，需要讨论两个概念，一是成书年代，二是故事背景。前者指一本书在客观事件中被作者写成的年代，是真实的年代。后者则是指书中故事的年代背景，其可以是作者依照某一具体年代背景直接创作，也可以是"架空"的时代，即模糊时代背景，或直接虚构出一个年代。《红楼梦》便使用第二种方式，以模糊的年代为故事背景，这是作者写书的智慧，免去年代背景，使读者不必考虑许多细节问题，也避免与政治历史等问题相牵连。在第一回中，作者以石头的口吻回答了空空道人对书中故事年代的疑问："我师何太痴耶！若云无朝代可考，今我师竟假借汉唐等年纪添缀，又有何难？但我想，历来野史，皆蹈一辙，莫如我这不借此套者，反倒新奇别致，不过只取其事体情理罢了，又何必拘拘于朝代年纪哉！"

除此之外，我们主要考究的问题是《红楼梦》的成书年代，即作者何时完成书稿。书中的许多细节为我们提供了大量的线索，逻辑在于，一件东西能够被写入书中，那就证明写书的时代一定晚于或等同于该物品出现的时代，而一件物品出现的时代则是容易找到的，我们可以通过文献记载找到答案。书中所描述到的许多物品都是在清朝才第一次出现，举例来说，书中的人物经常使用"盖盅"喝茶，这种茶具在明朝时期的中原地区根本没有出现过，是在清朝才开始流行起来。另外，当晴雯生病时，宝玉曾拿出"金星玻璃鼻烟扁盒"来为她治病。金星玻璃在清康熙、雍正年间进口，非常罕见，清代的金星玻璃生产工艺是在乾隆朝首创的，而晴雯所使用的鼻烟扁盒很可能就是那个时期的产品。

《红楼梦》中还提到了一些特殊的织物和服装。例如，书中提到的"蝉翼纱"是清朝杭州织造孙文成的独门绝技，而王熙凤穿的"刻丝"服装指的是在丝绸上进行的雕刻技术，这种技术最初由苏州织造李煦开创。李煦是康熙的亲信，江宁织造曹寅则是其妹夫，曹寅就是曹雪芹的祖父。

此外，作者在介绍李纨的身世时，提到她的父母不让她读太多的书，只允许她阅读《女四书》《列女传》《贤媛集》等三四种著作，让她只认得几个字，并记得一些前朝的贤女。这段描述中提到的《女四书》一书，这是明朝有人仿照朱熹的《四书》，将东汉、唐代和明代的几本书编辑成的一部作品，总称为《女四书》。而《红楼梦》中又提到，这本书属于前朝，这就表明，书中所描绘的时代是清朝。

要得出更具体的年代，我们还要通过文献的记载加以推断。结合不同版本的流传情况和记载，我们能够知道，今天被我们称作《红楼梦》一书的前八十回是以《石头记》为名在乾隆朝中期以手抄本形式出现在北京的，在以后数十年里，人们争相传抄，一时间"京都纸贵"。这样流传了三十几年，一直到乾隆朝后期经程伟元、高鹗之手刻印成书。故据此而推断，《红楼梦》的写作和成书年代应该是乾隆朝中期或更早的时间。

第二节　曹雪芹的身世之谜

在红学研究的历史上，曾有"索隐派"和"考证派"两大派别互相交锋。"索隐派"由来已久，在"新红学"兴起之前，红学研究的主要焦点就在于《红楼梦》一书与清朝政治的关系。"索隐派"内部的观点众多，但总体来说，都是将《红楼梦》看作一部隐喻政治的"政治小说"。其中最具代表性，也是流传最广的一部相关著作就是蔡元培的《石头记索隐》。"考证派"则兴起于胡适的《红楼梦考证》一书，其主要观点是，《红楼梦》并非一部隐喻政治的小说，而是曹雪芹的家事，故往往也将其观点称为"自传说"。

论起两派的分歧，还要从《红楼梦》一书开篇讲起，作者在书中自云："因曾历过一番梦幻之后，故将真事隐去，而撰此《石头记》一书也。"这其中就有所歧义，作者所隐去的"真事"是指什么？"索隐派"认为，这隐去的是官场政治，朝代兴衰。而"考证派"则将这"真事"视为作者的现实生活，是作者曹雪芹的家事，经过艺术处理成书为《红楼梦》，并无隐喻政治之意。到底是政治还是家事，抑或二者兼有，仍很值得探究。

一、为何要讨论曹雪芹的身世

胡适在《红楼梦考证》一书中表达了这样的观点："因为《红楼梦》是曹雪芹'将真事隐去'的自叙，故他不怕琐碎，再三再四的描写他家由富贵变成贫穷的情形。"他认为《红楼梦》只不过是将曹雪芹自己的家族衰亡史加以改编，应该将《红楼梦》称作一部"自然主义"的著作。正如现代小说理论往往认为，小说作者的童年经历会对其作品产生一定的影响，也许是某种变故或特殊事件对作者以至于小说人物性格潜移默化地改变，或者作者会直接套用其经历作为小说故事。

胡适在《红楼梦考证》发表的次年又写了《跋〈红楼梦考证〉》一文，回应了"索隐派"对于《红楼梦》的解释："向来《红楼梦》一书所以容易被人穿凿附会，正因为向来的人都忽略了'作者之生平'一个大问题。因为不知道曹家有那样富贵繁华的环境，故人都疑心贾家是指帝室的家庭,至少也是指明珠一类的宰相之家。因为不深信曹家是八旗的世家,故有人疑心此书是指斥满洲人的。因为不知道曹家盛衰的历史,故人都不信此书为曹雪芹把真事隐去的自叙传。"胡适认为,"旧红学"的学者们并不重视作者及其写作背景,而是以故事与历史之间的相似性为重,讨论《红楼梦》是否隐喻某段历史,将它与皇室兴衰联系起来,这是错误的方向。站在这个角度上说,要知道《红楼梦》的时代背景和主旨思想,则必须要知道作者是谁,其生平经历如何,这也是考证作者及曹雪芹身世的意义。

二、对曹雪芹身世的考证研究

每个人生活在世界上,都会和其他人产生交集和联系。无论《红楼梦》的作者是谁,能够写出如此恢宏巨著,并有着如此丰富经历和见闻的人,在当时社会上是有一定地位的,在现实生活中也一定有许多文人朋友。他会在自己的作品里面对"别人的话"有所反应,别人或许也会对《红楼梦》或作者进行相关的记载。我们可以通过其他文本材料对《红楼梦》一书进行考证,例如曹雪芹好友敦诚和张宜泉的诗文的记载就对后世学者推测曹雪芹的身世提供了重要证据。

张宜泉曾在《伤芹溪居士》诗注中记载:"其人素性放达,好饮,又善诗画,年未五旬而卒。"[1] 他的另一位朋友爱新觉罗·敦诚在《挽曹雪芹》一诗中则说曹雪芹"四十年华付杳冥,哀旌一片阿谁铭"[2]。根据这两种说法,我们可以大致推测出,曹雪芹卒于乾隆二十八年癸未前后(有壬午、癸未、甲申三说),卒年大约是四十

---

[1] 一粟编:《红楼梦资料汇编》,中华书局1964年版,第8页。
[2] 一粟编:《红楼梦资料汇编》,中华书局1964年版,第2页。

多岁。这样推断,他的生年应当在康熙五十四年到雍正三年之间。

关于他的具体身份,有很多种说法,目前较为主流的是"曹家说",也是我们最常看到的一种说法,即曹雪芹是江宁织造曹寅的孙子,他出生在曹家,并在年少时见证了整个家族的没落。这个说法是如何得来的呢?首先我们要知道,"曹雪芹"并非一定是作者的真名,更有可能是作者著书而专门起的笔名,所以,从史书或各家家谱中都无法找到曹雪芹的记载。但一位作者能够写出《红楼梦》中如此详细的贵族生活细节,他一定经历过或至少听说过现实生活中的大家族生活。

从前文的推断中,我们可以得出几个结论:第一,《红楼梦》大致成书于清朝康雍乾年间;第二,曹雪芹出生于康熙五十四年到雍正三年之间;第三,曹雪芹极有可能是清朝康雍乾年间的一位贵族子弟。有了这几个推论,我们便可以从古代文本资料记载中寻找蛛丝马迹,尝试判断曹雪芹的身世归属。

又自云:"今风尘碌碌,一事无成,忽念及当日所有之女子,一一细考较去,觉其行止见识,皆出于我之上。何我堂堂须眉,诚不若彼裙钗哉?实愧则有馀,悔又无益之大无可如何之日也!当此,则自欲将已往所赖天恩祖德,锦衣纨袴之时,饫甘餍肥之日,背父兄教育之恩,负师友规训之德,以至今日一技无成、半生潦倒之罪,编述一集,以告天下人:我之罪固不免,然闺阁中本自历历有人,万不可因我之不肖,自护己短,一并使其泯灭也。……"

这是作者在《红楼梦》第一回中的自述,又见甲戌本《脂砚斋重评石头记》的《凡例》云:

此书只是着意于闺中,故叙闺中之事切,略涉于外事者则简,不得谓其不均也。此书不敢干涉朝廷,凡有不得不用朝政者,只略用一笔带出,盖实不敢以写儿女之笔墨唐突朝廷之上也，又不得谓其不备。

这段话所属的《凡例》是甲戌本《脂砚斋重评石头记》所独有的，从语境来看，似是脂砚斋对全书做的一次"序"。前面我们曾探讨过，脂砚斋是非常熟悉《红楼梦》成书旨意与作者的，所以这段话的参考价值极大。从这两段话中，我们可以尝试体悟《红楼梦》写作的目的，其全本皆家族兴衰、儿女情长之事，并非君臣之间的朝政之事。世人往往拘泥于后者，认为其为"大事"，以隐喻或"索引"方法解读为趣。但谁可以说，后者一定比前者更为重要呢？作者想要阐释的，正是世间的芸芸众生，是人最本真的情感和经历。人性种种，情感交织，是否正是这种关注一颦一笑的生存体验，关注人间灿烂浮华与穷困潦倒不过一瞬的"荒唐言"，才是作者的文学冲动之所在，才是《红楼梦》在后世愈发被珍重，被推崇的原因？

三、作者身世与《红楼梦》的关系

"自传说"认为，《红楼梦》是作者曹雪芹依照自己曾显赫一时的江南织造曹家为故事底本而写成的具有自传性质的小说。按这样的思路，我们在清楚分辨虚构人物和现实生活之间关系的前提下，以胡适的《红楼梦考证》和"自传说"为主要观点基础来讨论曹家和《红楼梦》中贾家的关系。

在《红楼梦》第十六回中，有王熙凤和赵嬷嬷谈论南巡接驾的一大段话。

> 凤姐笑道："若果如此，我可也见个大世面了。可恨我小几岁年纪，若早生二三十年，如今这些老人家也不薄我没见世面了。说起当年太祖皇帝仿舜巡的故事，比一部书还热闹，我偏没造化赶上。"赵嬷嬷道："嗳哟哟，那可是千载希逢的！那时候我才记事儿，咱们贾府正在姑苏扬州一带监造海舫，修理海塘，只预备接驾一次，把银子都花的淌海水似的！说起

来……"凤姐忙接道："我们王府也预备过一次。那时我爷爷单管各国进贡朝贺的事，凡有的外国人来，都是我们家养活。粤、闽、滇、浙所有的洋船货物都是我们家的。"

赵嬷嬷道："那是谁不知道的？如今还有个口号儿呢，说'东海少了白玉床，龙王来请江南王'，这说的就是奶奶府上了。还有如今现在江南的甄家，嗳哟哟，好势派！独他家接驾四次，若不是我们亲眼看见，告诉谁谁也不信的。别讲银子成了土泥，凭是世上所有的，没有不是堆山塞海的，'罪过可惜'四个字竟顾不得了。"凤姐道："常听见我们太爷们也这样说，岂有不信的。只纳罕他家怎么就这么富贵呢？"赵嬷嬷道："告诉奶奶一句话，也不过是拿着皇帝家的银子往皇帝身上使罢了！谁家有那些钱买这个虚热闹去？"

很显然，这当中提到的"大世面"极有可能就是康熙帝南巡，这恰好印证了"自传说"中的书中贾家与曹家的对照关系。胡适注意到了这段对话，以此思路做了评论："此处说的甄家与贾家都是曹家。曹家几代在江南做官，故《红楼梦》里的贾家虽在'长安'，而甄家始终在江南。……康熙帝南巡六次，曹寅当了四次接驾的差，皇帝就住在他的衙门里。"

而据书中所立的规矩，作者往往在写作时故意隐去时代背景，不提历史人物的名字与细节。可是偏偏此处作者却郑重地说起"太祖皇帝仿舜巡的故事"，胡适分析道："大概是因为曹家四次接驾乃是很不常见的盛事，故曹雪芹不知不觉的——或是有意的——把他家这桩最阔的大典说了出来。……一家接驾四五次，不是人人可以随便有的机会。……只有曹寅做了二十年的江宁织造，恰巧当了四次接驾的差。这不是很可靠的证据吗？"

以上关于康熙帝南巡的书中细节印证是"自传说"十分重要的一点论据。另外，胡适还对《红楼梦》中贾家和曹家的世系关系做了一些考证。书中第二回介绍了荣国府的世次,胡适用曹家的世系做了对照,在《红楼梦》中,贾政是次子,先不袭爵,职位是员外郎,这三点和历史上关于曹頫的记载是完全吻合的。因此,胡适认为贾政即是曹頫,那么贾宝玉就是曹雪芹了,是曹頫之子。周汝昌也认为,书中提到的四月二十六日芒种既是宝玉的生日,同时也是曹雪芹的生日,只有雍正二年的芒种是闰四月二十六日,因此曹雪芹出生于雍正二年闰四月二十六日,他是曹頫之子。除此以外,还有另外一种说法,曹頫的兄弟曹顒恰好有个遗腹子生于康熙五十四年,因此学者们推断,曹雪芹极有可能是曹顒之子。无论是两兄弟谁之子无定论,依照认同"自传说"的学者看来,曹雪芹的故事大致是按其祖父曹寅的经历整理而成的。

"自传说"最关键的证据还是曹雪芹自己的人生经历和曹家的家史之对照。从前八十回的一些内容中,胡适推断出了几个结论:贾家必致衰败,宝玉必致沦落。书中有几句话作为证据:"风尘碌碌,一事无成""一技无成,半生潦倒""茅椽蓬牖,瓦灶绳床"。同时,胡适认为,这也是对作者曹雪芹著书时生活处境的真实描写。前文我们说过,曹雪芹的朋友敦诚曾为曹雪芹写了一首诗:

> 少陵昔赠曹将军,曾曰魏武之子孙。君又无乃将军后,于今环堵蓬蒿屯。扬州旧梦久以绝,且著临邛犊鼻裈。爱君诗笔有才气,直追昌谷破篱樊。当时虎门数晨夕,西窗剪烛风雨昏。接䍦倒着容君傲,高谈雄辩虱手扪。感时思君不相见,蓟门落日松亭樽。劝君莫弹食客铗,劝君莫扣富儿门。残羹冷炙有德色,不如著书黄叶村。

胡适依此断定曹雪芹人生经历有几大特征:他是做过繁华旧梦的人;他有美术和文学的天才,能做诗,能绘画;他晚年的境况非常贫穷潦倒。和书中贾宝玉的经历依次对照起来,"这不是贾宝玉的历史吗?"

按照这样的说法，加上我们可从古籍上所知的曹家家史，我们可以据此推测出曹雪芹身世如下的一种可能性。

曹雪芹出生在一个富贵且充满艺术氛围的家庭。曹家世居于江南，是一个八旗世家，祖辈数代都在江南担任织造官职，江宁的织造官职成了曹家的世袭之职。曹家的家族成员，从曾祖曹玺到他的父亲，共计担任了五十多年的官职。其中最有名的是其祖父曹寅，他是一位风雅的贵族名士，精通诗词和书法，与当时的文学家朱彝尊、姜宸英等人有着交往。

曹家在官场的地位曾一度显赫。在康熙帝的六次南巡中，有五次都停驻在织造官署，其中曹寅接待了四次，在君权时代，这无疑是最大的荣耀。精致的饮食、巧思的建筑、珍贵的礼物、壮观的场面，是难以用言语形容的，庆幸有《红楼梦》的记载，我们今天仍能在大观园的描写中略窥一斑。

曹雪芹幼年所接触到的一切，包括所见到和所听到的，都是那些富有文化艺术气息和常人难以接触的贵族家庭中的"饫甘餍肥之日"。在这样优越的环境中，他可以通过自由地读书，增长学识，发挥文学的天赋。然而，这种富贵的生活并没有持续下去。当他的家庭发生了突变，遭受了一场巨大的灾难，导致财产被抄家，几十年来建立起的辉煌家族面临毁灭，他们无法在南方继续生活下去，只得逃到北方。那时，曹雪芹只是一个十几岁的少年，来到北京后，他日益贫困，几乎无以为生，最终在贫穷中去世。

目前在红学界，关于曹雪芹的身份、身世、其家族与贾府的联系仍然没有获得完全的解决。胡适的论述虽然流传较广，受众较多，但在学界常有争议，许多考证方法和逻辑论断被许多学者所质疑。

其中最被人诟病的是关于"世系对照"的论证问题，蔡元培曾对此做出了反驳，例如第三十七回，作者提到贾政任了学差一职，后面第七十一回有"贾政回京复命，因是学差，故不敢先到家中"等话，在历史记载中，并没有关于曹頫任学差等官职的记录。如果贾府真的以曹家为映射，曹雪芹以自家家世为底来写《红楼梦》，那么他对于这些事情的描写应该格外"有分寸"。又如书中第七回焦大对贾府不光彩事情的漫骂，还有第六十六回柳湘莲说道："你们东府里，除了那两个石头狮子干净罢了。"这样写自己的家庭，蔡元培认为，作者也"太不留余地"，不符合常理。

刘梦溪对红学界关于曹雪芹身世的研究有一段较为精彩的总结性评论："雪芹是谁的儿子问题，自胡适提出系曹頫之子以后，一度为人多数研究者所接受，但后来动摇了，因为胡适立此说完全建立在无证枉说的基础上，依凭的是逻辑推论——既然继曹寅织造位的曹颙短命早夭，由过继的曹頫接替，自然雪芹就是曹頫之子了。认为雪芹是曹颙遗腹子的说法，在相当一部分研究者中也颇流行，但同样缺乏实证。而且需要解决一个矛盾，即必须证明曹天祐和曹雪芹是一个人。……而且《五庆堂曹氏宗谱》列曹天祐为十五世，注明'颙子，官州同'。如果曹雪芹即曹天祐，能够'官州同'，他何必'举家食粥'呢？显然此说的障碍也不少。……总之曹雪芹是谁的儿子，是一个根本未获解决的问题。"

学无止境，红学界关于曹雪芹身世的争论仍在继续，我们希望有一天能够发现新的证据，也许能够解开这个谜团。

第三节 《红楼梦》后四十回的续写之谜

提到《红楼梦》的后四十回，我们还是要回到版本问题的探讨。脂本的《红楼梦》只有八十回，直到由程伟元和高鹗整理的程高本出现时，《红楼梦》才有了后四十回。那么，究竟后四十回出自谁手，红学界至今争论不休。

曾有一位叫张问陶的诗人，他和高鹗同年乡试，写了一首诗送给高鹗，题为《赠高兰墅鹗同年》。其中一句提到"艳情人自说红楼"，并附言"《红楼梦》八十回以后，俱兰墅所补"。这首诗被许多红学研究者所关注，但诗中"所补"究竟是意为"续补"还是"修补"，学者们各执一词。胡适将其判断为续补，将高鹗视为后四十回的作者。红学家俞平伯和著名作家张爱玲都被此观点影响，著书论证后四十回为高鹗续补，此说法也流传下来并被学界视为主流观点。

但"续补说"也存在着许多问题，林语堂就在其书《平心论高鹗》中详细列举了许多证据来证明"高本四十回系据雪芹原作的遗稿而补订的，而非高鹗所能作"的推断，认为《红楼梦》后四十回并非许多人认为的败笔，而是"大手笔"。周绍良、启功等学者也持相近的意见，认为后四十回的写作绝非完全由另外一位作者续补而成，其中含有曹雪芹的遗稿。

一、高鹗是后四十回的作者吗

自 1921 年胡适在《红楼梦考证》中提出高鹗续作说之后，长期以来，红学界都将高鹗视为后四十回的作者。2018 年，人民文学出版社推出了最新的四大名著珍藏版，其中《红楼梦》一函两册，署名由之前的"曹雪芹著；高鹗续"改为了"曹雪芹著；无名氏续"。这一事件引起了读者的讨论和关注，《红楼梦》后四十回著作权该归属于谁？这个争论已久的红学问题又回到了大众的视野。

高鹗究竟是不是后四十回的作者？如果不是，后四十回的作者应该是谁？或者反问，后四十回真的是后人续作的吗？首先我们要清楚，《红楼梦》是否本来已经经由作者完成，根据脂批的讲述，曹雪芹应当是完成了《红楼梦》的全本，但不知何故被弄丢了稿子：

> 茜雪至《狱神庙》方程正文。袭人正文标目曰《花袭人有始有终》，余只见有一次誊清时，与《狱神庙慰宝玉》等五、六稿被借阅者迷失。叹叹！——丁亥夏，畸笏叟。（第二十回）
>
> 《狱神庙》回有茜雪、红玉一大回文字，惜迷失无稿。叹叹！——丁亥夏，畸笏叟。（第十六回）
>
> 写倪二、紫英、湘莲、玉菡侠文，皆各得传真写照之笔，惜《卫若兰射圃》文字迷失无稿。叹叹！——丁亥夏，畸笏叟。（第二十六回）
>
> 叹不能得见宝玉《悬崖撒手》文字为恨。——丁亥夏，畸笏叟。（第二十五回）

而关于后四十回的来源和整理问题，程高二人都有清楚的记录，后四十回乃程伟元邀请高鹗修订整理，并非两人重新续写。程伟元在程甲本"序"中详细地讲道：

> 不佞以是书既有百廿卷之目，岂无全璧？爰为竭力搜罗，自藏书家甚至故纸堆中无不留心，数年以来，仅积有廿余卷。一日偶于鼓担上得十余卷，遂重价购之，欣然翻阅，见其前后起伏，尚属接榫，然漶漫殆不可收拾。乃同友人细加厘剔，截长补短，抄成全部，复为镌板，以公同好，《红楼梦》全书始至成矣。

高鹗对此也有记载：

> 予闻《红楼梦》脍炙人口者，几廿余年，然无全璧，无定本。向曾从友人借观，窃以染指尝鼎为憾。今年春，友人程子小泉过予，以其所购全书见示，且曰："此仆数年铢积寸累之苦心，将付剞劂，公同好。子闲且惫矣，盍分任之？"予以是书虽稗官野史之流，然尚不谬于名教，欣然拜诺。

这两段记载说明了程高二人整理《红楼梦》的由来，程伟元常年搜集《红楼梦》残缺的部分，有二十几卷，一次偶然购得与故事相接较为连贯的十余卷书稿,可以补全全书,即找到友人高鹗一同整理补缺,最终形成了我们今天看到的一百二十回版本。这段材料如今越来越受到红学研究者们的重视,即使不能完全断定"续补说"为谬误,但至少能够作为一种更具有可信度的说法与"续补说"并列,这也是我们今天看到人民文学出版社将新版本《红楼梦》的署名改为"曹雪芹著;无名氏续;程伟元、高鹗整理"的原因。

二、后四十回的作者究竟是谁

假如我们按已有的材料认定,程高二人只是作为整理者,并未完整地续补后四十回,后四十回作者的问题仍然没有解决。程伟元所搜集到的后四十回从哪里来?是作者的遗稿还是另有他人所续?这个"无名氏"究竟是谁?红学界有着不同的观点。

关于前八十回和后四十回的差异问题,许多学者认为有着很大的不同。但除了高鹗续作的说法之外,有学者还有其他观点,例如红学家胡文彬认为,首先要看到后四十回的文笔和人物之间显示出的较大差异,后四十回丧失了灵气,缺少了很多脂本批语所提到的线索,但"这不等于后四十回完全没有曹雪芹的文稿,他'千里伏线'的史家笔法,就大的方面来说,在后四十回也能找出许多情节是有体现的。后四十回,我认为应该是曹雪芹留下的原稿的散稿"。

也有作家从写作的角度对这个问题进行过讨论,如白先勇就曾以此对高鹗续补的问题产生了怀疑:"高鹗的身世与曹雪芹的遭遇大不同,《红楼梦》是曹雪芹带有自传性的小说,是他的《追忆似水年华》,全书充满了对旧日繁华的追念,尤其后半部写贾府之衰,可以感受到作者哀之情,跃然纸上,似乎很难想象高鹗能写出如此真挚动人的个人情感来。"[1] 他并不认同张爱玲等学者认为后四十回和前八十回有较大差异的说法，甚至从艺术价值说，后四十回并不输前八十回。

红学家周绍良在一篇遗作《略谈〈红楼梦〉后四十回哪些是曹雪芹原稿》中详细分析了后四十回的文本问题，他的主要论据可概括为三点：一、曹雪芹留下了后四十回的抄本，许多证据表明，有人读过并记录了下来；二、书中的许多情节隐藏着前八十回埋下的线索，对一个续书者来说，难以自行想出；二、高鹗在补书时曾看过程伟元收集的后四十回的回目，不会擅自剔除更改。

至此，我们可以得出一点结论，今天我们看到全本《红楼梦》的后四十回是由程高两人收集和补充的，这是毋庸置疑的。这其中，原作者写作的比例占多少，续写的比例占多少，其中有没有其他人参与过，这些都是我们无法得知的，也许有一天能有新的材料和证据被人们发现，但在这之前，不妨继续以面对一个完整艺术品的心态欣赏。

第四节　金陵十二钗的结局之谜

《红楼梦》后四十回的残缺给结局留下了一个谜团，而其中讨论最多的则是金陵十二钗人物结局之谜。第五回中，贾宝玉在太虚幻境中看到了金陵十二钗的判词，这是曹雪芹对人物结局的暗示和断语。除了秦可卿之外，其余十一位人物的结局都在遗失的后四十回稿子中，给世人留下了许多遗憾。但正是由于"判词"的暗示意味，我们则可以从中寻找作者原定的人物结局，下面我们就以一二例子简单介绍一些有关讨论。

---

[1] 白先勇主编：《正本清源说红楼》，广西师范大学出版社2019年版，第5页。

在原著中，所藏金陵十二钗判词的是太虚幻境中的"薄命司"，从名字上就可以看出，这十二位人物都是"薄命"的。正如"薄命司"两旁的对联所写："春恨秋悲皆自惹，花容月貌为谁妍。"对于这十二位人物的结局，我们可以分为三类：第一类是短命的人物，即在书中的结局是死亡，如林黛玉、贾元春、贾迎春、秦可卿；第二类结局是婚姻的不幸，被冷遇、守寡或被休，如薛宝钗、史湘云、李纨、王熙凤；第三类结局是身世的悲惨，如贾探春、贾惜春、妙玉、巧姐，她们往往是深陷泥潭，或者如惜春出家为尼。

十二钗之中，秦可卿的结局作者在前八十回就已经交代完毕，但这中间还有一段插曲。秦可卿的画谶是"高楼大厦，有一美人悬梁自缢"，判词云：情天情海幻情深，情既相逢必主淫。漫言不肖皆荣出，造衅开端实在宁。首先，"悬梁自缢"的结局似已交代清楚，而"情""淫"等字又好像意指秦可卿是因情而死，结合后两句意谓家丑之事的判词，我们能判断作者原定秦可卿的结局应当是其与公公贾珍之间有秽行，被发现之后上吊而死。但在书中第十三回讲到秦可卿之死时，作者并没有提到有关"秽行"和"自缢"，也并未过多交代其死亡原因的具体细节。

根据脂批，畸笏叟说此回目原名为"秦可卿淫丧天香楼"，而"老朽因其魂托凤姐贾家后事二件，岂是安富尊荣坐享人能想得到者？其言其意，令人悲切感服，姑赦之。因命芹溪（即曹雪芹）删去"，曹雪芹遂删掉了有关细节，但保留了初稿关于秦可卿的判词和其身世的有关暗示。

同样，元春的结局一直是红学界争论较多的话题，尤其是元春作为宫中人物，易和政治相牵连，其最终结局也就更加引人注目。我们今天看到的续本为元春安排了病死的结局，红学界普遍认为，这种安排并非曹雪芹的原意。

元春的画谶是一张弓，弓上挂着香橼。判词云：二十年来辨是非，榴花开处照宫闱。三春争及初春景，虎兕相逢大梦归。"弓"和"宫"是同音的，而"橼"又和元春之"元"同音，从画谶上看来，这可以有两种解释，"香橼"是一种水果，又名香圆、香元，可做中药。香橼挂在弓上，这显然是不适的，可作元春误入不适于其善终的皇宫之解。另外，香橼挂在弓上，又似可作元春挂在"宫"中之解，即元春在宫中上吊而死。总之，这幅画谶展现出一种不适之意，暗示元春难以善终的结局。

也有学者认为元春之死是因为她被牵扯到了宫廷斗争之中，因参与某件政治事件而被赐缢死。在元春的判词中，"虎兕相逢大梦归"十分重要，历来红学界都将视角聚焦于此，通过解读这句话来猜测元春的最终结局。关于这句话，存在着两种版本，一是以甲戌本、庚辰本为代表的文本，将这句话写作"虎兔相逢大梦归"，另一个版本是己卯本和梦稿本为代表的文本，写作"虎兕相逢大梦归"。一字之差，却有着完全相异的推测解释。兕是一种犀牛类猛兽，从动物实力的差距看，兕和虎的力量是几乎相同对等的。而兔则完全不同，虎兔之间是"鸡蛋碰石头"，差距明显，虎兔相逢，兔处于绝对弱势的地位。

从政治的角度看，也可从康熙朝政治团体间势均力敌的斗争为依据，认同"虎兕相逢"的说法。而如果采用"虎兔相逢"的说法，可以是指个人在面对绝对君权和政治势力时的巨大差距，反映封建社会之中绝对权力所导致的绝对差距，历史上的例子数不胜数。除此以外，还有说法认为"虎兔"分别代表的是生肖年份，"虎兔相逢"是指虎年与兔年相接的时间，即表示元春去世的时间。也可解释为属虎之人与属兔之人之间的相克关系，但这种说法证据较少，解释力不足。

《红楼梦》中的未解之谜还有很多，作为一个普通的读者，红学的考证研究可以作为我们阅读的佐餐，在面对困惑有不解和求真之欲时可以作为参考。而对于书中的真实情感，我们则大可以以自己的感受和理解为主，享受在阅读过程中自我和作者心灵对话的快乐。正如书中作者借空空道人之口所云的意思：

"……所以我这一段故事，也不愿世人称奇道妙，也不定要世人喜悦检读，只愿他们当那醉淫饱卧之时，或避事去愁之际，把此一玩，岂不省了些寿命筋力？就比那谋虚逐妄，却也省了口舌是非之害，腿脚奔忙之苦。再者，亦令世人换新眼目，不比那些胡牵乱扯忽离忽遇，满纸才人淑女、子建文君红娘小玉等通共熟套之旧稿。我师意为何如？"

主要征引文献

(一) 图书类

詹丹:《重读〈红楼梦〉》,上海教育出版社 2020 年版。

欧丽娟:《大观红楼 2:欧丽娟讲红楼梦》,北京大学出版社 2017 年版。

[清] 曹雪芹著,[清] 无名氏续,中国艺术研究院红楼梦研究所校注:《红楼梦》,人民文学出版社 2008 年版。

余英时:《红楼梦的两个世界》,上海社会科学院出版社 2002 年版。

王昆仑:《红楼梦人物论》,北京出版社 2004 年版。

玉乃球等编写:《红楼梦诗词鉴赏》,花城出版社 1999 年版。

季学原主编:《红楼梦诗歌精华》,贵州人民出版社 1992 年版。

刘梦溪:《红楼梦与百年中国》,中央编译出版社 2005 年版。

蒋勋:《蒋勋说红楼梦》,上海三联书店 2012 年版。

林语堂:《林语堂文集》,陕西师范大学出版社 2004 年版。

李泽厚:《美的历程》,文物出版社 1981 年版。

蔡元培、胡适:《石头记索隐·红楼梦考证》,北京大学出版社 1989 年版。

周绍良:《细说红楼》,北京出版社 2015 年版。

俞平伯:《俞平伯全集》,花山文艺出版社 1997 年版。

[清] 曹雪芹著,[清] 脂砚斋评,周汝昌校批:《周汝昌校订批点本石头记》,译林出版社 2017 年版。

（二）期刊论文类

詹丹:《从〈红楼梦〉语体问题切入"文备众体"研究》,《河北学刊》2020 年第 1 期。

张黎明:《从鉴赏人物群像入手——〈红楼梦〉整本书阅读教学》,《教育研究与评论（中学教育教学）》2023 年第 6 期。

郑晨寅:《从木石崇拜看〈红楼梦〉之"木石奇缘"》,《红楼梦学刊》2000 年第 3 辑。

高雨薇:《大观园匾额、楹联中的园林艺术浅析》,《绿色中国》2015 年第 8 期。

冯其庸:《读〈红楼梦〉》,《红楼梦学刊》2007 年第 5 辑。

方立:《娥皇女英、鲧禹神话与儒家思想的渗透》,《内蒙古大学学报（哲学社会科学版）》1992 年第 1 期。

张云:《〈芙蓉女儿诔〉的文章学解读》,《红楼梦学刊》2008 年第 1 辑。

徐扶明:《古典戏曲对〈红楼梦〉情节处理的影响》,《红楼梦学刊》1982 年第 2 辑。

魏崇新:《〈红楼梦〉的三个世界》,《红楼梦学刊》2006 年第 6 辑。

丁淦:《〈红楼梦〉的三线结构和三重旨意》,《红楼梦学刊》1983 年第 2 辑。

李光翠:《〈红楼梦〉后 40 回研究综述》,《河南教育学院学报（哲学社会科学版）》2006 年第 1 期。

周兴福:《〈红楼梦〉经济思想研究》,《税务纵横》1994 年第 4 期。

王以兴:《〈红楼梦〉开篇神话的渊源补考》,《红楼梦学刊》2022 年第 4 辑。

曹立波:《〈红楼梦〉立体式网状结构模型的构建》,《红楼梦学刊》2007 年第 2 辑。

高小慧:《〈红楼梦〉礼文化探析》,《河南教育学院学报（哲学社会科学版）》2018 年第 1 期。

李春燕:《〈红楼梦〉礼仪文化》,《才智》2019 年第 3 期。

汪维辉:《〈红楼梦〉前 80 回和后 40 回的词汇差异》,《古汉语研究》2010 年第 3 期。

郭真:《〈红楼梦〉诗词与小说人物塑造探微》,《语文学刊》2015 年第

15 期。

张晓红：《〈红楼梦〉岁时节日研究述评》，《红楼梦学刊》2012 年第 4 辑。

俞晓红：《〈红楼梦〉"戏中戏"叙事论略》，《红楼梦学刊》2018 年第 1 辑。

李成旋、吴珊、袁瑶：《〈红楼梦〉饮食文化中的礼仪研究——透析饮食文化背后蕴藏的礼仪》，《青年文学家》2013 年第 8 辑。

吴芬芳：《红楼梦与中国传统节日探究》，《华夏文化》2016 年第 8 期。

田笑、陶蒙：《〈红楼梦〉之饮食文化探究》，《文化产业》2019 年第 6 期。

刘相雨：《〈红楼梦〉中的夫妻关系与儒家的家庭理想》，《红楼梦学刊》2006 年第 6 辑。

高国藩：《〈红楼梦〉中的婚俗》，《红楼梦学刊》1984 年第 2 辑。

陈甜甜：《〈红楼梦〉中林黛玉形象和命运分析》，《牡丹》2023 年第 6 期。

郑铁生：《〈红楼梦〉中"太平命案"的脉络和意蕴》，《红楼梦学刊》2013 年第 4 辑。

许瞳：《〈红楼梦〉中透露出的中国传统景观设计美学》，《语文建设》2016 年第 27 期。

李鸿渊：《〈红楼梦〉中薛蟠与薛蝌形象比较研究》，《社科纵横》2012 年第 11 期。

陈维昭：《〈金陵十二钗〉与曹雪芹及其他》，《红楼梦学刊》2022 年第 1 辑。

吴斧平：《精美和谐典雅——论〈红楼梦〉的饮食文化特征》，《兰州大学学报》2005 年第 4 期。

颜彦：《论"程本系统"插图与〈红楼梦〉的"家族"主题》，《红楼梦学刊》2010 年第 2 辑。

王世海：《论〈红楼梦〉的立体网状结构》，《红楼梦学刊》2023 年第 3 辑。

刘桓、李夕聪：《论〈红楼梦〉中的饮食文化》，《青岛海洋大学学报（社会科学版）》1994 年第 3 期。

周奉真：《论贾宝玉人格区间"正邪两赋"的警世意蕴》，《中国古代小说戏剧研究》2021（00）。

周磊琦：《论戏曲文化在〈红楼梦〉中的作用》，《汉字文化》2021 年第 4 期。

马树良、张宇：《论戏曲在〈红楼梦〉中的作用》，《百色学院学报》2007年第2期。

周进珍：《模糊言说背后的人性呼唤——〈红楼梦〉中焦大与赖尚荣的美学意义》，《小说评论》2007年（S1）。

刘芳：《漫谈〈红楼梦〉节庆文化》，《长春教育学院学报》2011年第5期。

马涛：《女娲"弃石"的书写传统及在〈红楼梦〉中的意蕴呈现》，《红楼梦学刊》2016年第4辑。

俞正来：《清代悼亡文学：〈纳兰词·悼卢氏〉与〈芙蓉女儿诔〉赏析》，《山东农业大学学报（社会科学版）》2020年第1期。

陈大康：《荣府的半奴半主们》，《华东师范大学学报（哲学社会科学版）》2019年第3辑。

郭树文：《市井小人物的深广意蕴——〈红楼梦〉醉金刚论析》，《学习与探索》1995年第6期。

李健彪：《试论〈红楼梦〉中节日民俗的价值》，《唐都学刊》1993年第4期。

任立军：《提纲挈领穿主线化繁为简助阅读——以〈红楼梦〉前五回阅读教学实践与反思为例》，《华夏教师》2022年第34期。

杨毅：《谈〈红楼梦〉中的礼仪文化》，《知识文库》2019年第11期。

梅新林：《"旋转舞台"的神奇效应——〈红楼梦〉的宴会描写及其文化蕴义》，《红楼梦学刊》2001年第1辑。

唐昕韵：《"有情何似无情"——〈红楼梦〉中薛宝钗的形象小议》，《新纪实》2021年第35期。

郑秀真：《也谈重拍〈红楼梦〉——从一个值得重视的小人物"平儿"说起》，《电影文学》2007年第8期。

王志尧：《智者千虑必有一失——荣国府玉字辈排行问题考释兼与周汝昌、要力石先生商榷》，《铜仁学院学报》2010年第6期。

（三）学位论文类

车瑞：《20世纪〈红楼梦〉文学批评史论》，山东大学2010年。

郭慧萍：《〈红楼梦〉礼仪研究》，安庆师范学院2013年。

金兰：《〈红楼梦〉饮食文化研究》，江南大学2009年。

马正正:《〈红楼梦〉中的戏曲研究》,西藏民族大学 2020 年。

赵玫:《〈红楼梦〉中的饮食文化》,浙江工业大学 2007 年。

宋璨璨:《〈红楼梦〉中戏曲文本的叙事功能》,安徽师范大学 2020 年。

于婷婷:《论〈红楼梦〉中的爱情、婚姻和家庭问题》,辽宁师范大学 2013 年。

谢敏:《论〈红楼梦〉中的饮食文化翻译》,上海外国语大学 2009 年。

赵婷婷:《明清白话小说中对联功能研究》,山东师范大学 2021 年。

尼格热·阿不来提:《维译本〈红楼梦〉诗词意象翻译研究》,西北民族大学 2022 年。

后 记

　　《红楼梦》自问世以来，就一直备受学者们的关注和研究。它的无穷魅力和不朽价值，总会让人从中找到精神寄托。

　　我小时候，四大名著是学生们最喜爱的读物，但可以这么说，不管是《西游记》，还是《三国演义》《水浒传》，大多数学生都是能看完的，而唯有《红楼梦》很受冷落，学生们往往只翻翻，倒是没读过的学生占绝大多数。为什么呢？一则是小说里缺乏惊心动魄的故事情节，难以引起学生们的阅读兴趣，二则是小说描绘的是整个社会的百科全书式的一个缩影，学生们难以理解，自然翻一下就束之高阁了。

　　等到上了大学，作为中文系的学子，《红楼梦》是不得不读了。俗语这样说：开谈不说《红楼梦》，读尽诗书也枉然。这话自然有夸张的成分，却也道出了《红楼梦》作为文学作品的价值所在，这迫使我有了读完它的勇气。而当时一舍友，看《红楼梦》很是带劲，每每在寝室里背诵《红楼梦》的回目，听来既体现了楹联的对称性，又体现了小说里故事情节的概括性，这又大大激发了我的学习动力。这么一来，总算把《红楼梦》读完了两遍，也大约知道了整部小说的内容。

　　工作后，因为教学的关系，我对小说只是就相关的节选章节做一些备课准备，并偶尔做个拓展阅读，主要是书中的前五回，阅读得比较深，钻研得比较细。但对整本书的阅读只能算东鳞西爪、囫囵吞枣罢了，不曾有过认真细致的研读。

而今，整本书阅读作为中学语文课程改革的一大特色，《红楼梦》的阅读教学走进了课堂，这给我乃至所有的高中语文教师摆了一道难题，那就是：既要在有限的时间内完成讲授教学任务，又要在有限的时间内让学生读完读懂这部皇皇巨著。基于这个原因，我想做一个大胆尝试：把兴趣的培养和知识的传授相结合，把有限的学习时间和无限的网络空间相结合，从而调动学生们学习的积极性和主动性，科学地开展对《红楼梦》一书的研读。

研读的第一步是兴趣的培养。就《红楼梦》来说，故事算不上生动，情节算不上曲折，读起来总感觉是索然无味的，可作品里对起名寓意、饮食文化的介绍却能引发学生们的关注，和他们的兴趣产生共鸣，提高了他们对这些人、事、物的进一步追问。研读的第二步是知识的传授。结合中学教学，首要的是文学概念的把握，譬如神话是什么？楹联、戏曲又是什么？在理解概念的基础上去阅读文本，知识点的内容则通过引经据典、推理论证、循序渐进等方式来逐步引导学生探究、归纳。这样一来，整本书阅读的难度就一下子降低了许多，甚至游刃有余了起来，很多学生会结合电视剧的剧情、书刊里的文章开始真正意义上的阅读。

就本书来讲，我是紧紧扣住研读的要求来选题、组材的，无论是小说的主线、结构和故事情节的前后串联，还是礼仪规范、节日习俗、诗词曲赋的探究研讨等，都始终把《红楼梦》的学习意义和学习方法放在突出的位置，抛砖引玉，以期老师、学生们能举一反三、触类旁通，把优秀灿烂的红学传承下去。

成书不易，甘苦自知。本书在撰写过程中，参考并引用了诸多红学专家、学者的观点和论述，由于篇幅所限，未能一一注明，在此表示诚挚的谢意和歉意。这一路得到来自方方面面的激励和襄助，令我感激不尽和努力前行。感谢上海市复旦五浦汇实验学校黄玉峰校长、上海市文史研究馆馆员鲍鹏山教授、同济大学刘强教授联袂撰写荐语；感谢著名书法篆刻家管继平先生题签、上海市黄浦区教育学院正高级教师邓彤博士赐序；感谢上海市徐汇区董恒甫高级中学王村丽校长、上海师范大学戴建国博士、上海市教师教育学院姚要武老师等诸多师长友朋的帮助；还要感谢人民出版社罗少强先生的辛苦付出。书中难免有错漏之处，敬请方家批评指正。

2024 年 10 月

书名题签：管继平
责任编辑：罗少强
封面设计：黄桂敏

图书在版编目（CIP）数据

《红楼梦》整本书研读 / 曾刚著. -- 北京：人民出版社，2024.12. -- ISBN 978-7-01-026940-5

Ⅰ.I207.411

中国国家版本馆 CIP 数据核字第 2024BG9212 号

《红楼梦》整本书研读

HONGLOUMENG ZHENGBENSHU YANDU

曾 刚 著

人民出版社 出版发行
（100706 北京市东城区隆福寺街 99 号）

北京建宏印刷有限公司印刷 新华书店经销

2024 年 12 月第 1 版 2024 年 12 月北京第 1 次印刷
开本：710 毫米 ×1000 毫米 1/16 印张：21.75
字数：280 千字

ISBN 978-7-01-026940-5 定价：78.00 元

邮购地址 100706 北京市东城区隆福寺街 99 号
人民东方图书销售中心 电话（010）65250042 65289539

版权所有·侵权必究
凡购买本社图书，如有印制质量问题，我社负责调换。
服务电话：（010）65250042